최후의 세계

최후의 세계
Die letzte Welt

크리스토프 란스마이어 장편소설 장희권 옮김

DIE LETZTE WELT
by CHRISTOPH RANSMAYR

Originally published as "Die letzte Welt"
Copyright (C) Christoph Ransmayr, 1988. All rights reserved S. Fischer Verlag
GmbH, Frankfurt am Main
Korean Translation Copyright (C) The Open Books Co., 1999

This Korean edition published by arrangement with S. Fischer Verlag GmbH
through Agency Chang.

이 책은 실로 꿰매어 제본하는 정통적인 사철 방식으로 만들어졌습니다.
사철 방식으로 제본된 책은 오랫동안 보관해도 손상되지 않습니다.

안드레아스 탈마이어에게 이 책을 바친다.

이 자리를 빌려 본인에게 후원금을 허락해 준
빈 시(市)의 엘리아스 카네티 재단의 심사 위원들께 감사드린다.
이 책이 마무리되기까지 이 후원금은
나에게 큰 도움을 주었다.
아울러 나에게 지속적인 조언을 해준 브리기테 힐첸스아우어,
또 나와 더불어 최후의 세계를 두려움 없이
끝까지 동행한 나의 요한나에게도 감사의 말을 전한다.

빈, 1988년 여름
C. R.

최후의 세계

11

부록 오비디우스 일람표

213

역자 해설
문명 비판 그리고 자연성의 회귀

245

크리스토프 란스마이어 연보

259

 태풍. 그것은 밤하늘 높이 떠 있는 새들의 무리였다. 떠들썩하게 요란을 떨며 점점 가까이 다가오다가 갑자기 거대한 파도로 변하여 배를 덮치는 태풍. 갑판 아래 어둠 속에서 누군가가 소리치며 흐느꼈고, 연신 구역질을 해댔다. 어떤 이는 배를 뒤엎을 정도의 거센 파도에 미쳐 개처럼 자신의 팔뚝을 물어뜯기도 했다. 물어뜯긴 상처 위로 파도 거품이 지나갔다. 태풍. 그것은 토미로 가는 여행이었다.

 코타는 낮 동안에 배의 구석 여기저기서 현재 자기가 처한 비참한 상태를 피해 무의식 속으로, 혹은 최소한 꿈속으로나마 도피하려고 했다. 그러나 그는 에게 해를 지날 때나 흑해를 지날 때 단 한잠도 이룰 수 없었다. 그는 기진맥진한 가운데에서도 희망을 잃지 않기 위해 귓속에 밀랍을 쑤셔 넣고, 눈을 푸른 털목도리로 감은 채 뒤로 누워 자신의 숨소리에 귀 기울였다. 하지만 폭풍이 물러난 뒤의 거센 파도는 코타와 배와 온 세상을 소금 섞인 거품 위로 들어 올린 채 한동안 허공에 멈추었다가 세상과 배와 탈진한 그를 다시금 파도의 밑바닥으로, 경계심으로, 그리고 공포 속으로 내던졌다. 어느 누구도 잠을 이룰 수가 없었다.

 코타는 열이레 동안을 트리비아 호의 선상에서 견뎌야 했다. 그리고 마침내 4월의 어느 날 아침, 여태껏 타고 온 배에서 내려 격랑으로 깨끗이 씻긴 방파제를 넘어 토미 마을을 둘러싼 담벼락을 오르려 할 때였다. 가파른 해안 언저리의 담벼락엔 이끼가 덮여 있었다. 순간 그가 심하게 휘청거리자 두 명의 뱃사람이 너털웃음을 웃으며 그를 부축하여 항구 사무소 쪽으로 데리고 갔다. 그들은 항구 사무소 앞에 쌓여 있는 너덜너덜한 동아줄 무더기 위에 코타를 앉혔다. 코타는 거기에 앉아 비린내와 타르 냄새를 맡으며 자신의 내부에서 여전히 날뛰는 바다를 진정시키려 했다. 트리비아 호의 화물칸에서 나온 곰팡이 슨 오렌지들이 방파제 위로 떼굴떼굴 굴러 내렸다. 이탈리아의 정원을 떠올리게 하는 모습. 해도 비치지 않던 그날 아침은 몹시 추웠다. 토미 마을의 곶을 향해 굼뜨게 굴러 온 흑해의 물결은 모래톱에 부딪혀 부서졌고, 가끔은 가파르게 솟아오른 바위벽을 때렸다. 거친 파도는 움푹 들어간 해안 여기저기에 흙더미와 새똥으로 뒤덮인 얼음 조각들을 던졌다. 바짝 여윈 노새 한 마리가 코타의 외투 자락을 씹기 시작했다. 그러나 코타는 누워 그저 멍하니 쳐다볼 뿐 손조차 움직이지 않았다. 그의 내부에서 바다 물결이 하나씩 잔잔해졌을 때에야 그는 잠이 들었다. 이제 그는 도착한 것이다.

토미, 자그마한 마을. 토미, 그 어느 곳. 토미, 철(鐵)의 도시. 이방인 코타에게 요란한 색깔의 벽걸이 양탄자로 장식된, 불을 지필 수 없는 다락방 한 칸을 세준 밧줄 꼬는 영감을 제외하고는 이곳의 그 어느 누구도 코타의 도착을 주목하지 않았다. 여느 때 같으면 낯선 사람에 대해 적대적인 행동을 부추겼을 소문이 코타를 천천히 따라다니기 시작했다. 그 흔한, 요란스러운 치장도 없이, 양편으로 가로수가 아치형으로 늘어선 거리에 서서 떨고 있는 이방인. 버스 정류장의 녹슨 안내판에서 시간표를 베껴 적고, 짖어 대는 개를 향해 이해하기 힘든 인내심으로 말을 건네는 이방인. 그 이방인은 로마에서 왔다. 하지만 이 무렵 로마는 그 어느 곳보다도 멀리 떨어져 있었다. 그것은 토미의 주민들이 마침내 두 해에 걸친 긴 겨울이 끝난 것을 축하하느라 다른 세상의 일에는 관심을 둘 여유가 없었기 때문이었다. 거리의 골목마다 요란하게 불어 대는 악기 소리로 시끌벅적했다. 축제에 참가하려고 여기저기 흩어진 농가와 산속의 외딴 계곡에서 온 농부들, 보석 캐러 와 있던 사람들, 그리고 돼지치기들과 같은 손님들은 며칠 밤 내내 시끄럽게 수선을 피웠다. 평소에는 눈이 오는 날도 맨발로 지내며, 무슨 특별한 이유가 있어야만 시퍼런 발에 신발을 꿰고 조용한 집에 찍찍거리는 소리를 울리며 다니던 밧줄 꼬는 영감도 이 무렵에는 신을 신었다. 마을 밖의 밭 사이에 있는, 슬레이트 지붕을 얹은 어두컴컴한 농가들에서는 사프란과 바닐라 향을 섞은 빵을 굽는 냄새가 풍겨 나왔다. 가파른 해안가의 달구지 길에 행렬이 지나가고 있었다. 눈이 녹는다. 구름 밑으로 비어져 나온 바위 절벽과 산마루 사이로 솟은 자갈 언덕에 2년 만에 처음으로 눈이 보이지 않았다.

그즈음에는 마을의 아흔 채 집들 중 다수가 이미 비어 있었다. 무너져 내린 빈집들은 담쟁이덩굴과 이끼 아래로 사라져 갔다. 일렬로 늘어선 집들이 점점 해안의 산맥 쪽으로 기우는 것처럼 보였다. 그래도 가파른 샛길들 사이에는 아직도 여전히 놋쇠공들의 용광로에서 나오는 연기가 배어 있었다. 놋쇠공들이 만들어 내는 철은 비록 적은 양이었지만 마을 사람들이 쓰기엔 전혀 모자람이 없었다.

주민들이 사용하는 문과 창틀, 울타리, 처마의 장식물들, 그리고 토미 마을을 불균형하게 둘로 나누며 흐르는, 물살이 센 시냇물 위로 놓인 좁은 다리가 모두 그들의 철로 만들어졌다. 염분 섞인 바람은 모든 것을 갉아먹었다. 녹은 그 마을의 색깔이었다.

일찍 노쇠기에 접어드는 이곳의 아낙네들은 늘 검은 옷을 입고서 힘들게 집안일을 했고, 남자들은 마을 뒤편으로 높이 솟은 산비탈에 나 있는 갱도 안에서 먼지를 뒤집어쓰며 지치도록 일했다. 이곳에서 고깃배를 타고 나가는 사람은 텅 빈 바다를 저주했고, 밭을 가는 사람은 해충이나 서리, 돌부리를 저주했다. 밤새 잠 못 이루고 깨어 있던 사람은 간간이 늑대 울음소리를 들었다고 여겼다. 다른 수많은 해안 마을들이 그렇듯이 토미 마을 역시 매우 쓸쓸하고 지친, 희망 없는 마을이었다. 바다와 산맥으로 에워싸인 채, 특유의 관습과 추위, 가난, 고된 노동이라는 세 가지의 재앙에 사로잡힌 이런 지역에서도 유럽 대도시의 고급 살롱과 카페에서나 주고받을 수 있는 이야깃거리들이 생길 수 있다는 것 자체가 코타에게는 매우 신기할 뿐이었다.

철(鐵)의 도시¹에서 흘러나온 소문은 로마의 비아 아나스타지오에 있는 어느 집 유리 베란다에 머무르고 있던 코타에게도 이르게 되었다. 코타가 그토록 오랫동안 따라다녔고, 앞으로도 분명히 많은 이들이 좇게 될 그 소문은 이 집 저 집으로 점점 번져 나갔다. 연기로 가득 찬 좁은 골목길, 무성한 잡초로 덮인 폐허 더미, 쌓여 있는 얼음 무더기들. 이런 토미 마을의 모습은 그 겨울밤에 하나의 새로운 화제(話題)가 되기에 충분했다. 이러한 꾸밈이 없었더라면 그 화제는 어쩌면 너무 무미건조하고 터무니없이 들렸을 것이다. 그 소문은 마치 부둣가 쪽으로 난 비탈진 거리를 흐르는 물처럼 빠르게 퍼져 나갔고, 또 가지를 쳤다. 어느 곳에서는 더 빠르게 여러 갈래로 뻗어 나가는가 하면 토미, 오비디우스, 트라킬라와 같은 이름들이 미처 알려지지 않은 곳에서는 더 이상 번지지 못하고 정지 상태에 머물렀다.

이렇게 그 소문은 변화되고 꾸며지다가 수그러졌고, 심지어 반박되기도 하였다. 그럼에도 단 한 마디만은 여전히 부정되지 않았다. 마치 번데기가 그 속에서 나중에 어떤 벌레가 나오게 될지 아무도 모르는 단 한 마리의 유충을 품고 있듯이, 그 단 한 마디의 문장은 모든 것을 담고 있었다. 그것은 다름 아닌 〈오비디우스는 죽었다〉는 것이었다.

코타가 토미 마을에서 오비디우스에 관해 처음 들은 이야기는 혼란스럽고, 또 대개의 경우 이곳에서 있었던 이상하고 낯선 일들을 다시 떠올리게 할 뿐이었다.

「오비디우스……? 거 혹시 그 미친 사람 아니오. 거…… 가끔씩 낚싯대를 메고 나타나 심한 눈보라가 치는 날에도 삼베옷만 걸친 채 바위에 걸터앉아 있곤 하던 그 사람? 그러다가 저녁이 되면 술집에서 술을 마시고 하모니카를 불었지. 밤엔 고래고래 소리를 질러 대곤 하였지요.」

「오비디우스…… 글쎄…… 그 난쟁이 아니오. 8월이면 포장 마차를 타고 마을로 들어와, 어둠이 깔리면 푸줏간 집 흰 벽에다 시끄럽게 애정 영화를 돌려 대던. 그 사람은 영화 중간 중간에 법랑 그릇이니

1 토미 마을을 일컫는다. 토미 마을의 광부들이 캐내는 철이나 구리가 마을의 주요 물자임을 염두에 둔 명칭이다.

지혈제니 터키산 꿀을 팔았지요. 그가 트는 확성기에서 흘러나오는 음악 때문에 개들이 시끄럽게 짖어 댔어요.」

오비디우스. 코타는 도착한 지 2주째가 되어서야 비로소 사람들의 옛 기억들을 되살릴 수 있었다. 테레우스, 백정. 황소의 눈에 가죽 띠를 두른 후 그 짐승에게서 세상을 향한 마지막 눈길을 빼앗을 때면 황소조차 압도할 정도로 소리를 질러 대는 자. 파마, 어느 식료품 장사꾼의 과부. 그녀는 가게의 선반에 언제나 쐐기풀로 엮은 줄을 못으로 박아 두어서 발육 부진에 간질병을 앓는 아들이 빨간색으로 포장된 비누나 피라미드처럼 높이 쌓아 놓은 통조림 통, 또는 겨자 그릇들에 손을 뻗쳐 잡는 것을 막으려 했다. 만일 그 정박아 아들이 선반에 걸린 쐐기풀에 손을 찔리기라도 할 것 같으면 얼마나 귀가 째지게 소리를 질렀던지 이웃집 사람들이 덧창문을 삐걱거리며 닫을 지경이었다······ 테레우스, 파마 또는 실 잣는 벙어리 여인 아라크네. 아라크네는 코타가 하는 모든 질문을 입 모양으로 읽고는 고개를 흔들거나 끄덕거렸다. 이들 모두는 오비디우스가 로마에서 이곳으로 쫓겨 온 시인임을, 또 그가 마을에서 북쪽으로 걸어서 네댓 시간을 가야 하는 트라킬라라는 인적이 드문 곳에 그리스인 하인과 함께 기거하고 있음을 잘 기억하고 있었다. 어느 비 오는 날, 코타가 파마의 가게 앞 희미한 어둠 속에 서 있었을 때였다. 간질병 환자인 그 아들은 파마가 의미심장하게 내뱉은 이름 푸블리우스 오비디우스 나소를 수차례에 걸쳐 더듬거렸다.

「아 그렇지, 오비디우스. 로마에서 온 그 사람. 아직 그가 살아 있냐고요? 어디에 묻혔냐고요? 참 이 양반, 트라킬라에서 죽은 어떤 로마인을 잘 보살펴야만 한다는 그런 법도 있나요? 한 이방인이 불쑥 나타나 다른 이방인의 행방을 묻는다고 해서 대답해야 한다는 그런 법이 있는 줄 아시오? 이 해안에 사는 사람들은 한 마리의 쥐며느리처럼 살다가 그저 죽으면 돌 아래 파묻힐 뿐이오.」

결국 코타가 알아낸 것은 세상의 끝인 이곳에서는 로마에서 온 사람과는 기꺼이 얘기를 주고받지 않는다는 사실 외에 이렇다 할 만한 것이 없었다. 밧줄 꼬는 영감 리카온조차 말을 삼갔다. 수개월이 지나 로마의 비아 아나스타지오에 있는 집에 도착한 코타의 편지에는 다음과 같은 내용이 실려 있었다. 〈이곳 사람들은 나를 의심한다.〉

4월이 끝나 가는 어느 날 코타는 트라킬라를 향해 길을 떠났다. 바닥에 깔린 조개들이 밟힐 때마다 바스락 소리를 내는 해안에서 그는 한 행렬과 마주치게 되었다. 그들은 코타가 모르는 어떤 신에게 풍요로운 들판과 많은 고기 떼, 광맥을 달라고, 그리고 바다가 평온케 해 달라고 기원하고 있었다. 그 행렬은 잠시 그와 같이 나아갔다. 행렬 속의 참배자들은 먼지나 재로 얼굴을 일그러뜨리고 있었지만 그들 중 일부는 아는 사람이었다. 밧줄 꼬는 영감이 그 무리에 끼여 있었다. 얼마 후 코타는 몸을 돌려 언덕 사이 꼬불꼬불한 길로 들어섰다. 길 양쪽 가장자리에 쑥과 가시장미가 자라고 있었다. 그가 위쪽 자갈 더미에 잠시 멈춰 서서 아래를 내려다보았을 때, 그 행렬은 얼굴 없는 존재들의 혼란스러운 움직임에 불과했다. 그들은 소리 없이 해안 위를 기어가고 있었다. 팔락거리는 그들의 깃발과 새까만 한 무리가 밀고 당기는 수레 위의 가마가 초라했다. 사납게 부는 바람은 그들의 간절한 기원의 노래와 심벌즈의 찰가닥거리는 소리를 파묻어 버렸다. 저 아래에 있는 토미의 주민들은 가혹한 하늘과 화해를 시도하고 있었다. 그들은 안개 속에서 회색빛 해안과 하나가 되었다. 코타는 마침내 혼자가 되었다. 바다가 그에게서 점점 멀어지면서 고요해졌다. 그는 바위 벼랑의 그늘에 딱딱하게 굳은 채로 널린 얼음 조각에 발부리를 차이면서, 깊은 계곡의 좁은 풀밭을 가로질러 갔다. 여기를 오비디우스가 지나갔구나. 이 길은 오비디우스의 길이다.

좁은 협곡에서는 바로 한 치 앞만 보였다. 계곡의 경사가 너무 심한 탓에 코타는 때때로 두 손 두 발을 사용해서 겨우 나아갈 수 있었다. 그러다 갑자기 그의 눈앞에 엉성하게 돌을 쪼개서 다듬은, 뒷다리가 떨어져 나간 개의 조각상이 나타났다. 코타는 숨을 깊이 내쉬며 일어섰다. 그가 멈춰 선 곳은 폐허 속이었다.

트라킬라! 무너진 석회석 담. 기이하게 생긴 소나무 가지가 삐져나온 창문. 검게 그을린 자국이 있는 부서진 부엌. 침실과 거실 위로 푹 내려앉은, 갈대와 석판을 엮어 만든 지붕. 그리고 공허 속에 멈춰 서 있는 아치 모양의 문틀. 이 문틀 사이로는 시간만이 흐를 뿐이었다. 이곳에는 예전에 틀림없이 다섯 채, 아니면 여섯 채의 집이 서 있었을 것이다. 마구간과 헛간도 함께…….

들판에는 비석들이 솟아 있었다. 사람 키만 한 가장 큰 것에서 코타의 무릎에도 닿지 않는 가장 작은 것에 이르기까지 약 열두어 개의 홀쭉한 돌기둥들이. 돌기둥 꼭대기에는 온갖 색깔의 천 조각을 엮어 만든 기(旗)들이 펄럭거리고 있었는데, 그것은 옷을 자르거나 찢어 만든 것이었다. 그는 비교적 작은 비석 곁으로 가까이 다가갔다. 조그마한 깃발에 무슨 문자가 쓰여 있었다. 모든 깃발들이 제각기 문자를 담고 있었다. 코타는 희미한 붉은빛을 띤 색 바랜 끄나풀을 살며시 끌어당겼다. 그 천 조각은 여러 돌 사이에 묶여 있었기 때문에 그가 문자를 해독하려고 기를 자기 쪽으로 잡아당기자 기둥 하나가 내려앉았다. 그 순간 소나무에서 뻗어 나온 뿌리 때문에 금이 간 계단을 따라 돌 조각들이 떼굴떼굴 굴러 내려갔다. 그가 깃발에서 읽은 글은 다음과 같았다. 〈어느 누구도 본래의 형태를 간직하지 못한다.〉

돌 조각들을 따라 흘러내리던 모래가 멈췄다. 주위가 다시 고요해졌다. 코타는 폐허의 한가운데 손상되지 않은 채 남아 있는, 비둘기들이 앉아 있는 지붕을 보았다. 폐허 사이로 집이 보였다. 코타는 매우 후미진 그곳을 향해 걸어갔다. 그는 걸으면서 큰 목소리로 자기 이름을 말하고 오비디우스를 불렀다. 또한 그가 로마에서 왔노라고 계속 외쳤다. 하지만 주위는 여전히 고요할 뿐이었다.

안뜰로 이르는 대문은 잠겨 있지 않았다. 문을 밀고 안뜰에 들어선 그는 큰 공포에 질린 사람처럼 잠시 멈춰 섰다. 뜰 한쪽의 밝은 구석에 뽕나무 한 그루가 산속의 추위에도 아랑곳없이 살며시 초록빛을 띠고 서 있었다. 그 나무의 그루터기엔 거친 자연에 대항하듯 석회가 끼어 있었다. 나무 그늘 아래의 눈은 떨어진 뽕 열매의 즙으로 푸르게 멍들어 있었다.

어둠에 대한 공포를 떨치기 위해 휘파람을 불거나 노래를 부르는 아이처럼 코타는 다시 오비디우스를 부르기 시작했고, 자신의 목소리를 방패 삼아 뜰을 가로지른 뒤 나뭇잎이 수북한 복도에 들어섰다.

마침내 시인의 집에 발을 들인 것이다. 문은 죄다 열려 있었고, 방엔 전혀 인기척이 없었다.

조그마한 창에 드리워진 마(麻)로 된 커튼이 바람결에 날리고 있었다. 열린 커튼 사이로 정원의 덤불숲이 나타나고, 숲 너머 저 아래엔 우유같이 뿌연 계곡이 보였다. 저 흰색 아래에 바다가 있겠지. 오비디우스의 탁자에서는 바다를 내려다볼 수 있었다. 아궁이는 차가웠다. 딱딱하게 눌어붙은 냄비와 찻잔과 빵 부스러기 사이를 개미 떼가 분주하게 움직였다. 천장과 벽의 틈새에서 흘러내린 하얀 잔모래가 바닥은 물론이고 의자들과 침상 위에 흩어져 있었고, 코타가 걸을 때마다 발밑에서 스슥 소리를 냈다.

코타는 그 돌집을 두 번, 세 번 계속 가로지르며 회칠한 벽 위에 습기로 생긴 얼룩 자국들을 살폈고, 검은색 나무로 테를 두른 유리 액자에 담긴 로마의 거리 전경을 살폈다. 코타는 또 책의 표지를 손으로 문지르며 제목들을 읽어 보았다. 그러나 더 이상 오비디우스를 부르지는 않았다. 그는 다시 위층으로 나 있는 계단 쪽으로 가며 아무런 생각 없이 헝겊 깃발을 꽉 붙잡았다. 그 깃발은 바람 때문에 코타의 손에서 빠져나갔다가 금세 다시 다가오곤 했다. 허리를 굽혀 그것을 집으려던 코타는 갑자기 바로 코앞에서 웬 남자의 얼굴과 맞닥뜨리게 되었다. 계단 아래의 어둠 속에서 무릎을 끌어당긴 채 웅크리고 있는 노인. 노인은 바짝 긴장해 있는 코타를 향해 깃발을 가리키며 말했다. 「그것 제자리에 갖다 놔!」

코타는 심장이 사납게 요동하고 있음을 느꼈다. 〈오비디우스…….〉 하고 그는 중얼거렸다. 노인은 날쌘 손동작으로 깃발을 움켜쥐더니, 마구 구겨서 코타의 얼굴에다 던지며 낄낄거렸다. 「오비디우스는 오비디우스고, 피타고라스는 피타고라스야!」

그를 발견한 지 한 시간이 지났건만 피타고라스는 여전히 계단 아래 웅크리고 있었다. 코타는 그에게 말을 걸기도 하고, 질문을 반복하기도 하였지만 아무런 소용이 없었다. 오비디우스의 하인 피타고라스는 어떤 말에도 대꾸하지 않았다. 노인은 때때로 낮은 목소리로 급히 혼잣말을 했다. 그러다 노인은 어떤 놈이 친척의 시체를 먹고 살며 가장 충직한 심부름꾼을 때려 죽였다고 욕을 하면서 낄낄거렸다. 그러다 조용해지는가 싶으면 그는 다시 떠들어 댔다. 이번엔 염소들과 오입질을 한 후, 그 짐승들의 척추를 자기 손으로 부러뜨렸다는 에게해의 어떤 독재자를 저주했다. 노인은 부드러워지기도 했고, 심지어 한번은 즐겁게 손뼉을 치며 기적 같은 영혼의 방황을 찬양하기도 했다. 노인은 스스로 도롱뇽, 포병 또는 돼지치기의 몸 안에서 산 적이 있다고 했다. 한번은 수년간 눈 없는 아이가 되기도 했는데, 이 치료 불능의 아이가 끝내 낭떠러지에서 떨어져 익사하고 나서야 비로소 그 아이의 영혼을 떠날 수 있었다고 했다.

코타는 더 이상 아무런 대꾸 없이 그저 듣기만 했다. 이 노인의 나라로 들어갈 수 있는 길이 전혀 없는 것 같았다. 피타고라스가 입을 다문 후 오랫동안 침묵이 흐르고 코타가 끝내 입을 열었다. 그는 단지 이 노인에게 어쩌면 신뢰감을 줄 수 있을까 싶어 반쯤 건성으로 말을 건넸다. 마치 백치하고 말을 주고받을 때처럼. 그러나 결국 코타는 자신의 시도가 아무런 소용이 없음을 알아차렸다. 그는 어둠 속에서 들려오는 노인의 횡설수설에 대해 자신이 속한 세계의 질서와 이성(理性)으로 맞서고 있을 뿐이었다. 눈 속에서 뽕나무가 자라는 이해할 수 없는 현실과 황량하게 웅크리고 있는 비석들, 그리고 고독에 싸인 이곳 트라킬라에 대항하기 위해 로마라는 이성의 세계를 들먹거리고 있을 뿐이었다.

코타는 그 하인에게 자신이 여행 중에 겪은 폭풍우와 로마의 벗들과 이별하던 날의 슬픔을 묘사했고, 술모나[2]의 숲에서 난 천연 오렌지의 쓴맛에 대해 얘기했다. 그렇게 그는 계속 과거로 거슬러 올라갔고, 마침내 9년 전 피아차 델 모로 거리에 있는 오비디우스의 집에서 보았던 활활 타오르던 불에 관한 이야기에까지 이르게 되었다. 오비디우스가 안에서 걸어 잠근 발코니의 방에서 옅은 연기가 새어 나왔고, 열린 창틈으로 재가 날렸다. 늦은 오후의 햇살이 내리쬐는 복도 한구석의 대리석 바닥에는 떠나기를 기다리는 여행 가방들이 놓여

---

2 오비디우스의 고향.

있었고, 그 가방들 사이에 한 여인이 주저앉아 흐느끼고 있었다. 이것이 오비디우스가 로마를 떠나던 마지막 날의 모습이었다.

평상시에는 접근하기 힘든 집도 가족 중 누군가가 상(喪)을 당하면 종종 대문을 활짝 열어 친척과 친구뿐 아니라 조문을 해야 할 사람들, 호기심 많은 사람들, 심지어 낯선 사람들에게조차 출입을 허락하듯이, 측백나무와 소나무 뒤에 가려진 오비디우스 집은 이 무렵 오비디우스가 유배를 가야 된다는 소식을 듣고 모인 사람들로 터질 지경이었다. 겁쟁이들은 이 재앙에 위축된 나머지 오비디우스에게서 거리를 두지만, 그래도 계단과 응접실은 작별 인사를 하러 온 사람들로 북새통을 이루었다. 그들과 더불어 복권 장수나 거지들, 또는 라벤더 꽃다발을 헐값에 팔며 탁자에 놓인 유리잔이나 진열장의 은접시 따위를 훔치는 거리의 부랑아들이 들랑거렸다. 그럼에도 이에 대해 신경을 쓰는 사람은 아무도 없었다.

그 당시 오비디우스는 한참 동안 마음을 진정시킨 후, 핏기가 가신 얼굴에 새까맣게 더러워진 손으로 서재의 문을 열었다. 푸른색 카펫 위에는 마치 눈이 내린 듯 재가 널려 있었고, 상감 장식을 한 귀퉁이가 불 때문에 나무껍질처럼 돌돌 말린 책상 위로 재가 된 종이들이 바람에 펄럭거렸다. 책꽂이에 놓인 책을 비롯해 방 모서리에 묶어 둔 책들이 시뻘겋게 이글거리고 있었다. 그중 한 뭉치는 아직도 타고 있었다. 오비디우스는 교회 관리인이 양초를 들고 이 등불 저 등불로 옮겨 다니며 불을 붙이듯, 불을 들고 자기의 책들을 스쳐 갔음이 분명했다. 그는 평온하던 시절 언제나 아주 조심스레 놓아두었던 자신의 습작과 원고들에 불을 붙인 것이다. 오비디우스는 무사했지만 그의 작업은 재가 되었다.

무릎에 머리를 파묻고 있는 피타고라스는 코타가 하는 말을 전혀 듣지도, 이해하지도 못한 것 같았다. 코타는 계단 아래의 어두운 쪽으로 의자 하나를 밀었다. 아무 말 없이 그 위에 앉은 코타는 하인이 자기의 눈을 쳐다볼 때까지 기다렸다.

피아차 델 모로의 불은 물론 오비디우스의 친필 원고만을 태웠다. 그의 비가(悲歌)와 소설들 중 출간되어 칭송을 받았거나 적을 만든 작품들은 이미 그 당시 일찌감치 국립 도서관의 보관실과 독자들의 가정, 또는 검열 당국의 서고에 보관되어 있었다. 심지어 찍어 낸 바로 그 날짜로 압수된 파도바[3]의 한 신문 사설에 따르면, 오비디우스가 책을 불사른 까닭은 자기 책에 내려진 금서 조처와 로마 제국에서 쫓겨나는 데 대한 항의의 표시였을 뿐이라고 했다. 그럼에도 많은 해석들이 난무했다. 책을 태운다는 것, 분노와 절망에 빠진 나머지 아무런 생각 없이 저지른 경솔한 행동일 게야. 글쎄, 그보다는 상황을 미리 간파한 행동이 아닐까? 검열의 의미를 알아차린 오비디우스는 작품의 의도에 대해 시비(是非)가 끊이지 않는 그 실패작을 스스로 없애 버린 것일 게야. 하나의 예방 조처로서. 작품이 실패했음을 인정하는 것인지도 모르지. 어쩌면 눈속임이었나…….

오비디우스의 방화 사건은 온갖 억측에도 불구하고 그의 유배 원인과 더불어 수수께끼로 남았다. 관청은 침묵하거나 공허한 말로 회피하려 했다. 어딘가 누군가의 손에 안전하게 보관되어 있으리라고 오랫동안 믿어졌던 친필 원고는 몇 년이 지나도 여전히 나타나지 않았다. 이에 이곳 로마의 사람들은 점차로 오비디우스의 방화는 절망에 빠진 나머지 저지른 무모한 행동도 또 항의의 불도 아닌, 실제 자신의 작품을 소멸시킨 행위였다고 짐작하게 되었다.

---

3 베네치아에서 서쪽으로 약 40킬로미터 떨어진 도시.

 정오 무렵, 그해 처음으로 해안에 차가운 바람이 불면서 바람이 일으키는 먼지 구름 사이로 난쟁이 키파리스가 나타났다. 키파리스는 예년과 다름없이 해안선을 따라 두 마리의 담황색 말이 끄는 포장 마차를 타고 왔다. 그는 허공에 대고 어지러운 손놀림으로 채찍을 휘두르며, 토미 마을을 향해 영웅들과 아름다운 여인들의 이름을 외쳤다. 그렇게 이 난쟁이는 앞으로 며칠간 날이 어두워지면 푸줏간의 낡은 벽에 비추어질 영화에서 전개될 욕망과 고통, 슬픔을 멀리서부터 예고했다. 키파리스. 영화 상영 기사가 왔다. 하지만 날은 아직 초봄이었다. 지하 술집과 시뻘건 불꽃이 이글거리는 대장간, 파마의 식료품 가게, 희미한 햇살이 비치는 곡식 창고 등 여기저기에서 토미의 주민들은 방금 하던 일을 멈추고 문밖으로 나갔다. 일부는 창문을 열고 이곳으로 천천히 불어오는 먼지바람을 멍하니 쳐다보았다. 영화 상영 기사 키파리스가 8월이 아닌 초봄에 나타나기는 이번이 처음이었다.

 여느 해와 다름없이 이번에도 지치고 야윈 사슴 한 마리가 포장 마차에 묶인 채 마차 뒤를 터벅터벅 따랐다. 난쟁이는 해안의 마을을 돌며 언제나 이 사슴이 자기 고향 — 그의 이야기에 따르면 코카서스의 어딘가에 해당되는 — 에서 으뜸가는 동물이라고 내세웠다. 그는 사슴으로 하여금 잡음 섞인 행진곡에 맞춰 뒷발로 춤을 추게 하였다. 그렇게 노래가 한 곡 끝나면 그는 종종 사슴의 커다란 머리를 자기 쪽으로 당겨 이상하고도 부드러운 말로 사슴의 귀에 뭔가를 속삭였다. 해마다 그러고 난 뒤엔 가지고 온 사슴뿔을 마을 사람들 중에 돈을 제일 많이 내는 사람에게 팔았다. 전리품을 모으는 자에게는 사슴뿔이 끝없는 사냥 욕구에 대한 상징이자 장식품으로서도 높은 가치를 지녔다. 통행이 힘들고 가시가 많은 이곳 해안의 숲에는 사슴이 전혀 없기 때문이었다.

파마의 가게 앞 빈터에 노인들과 한가한 사람들이 삼삼오오 떼를 지어 모였다. 해안의 가장 행렬에서 빠져나온, 얼굴에 재를 묻힌 사람들과 꾀죄죄한 얼굴에 수줍음을 타는 아이들도 영화 상영 기사의 마차 주위로 몰려들었다. 파마의 아들 바투스는 김을 뿜고 있는 말의 옆구리에 코를 대고 냄새를 맡더니 손을 펴서 콧구멍의 거품을 쓸었다. 키파리스가 말들을 마차에서 푸는 동안 누군가 그에게 말을 건넸다. 「왜 이렇게 일찍 왔지? 왜 늘 오던 때에 오지 않고? 그리고 저기 안장 덮개랑 마차 덮개 위의 예쁜 그림하며, 재갈에 달린 놋쇠까지 모두 바뀌었잖아. 게다가 새것인가 본데? 다 멋진데.」

키파리스가 두 마리의 말을 석조(石造) 저수조의 가장자리 쪽으로 끌고 가자, 그곳에 있던 회색빛 닭들이 달아났다. 그는 사슴에게 밤과 한 움큼의 마른 장미 봉오리를 던져 준 뒤, 장비들을 하나씩 펼치는 동안 늘 그랬듯이 철(鐵)의 도시에는 어울리지 않는 수다를 가볍게 늘어놓았다. 「키파리스 같은 사람이 무엇 때문에 계절의 법칙에 따라 여름까지 기다렸다가 와야 하지? 오히려 여름이 나를 기다리지. 키파리스가 나타나는 곳은 어디든지 언제나 8월이야.」 그는 웃어 대더니 다시 말했다. 「이 재갈은 비잔틴의 대목 시장에서 영화를 세 번 틀어 준 대가로 받았지. 아주 값진 것이야. 또 거기서 무대의 배경을 그리는 어떤 사람이 내 포장 마차의 천을 장식해 주었지. 그자는 악타이온이라는 한 멍청한 그리스의 사냥꾼이 자기 사냥개에게 물려 어처구니없는 죽음을 맞이하는 장면을 천에 그려 놓았어. 덮개의 접힌 자국 위에 뿌려진, 빛이 나는 이 진홍색은 모두 사냥꾼이 흘린 피야.」 그러고는 껄껄댔다.

토미 마을의 주민들이 아는 난쟁이는 늘 이런 식이었다. 키파리스는 자기가 어디에서 와서 어디로 가는지를 말할 때나, 또는 희미하게 가물거리는 검은색 영사기의 민감한 장치를 설명할 때면 언제나 장광설을 늘어놓았다. 키파리스는 명주실로 짠 상자 안에 보관되어 있는 영사기를 꺼내어 그 기구에 영웅들의 이야기가 담긴 필름을 걸었다. 그러면 그 기구는 윙윙거리는 소리를 내며 이야기 속의 영웅들에게 움직임을, 즉 생명을 부여했다. 이처럼 해마다 난쟁이의 손놀림 아래 테레우스의 푸줏간 벽에 생겨난 세계는 이곳 철의 도시 사람들이 전혀 도달할 수 없는, 이곳과는 너무나 동떨어진 마법의 세계 같았다. 토미의 주민들은 키파리스가 내년을 기약하며 다시 먼 시간 속으로 사라지고 나서도 몇 주 동안은 영화 속의 장면과 대사에 관한 얘기만 주고받을 뿐이었다.

키파리스는 자기의 관객들을 사랑했다. 영사기가 오랜 준비 끝에 한 영웅의 얼굴을 거대하게 비추고 푸줏간 벽이 원시림과 황야로 바뀔 때면, 그는 어둠 속에서 푸른색을 띤 관중들의 얼굴을 관찰하였다. 때때로 그는 관객들의 얼굴 표정에서 자신의 채울 수 없는 강한 동경을 다시 보고 있는 게 아닌가 하고 생각했다. 키파리스는 몸을 곧게 세워야 겨우 꼽추나 절름발이 또는 무릎을 꿇은 사람과 얼굴이 맞닿을 정도로 키가 작았다. 개도 그의 옆에 있으면 송아지처럼 커보였다. 키파리스는 어둠에 파묻힐 때면 언제나 늘씬하고 크고 고상한 것을 동경했다. 그는 위로 솟아오르고 싶었다. 토미 마을의 어떤 놋쇠공도 상상할 수 없을 만큼 여러 마을들과 고원 지대, 황야를 포장 마차 하나로 떠돌았던 키파리스는 땅속 깊은 곳과 구름 위 높은 곳을 그리워했고, 한곳에 정착하여 살기를 원했다. 그는 종종 필름이 돌아가는 중에 그 같은 그리움에 파묻힌 상태로 잠이 들어 삼나무, 버드나무, 측백나무 같은 나무들 꿈을 꾸었고, 또 자신의 딱딱하고 갈라진 피부에 이끼가 돋는 꿈을 꾸었다. 그럴 때면 그의 발등에 박힌 못이 위로 튕겨 나왔고, 그의 굽은 다리에서 뻗어 나온 뿌리는 순식간에 강하고 단단한 상태가 되어 깊이깊이 뿌리를 내렸다. 그의 심장 주위로 나이테가 그를 감싸듯 자라났다. 그는 자라고 있었다.

키파리스는 필름 감개의 헛도는 소리에 혹은 필름이 탁 튀면서 끊기는 소리에 깨어 벌떡 일어났다. 그는 자신의 사지(四肢)에서 아직도 나무가 나지막이 삐걱거리고 있음을 느꼈다. 그가 잠에서 깨어 발등에 아직 남아 있는 대지의 위안과 냉기를 느끼며 필름 감개와 받침대, 등(燈)을 정돈하는 그 순간만큼은 비록 혼란스럽기는 해도 매우 행복했다.

토미 마을에서 큰집이라고는 단지 푸줏간과 벽돌로 지은 어둠침침한 교회가 전부였다. 교회 안에 있는 거라곤 습기로 눅눅해진 가짜 화환들, 좀이 슨 그림, 끔찍한 고문으로 마비된 듯한 성상(聖像)들, 그리고 쇠로 만든 구세주상 하나가 전부였다. 구세주상은 겨울에는 어찌나 차갑던지, 절망에 빠진 참배객들이 그 상(像)의 발에 입을 맞추면 입술이 쩍 달라붙을 지경이었다. 푸줏간과 교회를 제외하면 토미 마을에는 난쟁이의 영화 관객들을 수용하는 것은 고사하고, 심지어는 그의 화려하고 거대한 영화들을 비출 만한 회관이나 공간조차 없었다.

낮에는 이상하게도 포근했던 4월의 어느 날 밤, 토미의 주민들은 푸줏간 뒤쪽의 야외에 설치한 나무 의자에 앉아 키파리스가 오후 내내 예고한 영화가 시작되기를 기다렸다. 여느 때 같으면 4월엔 북동쪽에서 불어오는 눈바람이 덧창을 뜯고 집 안 깊은 곳까지 울리도록 유리를 두들겨 댔을 법했다. 소나무 가지에 철사로 연결한 확성기를 통해 매미들의 울음소리가 들렸다. 구경꾼들은 서로 바짝 붙어 앉았다. 그들 중 많은 사람들은 말총 모포로 몸을 감싸고 있었다. 그들의 입에서 나오는 입김은 지금이 마치 겨울이라도 되는 듯 구름처럼 뿌옇게 피어 올랐다. 하지만 영사기의 주위에는 작년 여름과 같이 수많은 나방들이 몰려들었다. 그중에 한 마리가 뜨거운 유리에 닿아 죽게 되면 빙그르르 연기가 솟아올랐고, 이럴 때면 구멍가게 아줌마 파마는 높은 하늘에서 별을 보았다고 믿었다. 마침내 테레우스의 푸줏간 벽에 불이 비쳤다. 이 마을은 8월이 앞당겨 온 셈이다.

영화 속 화면은 바다에서 육지로 천천히 옮겨 갔다. 이어서 소나무 숲, 숲 위쪽으로 난 언덕, 지붕, 그리고 세차게 부서지는 파도의 모습 등이 화면을 스쳐 갔다. 카메라의 시선은 움푹 들어간 해안을 따라 움직이다 어둠이 짙게 깔린 거리를 비추었다. 어둠 속에서 마치 불을 밝힌 한 척의 거대한 배처럼 궁전이 나타났다. 둥근 지붕탑, 아케이드, 옥외 계단, 덩굴로 뒤덮인 정원 등이 시선 속으로 들어왔다. 카메라의 시선은 궁전 건물 앞쪽의 벽기둥과 이음매를 찬찬히 살폈다. 그때 화면 끝의 가장자리에 갑자기 작은 창문이 나타났다. 카메라는 갑작스러운 물살에 빨려 들어가듯 창문 쪽으로 옮겨 갔다. 희미하게 불이 켜진 방에 젊은 남자의 얼굴이 잠시 나타났고, 곧 그의 입이 확대되어 비쳤다. 그가 말했다. 「나는 가겠소.」 카메라는 이제 아래로 방향을 돌려 한 여인이 몸을 기대고 서 있는 문 쪽으로 향했다. 그녀가 속삭였다. 「가지 말아요.」 바투스가 여인의 눈에서 흐르는 눈물을 보고 신음을 했다. 파마는 아들을 자기 쪽으로 끌어당기며 그의 이마에 손을 얹고 달랬다. 궁전의 정원에서는 매미들의 울음소리가 시끄럽게 들렸고, 오렌지나무들은 열매들 때문에 무겁게 축 처져 있었다. 하지만 푸줏간 뒤쪽에 옮겨다 놓은 화톳불에서는 점점 피 냄새와 거름 냄새가 났다. 테레우스의 벽에 비친, 비탄에 빠진 사람들. 그들은 틀림없이 고귀한 사람들이겠지. 확성기의 딱딱 튀는 소리와 찌직거리는 소리 사이로 영화 주인공들의 이름이 이미 언급됐는데도 불구하고 파마는 두 번씩이나 그들의 이름을 물었다. 여자 주인공은 알키오네, 남자 주인공은 케익스. 이제 두 사람은 이곳 철의 도시의 어떤 남편과 아내도 겪어 보지 못한, 애처롭고도 슬픈 작별을 고했다.

영화 속의 저 남자가 왜 떠나야 하는지를 오늘 밤의 관객들은 이해하려 하지 않았다. 그들은 웅성거리며, 난쟁이에게 동의할 수 없다는 신호를 보냈다. 그들은 사랑하는 두 연인이 서로 부둥켜안는 것을, 그리고 나체가 되어 바닥에 눕는 것을 보았다. 관객들은 고블랭 때문에 중압감이 드는 이 침실에 큰 고통이 닥쳤다는 것을 겨우 이해했을 뿐이다. 이윽고 관객들은 케익스가 사랑하지만 떠난다는 사실에 어리둥절해하면서 알키오네의 편이 되었다.

어둠에 싸인 왕국과 성 안마당의 곳곳에서 활활 타오르는 봉홧불의 지배자인 케익스. 그는 알키오네에게 자신은 지금 대단히 혼란스럽다고, 그래서 신탁(神託)을 통해 위로를 얻고자 순례를 떠나는 것이라고 말했다……. 아니면 그것은 출정, 아니 전쟁이었던가? 어쨌든 그는 이번 여행은 바다를 지나야 된다고 했다. 그리고 떠났다. 그 외에는 어떤 것도 중요치 않았다.

왕이 떠난다는 소식이 왕궁의 좁은 방과 복도를 지나 바깥뜰에 전해지자 주위가 소란스러워졌다. 술 취한 마구간지기들은 계집들의 뒤꽁무니를 쫓아다녔다. 그들은 계집들이 먹는 수프와 포도주에 흥분제를 타 넣고서, 이 약이 마치 사랑의 묘약처럼 어둠 속에서 계집들의 욕정을 자극하길 바랐다. 성벽의 수비대가 지나다니는 통로에서 보초병들의 웃음소리가 들렸다. 그들은 이쪽저쪽으로 술병을 전달하며 마구 들이켰다. 그렇게 그들은 모든 위협들을 씻어 내렸다. 자정 무렵 마구간의 어느 한 칸에서 불이 났다. 궁성에 이 일이 알려지기 전에 돼지치기들이 불을 진화했다. 궁내의 모든 하인들은 마치 자신들의 군주가 이미 오래전에 떠나 실종되어 버리기라도 한 듯이 그들의 군주가 정한 법과 질서로부터 일탈하기 시작했다.

8월의 밤이 깊어질 때까지 케익스의 위엄은 아직 힘이 있었다. 위엄이 갖는 힘 자체만으로도 지배력을 유지하기에 충분했다. 초병들은 말없이 임무를 수행하였고, 하인들은 말없이 복종하였다. 그러나 이제 그 지배력이 와해되기 시작했다. 그들의 군주가 이번에는 돌아오지 못할 거라는 어렴풋한 예상이 마치 울타리와 엄폐물과 성벽의 꼭대기까지 퍼진 것 같았다.

케익스는 이제 아내를 위로할 힘조차 없어 보였다. 그는 잠이 오는 듯 속삭이며 얼굴을 알키오네의 어깨에 파묻었다. 「6주, 어쩌면 7주 정도. 몇 주만 지나면…… 그러면 행복하게 돌아올 거야. 행복하게 그리고 무사히.」 알키오네는 눈물을 흘리며 고개를 끄덕였다. 내항(內港)의 가물거리는 수면 위로 자그마한 검은색 범선 한 척이 아름답고도 장엄하게 출렁거렸다. 배의 난간에 역청을 바른 횃불의 연기가 피어 올랐고, 갑판 아래에서는 잠을 자는 짐승들의 철거덕거리는 사슬소리가 종종 들렸다. 지친 케익스는 알키오네의 팔에서 잠이 들었다.

백정 테레우스가 고요한 화면에 대고 한마디 음담을 내뱉었지만 그 말에 대꾸하는 사람은 없었다. 아무도 웃지 않았다. 그러자 그는 불행한 두 연인을 향해 마치 교독문(交讀文)을 낭독하듯 큰소리로 충고를 해댔지만, 어느 누구도 그더러 조용히 하라고 말하지 못했다. 테레우스는 성질이 불 같은 데다 어떤 대꾸도 참지 못하는 사람이었다. 마을 사람들은 그날 — 이날은 소를 도살하는 날이었다 — 테레우스가 개울가의 뻘건 핏물 속에서 몇 시간 동안 일하는 것을 보았다. 그는 얕은 물속에서 황소의 두개골을 내리쳤다. 그의 도끼가 우지끈 소리를 내며 묶인 짐승의 두 눈 사이를 가를 때면, 졸졸거리며 흐르는 개울물조차 잠시 멈추고 침묵에 잠길 정도로 주변이 조용해졌다. 테레우스는 온몸을 피로 흠뻑 물들인 채 깨끗하게 쪼갠 고기들을 수레에 실었고, 개들은 개울가에서 찢어진 창자를 서로 차지하려 다투었다. 테레우스는 도살이 있고 나서 한동안은 너무 지치고 신경이 곤두서 있어서 무슨 일을 저지를지 몰랐기 때문에, 모두가 가능하면 그를 피했다.

뚱뚱하고 창백한 그의 아내 프로크네는 이날 밤에도 그의 옆에 앉아서 이별의 장면에 푹 빠져 있었다. 이 백정은 때때로 며칠씩 토미 마을에서 사라지곤 했는데, 그가 아내 프로크네의 눈을 피해 산속에서 어떤 이름 모를 창녀와 놀아난다는 사실은 공공연한 비밀이었다. 단 한 명의 양치기만이 그 창녀가 고함치는 소리를 들었다고 했다. 프로크네 혼자만 아무것도 모르는 것 같았다. 그녀는 능욕을 당하면서도 불평 한마디 없이 지겨운 인생을 견뎌 왔고, 남편이 자기한테 요구하는 것은 모두 다 했다. 테레우스에 대한 그녀의 유일한 방패막이는 점점 불어나는 그녀의 비곗살이었다. 그녀는 연고와 향료를 섞은 기름으로 자신의 지방(脂肪)을 가꾸었다. 늘어 가는 비곗살과 더불어 예전의 아름다웠던 그녀의 모습이 사라져 가는 것 같았다. 테레우스는 종종 아내가 마치 도살을 위해 맡겨진 짐승이나 된 듯이 이유 없이 그녀를 팼다. 마치 한 대씩 때려서 보잘것없이 남아 있는 그녀의 의지와, 그녀가 자기에게 갖는 혐오감을 없애기라도 할 것처럼. 마을 주민들은 두 사람이 결혼을 하던 날 이미 불길한 징조를 보았다. 신랑, 신부의 어두운 미래를 암시한다는 불길한 새인 수리부엉이 한 마리가 당시 집의 용마루 위에 겁 없이 떡하니 걸터앉아 있었다. 마침내 백정 테레우스가 입을 다물었다.

알키오네는 잠자는 남편 곁에서 굳은 듯이 꼼짝 않고 뜬눈으로 밤을 새웠다. 남편이 몸을 뒤척이며 팔에서 빠져나갈까 싶어 전혀 움직일 수 없었다. 이제 그녀 혼자서 두려운 장면들을 떠올렸다. 키파리스의 영화는 알키오네가 지난밤 내내 우려했던 모습들을 한 장면씩 차례차례 보여 주었다. 알키오네는 이런 염려를 이유로 케익스에게 떠나지 말라고 간청했다. 그게 여의찮다면 자신도 동행하여 같이 죽게 해달라고 부탁했다. 알키오네는 어둠 속에서 배의 잔해와 파도, 구름이 광란의 소용돌이처럼 함께 내팽개쳐지는 모습을 보았고, 이 덩어리가 물결 따라 산처럼 높이 솟았다가 아래로 곤두박질치는 모습을 보았다. 가파른 절벽 모양의 파도가 거품을 머금은 채 요란한 소리를 내며 아래로 떨어졌다. 알키오네는 돛이 물에 흠뻑 젖어 무거워져서 찢기는 것을 보았다. 찢긴 자국들이 이상하리 만치 자세히 보였다. 돛대 하나가 소리 없이 부러졌다. 그러자 거센 물살이, 마치 토미 마을에 있는 하천 폭포처럼, 갑판의 계단을 지나 어두운 중간 갑판을 향해 거품을 내며 몰아쳤다. 나무처럼 굵은 물줄기가 갑판의 승강구 위로 난 창을 통해 배의 내부로 손을 뻗쳤다. 폭풍우는 알바트로스를 뒤집어 높이 집어 던진 뒤, 공중 어디에선가 양 날개를 부러뜨렸다. 이윽고 몸뚱이와 깃털들이 물 위로 떨어졌다. 번갯불로 인해 수평선이 잠시 다시 모습을 드러냈을 때, 이전의 부드럽고 고요했던 물결은 마치 나무 속에 박힌 쇠 조각 때문에 망가진 톱날처럼 일그러져 있었다. 톱날같이 날카로운 파도 위로 이제 어두운 하늘이 새롭게 나타났다. 분노에 찬 하늘은 애초 바다에 속하지 않던 것은 모두 뒤덮어 버렸다. 배가 가라앉았다. 조금 전까지 갑판 위로 내팽개쳐진 것, 우선은 침몰을 피할 수 있었던 것들이 배와 함께 천천히, 그러다가 점점 빠르게 소용돌이치며 심연으로 빨려 들어갔다. 마침내는 바닥의 모래만이 깔때기 모양의 소용돌이 속에서 맴돌 뿐이었다. 그것은 하나의 웅장한, 그러나 유치하기 짝이 없는 장면이었다.

나무 의자에 앉아 있던 관객들은 흑해의 폭풍을 익히 알고 있었다. 테레우스의 푸줏간 벽 위로 재난이 발생하는 동안 그들은 서툰 속임수의 그림들만이 요란을 떨고 있다는 것을 일찌감치 알았다. 벽에 비친 저 대서양은 실제로는 물통 안에 담겨진 물이 출렁거리는 것일 게고, 침몰한 저 배는 겨우 장난감 크기에 불과하다는 것 역시 그들에게는 뻔했다. 토미의 주민들은 이런 속임수나 가짜 그림들에 익숙해져 있긴 했지만, 생활이 단조롭다 보니 종종 이런 기만적인 것에서 기분 전환을 하였다. 하지만 키파리스가 이날 밤 보여 준 것은 토미의 주민들이 경험을 통해 더 잘 아는 것이었다. 마치 이곳 해안에서 흔한 재앙 따위처럼. 멍청한 바투스조차 폭풍우를 묘사하는 그 장면이 믿을 게 못 된다는 것을 알았다. 장난감 돛대가 부서지고, 장난감 돛이 찢겨 나갔으며, 태풍 역시 난쟁이가 영사기의 뜨거운 전구를 식히기 위해 사용하는 선풍기 같은 걸로 일으킨 바람이었을 뿐이다. 작년에는 테레우스의 아들 이티스가 윙윙거리는 선풍기를 덜컥 쥐는 바람에 손가락 하나를 잘렸다. 그의 피가 선풍기의 날개에 의해 수천 개의 작은 방울이 되어 난쟁이의 영사기 위로 뿌려졌다.

그 재난은 속이 너무나 빤히 들여다보였다. 키파리스는 드라마가 설득력을 잃게 되자 음악과 폭풍우 소리를 더욱 크게 틀어 관중석에서 새어 나오는 야유를 눌렀다.

바로 그 순간, 다시 전개된 폭풍의 맹위 속에서 알키오네는 연인을 발견했다. 케익스는 부서진 판자를 움켜쥔 채 홀로 거친 파도 속에서 표류하고 있었다. 그의 머리칼에 붙은 바닷말이 반짝였고, 어깨에는 말미잘과 조개들이 엉켜 있었다. 그는 알키오네를 향해 피 묻은 손을 뻗으며 고함을 치다 곧 조용해졌다. 알키오네도 그를 향해 외쳤다. 그러다 알키오네는 잠에서 깨어났다. 그녀는 케익스가 고요히 깊은 숨을 내쉬며 옆에서 자고 있는 것을 보았다. 하지만 누워 있는 그의 모습은 전혀 위로가 되지 못했다.

다음 날 아침, 축 처진 깃발들이 항구 쪽으로 나부꼈다. 두 연인은 범선의 현문(舷門) 앞에 아무 말 없이 서 있었다. 배에 연결된 사다리를 오르던 케익스는 수차례 뒤를 돌아보았다. 이윽고 범선이 빽빽하게 정박된 배들 사이를 뚫고 망망대해로 나아가는 동안, 케익스는 그대로 난간에 기대 있었다. 이제부터는 모든 것이 꿈에서 본 그대로였다. 다른 점은 단지 더 진하고 눈부셨을 뿐이다.

출항한 지 사흘째 되던 날 저녁, 꿈에 본 그 폭풍이 일었다. 케익스와 동승한 선원들은 죽음을 피하기 위해 미친 듯이 움직였지만 소용이 없었다. 바닷물에 짐을 내던지기도 하고, 나중에는 제물을 바치기도 했다. 그래도 배가 가라앉기 시작했다. 배는 이미 파편에 불과했다. 어떤 한 돛 제작공은 파도를 막으려고 안간힘을 쓰다 자살을 택했고, 다른 사람들은 한 시간 남짓 더 버티다가 역시 죽음을 당했다. 알키오네가 꿈에서 본 대로 마침내 케익스만 홀로 남게 되었다. 그는 널빤지를 꽉 붙든 채 기침을 해대며 연인의 이름을 불렀고, 마음에 품었던 희망을 힘겹게 내뱉었다. 그는 비로소 알키오네의 품 안에 있을 때 위로를 얻을 수 있지, 델피의 신전이나 어떤 성물(聖物)도 도움이 되지 못함을 깨달았다. 이제야 그는 아내를, 그녀가 걷고 있을 뭍을 그리워하였다……. 이윽고 그 역시 물속으로 가라앉았다. 시뻘건 살점이 붙은 널빤지가 파도에 출렁거렸다. 파도에 의해 핏자국이 씻긴 살점을 바다 갈매기들이 날아와 뜯어먹었다. 이윽고 바다가 잔잔해졌다.

포근하던 밤 날씨가 어느새 추워졌다. 저녁마다 해안에서부터 시작되는 밤안개가 마을의 어두컴컴한 나무들과 좁은 골목길, 철제 장식들에 베일을 드리웠다. 키파리스 영감의 포장 마차에 첫 눈송이가 반짝거렸다. 시뻘겋던 화로는 숯이 다 떨어져 이제는 겨우 약한 열을 발산하고 있을 뿐이었다. 관객들은 키파리스가 틀어 주는 영화가 대략 어느 정도 걸린다는 것을 잘 알고 있었다. 그들은 지금 보고 있는 영화가 끝나 가고 있음을 짐작하고는, 그 결말에 대해 나름대로의 생각들을 외치기 시작했다. 이에 키파리스는 어쩔 수 없이 요란스레 울리던 스피커의 볼륨을 낮추었다.

알키오네의 꿈은 그대로 되었다. 하지만 그녀는 이 사실을 모른 채 두 여인과 더불어 월계수와 장미 줄기로 꾸며진 베란다에 앉아, 케익스의 귀환을 환영하는 축제 때 입을 옷을 짜고 있었다. 그녀의 생각은 너무 앞질러 갔다. 화환을 감던 그녀는 케익스가 가파른 거리를 올라와 자신에게 팔을 벌리는 모습을 떠올렸다.

그 순간 바투스가 소리를 치며 웃었다. 「죽었어!」 영화 속의 여인은 물론 어느 누구도 모르는 일을 오직 혼자만 알고 있다는 데 대한 기쁨으로 외쳤다. 「죽었어! 그는 죽었단 말이야!」

알키오네는 매일 아침과 정오, 저녁에 해안을 따라 걷고 달렸다. 아득히 먼 수평선을 뚫어지게 바라보며 자신의 꿈이 사실이 아니기를 바랐다. 하지만 그녀의 희망이 인생과도 같이 점차 기울기 시작했다. 그러던 어느 날, 스페인 갤리선[4] 한 척이 조난자 다섯 명을 싣고 항구로 들어왔다. 알키오네는 한 맺힌 여인처럼 울부짖으며 방파제 주변에 몰려 있는 인파 사이를 헤치고 겨우 살아 온 자들에게 다가갔다. 생존자들의 얼굴은 햇빛과 염분으로 형편없이 상해 있었고, 입술은 하얗게 변해 있었다. 어깨의 살갗이 벗겨져서 옷을 입을 수 없어 헐거운 삼베를 겨우 걸쳤다. 상처에서 난 고름이 서서히 삼베를 적셨다. 방파제 주위에서 들리는 말로는, 저들이 무려 23일간을 뗏목에 의지한 채 표류했다고 했다. 이 기간 동안 거의 먹지 못했으며, 소나기가 쏟아지고 난 후 단 두 번 물을 마실 수 있었다고 했다. 생존자들은 호기심 어린 구경꾼들 사이로 비틀거리며 지나갔다. 누군가 환호성을 질렀지만 전혀 반응하지 않았다. 그들 중의 한 명은 정신이 돈 사람처럼 웃어 댔다. 그는 마치 개처럼 짖으며, 두 팔을 뻗어 허공을 향했다가 길바닥을 긁어 댔다. 이런 그를 사람들이 일으켜 끌고 갔다. 그런데 갑자기 알키오네는 미친 자의 얼굴이 케익스의 모습이라고 생각했다. 고름이 흐르고 찢긴 살갗 사이로 케익스의 눈이 이글거리는 것 같았다. 알키오네가 그의 가슴에 안겼다. 그의 몸에서 끈적거리는 땀이 그녀의 이마에 묻었다. 그가 신음을 했다. 마침내 알키오네는 그가 케익스가 아님을 깨달았다. 조난당한 사람들은 낯선 자들이었다. 그들은 범선에 대해서는 전혀 아는 바가 없었다. 그들은 자신들이 구사일생으로 살아 왔다는 사실 외에는 어떤 것도 기억하지 못했다.

알키오네는 다시는 궁으로 돌아가지 않았다. 그녀는 바다 곁에 머무르며, 파도가 자비를 베풀어 케익스의 시체만이라도 뭍으로 떠내려 오기를 바랐다. 이 기간 동안 하인들이 살림 도구나 옷, 빵, 말린

4 11세기에서 18세기까지 지중해에서 사용되었던 군함으로 주로 노예나 죄수가 노를 저었다.

생선, 과일 등을 가득 담은 바구니들을 그녀가 머무르고 있는 동굴로 실어 날랐다. 그 동굴은 갈매기와 펠리컨이 날아다니는 높은 절벽 사이로 입구가 나 있었다. 하인들은 마지막으로 시중을 든 뒤 어디론가 도망쳐 버렸다. 알키오네는 친구이기도 한 시녀 한 명과 더불어 컴컴한 동굴에 머물렀다. 그동안 바깥에서는 실종된 군주의 지배력이 쇠퇴해 갔다. 마부들은 케익스의 옷을 걸치고 부두와 시장 터를 비틀거리며 누비고 다니면서 그의 몸짓이나 목소리를 흉내 냈고, 일부는 그의 입상(立像)을 향해 병과 돌을 던졌다. 궁의 거실과 아치형 복도에서 천민들이 난리를 쳤다. 말과 돼지들, 비둘기, 공작 그리고 심지어 사냥개들까지 열린 울타리를 뛰쳐나와 도망쳤다. 천민들은 남은 짐승은 모조리 끌고 가거나 도살하였다.

알키오네는 바깥에서 무슨 일이 벌어지는지 전혀 몰랐다. 그녀는 동굴의 입구에, 또 바닷가에 웅크리고 앉아 앞을 응시하다 벌떡 일어나 넘실대는 파도를 따라 해안을 달렸고, 그러다 풀썩 주저앉아 흐느꼈다. 시녀는 미쳐 날뛰는 알키오네를 팔로 감싸며 다시 동굴로 데려갔다. 어떤 격려나 위로도 알키오네의 슬픔을 달랠 수는 없었다. 잿빛 바다가 고요하게 두 여인 쪽으로 밀려왔다. 하늘은 어떤 때는 너무 높아서 무서워 보였고, 또 어떤 때는 수면 위로 낮게 비치며 차갑고 단단해 보였다. 이렇게 겨울이 왔다.

관객들 중의 일부가 조바심이 나서, 아니면 갑자기 기온이 내려간 탓에 의자에서 일어나 꺼진 화롯가 주위로 몰려갔다. 그들은 발을 동동 구르고 손을 비비면서 몸을 녹였다. 그때 맨 앞줄에 앉아 있던 한 여인이 고함을 쳤다. 철의 도시의 여인들 사이에서 남자를 밝히는 색녀(色女)로 통하는 프로세르피나였다. 파마는 가축 장수들이 프로세르피나를 무슨 소 쳐다보듯 넋을 잃고 보는 거나, 흑옥(黑玉) 캐는 사람들이 무슨 보석이나 되는 듯 바라보는 것도 다 프로세르피나가 눈웃음을 쳤기 때문이라고 가게 손님들에게 낮은 소리로 말하곤 했다. 「그 여자 지난번에는 로마에서 온 그 낯선 사람한테까지 눈웃음을 치지 않겠어, 글쎄.」 프로세르피나는 수년 전에 독일인 티스와 약혼했다. 티스는 이제는 잊혀진 어느 전쟁으로 인해 이곳 바닷가로 오게 되었다. 그는 1년에 두 차례씩 선편을 통해 상이군인 협회로부터 돈을 받기 때문에 이 마을에서는 그를 그저 〈부자〉라고 칭했다. 독일인 티스는 프리슬란드[5]의 소택지(沼澤地)를 몹시 그리워했다. 그는 양털을 깎을 때면 자주 프리슬란드에 대해 이야기했다. 티스는 주민들의 머리와 수염을 깎았고, 다친 상처를 꿰매거나 연고를 반죽하기도 했으며, 치료에 효험이 있는 초록색 술을 — 스위스의 카르트하우젠산(産)이라고 주장하는 — 팔았다. 그런 약들이 듣지 않거나 다른 치료법이 모두 바닥이 나면, 마을의 사망자들을 매장하는 일을 떠맡았다. 그는 매장이 끝난 무덤 위에는 늘 돌로 둥근 탑을 쌓았다. 이날 밤 프로세르피나는 화가 나서 약혼자와 떨어져 앉았다. 그녀는 한 손으로 입을 막은 채 푸줏간 벽 위를 서서히 덮는 짙은 안개 사이로 영화 속을 응시했다. 해안선을 따라 흰 모래 언덕이 나타났다. 그곳에 부드러운 파도에 의해 씻긴 케익스의 시체가 놓여 있었다.

프로세르피나의 비명 소리에 놀라기라도 한 듯 여느 때나 다름없이 해변에 앉아 있던 알키오네가 고개를 들었다. 마침내 그녀가 죽은 남편을 보았다. 그 순간 남편의 얼굴 표정 하나하나에 대한 기억들이 또렷하게 떠올랐다……. 표류해 온 이 시체와 내 목에 걸린 메달에 새겨진 그림이 같은 사람인가? 알키오네는 실성한 듯이 자리를 박차고 일어나 절벽을 향해 달렸다. 바위들을 건너뛰며 쏜살같이 질주한 그녀는 해안의 절벽 위로 몸을 던졌다. 관객들은 주위의 짙은 안개 때문에 사납게 돌진하던 여인의 모습을 잠시 시야에서 놓치고 말았다.

이윽고 다음 순간 절벽을 솟아오르는 한 마리의 새가 그들의 눈앞에 나타났다. 날개를 파닥거리며 거센 파고(波高) 위에 머물러 있는 새. 힘찬 날갯짓을 하며 케익스의 시체로 다가가, 그의 가슴 위에 내려앉는 한 마리의 물총새. 케익스의 감긴 눈과 입 주위로 마른 소금 자국이 남았고, 가슴은 독수리에 뜯겨 있었다. 물총새는 독수리에 뜯겨 찢긴 볼과 이마를 자신의 날개로 애무하는 듯했다. 바로 그 순간, 만신창이가 된 케익스의 얼굴에 갑자기 미세한 움직임이 일었다. 부

---

5 네덜란드와 인접한 독일 북서부의 저지대.

패한 시체의 검붉은 살갖이 갑자기 연한 빛이 되었다. 머리카락 사이의 악취 나는 거품이 새하얀 솜털이 달린 화관으로 변했고, 진주 같은 눈동자가 생겨났다. 다음 순간, 잔잔한 바람에 부드럽게 출렁거리는 수면 위로 아름다운 새가 고개를 들었다. 그 새는 놀란 듯이 떨며 새로 변한 자신의 몸을 쳐다보았다. 조그마한 새는 날갯짓하며 몸을 곧추세우고, 동시에 소금 자국과 물과 상처 딱지를 털어 냈다. 더 이상 시체도, 비통해하는 자도 보이지 않았다. 오직 물총새 두 마리가 공중을 나는 모습만이 화면에 비칠 뿐이었다.

  관객들은 이것을 이해했다. 일부는 안도의 웃음을 지으며 손뼉을 쳤다. 출연 배우들과 음향 및 분장 담당자들의 이름이 벽 위로 비춰졌고, 감사의 말이 이어졌다. 이어서 필름 감개가 달그락 소리를 내며 멈췄고, 키파리스는 스위치를 집었다. 푸줏간 벽이 어두워졌다. 토미 마을은 어느새 밤이 되었다. 개 짖는 소리, 지하 술집에서 떠드는 소리, 집으로 가는 사람들의 대화 소리가 바다에서 불어온 거친 바람을 타고 산 쪽으로 높이 날아갔다. 바람은 트라킬라로 가는 길목의 덤불을 지날 때에야 비로소 철의 도시에서 싣고 온 소리들을 털어 버리는 것 같았다. 쏴 하고 소리를 내던 바람이 곧 조용해졌다.

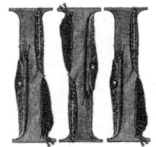

 푸줏간 벽 위로 사나운 폭풍우와 험한 파도가 비춰지는 동안 코타는 산속에 있었다. 그는 깊은 산속에 있는 시인의 집에 불을 켜려 했으나 소용이 없었다. 어둠이 그 집을 지배하고 있었다. 코타가 아궁이 위의 놋쇠 고리에 걸린 램프에 불을 붙이려 해도, 매번 잠시 깜박거릴 뿐 금방 그을음을 남기며 꺼져 버렸다. 야경(夜警)을 서는 사람들처럼 두 남자는 자기 자리를 지켰다. 코타의 모습이 어렴풋하게 유리창 위로 드리워졌다. 피타고라스가 꼼짝 않고 웅크리고 있는 돌계단 아래는 이제 전혀 앞을 볼 수 없을 만큼 칠흑같이 어두웠다. 간간이 천식 환자처럼 내뱉는 가쁜 숨소리만이 그가 아직 그곳에 있음을 알려 주었다. 아무도 입을 열지 않았다. 몇 시간째 두 사람은 그렇게 앉아 있었다. 코타는 지금의 침묵이, 즉 자신의 내면으로 완전히 침잠(沈潛)한 이 상태가 어쩌면 이곳에 제일 잘 들어맞는지 모른다고 느꼈다. 바깥 세계의 온갖 소리가 트라킬라의 정적 속에서 반사되어 울렸다. 깊은 계곡의 돌 구르는 소리, 담과 나무들이 부서지는 소리, 아랫마을의 공장에서 쿵쿵 찍는 소리, 그리고 대화들. 험악한 대화, 부드러운 대화, 겁먹은 대화. 또한 피아차 델 모로 거리에 있는 어느 살롱의 당구대 위에서 상아로 만든 당구공끼리 부딪치는 소리도 울렸다.

 이곳 산속에 세상의 소리가 울려 퍼졌다. 물속의 공기 방울이 뽀글거리며 수면 위로 떠오르듯이, 코타의 내부로부터 잊혀졌던 세상의 모습들이 점차 뚜렷해지며 표면 위로 떠올랐다. 마치 산속의 추위와 트라킬라의 폐허, 그리고 웬 미친 노인이 과거의 기억을 되돌려 놓은 것 같았다. 그러나 옛 모습들은 곧 그의 기억 속에서 사라졌다. 코타가 불과 몇 시간 전에 노인에게 얘기했던, 아니 맹세했던 것들 역시 이제는 말 없는 과거가 되어 버렸다. 그런데 피타고라스는 들리지 않는 것들에 대해 여전히 귀를 기울이고 있는 것 같았다. 마치 소리 없는 기억들 하나하나가 바람을 타고 돌계단 아래의 어둠 속으로 운반되는 것 같았다. 그렇게 로마의 찬란함이 나타났다가 사라졌다. 궁전의 유리창에 반사되던 6월의 태양, 지금은 창틀에 못이 박힌 오비디우스의 집을 덮고 있는 측백나무의 그림자, 해 질 녘 반짝이는 곤충들의 행렬처럼 거리의 플라타너스 아래를 바삐 지나가는 소작농들.

피타고라스가 숨 가쁘게 기침을 했다. 그리고 다시 침묵이 흘렀다. 이윽고 그림자가 코타에게 다가왔다. 허리를 굽힌 그림자. 피타고라스였다. 서로 접근할 수 없었던 시간이 한참 지난 후, 하인은 당혹감이 좀 가셨는지 로마인에게 다가왔다. 그는 로마인의 팔에 자신의 손을 살며시 얹고 속삭였다. 「무얼 원하는 거야?」

잠시 동안 코타는 어찌할 바를 몰랐다. 별똥별 하나가 타오르며 술모나의 밤하늘을 쏜살같이 지날 때, 소원을 빌고 싶으면 그 별이 사그라지기 전에 얼른 해야 된다고 했다. 갑자기 소원이 떠오르지 않아 느꼈던 당혹감이 지금 코타의 심정이었다. 별똥별의 불꽃은 코타에게 다시 피아차 델 모로 거리에 있는 오비디우스의 집을 떠올리게 했다. 그곳에서는 오비디우스의 책들이 불타고 있었다. 아니 화염에 싸인 원고 속에는 세상에 단 한 권밖에 없는 책이 불타고 있었다. 제목만으로도 아우구스투스 황제가 거주하는 로마에서는 불손함의 상징이 되었고, 또 건축물 하나하나가 황제의 기념비이자 동시에 권력을 나타내는 이곳 로마에서 선동(煽動)으로 여겨졌던 책. 『변신』. 오비디우스는 그 책을 그렇게 명명했고, 그 대가로 귀양을 떠났다. 그 책이 타는 것을 목격한 코타는 당시 불타고 있던 책장을 넘기던 바람결을 다시 한 번 느꼈다. 그는 마침내 하인의 그림자 쪽으로 몸을 돌린 뒤 말했다. 「그 책.」

「책이라고!」 어떤 마법 주문이 가로막기라도 하듯 그림자가 코타에게서 흠칫 물러섰다. 그리고 불이 켜졌다. 오비디우스의 하인은 아궁이 위로 허리를 굽혀 재빠른 손동작으로 등불에 불을 붙였다. 등불이 좌우로 느릿느릿 흔들거리다 제자리에 멈췄다. 몸을 수그린 두 사람의 모습이 벽 쪽에 비쳤다. 「그래, 그 책. 오비디우스는 불타 버린 그 책을 다시 쓰기 위해 얼마 동안이나 작업을 했지? 4년? 5년?」 코타가 로마에 살았을 때, 로마의 문학 서클이나 유명한 잡지의 문예란에는 의문에 싸인 오비디우스의 미완성 작품 『변신』에 대한 논의가, 특히 그 책의 주제에 대한 해석이 분분했다. 사람들은 오비디우스가 지금 조용한 침묵 속에서 최대의 역작을 쓰는 중이라고 말했다. 당시 그가 쓴 비극들은 제국 최고의 극장들을 위시해 지방의 극단에서 갈채를 받았다. 오비디우스의 책들은 서점의 진열장마다 그의 초상화가 실린 광고 포스터와 더불어 울긋불긋하게 정리되어 산더미같이 쌓여 있었다. 로마의 사창가 창녀들조차 대량으로 찍힌 그의 연애시에서 가명으로 다루어진 자신들의 이야기를 뒤져 댔다. 상류층 사람들의 사랑 편지도 종종 그의 아름다운 비가(悲歌)를 베껴 쓴 것에 불과했다. 하지만 오비디우스가 여러 스캔들을, 가령 가든 파티며, 유행하는 사치며 혹은 권력의 암투 등을 작품의 소재로 다루기 시작하자, 그의 명성도 마침내 곤두박질쳤다. 의심할 바 없이 오비디우스는 유명했다. 하지만 유명한 시인, 도대체 그게 무엇이란 말인가? 오비디우스는 이제 교외의 선술집이나, 아니면 로마에서 한두 시간 떨어진 시골 장터의 밤나무 아래에서 가축 상인이나 기름 장수들과 함께 자리를 할 뿐이었다. 그들 중의 어느 누구도 시인 오비디우스라는 이름을 단 한 번이라도 들어 본 사람은 없었다. 서커스장이나 원형 경기장의 스탠드에 앉아 열광하며 소리를 지르는 군중들과 시(詩)를 듣기 위해 모인, 고상한 취미를 가진 소수의 관객들과 어떤 차이가 있을까? 오비디우스의 명성은 문자(文字)가 어느 정도 중요시되는 곳에서만 인정받았을 뿐, 마라톤 선수가 운동장을 돌아 결승점을 향해 숨차게 달려가는 곳이나 곡예사가 공중의 밧줄을 타고 묘기를 부리는 곳에서는 아무런 가치가 없었다. 황제가 가마를 타고 원형 경기장에 들어설 때 자리에서 일어나는 수십만 군중의 옷자락 소리와 비교하면 연극 관객의 박수 소리는 우스운 소음에 불과했다. 오비디우스는 시로서는 수십만 군중의 환호를 이끌어낼 수 없음을 알고 있었지만, 그래도 때때로 자기만을 위한 환호성을 만끽하고 싶은 강렬한 욕구에 사로잡혔다. 그럴 때면 온종일 원형 경기장의 주위를 서성거리며 근처의 그늘에 앉아 흥분한 관중들의 우레와 같은 소리에 귀를 기울였다. 스스로 대중 앞에 서고자 했던 것이 오비디우스의 불행이 시작된 이유 중 하나였다. 왜냐하면 경기장을 흥분의 도가니로 몰아넣거나, 관중들에게 명령하는 것은 오로지 한 사람, 즉 세계의 황제이며 영웅인 아우구스투스 황제만의 특권이었기 때문이다.

「책이라······.」 피타고라스가 재를 비운 상자를 아궁이 안으로 밀어 넣던 불쏘시개로 코타를 가리켰다. 「이 양반이 우리의 책을 가지길 원한대.」 노인의 움직임이 민첩해졌다. 등불을 켜고 아궁이에 불을 피웠으며, 창문을 닫고 돌로 된 세숫대야에 물을 채우는 등 분주하게 움직였다. 그러는 중에도 그는 나지막하게 혼잣말로 중얼거렸다. 「저 사람, 뭘 얻고자 하는 거야. 양파를 줄 수는 있어, 빵도 줄 수 있고. 또 손을 씻도록 물을 부어 줄 수도 있어. 그런데 책을 원한다고? 어쩌면 갈증이 나는가 보지, 창문도 닫았는데······.」

코타는 점잖은 손님이었다. 아궁이의 불 속에서 장작이 딱딱거리며 타고 있음에도 불구하고 주위는 여전히 추웠다. 코타는 그리 내키진 않았지만 가볍게 몸을 숙여 피타고라스의 손에서 양파와 흑빵 한 조각을 집었다. 노인이 한 손에는 식초가 가득 담긴 물병을, 다른 한 손에는 호롱불을 든 채 발길질로 문을 열고는 코타에게 따라오라고 했다. 코타는 노인이 들고 있는 물병을 받아들고 몸을 일으켰다.

오비디우스의 집에서 새어 나온 불빛이 안뜰에 쌓인 눈 위로 길게 빛을 드리우며 뽕나무를 비추고 있었다. 바람에 흔들려 떨어진 눈 위에 흩어진 뽕나무 열매들이 마치 검은 딱정벌레처럼 보였다. 산속을 방문한 로마 손님도 오비디우스와 그의 하인이 늘 보았던 모습을 한 번 봐야 된다는 듯, 하늘을 가리고 있던 구름이 흩어졌다. 트라킬라의 폐허 더미 위로 펼쳐진 밤하늘, 거문고 자리, 용 자리, 왕관 자리. 높은 바위틈에서 자라난 전나무들이 달빛을 받아 마치 가위로 오려낸 종이 실루엣처럼 보였다. 유배당한 오비디우스는 어쩌면 산속의 이런 모습에서 자신의 외로운 처지를 떠올렸고, 또 위로받았을 것이다. 정원의 안뜰을 지나 조금 전 창가에서 보았던 그 숲으로 연결되는 돌계단을 지날 때였다. 피타고라스가 계단에서 시선을 떼지 않은 채 말했다.「달!」코타는 하인의 말을 배우기라도 하듯이 조심스레 따라 했다.「달.」

노인의 뒤를 따르는 코타는 풀에 발이 걸리기도 하고, 양치 식물의 무성한 가지와 잎사귀에 얼굴을 긁히기도 했다. 이 식물들은 시칠리아 섬과 칼라브리아[6]의 황폐한 올리브 산지에서 보았던 거대한 고사리 잎새 같았다. 이제 거친 덤불이 코타의 등과 머리를 덮었다. 호롱불을 든 하인은 계속 앞으로 나아갔다.「계속 가야 돼, 따라오시오.」

오후에 오비디우스의 집 창가에서 내려다본 이곳은 그저 식물이 빽빽한 정원에 불과했다. 코타는 이곳을 그저 울창한 숲 정도로 생각했다. 저 아래 뿌연 심연 가운데 놓여 있을 푸른 바다로 이어지는 울창한 숲의 일부분 정도로. 하지만 이제 우거진 덤불은 오비디우스의 집과 산과 심지어 달빛마저 삼켜 버렸고, 오로지 하인이 비추는 등불에 밀려 한 발씩 한 발씩 뒤로 물러설 뿐이었다.

이윽고 피타고라스가 멈춰 섰다. 그는 어둠 속에서 호롱불로 천천히 반원을 그렸다. 두 사람이 마침내 도착한 곳은 울창한 숲이 갑자기 중단된 듯한 어떤 빈터였다. 그곳에는 풀들이 모두 말라 버린 것 같았다. 빈터의 둘레를 빽빽이 에워싼 식물들이 마치 병풍처럼 보였다. 병풍 같은 벽에 코타의 그림자가 어른거렸다. 코타는 자기가 어떻게 덤불을 뚫고 여기까지 왔는지 믿을 수 없었다. 피타고라스는 등불로 마저 원을 그렸다. 희미한 불빛 속에서 화강암 판, 슬레이트 조각들, 돌기둥들, 그리고 거칠고 둔중한 네모진 돌들이 보였다. 이곳에 큰 난리가 한번 난 듯 어떤 돌은 세워져 있지만, 다른 것들은 넘어지거나 이끼가 가득 낀 채 흙 속에 깊이 파묻혀 있었다. 이 모습은 무너진 조각

---

[6] 시칠리아 섬과 인접한 이탈리아의 남부 지역을 일컬음.

상들을 모아 놓은 정원 같기도 했고, 공동묘지 같기도 했다. 그런데 돌을 뒤덮고 있는 것은 이끼나 잡초가 아니었다. 수백 수천 마리의 민달팽이들이 서로 엎치락뒤치락하며 돌 위를 기어 다니고 있었다. 그로 인해 돌들이 흐물대는 기다란 해면체로 보였다.

피타고라스는 마치 무덤 사이를 지나듯 돌기둥 사이를 왔다 갔다 하였다. 한곳에 서서 혼자 뭐라고 중얼거리는가 하면, 옆쪽의 돌을 힐끔 쳐다보더니 또 다른 비석을 보고 고개를 끄덕였다. 그러고는 들고 있던 식초병을 바닥에 내려놓았다. 그는 어깨에 손을 얹듯 외투처럼 비석을 덮고 있는 달팽이 무리를 만졌다. 찐득거리는 진을 내뱉는 달팽이들. 코타가 욕지기를 느꼈을 때, 피타고라스는 이미 한 걸음 더 나아가고 있었다. 그들은 오비디우스의 정원으로 들어섰다. 이제 하인은 어둠 속에서 버티고 있는 돌기둥 쪽으로 가서 대수롭지 않다는 듯 달팽이 떼 위에 식초를 부었다.

그 순간, 수많은 무리가 숨죽여 부는 휘파람 소리 같은 것이 고요한 그곳을 가득 메웠다. 넓은 곳에서는 거의 들을 수 없는 소리, 멀리서 들리는 하프 소리처럼 나지막한 소리. 코타는 이 소리가 공포와 고통에 빠진 달팽이들이 내는 소리였음을 알게 되었고, 무수한 촉수와 몸뚱이로 이루어진, 끈적거리는 덩어리가 어떻게 죽음을 맞는가를 보았다. 급작스러운 경련을 해대는 생명체들……. 달팽이들은 식초의 산성(酸性) 때문에 몸을 감거나 비틀어 댔고, 죽음의 휘파람 소리를 내며 포도송이 같은 거품을 내뱉었다. 마침내 달팽이들이 죽어 돌판에서 떨어지기 시작했다. 달팽이 떼는 밑으로 곤두박질치거나 서로 엉킨 채 돌 밑으로 떨어짐으로써 돌을 풀어 주었다. 그러자 생명체에서 해방된 그 자리에 〈불〉이라는 단어가 모습을 드러냈다. 돌 위에 정으로 쪼아 새겨 넣은 문자였다. 하인은 식초병을 들고 계속 같은 동작을 반복했다. 어둠 속에 가느다란 고통의 노래가 울렸다. 하인은 이 돌에서 저 돌로 옮겨 다니며 마치 저울로 재듯 신중하게 식초를 스펀지 같은 달팽이 위에다 부었다. 달팽이 떼들로 혼란스러운 돌 표면 위에 계속하여 읽기 힘든, 손가락이나 주먹만 한 문자들이 나타났다. 돌 깎는 일을 처음으로 해본 이의 솜씨인 듯 문자들은 서툴게 새겨져 있었다.

코타는 글이 새겨진 돌기둥을 열셋, 열넷, 열다섯 개째까지 세었다. 어떤 것에는 〈불〉 혹은 〈분노〉라는 낱말이, 다른 것에는 〈무력〉, 〈별〉, 〈쇠〉라는 낱말이 새겨져 있었다. 그는 자신이 지금 망치와 정으로 열다섯 개의 거석에 나누어 새긴 어떤 글을 마주하고 있음을 알게 되었다. 달팽이 외투로 덮인 현무암과 화강암은 어떤 메시지를 담고 있었다. 피타고라스는 이제 말없이 서 있었다. 코타는 하인의 손에서 등불을 빼앗다시피 넘겨받은 뒤, 돌들 사이를 이리저리 돌았다. 그는 낱말들이 어떤 의미를 지녔는지 궁금해서 몹시 조바심이 났다. 돌기둥 하나하나가 미완성 작품이었다.

코타는 낱말들을 해독하면서 마치 읽기를 배우는 사람처럼 단어들을 중얼거렸고, 새로운 단어가 이어져야 한다고 짐작되는 곳에 웅크리고 있는 달팽이들을 손으로 밀어냈다. 그는 모습이 드러난 단어들을 서로 연결하여 의미와 연관성을 한 번, 두 번 음미해 본 뒤 다시 흩트렸고, 이 놀이를 수차례 반복했다. 미완의 조각들을 끼워 맞추고 연결해 보던 그는 마침내 다음과 같은 메시지 외에는 다른 가능성이 있을 수 없다는 결론에 도달했다.

나는 한 작품을 완성했노라
불과 쇠와
신의 분노와 그리고
모든 것을 파괴하는 시간조차 극복할 수 있는

오로지 나의 육체만을 지배할 뿐인
죽음은
언제든지 원한다면
이제 나의 생명을 앗아 가도 된다.

그러나 이 작품과 더불어
나는 영속하겠고
별보다도 더 높이 올라갈 것이며

나의 이름은 결코 파괴되지 않으리라.

코타는 이 세상에서 이런 환상을 품을 수 있는 자는 오직 한 사람뿐임을 곧 알았다. 그럼에도 코타는 하인에게 누가 이 글을 썼느냐고 소리쳤다. 피타고라스는 불빛의 가장자리에 서서 마른 나뭇가지로 〈나〉라고 새겨진 글자 속에 끼어 있는 달팽이들을 긁어 내던 중이었다. 그는 당연히 코타가 예상했던 이름을 말했다.

「그러면 오비디우스는 어디 있지? 그가 살아 있는가? 이 숲 속에 숨어 있는가?」「떠났어. 그는 떠났어.」 피타고라스가 대답했다. 「떠났다니, 무슨 뜻이야?」「떠났다는 것은 오비디우스가 여느 때와 다름없이 아침에 일어나 창문을 열었다는 뜻이고, 집 뜰에 있는 커다란 돌 함지의 얼음을 도끼로 깨뜨려 한 바가지의 물을 폈다는 소리이지. 또 떠났다는 것은 그 겨울 아침이 평상시와 전혀 다름이 없었으며, 오비디우스가 산속으로 들어간 뒤 다시는 돌아오지 않았다는 것을 의미하지.」「그 아침이, 그 겨울이 얼마나 지났지? 1년? 2년? 실종된 그를 찾아 나선 적이 있는가?」 하인은 어깨를 으쓱거렸을 뿐, 아무런 대답이 없었다. 〈나〉라는 글자가 고인돌 위에 갓 새겨 놓은 듯 번쩍거렸다. 피타고라스는 이제 만족스러운 듯 나뭇가지를 내던지고 뒤로 한 걸음 물러나 자신의 작품을 살폈다. 〈나는 한 작품을 완성했노라.〉

완성했노라. 로마의 사람들은 단지 작품의 일부만을 알고 있었다. 갈채와 환호를 필요로 했던 오비디우스는 독자들에게 자신의 완성작뿐 아니라, 아직 구상 중인 작품에 대해서도 주목하고 동의해 줄 것을 요구했다. 오비디우스가 로마에서 개최되는 문학 모임에 나타나, 좌석을 꽉 메운 청중 앞에서 때때로 아직 쓰는 중인 작품 『변신』의 일부를 읽어 주는 모습은 일상적인 일에 속했다. 하지만 매번 그는 단 한 번도 작품 전체의 윤곽을 드러내지는 않았다.

이런 독자와의 만남이 있고 나면 어김없이 이런저런 추측들과 항의가, 또 호기심 어린 기대감부터 경외심 가득한 기대감에 이르기까지 갖은 종류의 제스처들이 난무했다. 오비디우스는 이를 특별한 유형의 갈채로 즐기는 것 같았다. 작품을 낭독할 때 그는 대개 불과 몇

자 정도를 갈겨 놓은 습작 위로 허리를 깊이 숙인 채, 일체의 움직임이나 흥분하는 기색 없이 나지막하게 작품을 읽곤 하였다. 그의 음성이 얼마나 낮았던지 관객들은 그가 읽는 소리를 듣기 위해 극도로 긴장을 해야만 했다. 그가 잠깐 읽기를 멈추기라도 하면 갑자기 숨 막힐 듯한 거대한 침묵이 그 공간을 지배했다. 낭독이 끝나면 오비디우스는 들릴까 말까 한 목소리로 청중들에게 감사의 말을 전한 뒤 자리를 떴다. 그는 여태껏 단 한 번이라도 질문에 대답을 하기는커녕, 질문을 듣지도 않았다. 하지만 묘하게도 그는 사랑과 전쟁에 대해, 심지어 창작의 고충에 대해 글을 쓸 때는 개방적이고 대담했다. 이는 마치 자신이 말하고자 했던 〈일체의 것들을〉 하나씩 시(詩)의 세계로, 또는 완결된 연설문이나 소설의 세계로 옮기려는 것 같았다. 그럼으로써 오비디우스는 일상어나 사투리, 고함, 그리고 상투어가 난무하는 세계에서는 침묵하는 것 같았다.

오비디우스는 『변신』에서 한 구절을 발췌해 읽을 때 전혀 관련이 없는 인물들이나 경치에 대해 말했는데, 그의 인물들은 짐승으로 변하였고, 또 짐승은 돌이 되었다. 그는 사막, 원시림, 여름 공원을 묘사했고, 전투가 끝난 뒤의 싸움터를 바라보는 느낌에 대해 말했다. 하지만 그가 완결된 에피소드나 단편을 읽는 경우는 아주 드물었다. 그러기에는 오비디우스가 지닌 상상력의 부피가 너무 광대한 것 같았다. 위대한 영웅들, 형리(刑吏), 사슬에 묶인 채 모욕을 당하는 자 등이 등장했으며, 인자하거나 잔인한 인간들이 짐승과 식물로, 또 돌로 변했다. 개와 소가 말하고 탄식하는가 하면, 우화 속의 동물들과 잊혀진 신들이 등장했다. 청중들은 오비디우스가 펼쳐 보인 습작들을 이해하지 못했다. 오비디우스가 지금 소설을 집필하고 있나, 아니면 작은 산문들의 모음집인가? 자연을 시적으로 묘사하고 있나? 신화와 변신과 꿈을 함께 엮은 책인가? 오비디우스는 침묵으로 일관함으로써 모든 추측들을 가능케 했다. 그는 어떤 추측도 반박하지 않았고, 그렇다고 인정하지도 않았다. 그런 식으로 오비디우스는 이 작품을 둘러싼 혼란을 증폭시켰다. 어느 누구도 촘촘히 글씨를 써 넣은 종이 몇 장밖에 보지 못했고, 공개 독서회에서 들은 것이 전부였지만, 『변신』은 어느새 그의 〈최고의 역작〉이라 불렸다.

만일 이런 소문들이 더디게 확산되면 오비디우스는 다시 독서회를 개최함으로써 매번 관심사를 북돋웠다. 여러 추측과 기대들은 언제나 그에게서 비롯되었다. 그는 자신의 작품을 엄청나게 많은 수수께끼와 비밀들로 에워쌈으로써 그 뒤에 숨긴 진리를 값지게 했을 뿐 아니라, 모든 비판과 검열을 피할 수 있게 하였다. 〈변신〉. 온갖 소문이 무성했지만 이 제목만은 분명했다. 결과적으로 볼 때 시인의 운명을 얽어 맨, 온갖 추측을 낳은 제목. 오비디우스가 로마 사회를 모델로 하는 실화 소설을 쓰는 중이래. 고위 관료나 부유층의 비밀스러운 애정 행각과 사업상의 관계, 또는 괴팍한 습관들이 다뤄질 거라는데. 오비디우스가 그들의 가면을 씌웠다 벗겼다 하고, 때로는 두둔하고 때로는 조롱하기도 한다는데…….

물론 지금껏 단 한 번의 독서회도 이런 의혹을 뒷받침해 주지는 않았다. 그럼에도 이 시인이 그런 소설을 쓰기에 부족함이 없다는 것은 이론의 여지가 없었다. 수많은 저녁 사교 모임에 등장했으며, 수많은 집에 초대되었던 오비디우스는 사실 이곳 로마의 사회와 살롱, 술집을 너무도 잘 알고 있었다. 그가 실제로 그런 소설을 쓰고 있다는 것보다 그런 소설을 〈쓸 수 있다〉는 사실이 갑자기 명확해지자 로마 사람들이 그를 점점 불신하고 회피하며, 나아가서는 증오하기 시작하였다. 하지만 오비디우스의 별은 오랫동안 건재할 것 같아 보였다. 여기저기서 들리는 그에 대한 불신이 감추기 힘들 정도가 되었어도 그의 별은 계속하여 올라갔다. 그의 인기는 한 스캔들로 인해 심지어 대중들의 가까이에 다가갈 만큼 상승세에 있었다. 어떤 최고의 운동 경기자나 영화배우의 이름처럼 시인의 이름이 신문의 머리말에 등장하였다.

스캔들이 발생한 것은 로마의 작은 무대에서 희극이 초연되던 무더운 9월의 어느 저녁이었다. 여러 장면들이 느슨하게 엮인 그 작품의 제목은 〈미다스*Midas*〉였다. 길가의 나무 여기저기에 나붙은 극단 안내문에 따르면, 그 작품은 오비디우스가 현재 집필 중인 수수께끼에 싸인 작품에서 일부를 발췌한 것으로서 음악에 미친 제노바의 한 선주(船主)를 다루고 있다고 했다. 돈에 대해 욕심이 컸던 그가 만지는 것은 모두 금으로 변했다. 처음에는 정원의 자갈이나 장미, 볏단 정도가 금으로 변했지만 점차 사냥개와 과일들과 목욕을 하던 물이 변했고, 급기야는 그가 사람들을 어루만지거나 붙잡자 그들도 굳어 버렸다. 결국 뼈만 앙상하게 남은 초췌한 모습의 주인공은 창백한 조각품으로 변해 버린 사랑하는 가족들에 둘러싸인 채 넋을 놓고 탄식했다. 그의 절망 어린 독백은 사방을 에워싼 금 때문에 공허하게 울렸다. 선주의 독백은 돈에 대한 저주이자, 동시에 탐욕스러운 사람들을 비꼬는 조롱이기도 했다. 관객들의 웃음과 박수 소리로 인해 수차례 중단되었던 그 독백에서 여태껏 언어의 유희를 통해 감추어졌던 로마의 유명한 검열 위원장이나 국회의원, 판사 등의 이름이 마침내 등장했다. 선주는 결국 조금 나은 신세가 됨으로써 자신에게 내린 저주와 굶주림에서 벗어날 수 있었다. 그의 귀에 털이 나면서 길게 늘어졌고, 목소리는 당나귀의 꺼칠한 울음소리로 변해 버렸다. 그런 모습으로 선주가 퇴장했다. 관객들은 환호성을 지르며, 꽃과 깔고 앉았던 비단 방석을 무대를 향해 던졌다. 이날과 다음 날, 이틀 동안 연극은 완전히 매진되었다. 빈자리 하나 없이 꽉 들어찬 관객들의 땀내와 향수가 뒤범벅이 되어 실내의 공기가 탁해졌다. 이에 자리를 배치하던 안내자들이 극이 진행되는 중에도 실내에 전나무 향을 뿌려 댔다.

상연 넷째 날이었다. 쇠파이프와 채찍으로 무장한 기마 경찰들이 나타나 관객의 입장을 가로막고, 배우들이 극장을 벗어나지 못하게 억류했다. 그 와중에 배우들과 관객들이 부상을 당했다. 금색 의상을 입은 배우들과 화려하게 정장을 한 관객들이 옥외 계단과 굵은 기둥이 있는 극장의 통로에 쓰러져 피를 흘리며 아우성을 치다 어디론가 끌려갔다. 제노바와 트라파니[7]에 조선소를 소유하고 있는 리구리아 지방의 한 상원 의원이 이 연극을 금지하도록 명령했다. 후에 알려진 바에 의하면 그는 시칠리아 섬의 여름 휴양지에 대규모의 개인 오케스트라를 가지고 있다고 했다.

대중들의 분개에 대해, 특히 검열을 겨우 통과한 항의성 신문 기사

---

7 시칠리아 섬 최북단의 도시.

들에 대해 상원 의원은 연극에 대한 금지 조처와 기마 부대의 투입을 정당화하는 담화문을 두 차례 발표했다. 게다가 담화문을 전단으로 인쇄하여 연극 포스터 위에 붙이도록 하였다. 오비디우스는 이에 대해 침묵했다. 그 무렵의 어느 이른 아침, 그 상원 의원의 경호원 중 한 명이 로마 근교의 갈대 습지에서 쇠사슬에 묶여 손뼈와 발목뼈가 으스러진 채 발견되었다. 그 경호원은 열흘이 지나도록 정황 설명은 고사하고, 한마디의 말도 하지 못했다. 이로써 스캔들은 최고조에 달했다. 겁에 질린 그 남자는 자기에게 질문을 하는 사람들의 얼굴을 멍청하게 쳐다볼 뿐, 분별력과 말하는 능력을 완전히 상실했다. 잔인한 그 행동에 대한 관심이 수그러질 즈음에 그 경호원은 폐쇄된 요양소로 보내졌고, 얼마 후 그곳에서 죽었다. 어느 누구도 그 희극의 상연 금지에 항의하는 대중의 분노와 경호원의 처참한 모습 간의 연관성을 증명하지는 못했다. 그럼에도 불구하고 갈대 사이에서 불구가 된 채 발견된 경호원과 극장 앞에서 있었던 쇠몽둥이질, 그리고 오비디우스는 긴밀한 연관성을 띠게 되었다. 도대체 그따위 폭력을 선동하는 게 무슨 문학이란 말이야?

오비디우스가 한 번 침묵을 깬 적이 있었다. 그는 신문 지상을 통해 〈미다스〉의 형상이 지금은 풍비박산이 난 그 극장에서 심하게 왜곡되었다고 했다. 또한 자신은 이 작품에서 어떤 선주도, 또 살아 있는 어떤 인물도 염두에 두지 않았고, 오로지 탐욕스럽고 우둔한 그리스의 한 왕을 다루었을 뿐이라고 했다. 다시 강조하지만 자신은 결코 로마의 현실을 비유하지 않았으며, 상연 금지 조처는 자기 때문이 아니라 왜곡된 해석 때문이라고 주장했다. 이것이 오비디우스가 지금까지 자신의 작품에 대해 표명한 유일한 해명이었다. 이 해명은 흔히 있는 신중한 태도로 간주되었을 뿐 거의 이목을 끌지 못했다. 또한 연극을 둘러싼 스캔들이 결과적으로 볼 때 시인 자신도 전혀 예상치 못했던 영향을 끼쳤기에, 그는 사건의 계속적인 진행에 대해 아무런 반박을 하지 않았다. 복권 장사, 생선 장사, 오렌지 상인, 환전상들, 그리고 글을 모르는 사람들에게도 이제 그의 이름이 알려졌다. 말하자면 오비디우스가 〈대중적 인물〉이 된 셈이다.

오비디우스는 이제 모임을 옮겼다. 그의 이름은 가십거리로 오르내렸다. 집에 책은 없지만 대신 대리석 조각상과 등잔대, 은도금을 입힌 연못 등을 갖추고 표범을 애완동물로 기르는 부자들이 정치 풍자를 듣고자, 혹은 그저 연회(宴會)를 장식해 줄 사람으로서 오비디우스를 초대하였다. 그들은 비록 섬세하진 않아도 세력가들이었다. 개와 보초병, 유리조각을 박은 담, 가시 철조망 등으로 보호된 그들의 부는 제국의 영화로움을 상징했다. 이런 집에서 어느 날 일어난 일이다. 늦은 밤, 하늘로 쏘아 올린 폭죽이 불꽃을 튀기며 거미줄처럼 아래로 떨어지고, 거나하게 취한 자들이 웃어 대며 박수를 쳤다. 그때 좌중에서 누군가가 한 가지 제안을 했다. 내용인즉, 술모나 출신의 선동자인 이 시인에게 새롭게 축조한 원형 경기장의 개회식 축사를 맡기는 게 어떻겠느냐는 거였다. 이날 밤 파티 참석자들에게 시 평의회에서 축사로 내정했던 자가 오후 늦게 각혈을 하고 죽었다는 소식이 전해졌던 것이다.

다음 날 아침, 원형 경기장 개장을 불과 이틀 앞두고 오비디우스에게 연설 의뢰가 들어왔다. 이는 따지고 보면 예정된 연사의 급작스러운 죽음과 가든 파티에 초대된 몇몇 고위 관료들의 변덕에서 비롯된 것이었다. 이 의뢰는 거절이나 동의한다는 절차 없이 무조건 따라야만 했다.

〈푸블리우스 오비디우스 나소는 열한 명의 연사 중 여덟 번째로 등장하여, 석조 타원형의 좌석에 운집한 20만 명의 로마인들 앞에서 10분간 새로 지은 원형 경기장을 기리는 연설을 할 것이다. 존엄하신 아우구스투스 황제께서 참석하셔서 열한 명의 연사에게 친히 말을 건네실 것이다.〉

많은 희생자를 내며 티베르 계곡 남쪽에 있는 습지의 물을 퍼내고, 그 자리에 석회석과 대리석을 쌓아 올려 지은 원형 경기장은 황제의 단호한 의지에 따라 〈일곱 피난처〉로 명명되었다. 이 습지에는 지난 수백 년간 모기 떼가 가득했고, 독수리들이 염소나 양의 썩은 시체를 찾아 습지 위의 공중을 맴돌았다. 간혹 부근에 사는 주민이나 목동의 시체도 있었다. 그들은 통나무를 깔아 연결한 길에서 미끄러져 수렁에 빠진 사람들이었다. 아직 물 퍼내기 작업이 한창이던 당시에 벌써

〈일곱 피난처〉 경기장은 황제가 로마에 하사한 최고의 선물이며, 배수 작업을 통해 만든 세계적인 작품이라 칭송되었다.

개회식 날 밤, 경기장을 메운 20만 명의 군중은 행사를 준비하는 관리들의 지시에 따라 형형색색의 화약 가루를 묻힌 횃불을 위로 쳐들어 활활 타오르는 무늬를 만들었다. 거대한 원형 경기장의 경주로에 붉은 관악대가 사열을 위해 정렬해 있고, 로마의 시민들은 황제의 발 아래서 미친 듯이 타오르는 불꽃으로 변신하였다. 끔찍스럽게 찬란한 장관 속에서 오비디우스의 고독한 운명이, 다시 말해 흑해로의 추방이 시작되었다. 일곱 번의 연설에 이미 지루해진 황제가 이제 여덟 번째 연사에게 시작하라는 신호를 보냈다. 아우구스투스 황제는 멀리 떨어진 곳에 앉아 있었다. 오비디우스는 황제의 얼굴을 희미하게 보았을 뿐, 그의 눈이나 얼굴은 전혀 보이지 않았다. 황제의 피곤하고 귀찮다는 손짓에 따라 오비디우스는 연단으로 나섰다. 바로 이 한 걸음 때문에 오비디우스는 로마 제국으로부터 멀어졌다. 그는 세계의 모든 신하가 마땅히 갖춰야 할 황제에 대한 격식을 생략했다. 그는 원로 의원들과 장군들, 그리고 햇볕 가리개 아래 앉아 있는 황제에게 무릎을 꿇는 것을 잊었다! 그는 연사로 초대받아 영광이라는 말도 하지 않았고, 조금도 허리를 숙이지 않은 채 마이크 앞으로 다가가 단지 〈로마의 시민 여러분!〉이라고 말문을 열었다.

언제나 그랬듯이 오비디우스가 나지막하게 입을 열었다. 하지만 지금 그의 말에는 천 배나 강한 섬뜩함이 배어 있었다. 그의 음성이 타오르는 성화와 검은색 비단으로 치장된 원형 경기장에 울려 퍼졌다. 위층 관람석과 난간 기둥을 타고 올라간 그의 음성은 어딘가 높은 곳에서 반사되어 나왔다. 그 순간, 황제가 있는 햇볕 가리개 아래에서 귓속말과 잡담이 모두 그쳤다. 모든 동작이, 심지어 눈동자의 움직임도 멈췄고 부챗살의 공작 깃털마저도 살랑거리지 않았다. 황제 혼자만 그늘 속에서 등을 기댄 채 멍하니 횃불 무늬를 응시했다. 그는 아무것도 듣지 못한 것 같았다. 저만치 멀리 떨어진 연단 위에 구부정하게 서 있는 오비디우스가 방금 황제 자신에게 경의를 표하기를 거부함으로써 제국의 법 제1조를 위반한 것을 알아차리지 못한 것 같았다. 그뿐 아니었다. 오비디우스는 자신의 등 뒤에 있는 신하들이 경악감에 사로잡힌 것도 전혀 개의치 않고 목소리를 높여 끔찍한 흑사병에 대해 말하기 시작했다. 그는 사론 해협의 아이기나 섬[8]에 창궐했던 전염병과 어느 해 여름 극심했던 가뭄에 대해 말했다. 처음 불길한 징조로 수천 마리의 뱀들이 들판의 마른 흙 사이를 기어 다녔고, 뱀들이 지나간 자국 위로 독기가 퍼졌다고 했다. 그뿐 아니라 황소와 말들이 쟁기질을 시작도 하기 전 털썩 주저앉아 미처 굴레를 벗지도 못하고 죽었다고, 여러 도시의 주민들이 몸이 썩는 흑색 종양으로 목숨을 잃었다고 말하였다.

「마침내 하늘이 어두워지고 비가 쏟아졌습니다. 그 비는 흑사병을 섬의 마지막 구석구석까지 실어 나른, 악취 나는 무더운 비였습니다. 거대한 좌절감이 그 지역을 덮쳤지요. 사람들은 갑자기 엄습한 열병으로 인해 떼를 지어 비틀거리기 시작했고, 결국엔 파리 떼가 득실거리는 그들의 가축 옆에 쓰러졌습니다. 아이기나의 주민들은 뜨겁게 달아오른 피부를 식히기 위해 바위를 껴안거나 흙덩이에 이마를 묻었습니다.」 오비디우스가 말했다.

「하지만 타오르는 열은 식힐 수 없었습니다. 열은 바위와 땅조차 달구었습니다. 전염병에 걸린 사람들은 땅의 틈새에서 뱀이 기어 나오듯이 그들 집에서 기어 나왔지요. 그들은 갈증을 달래려 강기슭과 호수와 우물 주변을 기어 다녔습니다. 얕은 물가에 엎드려 물을 들이켜고자 했지만, 이는 헛수고일 뿐이었습니다. 흑사병의 갈증은 단지 죽음으로만 해결될 수 있었습니다. 이렇게 그들은 물을 들이켜며 죽어 갔고, 물의 표면은 시체로 뒤덮이게 되었습니다.」

오비디우스는 계속 말을 이었다. 「그때까지 아직 힘이 남은 사람들은 동정심에서 옆 사람을 죽인 후, 스스로 목숨을 끊었습니다. 자신을 찌르거나 올무에 몸을 던졌고, 절벽에서 뛰어내리기도 했지요. 그도 여의치 않을 땐 돌 조각이나 유리를 삼켰습니다. 아이기나는 몰락하였습니다. 얼마 안 있어 그곳에는 더 이상 시체를 파묻을 땅도, 시체

---

8 아테네 시 남쪽에 위치한 섬.

를 태울 땔감도, 삽이나 횃불을 들 사람도 없게 되었습니다. 오직 늘어난 파리 떼만이 짐승들과 사람들의 시체에 득실거렸지요. 아이기나 섬은 엄청난 파리 떼로 인해 비취색을 띤 채 바다 한가운데 놓여 있었습니다.」

당시 오로 산[9]의 언덕에는 엄청난 규모의 시체 무덤이 생겨났다고 오비디우스가 말했다. 「그곳에는 더위와 마을의 썩는 악취를 피해 산속으로 피했던 자들이 죽어 있었습니다. 사망자들 대부분이 그 일대에서는 유일한 나무인 떡갈나무의 그늘 아래에 쓰러져 있었습니다. 떡갈나무는 그 섬에서 가장 오래된 고목으로 마치 요새처럼 튼튼했지요. 나무껍질 사이로, 또 가지가 갈라진 부위에 낀 이끼 사이로 수백만 마리의 개미 떼가 비늘처럼 반짝이며 몰려갔습니다. 곤충의 몸뚱이 색으로 인해 나무가 검게 보였습니다.

아이기나 섬의 최후의 인간들의 탄식 소리가 끊기자, 개미 떼는 떡갈나무를 떠났습니다. 구름을 뚫고 내리는 비처럼 나무둥치를 타고 흘러내린 개미 떼가 여러 갈래의 동맥처럼 시체들 위로 흩어졌습니다. 개미들은 엄청난 파리떼에 대항하며 빈 공간은 모두 점령하였답니다. 눈구멍, 입, 배, 귓구멍, 그리고 페스트 종양으로 부풀었다 푹 꺼진 피부 자국들까지…… 개미 떼는 점점 더 빽빽하게 무리를 이루며 몰려다녔습니다. 움푹 파인 구멍에서 하나가 되었다가 움찔거리는 다른 근육으로, 눈들로, 혓바닥으로, 심장으로 다시 몰려들었지요. 그렇게 개미들은 사지(四肢)가 썩어서 떨어져 나간 부위를 자신들의 몸뚱이로 복제하였습니다. 개미 떼는 팔과 다리가 되었고, 마지막에는 얼굴 형태와 표정을 만들었지요. 개미들이 점차 본래의 모양을 잃으면서 허연 점액질을 토해 냈습니다. 그 점액질은 개미 떼가 형성한 인간 몸뚱이의 표면 위에서 굳어져 피부가 되었습니다. 이리하여 개미의 특성을 지닌, 아이기나의 새로운 종족이 탄생하였습니다.

그들은 말없이 일어서서 무리를 지어 오로 산의 언덕을 떠났으며, 이후에도 언제나 무리를 지어서만 움직였답니다. 그들은 복종적이었

---

9 아이기나 섬에 있는 산 이름.

고 결코 묻는 일이 없었습니다. 게다가 그들은 같은 종족 출신인 새 지배자와 함께 기쁨과 고통을 나누었으며, 전혀 불평 없이 알프스의 빙하와 바다와 사막을 지났고, 정복 전쟁에 따라나섰습니다. 그들은 참호를 파거나 성벽을 부술 때, 또 다리를 무너뜨려야 할 경우엔 노동자 집단이 되는, 제 분수를 아는 강한 민족이었지요. 이들은 전투 시에는 전사(戰士)로 변했고, 패배할 경우엔 노예가, 승리할 경우엔 지배자가 되었습니다. 그렇게 그들은 온갖 형태의 변신을 통해 그들의 지배자를 섬겼습니다.」

마이크에 대고 말을 하던 오비디우스가 다음과 같이 그의 연설을 끝맺었다. 「개미 떼의 떡갈나무가 아이기나 섬의 행복이었듯이, 습지에서 탄생한 기념비적 건축물인 〈일곱 피난처〉 원형 경기장 역시 현재, 그리고 미래에도 로마의 행복을 위해 존재할 것입니다. 변신과 새로운 탄생을 위한 하나의 장소로서 말입니다. 수십만 명의 버림받은 자, 피지배자, 나약한 자를 아이기나의 새로운 종족처럼 변신 가능하고 강인하며 또 정복당하지 않는 그런 민족으로 구워 낼 수 있는 석조 경기장이 될 것입니다.」 그리고 말을 끝맺었다.

아무 일도 없었다. 근위병 중 누구도 이 연사를 향해 총을 겨누거나 곤봉을 치켜들지 않았다. 신하들의 무기와 시선은 여전히 아래를 향하고 있었다. 운집한 군중은 다른 연설이 끝났을 때와 마찬가지로 횃불을 흔들며 환호했다. 어쩌면 군중이 황제 앞에서 할 수 있는 것은 박수와 환호뿐이었는지도 모른다. 그게 아니라면 뭔가 〈강인하다〉는 말과 〈패배하지 않는 불굴의 인간〉이라는 말을 들었기 때문일까? 떠들썩한 소리가 가라앉고, 오비디우스는 아무런 방해 없이 연단에 배치된 자신의 자리로 돌아갔다. 아무 일도 없었다. 그도 그럴 것이 무겁고 화려한 옷을 입은 황제는 아브루치 지역 출신의 체조 선생인 깡마른 남자가 유칼리나무 향유를 뿌린 양피지 부채를 부쳐가며 황제의 몸에서 파리를 쫓는 동안, 코를 골며 자고 있었기 때문이다.

그리하여 오비디우스는 이날 밤 다른 연사들과 더불어 감사의 표시로 황제에게서 은테를 두른 말 고삐를 하사(下賜)받았고, 개회식 식순에 준하여 계단을 지나 천천히 경주로로 내려갔다. 그는 궁중의 마부에게 고삐를 건넸다. 연사들이 올라탈 열한 마리의 백마에 안장이 채워졌다. 황제로부터 백마를 하사받은 연사들이 말에 올라탄 뒤, 마치 열한 개의 메트로놈처럼 뻣뻣하게 굳은 채 좌우로 흔들거리며 앞으로 나아갔다. 그들은 신하들의 시선과 군중의 횃불을 지나 원형 경기장의 북문을 통과했고, 마지막으로 어둠에 잠긴 로마 시내를 향해 갔다. 마침내 그들의 모습이 시야에서 사라졌다.

어쩌면 오비디우스는 절제를 잃었던 인생의 어느 한순간 자신의 승리를 이렇게 상상했을지 모른다. 황제의 앞에서 백마를 탄 채 모든 신하들과 제국의 세력가들이 지켜보는 가운데, 열광하는 10만, 20만 관중 사이를 한 걸음씩 천천히 지나는 것으로. 어쩌면 개회식장의 무대 장식이 그의 무절제한 환상을 충족시켜 주었는지도 모른다. 오비디우스는 이날 자신이 꿈꾸던 세계를 별 감흥 없이 체험한 듯했다. 하지만 이상적인 세계를 맛본다는 것은 이날도 역시 단지 하나의 틀을 넘어선다는 것 외에는 별 의미가 없었다. 마치 서커스에서 길들여진 동물이 불타는 원을 통과하고 나니, 다른 편에 누군가가 채찍을 쥐고 버티고 있는 상황이라고 할까. 말하자면 잠을 자며 코를 고는 황제는 건너편에서 채찍을 들고 서 있는 조련사였다. 신하들의 얼굴은 석회처럼 새하얗게 변했고, 시선은 분노로 굳어 있었다. 국민들은 환호성을 질렀다. 하지만 그들이 열광한 것은 명령을 따른 것일 뿐, 시인을 위한 것도 그렇다고 다른 연사들을 위한 것도 아니었다. 어쨌거나 오비디우스는 말에 올라탔다. 하지만 이 순간 누군가가 가까이서 시인을 보았다면, 그는 오비디우스가 말에서 떨어지지 않으려고 얼마나 세게 말 고삐를 붙들고 있는가를 알게 되었을 것이다. 춤추듯 걷는 말을 타고 흔들거리며 가는 오비디우스의 모습은 승자의 모습과는 거리가 멀었다.

다음 날 아침, 비둘기 떼가 피아차 델 모로 거리의 측백나무와 소나무 숲 주위를 새까맣게 뒤덮었다. 마침 그때 오비디우스의 집 근처의 공원에서 야생 벚나무를 다듬으며 가시를 자르던 멤논은 — 그는 에티오피아 난민이었다 — 이 비둘기 무리가 길조라고 해석했다. 그러나 아무도 그의 말에 주목하지 않았다. 이 에티오피아인은 찌르레기

이건 까마귀이건 심지어 땅까마귀까지 새 떼는 항상 행운을 의미한다고 했다. 오비디우스의 집과 공원 주위를 뒤덮었던 비둘기 떼는 사실은 이미 흑해의 색을 내포하는 것이었다.

이날 아침 원형 경기장에는 트리니타 데이 몬티의 감옥에 수감되어 있는 3백 명의 죄수들이 전날 개회식 밤에 쏟아져 나온 쓰레기를 치우느라 분주했다. 감독자들이 욕설과 몽둥이질을 해대는 가운데, 죄수들은 역청을 묻힌 막대나 병, 유리 조각들을 주웠고, 또 별 모양, 꽃불 부채 모양, 빗자루별 모양의 타다 남은 화약 껍데기들을 쓸어 모았다. 겁먹은 죄수들이 쇠긁개로 스탠드 여기저기에 널린 똥을 긁어내는 동안, 그중 힘센 자들은 찢긴 화환을 목에 감은 채 쓰레기 더미에서 나온 황소 고기의 찌꺼기들을 호주머니에 쑤셔 넣었다. 잠시 후 똥을 가득 실은 수레의 긴 행렬이 통나무가 깔린 〈일곱 피난처〉의 거리를 지나 로마의 쓰레기장으로 이동했다.

이날 제국의 궁전에서는 실타래처럼 복잡하면서도 전혀 눈에 띄지 않는 한 위원회가 조심스레 열렸다. 위원회에 참석한 신하들은 귓속말을 주고받으며 서류를 검토하고, 지시를 내리거나 누군가를 천거하는 일들을 맡았는데, 특히 아우구스투스 황제가 전날 밤에 — 평상시에도 늘 그랬지만 — 제대로 이해하지 못했던 것들, 또 꾸벅거리며 조느라고 놓친 것들을 황제에게 하나씩 일깨워 주고자 했다. 이리하여 오비디우스의 연설문이 검토 대상이 되었다.

위원회 참석자들은 원형 경기장 개회식 때 여덟 번째로 나온 연사가 황제에게 머리를 숙이지도 무릎을 꿇지도 않았음을 지적했다. 그것만이 아니었다. 이들은 최근 몇 년간 오비디우스가 행한 조금이라도 눈에 띈 사항들을 모두 기억해 냈다. 그의 시(詩)와 헤어스타일, 바다 건너로 여행을 갔던 일, 거주지를 옮긴 일, 또 어떤 극장 관객들이 내질렀던 환호성과 그의 작품에 가해진 검열 등을. 그 위원회는 시인의 비가(悲歌)와 전단에 실렸던 단어 하나하나를, 그의 희극의 풍자적 대사와 당나귀 귀처럼 축 늘어진 선주의 귀를, 그리고 무엇보다 후안무치(厚顔無恥)한 책 제목 〈변신〉을 기억하고 있었다. 그 책이 아직까지 인쇄되지 못한 이유는 항간에 떠도는 소문에 의하면 어떤 출판업자도 이 책을 떠맡을 엄두를 내지 못했기 때문이라 했다. 로마 사회를 폭로하고 모욕하는 시인의 의도가 결국은 실패하고 말았다고 여겨진 책.「그런데 어제 여덟 번째로 나온 연사인 술모나 출신의 코쟁이 말입니다.」위원회 참석자들은 이날 아침 한곳에 모여 대화를 주고받았다. 그곳은 궁전 뜰의 연못을 가로지르는, 붓꽃과 수양버들로 치장된 나무 다리 위였다.「이 오비디우스라는 작자는······ 가끔씩 창녀들을 집에 재운답니다. 피아차 델 모로에 있는 그 집에 창녀들을 데려왔다지요. 아우구스투스 황제께서 제국에 내린 공문(公文)에서 가정의 신성함과 미풍양속의 중요성을 그렇게 강조했는데도 말입니다.」

오비디우스는 〈일곱 피난처〉 원형 경기장에서 무슨 일도 할 각오가 돼 있는 가공할 만한 국민의 실체를 생애 처음이자 마지막으로 접하였다. 오비디우스의 연설은 결과적으로 국민이나 황제에게 아무런 영향을 끼치지 못했다. 엿듣고 헐뜯으며, 하찮은 것마저 질기게 물고 늘어지는 국가 권력 기구만이 반응을 보였을 뿐이다. 황제의 비서관들은 긴 복도에서 아이기나 섬의 시체들 얘기를 주고받으며 몸서리쳤고, 감독관은 시인에 대한 보고서를 작성하여 누군가에게 넘겼다. 또 어떤 이는 전화에 대고 전단 내용과 오비디우스의 시, 찬가(讚歌)가 어떠냐고 물었다······. 공문서 따위를 돌리던 사환들이 이제 시인에 대한 보고서를 전달하였고, 바쁘다는 장군은 여덟 번째 연사의 이름과 더불어 올라온 서류를 읽었다. 개미 떼와 흑사병을 비유한 연설이 있고 난 뒤, 황제의 비서실 사람들은 오비디우스의 이름을 짓밟는 모종의 음모가 계속 위로 전달되리라는 것을 바로 알았다.

위원회의 움직임은 매우 느렸고 흥분하지 않았다. 그러나 달래거나 가라앉힌다고 멈추는 법은 없었다. 이리하여 시인 푸블리우스 오비디우스 나소에 관한 정보들이 서류로 묶여 점차 거센 물줄기처럼 흐르기 시작했다. 관료주의라는 물살은 관용이나 동정심 따위는 몰랐다. 이 물살은 제방 꼭대기에 도달한 저수지의 물처럼 마침내 황제의 접견실 문턱까지 차올랐다. 시인에 대한 정보와 설명, 보고서가 넘칠 지경이었다. 급기야 〈변신〉이 한 단어가 둑을 무너뜨리고 육지로 쏟아지는 바닷물처럼 접견실 문턱을 넘었다. 국가 반역자의 글이요,

로마에 대한 모욕이며 혼란 그 자체라는 〈변신〉. 〈일곱 피난처〉 경기장의 개막식에 초대됨으로써 귀족의 칭호를 부여받은 자가 저지른 배은망덕하고도 파렴치한 행위로 규정되었다.

황제는 창가 의자에 꼼짝 않고 앉아, 수마트라 집정관에게서 선물로 받은 코뿔소가 안뜰에 조성한 진흙탕에서 소리 없이 나뒹구는 것을 주시하고 있었다. 붉은 찌르레기 한 마리가 진흙이 튀는 것을 피해 날개를 팔락거리며 날아올랐다. 그 새는 평소 코뿔소의 등을 이리저리 통겨 다니며 망을 보거나, 갑옷 피부 사이에 낀 벌레를 잡아먹었다. 이윽고 방에 공보관이 들어섰다. 잠시 후 황제 비서관이 신경질적으로 손짓을 하자 보고하기 시작했다. 그러나 황제의 시선은 코뿔소에게서 떠날 줄 몰랐다.

읽었느냐고? 황제가 단 한 번이라도 오비디우스의 비가(悲歌)를 읽었을까? 시 한 편 정도는? 오비디우스가 쓴 책들 중 한 권이라도 읽었을까? 아우구스투스 황제가 창문 아래에 있는 태곳적 동물의 민첩한 움직임에 흠뻑 빠진 것 같았다. 코뿔소가 진흙을 튀기며 뿔로 부드러운 바닥을 긁어 깊게 고랑을 파거나 원을 그렸다. 강한 자는 책을 읽지 않는 법. 비가라고 예외일 수는 없다. 진흙탕 너머의 바깥세상에서 일어나는 모든 일들과 마찬가지로 황제는 책 내용 역시 신하들이 요약한 보고를 통해서만 전달받았다. 단 한 번이라도 책을 펼쳐 보지 않는 황제에게 도서관에 있는 수많은 책들의 내용을 요약해서 전달하려면 과연 내용이 제대로 전달될까? 제국의 통치자 곁에 있는 신하가 화산이 얼마나 뜨거운지 알기 위해 시칠리아 섬의 용암을 직접 보러 가거나, 나폴리의 하늘을 덮었던 재가 섞인 비를 몸소 맞는 일은 없다. 결코 그런 일은 없다. 제국의 심장부에서는 어느 누구도 오비디우스의 비가를 읽지 않았다. 권력의 심장부는 세상뿐 아니라 책과도 아주 멀리 떨어져 있었다.

코뿔소는 귀찮은 말파리들을 털어내기 위해 매일 두어 번 진흙탕물을 뒤집어썼다. 만일 진흙물이 말라서 쩍쩍 갈라지면서 몸에서 떨어지면, 곤충들은 진흙이 떨어진 부위를 더 맹렬히 공격하였다. 그럴 때마다 코뿔소는 난리를 쳤다. 갑자기 바닥을 쿵쿵 찍으면서 날뛰었고, 앞을 가로막고 있는 것을 뿔로 긁어 댔으며, 나중에는 울타리의 기둥과 웅덩이에 있는 나무들에 격렬하게 몸을 비볐다. 마치 말파리 떼와 함께 자신의 육중한 잿빛 몸뚱이마저 벗겨 버리기로 작정한 것 같았다. 울타리의 말뚝과 나무의 군데군데에 껍질이 벗겨져 있었고, 그 부위는 돌을 연마한 듯 매끄러웠다.

「아, 이제 됐어 그만. 더 이상 말하지 마. 오늘 아침은 그만 하지. 이곳 창가에서는 듣기 싫어. 기회가 되면 다음에 해. 이제 그만 물러가.」

아우구스투스 황제는 아무 말 없이, 방 안을 날아다니는 파리를 쫓는 것보다도 더 귀찮은 듯한 손짓으로 공보관의 보고를 중단시켰다. 그러고는 다시 코뿔소를 보는 데 정신을 팔았다. 폐하의 짧은 손동작. 그것으로 충분했다. 신하들이 필요로 하는 건 완전한 문장도, 완결된 판결도 아니었다. 궁중의 비서관들, 문서기록실에 있는 사람들은 이제 황제의 신호를 받은 셈이고, 이 판결에서 미비한 점은 간단히 보충하면 되었다. 로마의 신하들은 황제가 오른손을 잠시 내저은 것을 그의 심기가 불편하다는 표시로, 즉 성이 난 것으로 해석하였다.

시인에 대한 모습과 그의 작품들이 위로 전달되며 왜곡되고 변화해 갔듯이, 황제의 신호도 아래로 전달되어 내려왔으며 동일한 법칙에 따라 왜곡되었다. 회의실에 있던 한 사람이 물병을 쥐면서 말했다. 「감옥으로 보내지. 트리니타 데이 몬티 감옥으로. 최소한 3년은 돼야 하지 않을까, 어쩌면 4년 정도로.」 「집단 수용소로 합시다. 카스텔베트라노에 있는. 시칠리아 섬에서 돌을 깎도록 하는 게 어떨까요.」 「잘못된 판단이오. 그 신호는 분명히 1년간의 작품 활동 금지 조처를 내리라는 것 이상은 아닐 게요. 기껏해야 인지세를 압수하는 정도로, 아니면 가을까지 여행을 제한하라는 정도인지도 모르지요. 단순한 경고가 아닐까요?」

법 집행에 관한 수많은 역사가 그러하듯이, 이번에도 역시 황제의 뜻을 해석하고 결론을 맺는 일은 신하들의 상상력에 내맡겨졌다. 황제는 이 사건은 물론 이와 유사한 사건들에 대해 별다른 관심을 보이지 않았다. 한 번의 손짓. 그 신호는 권력자들의 지배 기구를 거치며 매우 더디게 하달되었다. 위원회는 세심하게 모든 해석의 가능성을 열어 두었다. 시인은 더 이상 모임에 나타나지 않았고, 궁중은 침묵했다.

오비디우스의 백마는 안장과 재갈 없이도 잘 자랐고, 살아 있다는 것을 자랑하듯 피아차 델 모로 거리의 공원을 뛰어다녔다. 〈일곱 피난처〉 원형 경기장에서의 연설이 거의 잊혀질 무렵, 황제의 신호가 마침내 하부 조직에까지 이르렀다. 이곳 하부 기관에서는 실제로 판결을 내리고, 형을 집행하는 기능을 하였다. 판결의 결과는 1년의 감옥살이가 아니라 종신형이었다. 대중의 일상적 삶에 비교적 가까이 있는 어느 지방 법원에서 마침내 한 재판관이 점심 휴식 직전 법정에 나타났다. 두 명의 증인이 참석한 가운데 재판관은 재판 내용에는 아무런 관심이 없는 법정 서기에게 폐하의 손동작은 〈보내!〉라는 의미였다고 구술했다. 〈내 눈에서 안 보이도록 해!〉라는, 황제의 눈에서 사라지라는 말은 세상 끝으로 보내라는 의미로 해석되었다. 그리고 세상 끝은 토미였다.

IV

 돌에 새겨진 글들이 판독되었다. 식초와 달팽이들의 점액질로 여전히 광택을 내고 있는 돌들 위로 흔들거리는 호롱불 빛이 반사되었다. 그제야 코타는 몸이 녹초가 된 것을, 그리고 추위를 느꼈다. 오비디우스의 정원에 밤서리가 내리고 있었다. 숲 속의 나뭇잎과 가지에, 심지어 고사리 잎사귀에도 눈이 얼어붙어 있었다. 아무런 글이 쓰여 있지 않은 거석 앞에 웅크리고 앉아 있는 피타고라스는 이 황량한 장소를 로마 손님에게 완전히 넘겨준 것 같았다. 하인의 얼굴이 숨쉴 때 나오는 입김에 가려졌다. 코타가 여전히 돌 사이를 이리저리 오가며 글을 읽는 동안, 피타고라스는 다시 낮은 목소리로 어둠에 대고 알아들을 수 없는 말을 계속 중얼거렸다. 그의 말이 마치 얼음 가지처럼 바닥으로 떨어지는 것 같았다. 중얼거리던 노인은 코타의 손에서 호롱불을 빼앗아 빈터를 에워싼 초록 덤불 쪽으로 갔다. 땅에 떨어져 단단히 얼어붙은 달팽이의 몸뚱이가 발밑에서 바스락거렸다. 이런 추위에 달팽이 떼가 죽어 얼어 있는 길을 걷는 것은 유리 위를 걷는 것과 같았다. 오비디우스의 하인과 코타는 발밑에서 달팽이 껍질이 부

쉬지는 소리를 들으며 숲 속으로 들어갔다.

나뭇가지들이 빽빽한 미로 속을 더듬으며 백발 노인을 따르던 코타는 쉴 새 없이 자신의 몸을 찌르는 덤불들을 막느라 매우 피곤했다. 관자놀이가 나뭇가지에 찔려 피가 흘렀다. 그래도 코타는 여전히 중얼대는 노인을 따라 돌계단을 올랐고, 마침내 달빛 아래 하얗게 놓인 뜰에 들어섰다. 바람이 잠잠해졌다. 뽕나무의 잎사귀가 마치 쇠붙이처럼 울려 댔다. 창백하게 드러난 거대한 산 앞에 놓인 시인의 집은 작은 그림자에 불과했다. 희미한 산은 지난해 겨울이 남긴 눈 이불을 군데군데 걸치고 있었다. 시인의 집이 두 사람을 맞이하였다.

하지만 다음 순간, 조금 전 숲에서와 마찬가지로 이 집도 이방인에게 심하게 저항하였다. 코타가 하인의 뒤를 따라 문지방을 넘으려 하자 벽고리가 그의 옷자락을 잡아당겼다. 잠시 후에는 벽에 기대어 놓은 도끼 자루가 코타의 무릎을 때리는 바람에 그가 고통으로 몸을 구부렸다. 피타고라스가 시들한 아궁이 불에 장작개비를 던져 넣는 순간, 검붉은 불꽃덩이가 로마인에게 튀어 눈썹과 머리카락이 그슬렸다. 하인은 계속 중얼거리며 자신의 서투른 행동으로 애꿎게 피해를 본 코타를 힐끔 보았다. 그가 새까맣게 그을린 방의 한쪽 구석에 놓인 침대를 불쏘시개로 가리켰다. 침대 위에는 다 해진 말털로 만든 이불과 곰팡이가 핀 양털이 있었는데, 연기와 기름기가 배어 역겨운 냄새가 났다.

하인은 위층으로 난 가파른 계단 쪽으로 몸을 돌렸다. 계단을 오르기가 힘든지, 아니면 이 수고스러움을 위해 힘을 가다듬겠다는 듯 그가 계단 밑에 서서 한참 동안이나 위를 쳐다보았다. 구부정한 자세에 등불을 머리 위로 들고 첫걸음을 내딛기를 주저하고 있는 하인의 모습이 마치 생의 막바지에 도달한 태곳적의 노쇠한 생물체 같았다. 코타는 겁이 났다. 하인은 중얼거리지 않으면 심장의 맥박이 멈추기라도 하듯 여전히 중얼거렸고, 한참 기침을 하다 마침내 계단을 올랐다. 그가 위층으로 통하는 미닫이문을 열고 어둠 속으로 들어가기 직전 고개를 돌려 뒤를 보았다. 그리고 곧 등불을 끄고 널빤지 바닥을 쿵쿵거리며 어둠 속으로 사라졌다. 발소리가 멈췄지만 중얼거리는 소리는 먼 곳에서 들리는 속삭임처럼 계속 이어졌다. 밤이 깊어 갔다.

코타는 갈라진 지붕의 틈새 사이로 스며드는 달빛과 아궁이의 불씨로 인해 희미한 어둠 속을 더듬어 잠자리로 갔다. 기름내와 연기와 털이 함께 섞인 케케한 악취 속에 몸을 파묻은 그는 이불을 덮기도 전에 곯아떨어졌다. 화로에는 조그마한 유리창이 있어 안이 보였고, 유리 위에는 창살이 쳐져 있었다. 불꽃이 유리 너머로 코타를 응시하다 마지막 땔감이 다 타자 재로 변했다. 이제 어둠 속에서 화로가 서서히 식어 갔다. 잠든 코타가 내뱉는 입김으로 인해 유리창에 야자수가 늘어선 아름다운 원시림, 장미 정원, 엉겅퀴가 그려졌다.

그때 갑자기 안뜰로 난 문이 덜커덩 소리를 내며 열렸다. 얼음처럼 차가운 공기가 쏜살같이 침상으로 밀려와 자고 있던 코타를 벌떡 일으켜 세웠다. 어둠이 물러갔다. 코타는 야릇한 은빛 광채 사이로 웬 괴물이 문턱을 넘는 걸 보았다. 털외투로 몸을 감싼, 험상스러운 목동이었다. 그의 머리가 있어야 할 자리에 두개골 크기의 반짝거리는 물체가 달려 있는데, 이는 식초 기운 때문에 죽은 달팽이 떼가 내뱉은 거품 같았다. 그러나 목동의 어깨 위에 반짝이는 것은 미세한 신음을 내며 터졌던 거품이 아니었다. 그것은 눈이었다. 수십, 수백 개의 눈동자. 여러 개의 눈썹과 눈동자들로 이루어진 덩어리 위로 은빛이 반짝거렸다. 수많은 눈동자가 박힌 머리, 아름답고도 소름 끼치는 모습이었다.

흉측한 모습의 목동은 소리 없이 아궁이 곁으로 다가가 마치 모닥불 앞에 앉듯이 웅크리고 앉았다. 그는 자고 있는 사람에 대해서는 개의치 않았다. 공포에 질린 코타는 몸 깊은 곳에서 공허한 외침이 길게 새어 나오는 것을 느꼈다. 그 외침은 코타의 목과 코와 이마를 휘감고 머리를 부르르 진동시켰고, 끝내는 입을 통해 터져 나왔다. 그것은 곧 소의 울부짖음이었다.

코타는 자신의 입에서 흘러나온 낯선 울부짖음에 본인도 놀라 몸이 굳은 채 침대 위에 누워 있었다. 목동의 머리가 매끈한 파리의 대가리처럼 다면체로 이루어진 눈이 되어 반짝거렸다. 목동은 사지가 마비된 채 침상에 누워 소의 울음소리를 내고 있는 코타를 쳐다보지도 않았다. 차가운 아궁이 앞에 웅크리고 있던 목동이 문을 통해 어둠 속으로 나 있는 밧줄을 당기기 시작했다. 눈동자의 흰자위에 붉은 모세 혈

관이 돋을 정도로 힘들게 밧줄을 당겼다. 문턱에 소 한 마리가 나타났다. 달빛으로 인해 환해진 산을 등지고 선 눈처럼 흰 소. 그러나 목동의 수고가 소용이 없었다. 소가 외양간에 들어서기를 겁내며 문턱에 털썩 주저앉아 풀을 씹으며 되새김질하기 시작했다. 짐승은 가끔 코타가 있는 구석을 끔벅끔벅 쳐다보았다. 갑자기 모든 것이 멈췄고, 주위가 고요해졌다. 순간 어떤 음(音)이 들렸다. 느린 속도로 커졌다 작아졌다 하는 저음의 소리였다. 마치 풍금을 연주하는 듯한 이 소리는 자갈밭 너머 깊은 계곡에서 들리는 멜로디였다. 술모나에서 듣던 자장가와 토닥거리는 손, 따스한 살 냄새, 그리고 포근했던 옛 시절이 떠올랐다. 파굿을 연주하는 소리인가, 아니면 플루트의 소리인가?

목동은 흰 소를 보며 조용한 멜로디에 자기도 모르게 흔들거렸다. 그가 마치 옛 기억들이 떠오른다는 듯이 문을 통해 소 뒤로 펼쳐진 산을 바라보았다. 추한 자신의 모습을 놀려 대던 노랫말이 생각났다. 그는 마음이 뭉클해져서 눈을 껌벅거렸다. 눈에 맺힌 눈물방울이 외투 위로 떨어졌다. 멀리서 들리는 멜로디는 흘러간 시절에 대한 추억을 불러일으킴과 동시에 피로를 재촉했다. 목동의 눈이 피로감에 젖었다. 은빛 비늘을 반짝이는 고기 떼 위를 스치고 지나가는 갈매기처럼, 수백 개의 영롱한 눈알 위로 졸음 기운이 빠르게 번졌다. 방금 전까지 주시하던 눈알들이 이제 감기고 눈꺼풀만 보였다. 어느새 목동은 소에 대한 꿈을 꾸기 시작했고, 로마인은 목동에 대한 꿈을 꾸었다. 이윽고 갑자기 음악이 그쳤다. 웬 그림자 하나가 오비디우스의 집 문턱을 넘어 들어와 바닥에 놓인 도끼를 쥐고, 자고 있는 목동을 덮쳤다. 그러고는 내리쳤다.

내리찍는 도끼의 힘에 목동의 눈동자들이 비늘처럼 떨어졌다. 그것들이 수은 방울처럼 널빤지 바닥 위로 산산이 흩어졌다. 별처럼 반짝거리던 머리가 박살났다. 갈라진 상처에서 뿜어져 나온 피가 눈알 하나하나를 적시고, 각막과 눈물샘과 눈썹들을 씻어 흘려보냈다. 그림자가 아무 소리 없이 다시 어둠에 잠긴 뜰로 물러갔다. 주인에게서 튄 피로 얼룩진 소가 자리에서 일어났다. 소를 당기고 있던 밧줄은 이미 목동의 손에서 풀려 있었다. 소가 밧줄을 매단 채 도망갔다. 코타가 두 번째로 소리를 질렀다. 자신의 본래 목소리가 돌아왔다. 그럼에도 코타의 꿈은 계속되었다. 바닥에 깔린 널빤지가 움직였다. 아무렇게나 못이 박힌 널빤지들이 긴 새털로 변하더니, 결국 방바닥이 깃털을 펼친 공작 날개가 되었다. 목동의 두개골에서 터진 눈알들이 공작의 날개 자락에 달라붙었다. 눈알이 하나도 빠짐없이 모두 날개에 달라붙자 공작이 푸드득거리며 날개를 접고, 공작 특유의 울음소리를 내며 어둠 속으로 총총히 사라졌다.

마침내 로마인이 잠에서 깨었다. 그는 침상에서 일어나기는 했지만, 뒤숭숭한 기분을 떨칠 수 없었다. 트라킬라에 먼동이 트기 시작했다. 아니 그것은 달이었다. 갑작스러운 돌풍이 덧창을 열어젖혔다. 유리창의 뽀얀 무늬들 사이로 달이 외롭게 걸려 있었다. 덧창의 쇠고리가 공작이 우는 소리를 내며 삐걱거렸고, 위층의 노인은 아직도 흥얼거리고 있었다. 해면을 따다 익사한 사람의 시신이 납관에 밀봉된 채 고향 마을로 운반될 때, 술모나의 여인들은 관의 옆에 붙어서 저렇게 단조로운 소리로 끝없이 흥얼거렸다. 이탈리아의 교회에서 추도예배를 드릴 때, 예배 인도자는 꽃과 양초로 장식한 관 옆에서 저렇게 흥얼거렸다. 코타는 위층에서 끝없이 들리는, 도무지 알아들을 수 없는 노인의 중얼거림이 혹시 자신을 위한 것이 아닐까 하고 생각했다. 그것은 어쩌면 자신의 죽음을 애도하는 노래였다. 그리고 그가 잠을 잔 침대는 곧 그의 상여였다.

코타는 꿈에 압도되었다. 그는 벌떡 일어나 쫓기듯 허둥지둥 옷을 챙겨 입고, 외투와 신을 집었다. 그는 이날 밤 안으로 토미 마을로 돌아가야 했다. 내일 낮에도 이곳 트라킬라의 무서운 적막과 폐허가 그를 붙들고 혼란스럽게 하기 전에 어서 이 미친 노인과 오비디우스의 집으로부터 멀어지고 싶었다. 산속에 버려진 쓸쓸한 이곳에 비하면 토미 마을은 오히려 아늑한 위안처였다. 토미는 사람이 사는 포근한 곳이었고, 심지어 허깨비와 고독의 위협으로부터 그를 보호해 줄 수 있는 유일한 피난처였다. 달이 아직도 높이 떠 있었다. 비록 밤길이지만, 지나온 지 하루도 안 되었으니 틀림없이 가는 길을 찾을 수 있으리라 믿었다.

그렇게 코타는 피타고라스를 돌아볼 새도 없이 서둘러 시인의 집을 빠져나왔다. 오후에 여기 왔을 때처럼 조심스레 문을 닫고, 뜰을 가로질러 갔다. 걷는 도중 비석들이 아직 해독되지 않은 깃발과 더불어 그에게 손짓을 하였지만 멈추지 않았다. 길을 가로막고 비스듬히 놓인 아치형 창틀에 정강이를 부딪히는 바람에 상처가 났다. 그러나 한 걸음씩 내디딜 때마다 자신을 둘러쌌던 포위가 풀리는 것 같았고, 또 밤새 자신을 짓눌렀던 두려움이 가시는 것 같았다. 마침내 트라킬라의 폐허가 그에게서 저만치 멀어졌다.

해안으로 내려가는 길이 올라올 때보다 훨씬 힘들었다. 뾰족한 바위의 짙은 그림자 아래 놓인 이 흙무덤이 정말로 내가 낮에 지나왔던 길이란 말인가? 저 위쪽의 하얀 저 언덕을 통과한 것이 아닐까? 이제 그의 앞에 협곡이 펼쳐졌다. 낮에 본 그 협곡인가? 아니면 깊은 어둠으로 떨어지는 나락인가? 내려가는 길이 너무 낯설어 코타는 길을 잃은 줄로 생각하고, 어느 바위 틈새에서 아침이 되기를 기다리기로 마음을 거의 굳혔다. 그 순간, 이전에 내린 눈이 아직 녹지 않은 벌판 한군데서 자신의 발자국이 눈에 띄었다. 코타는 그 발자국을 따라 완만히 비탈진 언덕으로 올라갔고, 그때 비로소 마음이 놓였다. 저 아래에 나지막이 출렁거리는 넓은 흑해의 수면이 보였기 때문이다. 수면 위로 쐐기 모양의 달 그림자가 드리워져 있었고, 해안 쪽의 어둠 속에 희미한 불꽃이 몇 개 나타났다. 철의 도시의 불빛이었다.

코타는 꼬불꼬불한 길을 지나 해안으로 내려갔다. 그 해안은 이전에 얼굴에 재를 뒤집어 사람들의 행렬이 지나갔던 곳이다. 갑자기 무슨 소리가 들렸다. 마치 맨발로 돌길을 걸을 때 나는 짜그락거리는 소리 같았다. 자신이 세 들어 사는 방의 주인인 리카온 영감과 그의 커다란 맨발이 떠올랐다. 바로 그 순간, 한 남자가 이 바위에서 저 바위로 펄쩍펄쩍 뛰며 급경사의 언덕을 숨차게 오르고 있었다. 리카온. 코타가 본 그자는 정말로 밧줄 꼬는 영감이었다. 맨발의 리카온이 보름달을 등진 채, 거대한 지붕이 쪼개진 듯이 여기저기 널린 바위들을 지나 서둘러 산속으로 가고 있었다.

코타는 깜짝 놀랐지만 낯익은 모습에 안도감을 느끼며 집 주인에게 말을 건넸다. 하지만 그는 얼굴 한 번 돌리지 않고 코타의 옆을 지나쳐 금방 멀어져 갔다. 사람이 이처럼 가파른 언덕을 저리 빨리 달릴 수 있다니! 영감은 이제 숨을 고르기 위해 저 위쪽에서 멈췄다. 그곳은 코타가 방금 전에 철의 도시의 불빛을 내려다보았던 곳이다. 영감은 마치 밤하늘 전체를 삼키려는 듯 거세게 숨을 들이켰고, 쿨룩거리며 다시 숨을 내뱉었다. 그의 기침 소리가 짐승의 울음소리같이 울렸다. 그가 다시 산으로 가려고 바위 위로 뛰어오르는가 싶더니, 이내 달빛에 드러난 분지를 가로질렀다. 리카온 영감의 입에서 거품처럼 침이 흐르는 것 같았다. 몹시 화가 난 듯 자갈 위를 질주하던 그가 갑자기 돌부리에 채여 쓰러졌다. 그런데 다음 순간 일어난 일은 코타에게 다시 트라킬라에서 겪었던 악몽을 생각나게 했다. 리카온은 넘어진 게 아니었다. 그는 전속력으로 질주하다 바위 위로 몸을 던지듯 훌쩍 건너뛰었다가 다시 두 손 두 발로 쏜살같이 달렸다. 네 발로 산꼭대기를 향해 어둠으로 깊이깊이 들어갔다.

걸을 때마다 발밑에서 짜락짜락 하고 자갈 소리가 났다. 어쩌다 자갈이 떼구루루 언덕 아래로 흘러내리면 까마귀 떼가 놀라서 요란한 울음소리를 내며 날아올랐다. 코타는 철의 도시에 도착한 바로 그날 리카온 영감의 집에서 있었던 일을 떠올렸다. 리카온은 당시 한 달치 방세를 선불로 요구했다. 로마에서 온 사람에게는 적은 액수였다. 리카온은 한 움큼의 돈을 받아 작업실 구석에 놓인 금고에 아무렇게나 넣었다. 금고의 둘레에는 녹이 슬어 있었다. 무거운 쇠문을 힘겹게 연 영감은 로마인이 등 뒤로 다가가자 이를 얼른 다시 닫으려 애를 썼다. 금고의 내부를 잠시 들여다보는 것으로 그 안에 무엇이 있는지 충분히 알 수 있었다. 선반이 없는 금고의 내부는 물건들로 온통 뒤죽박죽이었다. 똘똘 감아 둔 가죽띠, 거무스름한 은쟁반, 꼬깃꼬깃 구겨진 지폐, 편지, 널려 있는 동전들, 군인용 권총 한 자루 등이 들어 있었다. 맨 아래에는 회색의 짐승 가죽도 보였다. 털이 거의 다 빠진 짐승 가죽이었다. 어쩌면 리카온 영감은 이 가죽을 수십 년 전 그만둔 몰이사냥에 대한 추억으로 여태껏 간직하고 있었는지도 모른다. 값진 모험에 대한 일종의 전리품으로. 털가죽과 좀약 한 뭉치, 작은 상자 안에 담긴 권총의 차가운 기름 냄새가 그 모험에서 아직까지 남아 있는 전부인지도……. 달빛이 환하게 비치는 높은 절벽 사이를 달려가는 영감의 등 뒤로 보이는 가죽이 당시 코타가 금고에서 본 가죽과 같이 흐릿하게 반짝거렸다. 코타는 그 가죽을 처음 보았을 때 그것이 늑대 가죽임을 금방 알았다. 리카온은 이제 외투의 소매로 관자놀이의 땀을 거칠게 닦은 뒤, 다시 뛰었다. 그 모습은 마치 맹수가 뜨거운 혓바닥으로 몸을 핥는 것 같았다.

코타는 가파른 언덕을 펄쩍 뛰어내려서 해안 쪽으로 갔다. 바닥에 모래와 자갈이 비치는 개울이 졸졸거리며 흘렀다. 해안의 어귀에 거의 다 이르렀을 때 비로소 코타는 자신이 도망쳐 온 길이 리카온이 지나간 길이었음을 알 수 있었다. 말하자면 이 길은 늑대의 길이었다.

발에서 조개껍데기가 바스락거렸다. 몸 여기저기에 난 상처가 쑤셨다. 코타는 콜록거리며 바닷가에 섰다. 수면이 잠잠해져 있었다. 이제 산속에서는 아무 소리도 들리지 않았다. 파도에서 튀긴 물이 고여 생긴 웅덩이에 갈매기 발톱 모양의 얼음 조각이 반짝거렸다. 달이 졌다. 기진맥진한 코타가 토미 마을 쪽으로 천천히, 주춤거리며 다가갔다. 고요한 해안과 달리 철의 도시는 시끄러웠다. 토미 마을에 불빛이 훤했다.

그때 어제 들었던 관악대 음악이 다시 들렸다. 고래고래 떠드는 소리, 북치는 소리, 종소리. 어디선가 술 취한 사람이 마을이 떠나가라 대문을 발길질하는 소리도 들렸다. 눈발 날리던 겨울이 끝났다는 기쁨에 골목마다 들뜬 주민들로 꽉 찼다. 이들은 안도감과 더불어 무질서를 만끽하고 있었다. 토미 마을은 지금 사육제를 하는 중이었다. 희미한 행렬과 불꽃들이 멀리서 보니 마치 피난민들의 등불 같았다. 주민들이 이제 걷잡을 수 없이 활활 타오르는 횃불처럼 미쳐 날뛰었다.

코타는 손수레 길을 따라 항구의 방파제로 다가갔다. 파도의 충격을 견디지 못해 일찌감치 폐허가 된 방파제 위로 파도가 갈라지고 있었다. 바로 그때 맨살이 돌에 찰싹 하고 부딪히는 소리가 들렸다. 코타는 늑대 가죽을 덮어쓴 리카온 영감인가 싶어 주위를 둘러보았다. 그가 본 것은 방파제 끝의 커다란 돌바닥 위에 누워 있는 반쯤 벌거벗은 두 사람이었다. 두 사람이 차가운 바닥 위에서 갈기갈기 찢긴 옷을 파헤치며 뒹굴고 있었다. 그들은 물에 빠진 사람처럼 서로 껴안은 채 욕정이 묻어 나오는 신음을 해댔다. 추위 때문에 그들의 맨살에서 나오는 김이 무지개처럼 뿌옇게 비쳤다. 한 사람은 비만증에 걸린 병약

한, 백정의 아내 프로크네였고, 그녀의 하얀 팔에 안겨 쉬지 않고 속삭이는 야윈 남자는 독일에서 온 연고 장수 티스였다. 테레우스의 부인과 프로세르피나의 약혼자 티스. 방파제 바닥에서 뒹굴고 있는 두 사람은 초봄의 늦은 밤 시간에 허물어진 골목들과 비탈진 장소에서 벌어지는 일들을 상징하는 조형물 같았다.

먼동이 틀 때까지 사육제의 자유를 만끽하고자 제각기 다르게 변장한 사람들이 이 집 저 집에서 뛰쳐나왔다. 모두가 자기만의 비밀스러운 모습으로 변장을 하였다. 놋쇠공들이 귀족으로, 어부들은 중국의 전사(戰士)로 변장을 했다. 1년 내내 지하 술집에서 밤마다 음담을 지껄였던 사람은 아무 말 없이 술만 마셨고, 말이 없던 사람은 고함을 쳤다. 행여나 맞을까 두려워 1년 내내 움츠리고 다녔던 사람은 남을 두들겨 팼다. 만취한 그는 막대에 황소 가죽을 엮어 만든 채찍을 들고 다니면서 누구든 닥치는 대로 채찍을 휘둘렀다. 매년 있는 이 해방의 시간이 이제 막바지에 접어들고 있었다.

돌바닥 위에서 독일인 티스가 푸줏간 집 부인의 커다란 몸뚱이를 애무하고 있었다. 티스는 테레우스의 폭력과 증오를 피해 자신의 비곗덩어리 속으로 깊이 숨어 버린 이 아름다운 여인을 마치 그 도피처에서 끄집어내려는 듯이, 아니 해방시키려는 듯이 그녀의 젖무덤과 살을 파고들었다. 매혹적인 축제의 밤에 프로크네는 전쟁에서 도망친, 우수에 젖은 이 남자가 아니면 누구의 품에 안기란 말인가? 그리움에 애타는 이 사람이 아니라면 누구를 껴안으란 말인가? 프로크네는 남편의 폭력이 무서워 자신의 끓는 욕정을 비곗살에 파묻을 수밖에 없었다. 둘은 서로를 바짝 끌어안았다. 티스는 들어 보지도 못한 외설적인 말들을 여인의 귀와 머리카락에 대고 속삭였다. 그가 자색 이끼풀과 자신의 눈물의 소금을 섞어 만들었다는 연한 향수 냄새가 여인의 머리카락에서 풍겼다. 코타가 항구의 담 아래를 절룩거리며 지나가는 동안, 숨죽인 신음 소리를 내던 프로크네가 — 그녀는 자신의 욕정을 더 이상 숨기지 않았다 — 질식하는 듯 가쁜 숨을 내쉬었다. 독일인 티스도 두 사람의 몸뚱이로 데워진 돌바닥처럼 갑자기 굳어졌다. 그렇게 두 연인이 욕정과 두려움을 상징하는 조각품처럼 몸이 굳어 있는 동안, 코타는 낯이 뜨거워져 방파제 담에 몸을 숨기고 서둘러 그곳을 떠났다. 그는 횃불로 훤하게 불을 밝힌 항구 사무소 앞의 공터까지 조심스레 걸었다.

그곳에서 짐승 가죽과 소뿔로 치장을 한 술 취한 무리가 팔을 내밀어 코타를 잡아당겼다. 코타는 빛이 가물거리는 골목 쪽으로 도망치려 했다. 그러자 그를 에워싼 가면들이 환호성을 지르며 그를 무리의 가운데로 끌어당겼고, 코타가 전혀 이해하지 못하는 언어로 무슨 구호와 질문들을 내뱉었다. 그때 갑자기 어느 한 손이, 아니 한 발톱이 코타의 머리카락을 당겼다. 다른 발톱은 재빨리 그의 목으로 달려들었으며 세 번째, 네 번째 발톱은 그의 주위를 둘러쌌다. 가면의 무리가 로마인의 입을 강제로 벌린 뒤, 왁자지껄한 웃음소리와 더불어 수통에 담긴 소주를 그의 입에 부어 넣었다. 목이 얼음처럼 차갑고 따끔거리며 숨이 콱 막힐 것 같았다. 코타가 이를 뿌리치려 했지만, 털이 수북한 팔목들이 누르는 힘을 막을 방도가 전혀 없었다. 그는 숨을 쉬려고 안간힘을 썼고, 억지로 술을 삼켜야만 했다. 수통의 차가운 양철 주둥이가 이빨에 닿았다. 자신을 괴롭히는 자들의 뿔난 머리 위로 하늘이 찢어지는 것을 보았다. 그러고 나서야 로마인은 발톱에서 풀려났다. 로마인은 길바닥에 퍽 고꾸라졌다. 장화와 무거운 신발들이 그의 시야에서 총총히 멀어지는 동안, 옷에 기름이 흥건한 흙탕물이 스며들었다. 토미, 하루 종일 오비디우스에 대해 물었건만 아무런 반응이 없었던 마을. 코타는 좀처럼 입을 열지 않는, 행동이 굼뜬 이 마을 사람들의 관심을 끌어 보려 했지만 도무지 성과가 없었다. 그들이 이제야 처음으로 자신에게 손을 댔다.

코타가 사납게 날뛰는 가슴을 진정시키고, 잠시 숨을 고른 뒤 몸을 일으켰지만 그는 이미 취해 있었다. 몸을 비틀거리며 광장을 가로지른 그는 더 이상 가장 행렬을 피하지 않았다. 무리 중의 일부가 코타에게 횃불과 술병을 던졌고, 다른 이들은 그와 마찬가지로 비틀거렸다. 숲을 지나오느라 여기저기 찢긴 옷이 길바닥의 흙탕물로 인해 더 더러워졌다. 넝마 조각처럼 찢긴 더러운 옷을 걸친 채, 술에 취해 비틀거리기까지 하는 코타는 이제 영락없이 주민들 중의 한 명이었다. 무너진 집들로 인해 넓게 트인 골목에 접어들 때였다. 금이 간 담벼락을 따라 난 그 길은 리카온 영감의 집으로 가는 길이기도 했다. 그곳에 이날 밤 규모가 제일 큰 가장 행렬이 지나가고 있었다. 그 행렬은 박자와 질서가 완전히 흐트러진 관악대를 따라 길게 늘어졌다. 요괴(妖怪), 살아 움직이는 돌, 새의 형상을 한 인간, 당나귀 탄 사람, 쇠사슬을 흔드는 전사(戰士) 등으로 분장한 사람들이 행렬 속에 있었다.

가장 행렬이 이제 마을을 통과하는 마지막 구간인 구불구불한 길을 지나고 있었다. 분장한 사람들 중의 다수가 이미 지쳐서 그저 행렬 속에 끼여 터벅터벅 걷고 있을 뿐이었다. 어떤 사람은 술에 취해 쓰러져 다시 일어나지 못했다. 관악대는 맥 빠진 연주를 했다. 때는 먼동이 트기 바로 직전이었다. 가장 행렬의 무리가 코타를 다시 바닷가 쪽으로 끌고 가려고 했다. 코타는 사력을 다해 가면들이 내미는 손길에 대항했다. 혼잡한 무리 속에 묻힌 술 취한 로마인. 코타는 도무지 밧줄 꼬는 영감의 집 쪽으로 가까이 다가갈 수가 없었다. 가면의 행렬이 비틀거리며 옆을 지나가는 동안 코타는 제자리걸음을 했다. 장군 복장의 가면은 돼지의 귀를 잘라 만든 견장(肩章)을 어깨에 달고 무쇠 주먹으로 끈을 쥐고 있었는데, 그가 끈을 당기면 어깨의 갑옷 날개가 서로 부딪치며 삐걱 소리를 냈다. 어떤 가면은 나무와 짚에 붉은 물감을 뿌려 만든 거대한 여자의 상반신 모습이었다. 그 가면은 마분지로 만든 사람 머리를 공중으로 던졌다 붙잡는 동작을 반복하며 귀가 째져라 소리를 쳤다. 한 주교는 발을 내디딜 때마다 쉬지 않고 성호를 그었다. 거대한 남근(男根)에 두 개의 풍선을 고환처럼 옆에 달고 흔들거리는 모습도 있었다. 어떤 남자는 전구를 꽂아 만든 화환을 몸에 두르고, 거기 연결된 건전지를 허리에 차고 있었다. 그는 건전지의 무게 때문에 등을 구부린 상태였다.

그 뒤로 하얗게 칠한 우마차 한 대가 덜컹거리며 지나갔다. 마부의 자리에 앉은 남자는 간신히 균형을 유지하며 불붙은 채찍을 휘둘러 댔다. 백정 테레우스였다. 코타는 금색 종이와 크롬 부스러기로 치장을 한 마부의 모습을 보고 즉시 누구인지 알았다. 테레우스는 머리 위에 새장을 올려 놓고 이를 가죽띠로 꽉 동여맸다. 오리털을 간 새장에 쥐 두 마리를 넣어 두었는데, 이놈들이 불붙은 채찍 때문에 흥분해서 마구 날뛰었다. 그 바람에 새장의 하얀 깃털이 백정의 머리 주위로 날렸다. 관악대가 어느 전몰자를 위한 연주를 위해 음을 맞추느라 잠시 행렬이 멈췄을 때, 백정이 탄 수레가 코타를 어느 집의 담 쪽으로 밀어붙였다. 그 때문에 채찍 소리, 쥐들이 새장에서 난리를 치는 소리가 바로 코타의 눈앞에서 들렸다.

코타는 사육제가 끝나 가는 지금, 혼란스러운 이 가면들의 행렬이 무엇을 말하려고 그러는지를 서서히 이해하기 시작했다. 테레우스가 쓴 가면은 비록 조잡했지만, 코타는 그것을 보며 내내 로마의 신전과 궁전의 벽면에 새겨진, 비바람에 상한 조각을 떠올렸다. 불수레를 탄 태양신의 모습. 말하자면 백정은 포이보스[10]가 되고자 했다. 해안 부근의 깊은 계곡에서 온 목동들과 토미 마을의 놋쇠공들, 광부들이 찬란한 로마의 신들을 흉내 내려 했다. 신(神)들 중의 우두머리는 허리에 건전지를 달고 마을의 골목길을 누볐다. 전구 속에 있는 필라멘트의 빛은 유피테르의 영광과 번개였다. 바보처럼 어깨의 끈을 끌어당기던 장군은 불멸하는 전쟁의 신이었고, 붉은색을 칠한 여자는 피에 젖은 메데이아였다. 자신의 남동생을 죽이고, 아이의 시체를 갈기갈기 찢었으며, 잘라 낸 머리를 가파른 해안의 절벽 아래로 내던졌던 여인, 메데이아. 로마 제국의 모든 극장에서 열렬한 환영을 받았던 비극. 동시에 그 작품을 쓴 오비디우스를 유명인으로 변화시켰던 극의 주인공, 메데이아. 그녀가 넝마와 짚으로 만든, 피에 물든 허수아비가 되어 이곳의 가장 행렬 속에서 비틀거렸다.

살아 움직이는 로마의 조각품들 사이에 파묻힌 코타가 리카온 영감의 집으로 가기 위해 몸을 돌렸다. 제국 수도의 부서져 가는 벽들에 새겨진 그림들이 더욱 또렷하게 떠올랐다. 함석으로 만든 배를 머리에 이고 있는 저 꼽추는 누구일까? 한 손에 수금(竪琴)을 들고 검은 자루를 뒤집어쓴 저 사람은 또 누굴까? 오르페우스인가……?

물론 이 가장 행렬은 이제는 상상력이 고갈된 제국의 신화를 조잡하게 반영한 것에 불과했다. 신화 속의 상상력은 아우구스투스 황제

---

10 태양신 아폴론의 다른 이름.

의 지배 하에 의무감, 복종 내지는 국가에 대한 충성심으로 변해 버렸고 또 이성적(理性的)이 되었다. 토미 마을의 가면 행렬은 초라한 잔재에 불과하였다. 그렇지만 술 취한 사람조차도 이 사육제가 로마의 옛 모습을 재현하고 있음을 알 수 있었다. 토미의 주민들은 제국의 수도에서는 잊혀진 지 이미 오래된 신과 영웅들의 행위와 기적을 흉내 내고 있었다. 그런데 바로 오비디우스야말로 비가(悲歌)와 소설과 드라마를 통해 잊혀진 신화를 재현하고자 했던 사람이 아닌가? 또한 그는 거대한 국가로 전락한 로마에 태곳적의 열정을 생각나게 한 사람이었다. 오비디우스. 결국 관청과 군사령부, 시의회는 그의 문학이 사라져 가는 상상력의 마지막 징후이며, 세상의 몰락을 보여 주는 허깨비라고 고발하였다.

술 취한 코타가 이제 자기 쪽으로 밀고 들어오는 가면들과 더불어 고래고래 소리를 질렀다. 찢긴 외투, 상처 난 손과 긁힌 얼굴이 그의 가면 의상 같았다. 그렇다면 이 가장 행렬은 철의 도시의 주민들이 비록 나에게 말은 안 했어도 유배된 시인과 가까웠다는 증거가 아닐까? 사실 그들은 나를 로마에서 온 수상쩍은 염탐꾼 정도로 여겼다. 또한 가장 행렬은 오비디우스가 자신의 작품의 주인공들을 귀양지로 함께 가지고 왔으며, 그의 불행을 상징하는 이곳에서 침묵하지 않고 계속 작품에 전념했다는 증거가 아닐까? 그렇지 않다면 어떻게 이런 촌구석의 백정이 사육제에서 자신을 태양신으로, 자신의 황소는 불수레를 끄는 말로 변장시킬 생각을 다 했겠는가? 제국의 수도를 비롯한 여러 도시에서 기념비 혹은 박물관 소장품같이 이미 과거의 유물이 되었거나, 아니면 이끼 낀 벽면 조각이나 기마상, 신전 장식같이 돌로 변해 버린 것들이 이곳 토미 마을에서는 여전히 거칠게 살아 숨쉬고 있었다. 마치 황제의 궁정 뜰에 있는 태곳적 짐승 코뿔소와 같이.

멈출 수 없는 레밍[11]의 행렬처럼 가면 행렬이 느리게 바다를 향해 나아가다 로마인을 놓아주었다. 아니 그들이 로마인을 떼어 놓고 갔다. 비틀거리며 골목에서 뛰쳐나온 몇몇의 낙오자들이 대열을 따랐

---

11 *Lemming*. 일명 노르웨이 쥐라고 한다. 종족의 개체 수가 크게 늘어나면 집단으로 이동하여 바다에 뛰어든다.

다. 코타가 리카온의 집 담벼락을 손으로 짚으며 힘들게 걷고 있었다. 그때 뒤에 처진 낙오자 한 명이 코타 앞에 불쑥 나타났다. 그는 자신의 놀이 상대가 로마인인 것을 보자 얼른 다시 등을 돌리려 했다. 그러나 코타가 그 가면을 꽉 붙들었다. 코타의 손아귀에서 빠져나가려고 사력을 다해 몸을 비트는 가면. 갈고리 모양의 커다란 코를 단 이 가면은 시인이 로마에서 추방되고 난 후 그를 추앙하던 겁 없는 재력가들이 은화에 새겨 넣은 바로 그 모습이었다. 그들은 이 은화를 시인과 가장 가까웠던 친구들에게 나눠 주도록 했다. 소위 비밀 클럽 회원들의 기념 메달 정도로. 이 클럽의 회원들은 오비디우스가 몰락하고 추방된 후에도 금지된 시인의 작품과 연설문, 시인이 독서회에서 『변신』의 일부를 읽었을 때 받아 적은 글 등을 낭독하였다. 그들은 특히 『변신』의 일부에 해당하는 글이 무슨 성물(聖物)이나 된 듯 귀하게 보관했다. 겁 없는 마지막 독자들은 그들만의 비밀 회합이 있을 때 회합 장소에 들어가기 위해 그 은메달을 그날의 주최자에게 내보였다. 그 메달은 사실 대수롭지 않은 반역 행위의 표시일 뿐, 황제의 권력에 손상을 입힌다거나 유배자에게 도움을 주지는 않았다. 그러나 그의 문학을 사랑하는 이들에게는 자신들이 마치 중요하고도 위험한 일의 동조자라도 되는 듯한 환상을 심어 주는 표시였다. 그 메달에는 불행한 시인의 지나치게 큰 코가 마치 놀리기라도 하듯 자세히 새겨져 있었다. 오비디우스의 코는 별명이 붙을 정도로 몹시 눈에 띄었고, 깊은 인상을 남겼다. 오비디우스가 아직 어려움을 겪지 않던 시절, 그의 친구들은 〈나소!〉[12] 하며 그를 다정하게 불렀고, 시인의 적들 역시 〈나소!〉 하고 그를 비꼬았다. 그의 집 대문이 잠겨 있거나 피아차 델 모로 거리의 살롱이 비어 있을 경우, 사람들은 살롱이나 집 대문 귀퉁이에 급하게 메모를 남길 때에도 〈나소!〉라고 불렀다.

그런데 바로 이 머리가, 지금 코타의 앞에서 자신의 얼굴을 보이지 않으려고 격렬하게 몸부림치는 이 머리가 바로 그 커다란 코를 달고 있었다. 오비디우스의 코는 아무리 혼동하려 해도 혼동될 수가 없었

---

12 나소Naso는 그의 성(姓)이지만, 이 경우는 〈코쟁이Nase〉 정도로 이해할 수 있다.

다. 코타가 마구 몸부림치는 가면을 거칠게 붙잡았다. 마침내 가면을 벗기고 새파랗게 질린 바투스의 — 간질병을 앓는 그 아이 — 얼굴과 마주쳤을 때, 마분지로 만든 코를 걸치고 있던 고무줄이 탁 퉁기는 소리를 내며 끊겼다. 식료품 가게 여주인의 멍청한 아들이 새끼 돼지처럼 꽥 하고 소리를 내지르며 로마인의 팔을 빠져나갔다. 아이는 종이 코를 내팽개쳐 둔 채 어둠 속으로 도망치듯 달아났다.

 폭풍우와 더불어 푸른 5월이 다가왔다. 식초 냄새와 눈 속에 묻힌 장미의 향기가 밴 따스한 봄바람이 웅덩이에 남은 마지막 얼음을 녹였다. 봄바람은 또 골목길의 연기를 말끔히 없앴고, 사육제가 끝난 후 길에 버려진 종이꽃과 기름이 덕지덕지 묻은 제등(提燈)의 부스러기들도 바닷가 쪽으로 날려 보냈다. 엄숙한 기원 행렬이 끝났고, 모두를 지치게 했던 사육제의 밤도 지나갔다. 토미의 주민들은 예전처럼 다시 산속으로, 철광으로, 척박한 밭으로, 대장간의 모루로, 그리고 바다로 되돌아갔다.

 오직 눈 녹기만을 기다리며 겨우내 버텼던 철의 도시의 노인들과 병자들이 다시 기지개를 켰다. 그러나 긴장이 풀리고 안도감이 들면서 주민들 중 다수가 죽음을 맞이했다. 독일인 티스가 남풍이 불어오던 첫째 주에 세 명을, 둘째 주에 네 명을 매장했다. 그는 무덤 위에 돌로 정교하게 아치형 지붕을 만들었다.

 어둑해질 때까지 토미 해안은 하루 종일 다시 돌아온 새들의 소리와 파도치는 소리가 끊이질 않았다. 사람이 죽은 집들에선 고인의 혼을 달래는 기도 소리, 관 짜는 사람들의 망치질 소리, 도살되는 짐승의 울부짖는 소리가 들렸다. 집집마다 창문과 대문이 모두 활짝 열려 있었다. 정원 담쟁이덩굴 위에 널린 빨래들이 하루 종일 펄럭거렸고, 해안의 평평한 바위들 위에는 양탄자들이 펼쳐져 있었다.

때는 봄이었다.

이 무렵 코타는 사육제 날의 흥분과 트라킬라의 추위로 인해 열병을 앓았다. 그가 자는 방의 벽에는 아라크네가 짠 양탄자가 걸려 있는데, 양탄자에 새겨진 현란한 무늬들이 오한으로 덜덜 떨고 있는 자신을 겹겹이 포위하는 것 같았다. 코타는 그에 대해 저항했다. 아무도 그를 돕지 않았다. 그는 자신의 처지를 달래며 먼동이 틀 때 비로소 잠이 들었고, 오후까지 내내 잤다. 이윽고 열이 내리고 정신이 들어 눈을 떠보니 리카온 영감이 침대 옆에 서 있었다. 그가 주전자와 빵을 담은 접시를 들고 있었다. 코타는 일어나 물을 마시고 빵을 먹었다. 리카온 영감은 다시 맨발이었다. 발의 피부가 벗겨져 있었고, 손톱에 금이 가 있었다. 이 노인의 손과 발이 동물의 발이었단 말인가? 늑대처럼 달리던 그 짐승의? 코타는 자신의 기억을 더 이상 믿을 수 없었다.

코타가 열병을 앓던 며칠간 리카온 영감은 평소처럼 말이 없었다. 그러나 코타가 어느 금요일 아침 원기를 회복하고 나선형 계단을 따라 아래로 내려왔을 때, 영감이 처음으로 웃음을 지었다. 영감은 삼발이 앞에 앉아 낡은 밧줄의 삼 부스러기를 뽑고 있었다. 그런데 작업실에 누군가가 한 명 더 있었다. 검은색 옷을 입은 한 여인이 나무 바닥에 무릎을 꿇은 채, 솔과 비누를 가지고 나무에 묻은 이상한 무늬를 닦아 내고 있었다. 그 무늬는 꼭 피 묻은 짐승 발자국 같았다.

「늑대⋯⋯ 산 속에서 늑대를 보았는데.」 코타가 말했다.

은색으로 표백된 밧줄 가닥 하나를 끌어당기던 노인은 아무런 말이 없었다.

검은 옷의 여인은 하던 일을 멈추고 상체를 세웠다. 젊은 여인이었다. 코타가 자기도 모르게 한 걸음 뒤로 물러났다. 무릎을 꿇고 있는 여인의 균형 잡힌 얼굴에 온통 마른버짐이 피어 있었다. 마치 얼굴과 손을 석회에 담갔다 빼기라도 한 듯 허연 껍질들이 피부를 덮고 있었다. 그녀가 일을 하느라 움직이자 껍질이 한 겹씩 벗겨질 것만 같았다.

「늑대가? 산에?」 여인이 나지막이 중얼거렸다.

리카온 영감의 손에서 밧줄이 흘렀다. 리카온은 끙 하는 소리를 내며 허리를 굽혀 밧줄을 다시 쥐었다. 그는 코타의 말도, 그녀가 중얼거리는 소리도 못 들은 체했다.

「늑대였어!」 코타가 이렇게 말하고, 검은 옷의 여인에게 물었다. 「너는 누구지?」 그런데 아무런 대답이 없자 리카온을 향해 물었다. 「저 여자 누구지?」

무릎을 꿇고 있던 여인은 자신의 손바닥으로 입을 막았다. 마른버짐이 여인의 가슴 위로 떨어졌다. 그녀가 코타에게 〈너는 누구지?〉 하고 코타의 말을 따라 했다. 그리고 영감을 향해 코타의 음성으로 〈저 여자 누구지?〉 하고 물었다.

리카온이 웃었다.

코타는 손발이 척척 들어맞는 어떤 패거리들의 말장난에 놀아난 것같이 헷갈리기도 하고 창피했다. 그가 얼른 다른 질문을 해서 그 상황을 모면했다. 「저 여자 당신을 돕는 사람이오?」 리카온은 코타를 쳐다보지 않았다. 「저 여자 이름이 뭐지?」 코타는 검은 옷을 입은, 백치 같은 여인에게 자신을 소개했다. 그가 자신을 가리키며 말했다. 「코타!」

여인은 코타에게서 눈을 떼지 않으며 〈코타!〉, 〈저 여자 당신을 돕는 사람이오?〉, 〈저 여자 이름이 뭐지?〉 하고 반복했다.

마침내 영감이 입을 열었다. 「에코. 이 여자 이름이 에코요. 내 집을 청소해 주지.」

에코가 핏자국 같은 무늬 위로 허리를 굽히며 속삭였다. 「집, 내 집.」

에코는 자신이 어디에서 왔는지 모른다. 그녀는 작년 여름 어느 날엔가 실 잣는 여인 아라크네의 집에서 발견되었다. 그래서 주민들은 에코가 벙어리 여인 아라크네의 친척이거나, 아니면 그녀가 그저 데리고 있는 사람 정도로 여겼다. 에코는 관절염을 앓는 늙은 벙어리 여인의 잔심부름 따위를 하며 그녀의 변덕을 잘 참았다. 가끔 그 집을 방문하는 사람들은 에코의 참을성에 경탄했다. 당시 파마의 가게에서 시작된 소문에 의하면 에코는 트로이아에서 왔으며, 아라크네의 오빠가 버린 자식이라 했다. 그런데 지금은 아라크네가 에코를 하녀인 척 데리고 있는 것이라 했다. 하지만 여름이 가는 동안, 어쩌면 실 잣는 여인의 무뚝뚝하고 거친 태도 때문에 파마의 가게에서는 다른 소문들이 생겨나기도 했다. 더러는 에코가 가위 장수를 따라 콜키스에서 왔다고 했다. 또 일부는 에코가 영화 상영 기사인 키파리스가 데리고 왔다가 버린, 즉 극단 주인에게 버림받은 바람둥이 계집이라고 했다.

「트로이아? 트로이아에서 왔다고?」 사람들이 그녀에게 물었다. 그러면 에코는 〈트로이아에서 왔다〉고 침착하게 대답했다. 에코는 나중에는 역시 태연하게 〈콜키스에서〉, 〈페타라에서〉 혹은 〈테게아에서……〉라고 대답했다. 결국엔 아라크네가 웬 백치 하나를 재워 주고 있다는 소문이 돌았다. 그러나 가을이 왔을 때, 아라크네는 에코가 물건을 훔쳤다고 주장하며 집 출입을 금지시켰다. 나아가 이웃 여인에게 자기가 쫓아낸 그 계집은 친척도, 또 자기가 보호하고 있는 아이도 아니고 단지 떠돌이 이방인일 뿐이라고 설명했다.

에코는 철의 도시에 머물렀다. 11월이 다 가도록 거리에서 잠을 잤으며, 겨울 태풍이 닥칠 때에는 바위 아래의 동굴 안으로 몸을 피했다. 동굴의 벽 절반 정도가 천연 암반과 맞닿아 있으며, 내부는 어두웠다. 그 이후로 에코는 고요하고 습기 찬 동굴에 은둔했다. 그녀는 때때로 하루 종일 꼼짝 않고 누워 고통스러운 두통을 견뎌 내야 했다. 오로지 차가운 동굴의 어둠 속에서만 두통을 견딜 수 있었다. 주기적으로 찾아오는 이 고통은 세상의 소음이 그녀의 머릿속에서 메아리치고 있는 것에 불과했다. 그러나 에코에게는 두통보다 더욱 심한 병이 하나 있었다. 이는 동굴의 어둠이나 침묵으로 가라앉힐 수 있는 성질의 것이 아니었다. 그녀는 살갗이 벗겨지는 피부병을 앓고 있었다. 그녀의 피부는 햇빛에 조금만 노출이 되거나, 염분 섞인 건조한 봄바람을 쐴 경우 찢어지고 갈라졌으며, 나중에는 비늘처럼 변해 몸에서 떨어져 나갔다.

에코의 피부병이 몸의 일부에만 그것도 일시적으로 나타난다는 것을 코타가 안 것은 시간이 한참 지나서였다. 가냘픈 에코의 몸 여기저기에 타원형의 커다란 마른버짐이 느리게 퍼졌다. 흰 솜뭉치 같은 게 처음엔 얼굴과 목에 번졌다가 점차 어깨와 팔을 지나 가슴과 배로 퍼졌다. 그러다 마른버짐이 일주일이나 한 달 정도 사라지는데, 이때 에코의 모습은 흠결 하나 없이 매혹적이었다. 하지만 얼굴 위로 다시 버짐이 퍼지면 에코를 만지는 것은 고사하고, 그저 쳐다보는 것만으로도 소름이 끼쳐 평소 그녀의 육체를 탐내던 남자들도 이때만은 그녀를 피했다.

비록 몰래이긴 하지만 해안 주민들은 에코를 갈망했다. 때때로 놋쇠공과 목동들이 지치고 거칠어진 그들의 아내를 떠나 어둠을 틈타 에코의 동굴로 갔다. 그들은 에코의 팔에서 젖먹이로, 지배자로, 또는 사나운 짐승으로 변하였다. 이 사내들은 에코의 무거운 입이 자신들을 일체의 비난과 부끄러움으로부터 보호해 주고 있다는 것을 잘 알고 있었다. 그들은 그 대가로 흑옥(黑玉)이나 짐승 가죽, 말린 생선, 버터가 가득 담긴 단지 등을 동굴 바닥에 두고 갔다.

에코는 불규칙적으로 밧줄 꼬는 영감의 집에 들렀다. 그 이유는 영감이 더 이상 쓸모없다고 버리는 잡동사니나 쓰레기들을 치우기 위해서였다. 그녀가 하는 일은 매번 달랐다. 만일 영감이 담 밑에 난 식물들이 갑자기 보기 싫다고 하면 에코는 돌에 낀 이끼를 긁어내거나 담쟁이덩굴과 잡초를 뽑았다. 심지어 달리아나 난초마저도 쓰레기통에 버리든지 집 밖으로 내버려야 했다. 어떤 땐 리카온 영감이 집 안에 녹이 스는 것을 참지 못했다. 그러면 에코는 줄과 사포를 가지고 창살과 문의 돌쩌귀, 가재도구, 쇠로 된 장식품 등을 문질러 투명한 광택이 나게 했다. 그러나 광택은 바다 바람의 습기로 인해 곧 사라졌다.

리카온은 이상하게도 유독 먼지는 신경을 쓰지 않았다. 미세한 지저깨비나 머리카락, 실밥 등이 엉켜 붙은 먼지가 날쌘 짐승들처럼 작업실 안을 떠다니다 실패나 끈, 굵은 밧줄 등에 내려앉았다. 존재의 마지막 상태인 먼지……. 미풍만 있어도 먼지가 공중으로 떠올라 창을 투과한 햇살에 신비하게 반짝거리다가, 곧 우수에 젖은 듯 빙빙 돌며 고독한 리카온 영감 위로 내려앉았다.

에코는 리카온이 부르면 와서 아무 말 없이 순순히 그의 지시를 따랐다. 버리라고 한 것은 버리고, 간수해야 되는 것은 윤기 나게 닦아 놓았다. 코타가 병석에서 일어난 이후로 이곳 마을의 생활은 그에게 덜 쓸쓸해 보였다. 그날은 에코를 처음 본 그 금요일이기도 했다. 에코의 얼굴은 피부에 번진 마른버짐에도 불구하고 매우 아름다웠다. 그녀의 모습은 코타에게 나긋나긋한 로마 여인들의 부드러운 손길을 떠올리는 것 같았다. 에코의 눈과 시선, 우아한 자태를 보노라면 로마가 성큼 눈앞에 다가서는 듯했다.

코타가 몸살에서 회복되던 날, 에코가 그의 방도 함께 치웠다. 더러워진 유리창을 물로 씻은 뒤 노루 가죽으로 물기를 닦았다. 그녀가 양탄자에 묻은 1년 묵은 먼지를 털어 내자 원래의 눈부신 색깔이 되었다. 다음 날 저녁, 벽 양탄자가 촛불 속에서도 강렬한 색을 드러냈다. 색에서 풍기는 힘 때문인지 코타는 피곤하지도 않았고, 잠도 오지 않았다.

영화 상영 기사가 마을을 떠나던 날 오후, 코타는 처음으로 에코의 몸에 손을 댔다. 키파리스가 꾸부정한 다리로 천천히 마을의 골목길을 돌며 영화가 보여 준 감동에 대해 흥얼거렸다. 키파리스는 한 손에는 뒤뚱뒤뚱 우스꽝스럽게 마차를 끄는 말의 고삐를 쥐고, 다른 손에는 사슴 고삐를 쥐었다. 그가 출발하려 하자 사슴이 밧줄에 끌려가지 않으려고 심하게 저항하였다. 사슴과 키파리스가 서로 실랑이를 벌이는 중에 이제 갓 돋아난 사슴뿔의 끝 부분이 어느 문틀에 부딪혔다. 난쟁이가 사슴을 달랬다. 뿔이 부러진 상처에서 난 피가 사슴의 머리를 따라 흘렀다. 철의 도시의 길바닥이 핏방울로 얼룩졌다. 「불길한 징조인데.」 아들과 함께 구경꾼들 무리에 섞여 있던 파마가 떠나는 키파리스의 모습을 지켜보며 말했다. 늘어선 주민들은 한결같이 아쉬워했다.

지난밤에 키파리스가 보여 준 마지막 영화는 리카스라는 선교사가 몹시 흥분하여 귀가 째져라 고함을 치는 통에 중단되었다. 콘스탄티노플 출신의 그리스 정교 선교사 리카스. 그는 해마다 부활절 무렵이면 보스포루스[13]에서 작은 고깃배를 타고 이 마을로 건너와, 이끼와

---

13 콘스탄티노플 부근의 해협.

곰팡이가 낀 어두운 교회에서 교독문을 읽었다. 그가 속한 교파는 로마의 지배에 굴복했다. 그는 로마의 잔인함을 욕하고 자기가 믿는 신을 찬양했다. 그렇다고 한들, 이 황량한 해안에서 누가 그를 감시하고 고발하겠는가?

지난밤 선교사는 두 팔을 치켜든 채 교회를 뛰쳐나와, 영화가 비춰지고 있는 푸줏간 벽으로 달려왔다. 그는 깜짝 놀란 주민들에게 호통을 치며, 수난절 같은 성스러운 날에는 토미처럼 버림받은 마을일지라도 십자가에 못 박힌 그리스도의 슬픔과 고난을 기억해야 된다고 소리쳤다. 이에 관객들이 한바탕 웃자, 그가 키파리스의 영사기가 윙윙거리며 돌고 있는 포장 마차의 측면을 두들겼다. 그의 저주스러운 욕설에 아무도 반응하지 않았다. 그러자 선교사는 교회 첨탑에 유일하게 있는 종을 계속 울렸다. 마침내 난쟁이는 영화 상영을 중단하였고, 푸줏간 벽 위로 불이 꺼졌다.

그리하여 철의 도시 주민들은 키파리스가 3일 저녁에 걸쳐 연속으로 보여 준 세 영화 중 마지막 영화의 피비린내 나는 장면은 볼 수 없었다. 키파리스는 초봄에 있었던 연이은 사망과 장례식에 대한 애도(哀悼)의 표시로 그 영화들을 골랐다고 했다. 영웅들의 파멸을 지나치게 꾸민 세 개의 비극이었다. 헥토르, 헤라클레스, 오르페우스라는 영웅들이었는데, 그들의 이름은 철의 도시에서는 아직 낯설었다.

코타는 사흘 저녁을 모두 푸줏간 벽 앞에 설치된 나무 의자에서 시간을 보냈다. 그에게 이들 영웅들은 유년 시절의 추억이었다. 유년 시절에 그는 산 로렌초에 있는 학교의 강의실이나 기숙사에 딸린 도서관에서 수많은 오후 시간들을 감상에 젖어 지냈다. 이후에도 그 무렵을 떠올릴 때면 언제나 헤라클레스나 오르페우스가 생각났다. 당시 선생님은 여러 영웅들의 삶에 대해 자주 물었다. 「헤라클레스의 탄생과 죽음에 대해 말해 봐! 오르페우스의 삶과 죽음은? 아는 대로 말해 봐! 육각운(六脚韻)의 운율을 살려서!」

오르페우스라는 이름이 튀어나오면 언제나 산 로렌초 학교의 활짝 열린 창문이 눈앞에 아른거렸다. 열린 창문 사이로 야생 오렌지나무와 올레안더 덤불이 가지를 뻗고 있었다. 생도들 중에 뱃심 좋은 녀석은 급할 때면 가끔 오렌지 열매의 쓴 즙을 각막에 떨어뜨렸다. 그러면 어김없이 눈에 염증이 생겼고, 그 덕분에 영웅들의 삶을 묻는 반복되는 시험에서 며칠간 해방될 수 있었다.

키파리스는 토미의 주민들에게 트로이아의 종말과 투구가 어지럽게 널려 있는 활활 타오르는 벌판을 보여 주었다. 주인 잃은 창자루들, 꺼져 가는 불길, 도시를 덮은 거대한 연기가 화면을 가득 채웠다. 게다가 키파리스는 이 무대를 배경으로 트로이아인 헥토르의 몸뚱이가 갈기갈기 찢기는 장면을 보여 주었다. 헥토르는 목숨이 끊길 때까지 자신의 성벽 주위를 끌려 다녔고, 길게 늘어선 개들은 이리저리 흩어진 그의 살점을 서로 차지하려 싸웠다.

키파리스가 둘째 날에 보여 준 영화는 영웅 헤라클레스의 삶이었다. 세상의 온갖 고초와 위험에 맞서야 했던 헤라클레스. 그러나 결국은 자신의 몸뚱이를 갈기갈기 찢을 수밖에 없었던 영웅. 헤라클레스가 마법에 걸린 독 묻은 옷을 입고 죽어 가는 모습을 본 놋쇠공들이 놀라서 신음을 했다. 헤라클레스가 아무것도 모른 채 옷을 입는 순간, 옷이 피부에 엉겨 끓는 기름처럼 타기 시작했다. 스스로 생명을 끊는 것 외에는 고통을 멈출 방도가 없었다.

무적의 영웅 헤라클레스가 울부짖으며 고통으로 날뛰었다. 그가 옷과 더불어 살을 찢어 냈다. 피가 뚝뚝 떨어지는 힘줄, 어깨뼈, 붉은 새장 같은 흉곽, 그리고 꺼져 가는 심장이 드러났다. 마침내 영웅이 쓰러졌다. 불행한 영웅의 피와 땀이 흘러 들어간 일곱 개의 연못에 하늘의 빛이 모였다. 연못 위로 하늘과 구름, 그늘, 공중의 모습이 반사되었다. 그리고 밤이 되었다. 하지만 빛을 받은 일곱 연못은 각기 별이 되어 하늘로 솟아올랐다.

키파리스가 수난절에는 마지막으로 오르페우스라는 시인의 순교를 보여 주겠다고 선전했다. 오르페우스가 표범 가죽과 노루 가죽을 둘러쓴 여인들이 던진 돌에 맞아 죽을 것이며, 그 시체는 껍질이 벗겨진 채 도끼와 낫으로 토막 나게 될 것이라고 했다. 선교사가 푸줏간 쪽으로 달려왔을 때는 오르페우스가 여인들을 피해 너도밤나무 숲 속으로 달아나는 장면이 한창 전개되던 중이었다.

영웅들의 죽음이 상영되던 사흘 내내 코타는 산 로렌초 학교의 가르침과 규율을 생각했다. 낮은 발소리도 쩡쩡 울리는 회백색의 복도, 오후에는 늘 열려 있던 창들이 떠올랐다. 창문 앞으로 연못이 딸린 황폐한 목초지가 있었는데, 그곳은 출입이 금지된 곳이었다. 코타는 산 로렌초의 짙게 그늘진 교정을 떠올리며 과거로 기억을 더듬어 갔다. 귀빈 자격으로 학교를 방문한 오비디우스가 신경이 바짝 곤두선 지사와 고관들에 의해 밀리다시피 아치형 복도를 걸어가는 모습이 눈앞에 아른거렸다. 칭송받던 시인이 어느 5월 저녁 — 어쩌면 이미 6월이었나 보다 — 교장과 나란히 학교의 대강당에 들어섰다. 귀빈 방문이었다.

당시 산 로렌초 학교의 설립 백 주년 행사를 위해 오비디우스가 초청되었다. 그의 방문은 학교의 전통을 더욱 빛내 주었다. 대강당의 벽면에는 성자(聖者)들의 모습이 집만 한 높이로 그려져 있고, 경구(警句)를 적어 놓은 띠들과 울긋불긋한 화환이 벽에 걸려 있었다. 생도들과 교수들이 앉은 강당에 짙은 라일락 향기가 났다. 마침내 오비디우스가 입을 열었다. 당시 생도들은 교내 사진사가 터뜨리는 마그네슘 불꽃 때문에, 그리고 교장의 권위적인 진행에 위축되어 오비디우스가 읽는 시의 겨우 몇 군데를 알아들을 정도였다. 그들이 겨우 이해한 시구는 수업 시간에 그들을 몹시 괴롭혔던 구절들이기도 했다.

> 로마인은 볏단 위에서
> 꿈꾸지 않고 깊이 잠드는 축복을 받았다.
> 그가 깨어 볏짚에서 일어나
> 별들을 향해 고개를 들었을 때
> 지구의 궤도 위로
> 붉은 별 하나가 반짝거렸다.
> 피에 젖어 자줏빛으로 가물거리는
> 달의 상처 난 구멍들.

축제가 있기 며칠 전, 학교의 일꾼 한 명이 학교 게시판에 시인의 모습이 담긴 신문 기사를 오려서 붙여 놓았다. 오비디우스가 낭독을 하던 날, 바짝 긴장한 코타는 신문에 난 시인의 얼굴과 실제의 얼굴을 비교하였다. 그런데 강당에서 시를 낭독하는 오비디우스의 모습은 이미 알려진 그의 모습과 — 가령 코가 크다든지, 눈동자를 쉼 없이 움직인다는 — 전혀 달랐다. 낭독을 시작할 때와 끝낼 때 오비디우스는 천장에서 밑으로 늘어진 꽃줄을 지나 허공 속을 응시하다가 다시 책을 보았다. 시인이 내뿜는 고매함 때문에 맨 앞줄에 앉은 생도 코타조차 그를 제대로 쳐다볼 수 없었다. 코타는 이끼처럼 초록빛을 띤 시인의 눈과 마주쳤다가 얼굴이 빨개질까 봐 낭독에 열중하고 있는 시인을 힐끗힐끗 훔쳐볼 뿐이었다.

산 로렌초의 축제가 있고 난 뒤 수년이 지났건만 신기하게 변용(變容)된 오비디우스의 당시 모습은 변하지 않고 코타의 기억 속에 간직되었다. 마치 시간의 흐름을 초월한 듯이 생생한 기억으로 남았다. 코타는 오비디우스의 점차적인 몰락과 노쇠를, 또한 소멸해 가는 시인의 옛 영화(榮華)와 그 추락의 깊이를 자신이 간직한 기억과 몰래 견주곤 했다. 그처럼 존경을 받던 시인이 하루아침에 경멸의 대상으로 전락하여 흑해의 바위 해안으로 쫓겨 갔다. 게다가 산 로렌초 학교의 기념사진집에 실린 시인의 얼굴은 안개처럼 뿌옇게 지워졌고, 학술원의 진열장에 비치된 그의 초상화도 제거되었다. 그렇다면 현재는 화려하기 그지없는 제국 궁궐들의 모습에도 언젠가 그 궁궐이 무너진 뒤 남을 흙더미의 모습이 이미 드러나야 하지 않을까? 또한 공원에 만개한 꽃구름 속에서 미래의 사막의 모습이, 연극이나 서커스를 관람하는 자들의 즐겁고 흥분된 얼굴에 다가올 죽음의 창백한 그림자가 드러나야 하지 않을까?

오비디우스가 실제로 몰락하자 코타는 돌조차 영원할 수 없음을 인식하게 되었다. 산 로렌초에서 본 시인의 투명한 모습과 구름 한 점 없는 3월의 어느 날 로마의 집을 떠나며 흐느끼는 시인의 모습이 교차하였다. 그때 코타는 세계가 얼마나 손쉽게 지어졌는가를 처음으로 의식하게 되었다. 오늘의 산이 내일은 무너져 모래가 되어 날려 간다는 것을 깨달았고, 바다 역시 언젠가는 증발되어 구름으로 변하는 것을, 별들이 순식간에 타버린다는 것을…….

〈어느 누구도 본래의 형태를 간직하지 못한다.〉 코타는 이를 깨달음으로써 이미 산 로렌초 시절 격정적이고도 사춘기적인 세상고에 사로잡혔고, 마침내 시인의 동호인 클럽과 가까워지게 되었다. 그들은 오비디우스의 몰락에도 불구하고 여전히 시인을 존경했다. 시인이 흑해로 사라진 후, 그들은 시인의 문체와 구절들을 기억 속에 새기기 위해 금지된 시인의 책을 열심히 읽었다.

일찍이 오비디우스가 산 로렌초와 로마를 떠날 때처럼 영화 상영 기사 키파리스도 토미 마을을 떠났다. 양옆으로 늘어선, 호기심 어린 구경꾼들에 파묻힌 그가 다시는 돌아오지 못할 것을 예감하는 듯 멍한 표정을 지으며 자신의 운명에 이끌린 채 떠나갔다.

키파리스는 좁은 골목길을 빠져나가자 사슴 고삐를 마차의 버팀대에 묶고, 끙 소리를 내며 마차에 올랐다. 그가 공중에 대고 어지럽게 채찍을 휘둘렀다. 마치 자신을 배웅 나온 구경꾼들에게 미로 같은 앞으로의 여정(旅程)을 말하는 것 같았다. 울퉁불퉁한 길에 서 있던 마차가 갑자기 움직이기 시작했다. 그 길은 버림받은 리미라 마을로 이어지는 길이었다.

봄에 길거리의 진흙탕이 바싹 마를 즈음이면, 가끔씩 그 길을 따라 낡은 버스 한 대가 지나다녔다. 그 버스의 유리창이 누군가가 던진 돌로 깨진 지 이미 오래였지만 한 번도 갈아 끼우지 않았다. 사람들이 버스로 사나흘씩이나 걸리는 리미라로 몰려가는 것은 혹시 황폐한 그 마을의 흙더미 속에서 구리로 된 핀이나 귀고리, 팔찌들을 캐낼 수 있을까 싶어서였다. 그 마을에 도착도 하기 전에 벌써 지친 그들의 모습은 먼지를 뒤집어쓴 채 녹초가 되어 갱도를 빠져나오는 철의 도시 광부들과 다를 바 없었다.

미래를 향해 키파리스가 백 미터쯤 갔을 때 흙먼지가 일었다. 서 있던 구경꾼들이 모래 바람을 피하기 위해 손으로 얼굴을 가렸다. 따가운 황토와 잿빛 흙먼지 사이로 말을 몰아 대는 난쟁이의 고함 소리만 들릴 뿐, 그의 모습은 보이지 않았다. 주민들은 언제 또 난쟁이가 가져올 영화를 보게 되려나 하는 생각에 마음이 허전해졌다.

그들은 마치 사면을 받고 출소하는 동료를 방금 감옥 문 앞까지 배웅하고 돌아가는 죄수들처럼 쓸쓸히 마을로 돌아갔다. 겁쟁이들과 미신을 믿는 사람들은 파마가 예언한 액(厄)을 방지하기 위해 사슴 핏자국 위에 양파 껍질과 마른 패랭이꽃을 뿌렸다. 이는 만일 그 핏자국이 어떤 미끼에 유인되어 땅 위로 올라올 경우 그 재앙을 땅에 꼭 붙들어 두기 위한 예방 조치였다.

이날 오후 코타 역시 구경꾼들을 따라 마을 어귀까지 갔다. 구경꾼 행렬이 한자리에 멈추자 코타는 맨 앞으로 갔다. 키파리스의 뒤로 흙먼지가 일었지만, 그도 다른 사람들과 마찬가지로 몸을 돌리지 않았다. 그는 따끔거리는 눈을 깜빡거리며 모래 바람에 가려 더 이상 보이지 않는 마차를 주시했다. 그 순간 가녀린 그림자가 코타에게 다가왔다. 에코였다. 그녀는 먼지에 별로 개의치 않는다는 듯 손으로 얼굴을 가리지 않았다. 코타가 먼지 때문에 젖은 눈으로 에코를 보았다. 그녀가 분명 자신을 응시하고 있었다. 에코가 다가올수록 코타는 그녀의 시선이 자신을 더욱 무겁게 짓누르는 것을 느꼈다. 그 느낌이 어찌나 강했던지 코타는 심연(深淵)으로 — 사실 그것은 물이 고인 웅덩이에 불과했다 — 발을 헛디디며 비틀거렸다. 에코가 그에게 팔을 내밀지 않았더라면 넘어질 뻔했다.

코타가 에코의 팔을 실제로 잡을 뻔했을 때, 두 사람은 불과 한 뼘의 거리를 두고 섰다. 하지만 코타는 그녀가 내민 팔을 붙들지 않았다. 부축해 주겠다는 에코의 몸짓 그 자체가 비틀거리던 코타를 안전한 상태로 돌려 놓았다. 그가 몸을 가누고 다시 일어섰다. 이제 그들 둘만 흙먼지 속에 남았다. 그들의 주위가 바람 한 점 없이 고요했다. 코타의 눈이 차츰 맑아졌다. 그는 말없이 서서 에코의 얼굴을 바라보았다. 약간의 하얀 흔적만이 남아 있을 뿐인 흠 없는 얼굴. 코타가 에코의 손을 잡았다.

이날 코타와 에코는 리미라 마을로 떠나는 여행객들처럼 회색빛이 되어 흙먼지를 빠져나왔다. 길가에 자란 쑥 덤불이 흙먼지에 덮여 마치 화석처럼 보였다. 키파리스를 배웅했던 구경꾼들은 어느새 마을의 골목길로 모두 사라졌다. 어두운 가게 안으로 들어서던 파마가 난쟁이의 뒷모습을 한 번 더 보려고 고개를 그쪽으로 돌렸다가 저만치 떨어진 곳에서 수상쩍은 한 쌍의 남녀를 발견했다. 로마인과 에코였다.

에코와 코타는 마을로 돌아오는 동안 주저하며 조심스럽게 대화를 나누었다. 수차례에 걸쳐 대화가 끊겼지만 둘은 그저 조용히 발걸음을 옮겼다. 둘은 서로의 당혹감을 상대방이 알아차리지 못하도록 숨겼다. 먼지를 가득 덮어쓴 채 거닐고 있는 이 두 사람은 최소한 동행하는 동안만은 친숙해진 것 같았다. 둘은 리카온 영감 발의 피부가 벗겨졌다느니, 키파리스의 영화가 슬펐다느니, 혹은 그가 너무 갑작스레 떠났다는 등 대화를 주고받았다. 둘의 대화는 토미 마을의 어느 구석이나, 아니면 파마의 가게 한 모퉁이에서 새어 나오는 일상적인 잡담과 별 차이가 없었다. 에코가 대답하는 것은 죄다 코타가 이미 알고 있는 것이었다. 아니 에코가 코타의 언어로 철의 도시에 대해 말해 주었다고 하는 게 차라리 옳은 표현이었다. 그럼에도 불구하고 코타는 반복되는 무의미한 대화 속에서 어떤 혼란스러운 감정이 교차하는 것을 느꼈다. 에코의 모습에서는 당시 작업실 바닥에서 무릎을 꿇고 일하던 수줍고, 당황해하던 하녀의 모습을 거의 찾아볼 수 없었다. 심지어 코타는 이 여인과의 대화가 로마를 떠나 온 이후 처음 사람다운 사람과 나누는 대화라고 생각할 정도였다.

에코가 자신이 기거하는 동굴로 가기 위해 골목으로 접어들었다. 우뚝 솟은 담들이 그 길의 주변을 에워싸고 있었다. 코타는 이 핑계 저 핑계를 대며 그녀의 곁에 머물렀고, 계속 다른 질문을 함으로써 작별의 순간을 지연시키려 했다. 단 1분이라도 더 끌어 보려는 코타의 시도가 무위로 끝나나 싶었는데, 갑자기 봄비가 투닥투닥 내리기 시작했다. 그 비는 곧 북을 두드리는 듯한 둔탁한 소리로 변했고, 마침내 무거운 빗방울이 되어 쏴악 소리를 내며 떨어졌다. 봄비는 모든 먼지를 다시 땅으로 되돌려 보냈다. 빗물은 황톳물이 되어 작은 폭포처럼 출렁거리며 철의 도시 계단과 하수구를 따라 흘러내렸다. 둘은 서둘러 소나기 사이를 뛰며, 물웅덩이와 개울을 건너뛰었다. 에코의 동굴에 도착한 둘은 비에 흠뻑 젖은 채 가쁜 숨을 몰아쉬었다. 반쯤 무너진 동굴 벽을 받치고 있는 거대한 바위 아래로 두 사람이 몸을 피했다. 바위 끝에서 떨어지는 빗물이 베일처럼 그들을 가려 주었다. 둘은 기침을 해대며 서로를 바라보았다.

코타가 오비디우스에 관해 주민들에게 던졌던 질문들을 빗줄기에 대고 혼잣말로 중얼거렸다. 그것은 단지 작별을 마지막으로 한 번 더 미루고자 하는 의도였을 뿐, 대답을 기대한 질문은 아니었다. 코타는 주민들에게 이런 질문을 던지고 나서 이미 여러 번 냉담한 반응을 겪은 터라, 이 여인을 그런 상황에 내몰지 않기 위해 오는 내내 이 질문들을 억누르고 있었다. 「로마에서 온 시인, 여기서는 산속의 유배자로 통하지요. 그 시인과 미친 하인 피타고라스에 대해 뭘 좀 아나요?」 코타가 중얼거렸다. 그러고는 떨어지는 빗소리를 피아차 델 모로의 소나무 숲에서 들리는 바람 소리로 여기며 앞을 보고 있던 중이었다. 이때 에코가 당연히 알고 있다는 듯 대수롭지 않게 〈예!〉하고 말했다. 「물론이지요. 불쌍한 오비디우스는 리미라 마을은 물론 더 멀리까지도 알려졌지요.」

빗물이 코타의 머리카락을 한 가닥씩 적시며 이마로 흘러내렸다. 이마에서 빗방울이 뚝뚝 떨어졌다. 코타는 바위 아래의 마른 모래 바닥에 꼼짝 않고 선 채, 에코가 하는 말을 들었다. 에코는 코타의 입에서 신호가 떨어지기만을 기다렸다는 듯이 오비디우스에 대해 곧 이야기를 시작했다. 오비디우스는 봄에 하인과 함께 네댓 주에 한 번씩 해안으로 내려왔다고 했다. 그가 여기 이곳, 이 동굴로 그녀를 방문했고, 트라킬라의 계곡에서 구한 야생 꿀과 석류를 가지고 왔다고 했다.

「죽었냐고요? 오비디우스는 몇 달씩 철의 도시를 벗어나 있곤 했지요. 그렇다고 그가 죽었다고 여기는 사람은 아무도 없었답니다.

여기 이 모래 바닥에 오비디우스가 불을 피웠답니다. 물론 그는 여기에만 불을 피운 것은 아니지요. 그가 웅크리고 앉아 이야기를 시작하면 그곳이 어디고 간에 불을 피웠지요. 지하 술집에 앉아 술을 마실 때면 나뭇가지나 털들을 모아 접시나 단지에다 불을 질렀고요.

불쌍한 오비디우스는 타오르는 불꽃과 불씨 속에서, 심지어는 불기운이 사그라진 재 속에서도 이야기를 읽을 수 있다고 주장했어요. 불행했던 시절에 잿더미가 되어 버린 책에 담겨 있던 단어 하나하나와 문장, 이야기들을 불 속에서 읽어 낼 수 있다고 주장했습니다.」

토미의 주민들이 처음에는 그 로마인을 방화광(放火狂)으로 여겼다고 에코가 바위 아래에서 말했다. 사람들은 그가 피워 놓은 모닥불을 발로 밟아 껐고, 주민들의 냉대를 못 이긴 그는 결국 산속 트라킬라로 피할 수밖에 없었다. 철의 도시의 사람들은 이 유배자가 해를 끼치지 않는다는 것을 점차 알게 되었다. 그리하여 그가 생필품을 구하러 바닷가로 내려올 때면 모닥불에 기꺼이 앉아 그가 불꽃 속에서 읽어 주는 이야기들을 경청했다.

「불행한 그 사람의 무엇이 과거에 불살라졌는지 모르긴 해도, 그것은 아마 십중팔구 돌들에 관한 책이 틀림없을 거예요.」에코가 말했다. 그 책은 진기한 광물들에 관한 목록일 것이라고. 어쨌건 유배자는 에코의 바위 지붕 아래에 지핀 불 속에서 언제나 산호와 화석, 그리고 자갈에 관한 얘기만을 했다고 한다. 꺼져 가는 불씨 속에서도 언제나 마찬가지였다고 했다. 한 줄 한 줄 오로지 돌에 관한 이야기들만을 들려줬다고 했다.

무덥고도 건조한 계절이 시작되었다. 철의 도시가 이렇게 더운 적은 여태껏 한 번도 없었다. 수 주일 동안 토미 마을의 하늘엔 구름 한 점 보이지 않았다. 대기가 유리같이 맑았고, 지평선엔 아지랑이가 피어올랐다. 예전의 거센 기세라고는 전혀 찾아볼 수 없는 파도가 바람 한 점 없는 정적 속에서 수평선 쪽으로 쓸려 갔다. 해안 산맥의 빙하지대에 있던 눈이 녹아 센 물살을 이루었다. 뿌연 황토색을 띤 급류가 요란한 소리를 내며 넘실넘실 바닷가로 흘러갔고, 또 어떤 때는 골짜기를 따라 아래로 떨어지거나 물안개가 되어 공중에 흩날리기도 했다.

가파른 절벽 아래 펼쳐진 흑해는 호수처럼 고요하게 반짝거렸다. 얕은 곳의 바닷물이 미지근하게 데워져 있었다. 얼음이나 눈의 온도에 적응이 되어 있던 물고기들이 수면의 따뜻한 온도에 깜짝 놀라 모래 해안으로 서둘러 달아났다. 그곳에서 물고기들은 몸부림을 치다가 결국은 모래알과 조개껍데기에 싸여 질식해 갔다. 철의 도시 주민들은 퍼덕거리는 고기 떼를 묻기 위해 아홉 번 구덩이를 팠다. 그들은 그 물고기를 먹어야 할 만큼 굶주리지도 않았고, 그렇다고 그것을 말리기에는 일손이 부족했다. 해가 지고 난 뒤 공기가 서늘해졌지만 해변에는 여전히 썩는 냄새가 진동을 했다. 날이 저물면 이 냄새가 돌무덤을 타고 올라가 살쾡이를 바닷가로 유혹했다. 높은 산꼭대기와 산마루가 어둠 속에서 불그스름하게 우뚝 솟아 있는 밤이 되면 숲 저편의 황무지 쪽에서 수리 떼가 날아 내려왔다. 파마나 마을의 가장 연로한 노인들조차 이와 같은 초봄을 기억하지 못했다. 그들은 날씨가 더워지는 현상을 어떤 불길한 시간이 다가오는 새로운 징조로 해석했다.

어느 날 아침, 마을 주민들이 항구의 사이렌 소리와 놀란 어부들의 고함 소리에 잠에서 깨어났다. 「바닷물 색이 이상해졌다!」 토미 앞바다의 수면이 유황처럼 창백한 노란색을 띤 채 출렁거리지 않았다. 당황한 무리들이 둑 주변으로 모여들었지만 그들 중 어느 누구도 이 유황에 손을 담가 볼 엄두를 못 냈다. 이때, 머리를 묶지 않은 아라크네가 두 팔을 벌리고 무슨 몸짓을 하며 골목길을 내려왔다. 그녀가 입을 크게 벌리고 뭐라고 했지만, 소리는 들리지 않았다. 에코가 마침내 아라크네가 지금 이런 바다를 아우소니아[14] 해안에서 한 번 보았다고 말하는 것이라고 했다. 「저 유황 같은 노란색은 꽃가루 때문이래요. 소나무 숲에서 엄청난 양의 꽃가루가 날아왔대요.」

소나무? 소나무가 무엇인지 저 벙어리 여인이 알고 있을까?

물결이 찢긴 금빛 면사포와 같은 꽃가루를 서서히 다시 걷어 가자, 낯익은 바다의 색깔이 다시 드러났다. 그러자 그들의 당황스러움은 안도감으로, 아니 유쾌함으로 변하였다.

이 무렵 코타는 수수께끼와 같은 트라킬라의 뽕나무와 오비디우스의 정원에 난 사람 키만 한 고사리들을 자주 떠올렸다. 토미 마을 위쪽에 있는 갱도의 쓰레기 더미에 푸른색의 잇꽃, 광대수염꽃, 목서초, 라벤더가 자라났다. 항구 사무소 앞 공터의 땅이 갈라진 틈새에는 바다 라일락과 별토끼풀이 꽃을 피웠다. 이런 식물은 이 마을의 정원이나 들판에 여태껏 자란 적이 없었다. 놋쇠공들은 이 새로운 식물들이 귀해 보였던지 그 식물들의 꽃잎을 모아 설탕을 발라 먹거나 꿀에 적셔 먹었다.

떼죽음을 당하는 고기들이 줄어들면서 해안에서 썩는 내가 사라졌다. 이틀 밤낮으로 사납게 천둥과 번개가 친 뒤 바다에서 다시 잔잔한

---

14 이탈리아 남부의 옛 이름. 이탈리아를 총칭하기도 한다.

바람이 불어왔다. 파도 소리도 들렸다. 더위가 기승을 부리는 한여름 오후의 건조한 바람이 이름 모를 향료의 냄새를 폐허 더미와 언덕 위로 실어 갔으며, 또 여울목의 물살을 잔잔히 바꿔 놓았다.

토미의 주민들은 예전에 서리와 눈보라에 적응했듯이 이상 고온의 날씨에도 점차 적응해 갔다. 신기하고 화려한 식물들에 대해서도 둔감해졌다. 구름 한 점 없는 하늘도 광산의 갱도에서는 마치 구름으로 가린 듯 전혀 보이지 않았다. 막장의 입구 쪽에 있는 자갈 쓰레기와 폐석층에 잡초와 보릿짚 국화가 자라났다. 그럼에도 산을 깊이 파 내려간 갱도의 그을린 벽은 전에 없이 차갑고 어두웠다. 지천으로 꽃이 피는 이 계절에도 놋쇠공들의 불꽃은 꺼지지 않았고, 용광로가 식지 않고 이글거렸다. 들판은 여전히 척박했고, 가축 떼가 줄어들었다. 해안에 널린 죽은 고기 떼가 훈제실이나 거름 구덩이로 사라지고 난 후, 바다가 겨울처럼 다시 쓸모없어진 것 같았다.

파마의 가게나 지하 술집에서 사람들이 주고받는 잡담은 늘 반복되는 얘기들이었다. 그들은 가난 때문에 이 고생을 한다며 수백, 수천 번씩 한탄했다. 단지 영화 상영 기사가 떠나던 날 한 쌍의 연인이 생겨났다는 게 그들의 새 화젯거리였다. 코타와 에코. 이 무렵 두 사람이 가는 곳마다 악의에 찬, 때로는 증오 섞인 소문들이 퍼졌다. 정략결혼이나 가까운 친척 관계로 얽힌 토미의 주민들은 그 소문을 근거로 이들 두 사람이 저질렀을 법한 일을 비난했다.

주민들은 이방인이 에코와 나란히 달구지 길을 걷는 것을 보았다. 코타가 밝은 대낮에 동굴 앞에서 에코를 기다리는 것을 보았고, 특히 그 여자가 이방인과 이야기하는 것도 보았다. 두 사람 관계는 이곳의 농부나 놋쇠공이 밤에 저 여자와 놀아난 것과는 다른 것 같아. 그렇다면 이방인은 오비디우스의 친척이나 친군가? 아니면 먼 곳에 있는 어느 관청의 임무를 띠고 이곳의 정세를 염탐하러 왔나? 게다가 마음 착한 에코까지 저 사람을 따른단 말이야.

「여기 해안 마을에서는 로마의 법과 권력도 아무 쓸모가 없어. 여기에서는!」 지하 술집에서 누군가가 고래고래 소리를 질렀다. 「여기에서는 어떤 첩자도 마을 창녀의 치마폭에서 토미의 비밀을 찾지 못할 게야…… 그런데 에코가 그 이방인과 이야기를 한단 말이야. 그 여자 평상시에는 말을 안 하는데.」 둘이서 둑으로 내려가는 동안, 혹은 열려 있는 대장간을 지나가는 동안 도대체 그 여자는 로마인에게 무슨 얘기를 하는 걸까? 밤에 백정 테레우스가 찾아왔더라는 얘기를 하나? 아니면 소주를 가득 담은 술병과 산호 목걸이를 선물로 주면서 썩고 있는 자신의 음경을 만져 달라고 부탁하던 술집 주인 피네우스 얘기를 하나? 그가 인심이 매우 좋더라고. 혹은 파마가 밀기름과 굵은 건포도를 동글로 들고 와서는, 간질 환자인 아들 바투스가 단 한 번만이라도 끓는 욕정을 해소하도록 한 시간만 몸을 허락해 달라고 부탁하는 걸까? 더군다나 에코는 파마가 수년 전에 말더듬이 아이를 시클라멘과 서양팥꽃나무 잎사귀를 달여 만든 즙으로 독살하려 했던 것을 알고 있었다. 파마는 예전에 떠돌이 광부의 땀에 흠뻑 젖은 육중한 무게 아래에서 생겨난 그 아이를 고통 없이 떠나보내고 싶었다.

토미의 사람들은 제각기 숨겨야 할 비밀을 하나씩 지니고 있었다. 그것은 로마인에게 숨기는 비밀이 아니라 그들의 이웃들에게 숨기는 비밀이었다. 그런데 에코는 마을의 많은 비밀들을 알고 있었다. 놋쇠공들이 유배자와 몰래 어울렸다는 일은 아마도 그녀가 아는 비밀들 중 가장 하찮은 것에 불과할 것이다.

코타는 토미의 주민들이 자신을 주시하기 시작했다는 것을 느꼈다. 아니 그것은 오히려 염탐에 가까웠다. 양조업자 피네우스가 처음으로 적대적인 질문들을 던지며 로마인에게 접근을 시도했다. 피네우스는 토미의 주민들이 그 로마인에게 무엇을 기대하고, 희망하며 두려워하는지를 알리려 했다. 그가 한나절 술을 흠뻑 마신 후, 로마인의 정체를 이미 다 파악한 사람처럼 떠들었다. 「근데 그 이방인은 저 위의 트라킬라에 살았던 유배자와 다를 바 없이 무해한 사람이야.」

코타는 여럿 중의 한 명에 불과했다. 아우구스투스 황제가 로마를 지배하는 수년 동안 로마의 많은 신하들과 시민들이 독재자의 지배를 벗어나기 위해, 또는 끊임없는 통제와 널린 깃발들, 천편일률적인 애국주의 구호들로부터 탈피하고자 계속하여 수도를 떠났다. 일부는 징집을 피해 달아나기도 했다. 하찮기 그지없는 의무까지 법으로 규정해 놓은 시민의 지루한 생활을 피해 달아나는 사람도 있었다. 그들은 틀에 박힌 생활을 벗어나 제국의 수도로부터 멀리 떨어진, 수목이 우거진 어딘가에서 자신들의 자치(自治)를 회복하기 원했고, 낭만적인 환상들을 좇기도 했다. 그러나 무엇보다도 감시 없는 삶에 대한 동경이 탈주의 가장 큰 이유였다.

정부 지침서나 경찰의 서류에는 이런 유의 여행자를 은어로 〈국가 탈주자〉로 지칭했다. 그러나 탈주자 자신들은 스스로에게 어떤 이름도 부여하지 않았다. 그들이 로마를 떠나는 이유는 너무나 많고 다양했다. 탈주자 중 많은 사람들은 끝없이 펼쳐진 로마 제국의 황무지나 해안의 한촌(寒村)에서 죽어 갔다. 그들은 길에서 자거나, 에코처럼 폐허나 동굴 속에 기거하면서 그로써 자신들의 상류 신분을 완전히 떨쳐 버린 것으로 믿었다. 그들은 좁은 개간지에 감자를 심기도 했고, 수풀이 우거진 정원을 가꾸기도 했다. 혹은 계단이나 기차 정거장에서 장난감이나 유리 장식품 따위를 팔았다. 어떤 자들은 항구 도시의 방파제 주변에서 구걸을 하면서 세월을 보내는가 하면, 또 어떤 자들은 관청과 순찰대를 피해 더욱 외진 곳으로 도망치다 마침내는 깊은 산속으로 사라졌다. 그들은 그곳에서 기진맥진하여 죽어 갔다. 그렇지 않을 경우엔 한 번도 로마의 군대에 굴복하지 않은 원시 부족민들에게 몰매를 맞고 죽었다.

큰 인물이 사라질 때면 늘 그렇듯이, 오비디우스의 몰락 역시 로마 사회를 발칵 뒤집어 놓을 정도는 아니었어도 큰 파문을 남겼다. 피아차 델 모로의 집 창밖으로 불에 탄 원고의 재가 날아가는 동안, 오비디우스를 시기하던 적들은 어느새 그의 불행이 자신들에게 가져올 이익을 계산하기 시작했다. 그들은 오랫동안 감춰 왔던 증오심을 이제 공개적으로 드러냈다. 그리고 도서관들은 — 이것이 두 번째 파문이었다 — 소장 자료에서 시인의 글을 없앴으며, 학술원은 그들의 교의(教義)에서 시인의 가르침을, 서적상들은 진열장에서 그의 책을 없앴다.

수면의 동심원이 물리 법칙에 따라 바깥으로 퍼질수록 평평해지지만 원은 더욱 커지는 것처럼, 시인 오비디우스가 유배되었다는 소식은 파장처럼 점점 사회의 가장자리에 도달하면서 세인의 관심을 증폭시켰다. 불만스러운 자들, 금지된 재야 세력, 아우구스투스 황제가 있는 로마를 자발적으로 떠나려 하거나 혹은 이미 일찌감치 떠난 사람들 모두에게 그 물결의 파동이 이르렀다. 가장자리에 부딪혀 부서진 물결이 이제 권력의 중심부를 향해 역류하기 시작했다. 어느 날 아침, 법무성 벽이 정부를 조롱하는 낙서로 더러워졌고, 광장에 갖가지의 깃발을 쌓아 둔 더미가 활활 타올랐다. 목에 코뿔소의 그림을 걸고 있는, 제국의 지배자를 상징하는 허수아비가 함께 불살라졌다.

오비디우스는 정식 야권 세력은 물론이고 국가 탈주자들 그룹이나 지하 미로를 아지트로 한 지하 테러 조직과 단 한 번도 접촉을 해본 적이 없었다. 그럼에도 불구하고 그의 많은 시들이 유토피아에 대한 갈구로 해석되어 저항 조직의 전단에 종종 등장했다.

첫 인류는 법이 무엇인지
복수가 무엇인지 몰랐다.
군인이 될 필요가 없이
국민들은 걱정 없이
고요한 평온 속에 지냈다.

오비디우스의 출세와 인기, 부(富)는 재야 세력들이 그를 항상 수상쩍게 여기는 요인이었다. 최루 가스가 난무하는 토리노의 한 집회에서 데모대는 그를 〈변절자〉라고 비꼬았다. 그럼에도 오비디우스의 책들은 귀족들의 유리 진열장에 비치된 것과 마찬가지로 국가 탈주자들의 가죽 부대나 헝겊 보자기에 조심스럽게 보관되었다.

시인이 흑해로 사라지고 나자 온건, 과격을 불문하고 야권의 거의 모든 진영이 그의 이름을 전면에 내세웠다. 현수막과 전단에 헤아릴 수 없이 그의 글이 언급되고 인용되어, 정부가 오비디우스를 로마에서 추방한 것이 결과적으로 불가피한 조처가 되고 말았다. 〈광장에 방화를 유도하고, 법무성의 벽을 구호로 더럽히도록 부추기는 그 시인은 흑해의 바위 절벽 부근에서 잘 보호받고 있다.〉 한번은 석유 냄새가 나는 투쟁 전단이 사전에 압수되었다. 등사기로 인쇄한 그 전단에서 시인은 심지어 황제의 절대 권력에 반항하는 영웅으로 찬양되고 있었다. 자유와 민중의 지배를 외치는 시인으로서.

새로 오비디우스의 독자가 된 자들이 어떤 공감대를 품고 시인을 수용했든지 간에, 지하 조직이나 반역자들의 피난처에 숨어 있던 사람 중 어느 누구도 시인의 사면이나 좀 더 나은 곳으로의 이송을 위해 투쟁할 수도 없었고 또 하려고도 안 했다. 따지고 보면 행복한 사람보다는 독재 정권에 가혹하게 쓰러진 유명한 희생자가 저항 세력에 훨씬 유용했다. 더군다나 부유한 거리인 피아차 델 모로에 있는 사치스러운 저택이나 백 년 된 나무들이 우거진 정원 분수대보다는 흑해 바위 해안의 잿빛이 박해받는 〈자유의 시인〉의 이미지에 더 잘 어울렸다. 지하 조직의 사람들은 시인의 글이 살롱이 아닌 자신들의 투쟁 문구에 등장할 것을 바랐을 뿐, 그 외의 일에 대해서는 아무런 관심이 없었다. 이러한 움직임은 늘 있어 왔고 또 앞으로도 있을 신비화 작업 가운데 하나일 뿐이었다.

물론 오비디우스의 친구들은 시인이 추방되고 난 뒤 수년간 지속적으로 진정서와 사면 청구서를 황제에게 보냈다. 그러나 그 많은 진정서가 단 한 번도 권력의 심장부에, 말하자면 아우구스투스가 창가에 앉아 코뿔소를 내려다보고 있는 그 구석방까지는 이르지 못했다. 흐르는 시간도 코뿔소의 거대한 몸뚱이에는 전혀 흔적을 남기지 못하는 것 같았다. 코뿔소의 철갑 같은 등에 붙어 있던 파리나 곤충, 혹은 새들의 무리가 세대를 바꿔 가며 늙고, 죽고, 다시 태어났다. 그러나 웅덩이의 코뿔소는 수년이 지나도 돌처럼 아무런 변화 없이 늘 그 모습이었다. 코뿔소는 이들 작은 생물체들을 먹어 살렸고, 때로는 진흙탕에 몸을 굴림으로써 그들을 질식시키기도 했다.

물론 철의 도시에서 보낸 편지가 수차례 로마로 오긴 했다. 수많은 눈물과 파도의 거품이 함께 스민 편지. 이를 전달하는 사람들의 손때로 꼬깃꼬깃 구겨진 오비디우스의 진정서가 몇 달에 걸친 복잡한 경로를 통해 제국의 수도에 도착했다. 그렇지만 그것들은 황제의 집무실로 나 있는 복도나 방의 어딘가에서 영원히 사라질 뿐이었다. 시인 푸블리우스 오비디우스 나소에 관한 사건은 빛이 희미하게 스며드는 이곳 왕궁의 복도에서는 이미 오래전에 끝난 일이었다. 그것은 이미 서류철 사이에 들어간, 해결된 사건이었다. 신하들은 로마의 백성은 누구를 막론하고 오직 한 번 황제의 — 최고의 권력자이자 근접하기 힘든 황제의 — 주목을 끌 수 있음을 증명해 보이려고 오비디우스를 본보기로 삼은 것 같았다. 비록 제국의 가장 위대한 시인이라 할지라도 예외가 없음을.

지하 조직이나 정부 기관의 입장에서 볼 때, 오비디우스의 존재는 그가 로마에서 추방됨으로써 삶과 죽음의 중간 상태에 접어들었다. 말하자면 그의 추방은 일종의 생생한 경고가 되었다. 시인의 적들은 국가의 안녕 질서를 최우선으로 삼는 자들로 비쳤으며, 로마의 법은 피고가 아무리 유명한 자라 할지라도 예외 없이 정의롭게 집행되는 걸로 간주되었다. 한편 시인을 추종했던 자들은 그를 권력에 의한 무고한 희생양으로 보았다. 일부 사람들은 오비디우스 사건을 계기로 황제에 대한 어떤 종류의 반항도 어리석고 쓸모없음을 확인했는가 하면, 또 다른 사람들은 그를 혁명적인 숭배 대상으로 높이 평가했다. 그들은 시인의 반항이 정당하고 불가피했다고 믿었다.

오비디우스의 운명이 정세의 변화에 따라 어떻게 신비화되었든 간에, 그의 유배를 둘러싼 온갖 해석은 권력 쟁취를 위한 정치 선전에 늘 등장하는 도구에 불과했고, 다양한 정파에 의해 다양한 방법으로 소용되었다. 그렇기에 그 해석들은 증명될 필요가 없었고, 나아가 그 시인의 실제 삶과 굳이 일치할 필요도 없었다.

오비디우스의 친구들과 미모의 부인 키아네는 그와 같은 정치 선전에 대항하여 고작 그들의 슬픔을 보이거나 개인적인 항의, 말 없는 분노로 응수하는 정도였다. 나아가 그들은 오비디우스가 언젠가는 사면이 되어 개선하듯 로마로 돌아오리라는 환상으로 스스로를 위로했다. 시칠리아의 큰 가문 출신이기도 한 키아네는 사람들을 점점 불신하기 시작했으며, 동시에 사람들과의 접촉을 꺼렸다. 물론 오비디우스의 벗들과 부인은 띄엄띄엄 불규칙적으로 토미에서 전해 오는 편지들을 받아 보기도 했다. 오비디우스의 편지엔 극도의 절망감과 궁핍함이 스며 있었고, 고독에서 비롯된, 무한으로 승화된 사랑의 고백들이 담겨 있었다. 그는 때때로 시(詩)나 서사적 단상(斷想)들을 편지에 곁들이기도 했다. 미완의 단편들. 그의 편지를 받는 자들은 재가 되어 버린 시인의 작품 『변신』이 그 단편들을 통해 점차 다시 복원되기를 바랐고, 최소한 작품을 통해서라도 시인이 고향으로 돌아오게 되기를 희망했다. 하지만 편지들은 해가 거듭될수록 뜸해졌다. 간혹 전해 오는 시인의 편지들은 많은 눈물과 숱한 꿈들로 반짝거리는 파편의 세계에 불과했다.

시인의 친구들 가운데 극히 일부가 실현 가능성 없는 시도를 한 번 한 적이 있었다. 그들은 관청에 세상 끝을 다녀오는 여행을, 즉 철의 도시 방문을 허가해 줄 수 있는지 문의하였다. 극복할 수 없는 것을 — 오비디우스를 그의 세계 로마로부터 갈라놓은 일이 돌이킬 수 없는 사실이 되어 버린 것처럼 — 극복하려던 모든 시도들이 수포로 돌아갔듯이 이들의 노력 역시 언제나 똑같은 대답을 듣는 것으로 끝났다. 여권 발급 불가. 여행 허가서를 발급할 수 없음. 위문 금지. 추방된 자는 사회에 대한 자신의 권리를 박탈당했음. 오비디우스는 국가를 상대로 저지른 자신의 범죄에 대한 책임과 더불어 고독의 짐을 홀로 짊어져야 함. 그의 친척 중 황제의 특별한 자비(慈悲)를 받지 않았거나, 그 범죄인을 첫날부터 유배지로 동행하지 않았던 자들은 친지로서의 관계를 완전히 포기해야 함. 오비디우스를 방문하는 것은 허용되지 않음. 만나는 것도 불가. 이 사건의 경우 로마 시민 푸블리우스 오비디우스 나소는 제국의 수도를 동행인 없이 혼자 떠났으며, 그로써 야기되는 모든 결정을 스스로 책임져야 한다…….
〈이로써 제출된 여행 허가 신청서는 판결에 상응하여 거부되었음을 알림.〉

로마와 작별을 고하던 그날 오비디우스는 조만간 사면되리라는 희망에 부인 키아네가 흑해로 동행하려는 것을 막았다. 오비디우스의 집과 재산은 재판부의 관대한 처분으로, 아니면 누군가의 비밀스러운 청원으로 압류를 모면할 수 있었다. 집과 재산을 부인의 보호와 관리 하에 두는 게 오비디우스에게 더 안심이 되었는지도 모른다. 하지만 그가 유배된 지 두 해째 접어들었을 때 키아네는 피아차 델 모로의 저택을 유지할 수 없다는 것을 깨닫게 되었다. 그 집은 오로지 오비디우스의 집이었고, 또 그의 집으로서만 존재했다. 집 안의 물건들이 오비디우스의 존재와 떼어 놓을 수 없을 만큼 그와 밀접하게 맺어져 있는 것 같았다. 대리석 바닥이 그의 발걸음과 맺어져 있었고, 하얀 벽은 그의 그림자와 맺어져 있었다. 심지어 연못의 분수대나 정원의 백합과 수련조차 오비디우스가 쳐다봐 주기를 고대하고 있었다.

시인의 집은 폐허가 되었다. 분수대는 우물이 되었고, 연못의 수면은 소나무 가지와 잎사귀로 뒤덮였다. 관청에 의해 납으로 폐쇄된, 검게 그을린 베란다 방은 그 후 그들의 기억 속에서 사라져 버렸고, 이제는 타고 남은 책의 재만 여전히 간직되어 있을 뿐이었다. 그 베란다 방에서 퍼져 나온 듯한 찬 공기가 점차 다른 공간들을 채워 갔으며, 키아네를 더 이상 잠들지 못하게 하였다. 그녀는 밤이 되면 괴로워하기 시작했다. 불면의 시간이 늘어났고, 오비디우스에게서 행여나 연락이 올까 하고 기다리는 초조한 시간들이 한 주가 되고 한 달이 되었다. 그럴수록 시간은 주인을 잃고 생기 잃은 물건들 위를 더욱 빠른 속도로 스쳐 지나갔으며, 동시에 그녀를 파괴했다. 진열장에 둔 얇은 유리잔이 뚜렷한 이유 없이 깨지는가 하면 그의 책들에 곰팡이가 슬기 시작했다. 창문의 나무 차양도 썩기 시작했다. 집 안의 일꾼 중 누구 하나 곰팡이가 스는 것을 어떻게 해보려고 하지 않았고, 누구 하나 세심한 관심을 쏟지 않았다.

오비디우스가 추방된 지 두 해가 지나고 12월이 되었다. 키아네는 걷잡을 수 없이 퇴락해 가는 피아차 델 모로의 집을 떠나 비아 아나스타지오에 있는 집으로 옮겨 갔다. 그 집은 벨벳과 비단으로 유리창을 겹겹이 가린 어두운 집이었다. 키아네는 흑해에 보내는 편지에 거짓말을 쓰기 시작했다. 여전히 피아차 델 모로의 정원에서 글을 쓰는 것처럼 꾸밀 때면, 이미 오래전 창문에 못이 박힌 그 집에서 살고 있는 것처럼 남편에게 보고할 때면, 그녀는 흐르는 눈물에 편지지가 젖지 않도록 조심해야 했다. 몇 달간 체념 섞인 기다림의 세월이 흘렀다. 하루는 에티오피아 출신의 정원사로, 버려진 오비디우스의 집을 혼자 남아 관리하는 멤논이 토미에서 온 편지를 가지고 숨이 턱에 닿도록 비아 아나스타지오로 달려왔다. 그러나 그 편지엔 피아차 델 모로의 집의 상태나 로마의 상황을 묻는 질문이라곤 전혀 찾아볼 수가 없었다.

어쩌면 오비디우스는 자신의 집이 폐허로 전락한 것을 이미 짐작하고 키아네가 꾸민 동정 어린 편지로 스스로를 달래고 있는지도 모른다. 아니면 로마에 대한 하찮은 기억마저도 그로서는 참기 힘들었는지 모른다. 어쨌건 그의 편지에는 행복했던 시절에 대해서는 단 한 마디의 언급도 없었다. 그는 아무런 질문이 없었고, 또 어떤 질문에도 답하지 않았다. 그는 오직 자신이 겪는 외로움과 차가운 산, 철의 도시 주민들의 야만스러움에 대해 써 보낼 뿐이었다. 편지가 토미 마을을 떠나 로마로 향하는 몇 달 동안, 그의 글들은 로마의 다른 어떤 편지들보다도 더 빨리 낡은 것이 되어 버렸다. 일부의 내용들이 시기적으로 전혀 쓸모없는 것이 되어 버린 탓에 키아네의 글도 결국에는 점점 보편적이고 추상적으로 변해 갔다. 마침내 유배자와 그의 부인은 슬픔에 젖은 긴 독백만을 주고받을 뿐이었다. 언제나 동일한 내용을 담은 둘의 글은 자신들을 달래거나 희망을 심어 주었고, 때로는 절망을 안겨 주기도 했다. 두 사람 가운데 아무도 자기의 편지가 정말로 도착을 하는지, 아니면 철의 도시와 영원한 도시 사이에서 분실되는지 알 수 없었다.

들판이 뜨겁게 타오르고 땅이 쩍쩍 갈라지는 어느 무더운 여름이었다. 오비디우스의 유배 생활이 7년째 접어드는 해였다. 세계의 황제이자 영웅인 옥타비아누스 가이우스 율리우스 카이사르 아우구스투스가 폐병으로 죽었다. 계속 이어지던 둘의 말 없는 편지 교환이 중단되었다. 두 사람은 큰 기대에 부풀었다. 시인의 집에 드나드는 사람들은 이제 황제가 죽었으니, 그가 내린 추방 판결도 파기될 거라고 희망을 품었고, 이런저런 가능성들을 점쳤다.

슬픔이 로마를 덮었다. 황제의 시체를 지키는 병사들의 귓속말이나 성과 신전에서 미사를 드리는 합창대의 옷자락 부스럭거리는 소리보다 큰 소음은 어떤 상황을 막론하고 금지하였다. 만일 명령을 어기면 무력으로 진압하였다. 망치질이 금지됐고, 기계를 작동시키는 것도 허락되지 않았다. 거리엔 차의 행렬이 완전히 멈추었다. 순찰대와 황제의 근위병들은 이 기간 동안 도시를 이 잡듯 샅샅이 훑었으며, 술 취한 사람이나 시장에서 큰소리로 떠드는 자는 입에 재갈을 물려서 정신을 잃도록 흠씬 두들겨 팼고, 짖는 개는 때려 죽였다. 바람 한 점 없는 침묵이 도시를 지배했다. 오직 하늘과 지붕 위와 나무 둥지에서만 이 침묵의 명령이 지켜지지 않았다. 슬픔에 잠긴 로마는 수백만의 새소리로 가득 찼다.

어느 날 아침 고인(故人)을 실은 검은색의 배들이 불길에 휩싸인 채 티베르 강[15]을 타고 떠내려갔다. 선원이 타지 않은 그 배들은 돛과 갑판과 돛대가 모두 검은색이었다. 해가 중천에 도달했을 때, 좋은 나무들을 골라 쌓은 장작더미 위에 놓여 있던 황제의 시체도 함께 타올랐다. 재로 화하는 그의 앞에 로마가 무릎을 꿇었다. 그가 죽은 지 40일째 되는 날, 신하들이 침묵 중인 제국 시민에게 다음과 같은 소식을 공포했다. 〈원로원은 아우구스투스 황제를 신(神)으로 격상시키기로 결정하였다.〉

몇 주일이 지난 후 이 변신(變身)의 소식이 철의 도시에 도착했다. 그때 로마에서는 죽은 황제를 안치하기 위한 신전 공사에 죄수들이 동원된 지 이미 오래였고, 키아네의 희망은 모두 물거품이 되어 버렸다. 궁궐의 지하 구석방에서는 어느새 새로운 독재자가 창가에 앉아 코뿔소가 나뒹구는 웅덩이를 내려다보고 있었다. 그는 신의 의붓아들인 티베리우스 클라우디우스 네로였다. 그는 이전까지 있던 법조항 하나도 취소하지 않을 정도로 선친의 유산에 손끝 하나 대지 않고 그대로 간직하였으며, 지금까지 내려진 유배 판결을 하나도 취소하지 않았다. 그는 권력에 관한 일체의 질문과 결정에 있어 신을 똑같이 모방하려 했고, 결국에는 신의 이름을 본떠 자신을 율리우스 카이사르 아우구스투스로 추앙하게 하였다.

시인의 운명과 마찬가지로 철의 도시 또한 로마의 황제 계승에 의해 전혀 영향을 받지 않았다. 유배자는 새로운 지배자의 등장 후에도

---

15 로마를 관통하며 흐르는 강.

사망자나 다름없이 잊혀졌다. 이제 키아네가 무슨 위로의 글을 흑해로 보냈는지는 모르지만 3년간 토미 마을로부터 일체의 소식이 끊겼다. 황제를 화장(火葬)하는 기간 동안 로마를 짓누르고 있던 추도의 침묵이 철의 도시 해안마저 침잠하게 한 것 같았다.

그리하여 시인이 유배된 지 9년째 되던 해, 동시에 독재자 티베리우스가 등극한 지 3년째 되던 해에 오비디우스가 죽었다는 소문이 제국의 수도에 이르자, 군사령부나 관청 사무실에서는 처음엔 그 소문을 이미 오래전에 확정된 사실에 대한 불필요한 증거 정도로 받아들였다. 모든 것이 불명확하던 이 무렵 그와 같은 소문은 여태껏 있어 왔던 여러 소문들 중의 하나에 불과했다. 하지만 시인이 자필로 쓴 유서를 근거로 소문이 퍼지기는 이번이 처음이었다. 아스칼라푸스라 하는 한 보석상은 자신이 토미 마을에 갔다 왔다고 주장하며, 비 오는 어느 온화한 겨울날 오후 그 유서를 비아 아나스타지오의 집으로 들고 왔다. 그가 가지고 온 편지엔 희미하게 칠해진 그림이 담겨 있었다. 바다 쪽에서 바라본, 구름 덮인 산의 자태를 담은 모습이었다. 거대한 자갈 무덤의 발치에 부서지는 파도의 꼭지가 보였고, 언덕 위로는 네모난 집들이 흩어져 있었다. 토미, 철의 도시였다. 곰팡이 얼룩으로 보기 흉하게 일그러진 이 그림의 뒷면에 오비디우스의 친필이 실려 있었다. 이 희미한 글자들이 정말 오비디우스의 손으로 쓰인 글이란 말인가?

> 키아네, 나의 사랑.
> 침착한 그 말을 잊지 마오.
> 우리가 수없이 많은 편지들을 끝맺을 때
> 또 수많은 이별을 할 때에 말했던……
> 이제 나는 끝으로 다시 한 번 그 말을 하려 하오.
> 이것이 유일한 바람이오,
> 내가 당신에게 바라는.
> 잘 지내오.

흔히 죽음이 잊혀진 자를 대중적인 기억 속으로 불러내듯 이번에도 그 같은 현상이 벌어졌다. 이런 현상은 수년 전에는 오비디우스를 두둔하던 자들이 아무리 애써도 만들어 낼 수 없었던 것이다. 그의 적들도 이를 저지할 수가 없었다. 유배자의 운명은 로마에서 다시 한 번 논쟁의 대상이 되었다. 예전에 던져졌던 질문들이 다시, 그것도 이제는 공개적으로 제기되었다. 시인의 범죄 행위와 쌓은 업적들에 대해, 또는 검열 당국의 예술에 대한 적대적인 태도와 재판부의 전횡(專橫)에 대해……. 이유와 장소를 막론하고 정부에 대한 반감이 드세지는 곳에서는 언제나 흑해에서 초라하게 죽어 간 오비디우스의 종말이 언급되었다. 아무도 시인의 죽음을 확인할 수 없었다. 흑옥을 파는 보석 상인 역시 시인의 시체는커녕 그의 죽는 모습도 보지 못했다. 그 보석 상인은 이제는 이름조차 기억할 수 없는 토미 마을의 한 가게 여인에게서 다른 우편과 더불어 오비디우스의 편지를 전해 받았을 뿐이었다. 철의 도시의 모습이 실린 곰팡내 나는 사진에 겨우 몇 줄 끼적거려 놓은 게 오비디우스의 죽음을 알리는 유일한 표시였다. 그럼에도 불구하고 대도시의 신문 지상에 시인에 대한 기억들과 추도사가 실렸으며, 심지어 얼마 뒤에는 봉인된 채 보관되고 있던 그의 작품들에 대한 조심스러운 가치 평가가 실렸다.

관청은 한참이 지나서야 그 유배자가 결코 잊혀질 수 없는 인물로 변하고 있다는 위기감을 인식하기에 이르렀고, 급기야 몇 가지 인쇄물을 압수하였다. 그러나 오비디우스는 이미 대중의 사고 속에서 한 명의 순교자로 변신해 갔고, 금지되었거나 불에 탄 그의 책들은 일종의 계시록으로 변했다. 오비디우스는 흑해에서 그의 작품 『변신』의 운명처럼 이미 오래전에 재가 되었거나, 어쩌면 야만스럽기 짝이 없는 어느 촌구석의 자갈 무덤에 묻혔는지도 모른다. 그러나 당국의 관리들에게 유배된 시인은 그의 사망 소식을 둘러싼 스캔들을 통해 완전히 예측 불허의 인물이 되어 버렸고, 그로써 출세에서 몰락에 이르기까지 시인의 생애를 통틀어 처음으로 위험한 인물이 되었다. 항간에 떠도는 소문에 의하면 관리들은 그 무렵 조심스레 오비디우스의 사면을 고려하던 중이라 했다.

오비디우스를 둘러싼 사태는 당국의 통제를 완전히 벗어났다. 오비디우스는 누구의 공격에도 흔들리지 않고 손상되지 않는 인물로 변했다. 그러나 이제 누구든지 오비디우스에 대한 기억을 임의대로 써먹을 수가 있었다. 자신들이 주장하는 시인의 모습이 유배지에서 날아오는 옥중 서신이나 시인의 귀향, 혹은 사면으로 인해 반박당하지 않을까 하는 염려를 할 필요가 없었다. 게다가 찬가나 투쟁가에서 오비디우스의 글이라고 인용했던 구절들, 혹은 지하 조직의 깃발에 인용됐던 구절들을 시인의 실제 유고 작품에서 확인해야 할 경우가 생긴다는 것은 난처한 일이 아닌가…….

바짝 긴장하고 있는 관리들의 머릿속에서 지금껏 품었던 막연한 짐작과 추측이 점차 두려움으로 변해 갔다. 그것은 이제 유배자가 남긴 작품들의 모든 문장과 단어 하나하나가 그가 세상 끝에서 죽음으로써 폭동, 분규의 구호로 변할 수 있다는 것이었다. 이미 시칠리아 섬의 분리주의 운동은 오비디우스를 그들의 실천적 행동 인물로 내세우며 시민들에게 팔레르모를 통과하는 침묵시위에 동참할 것을 호소했다. 당국의 금지에도 불구하고 강행된 침묵시위는 결국 경찰과 군부대와 대치하는 유혈 시가전으로 번졌다. 3일에 걸쳐 팔레르모의 골목길에서 바리케이드와 자동차, 가게 들이 불탔다. 2백 명이 넘는 분리주의자들이 체포되었다. 그들 중 다수가 빠져나갈 수 없는 영내(營內)의 창살 안에서 죽어 갔다. 시칠리아의 국립 기념관 앞에 조기(弔旗)가 나부꼈다. 로마의 정부는 이에 대한 대책을 강구하였다.

흑옥 장수가 오비디우스의 유서를 가지고 온 지 3주째 접어들었다. 먼동이 트기 직전 민간인 복장의 경찰 부대가 피아차 델 모로 거리의 황폐한 집에 들이닥쳤다. 그들은 잠에 취해 중얼거리는 정원사 멤논을 헛간으로 끌고 가 가두었고, 마치 시가전을 벌이기 위해 출동하듯 2층으로 서둘러 올라갔다. 그들은 베란다 방문의 납땜 봉인을 부수고 9년째 놓여 있는, 재가 된 원고 뭉치에 덤벼들었다.

9년 동안 방치되었던 타다 만 원고들이 습기에 차 있었다. 재 뭉치들은 움켜쥐면 부서졌다. 경찰은 검게 그을린 원고지를 빗자루와 쓰레받기로 쓸어 모아 번호를 매긴 비닐 부대에 담았다. 게다가 책꽂이나 책상의 불이 났던 자리에 딱지가 된 채 눌어붙어 있는, 먼지가 겹겹이 쌓인 책들을 칼로 긁어냈다. 그들은 낱말 하나 혹은 받침 하나라도 읽지 못하도록 아무리 하찮은 것이라도 모두 제거하였다. 경찰 부대가 한 시간 후 그 저택을 떠났을 때 에티오피아인 정원사는 무사했지만, 이전에 불이 났던 자리는 완전히 초토화되어 있었다.

겁먹은 에티오피아인은 비아 아나스타지오의 키아네를 방문했을 때 이 일에 대해 함구했다. 경찰 습격이 있고 불과 며칠 후, 불에 탄 원고의 제거 작업과 압수를 지시했던 정부 당국은 오비디우스의 변용(變容)을 더 이상 막을 수 없다는 것을 마침내 깨달은 것 같았다. 이리하여 관리들은 다음과 같은 견해에 이르게 되었다. 만일 정말로 모두가 — 심지어는 지하 조직의 테러리스트들이나 시칠리아 섬의 농부, 방화범 들까지 — 이 시인을 자신들의 목적을 위해 사용한다면, 우리라고 왜 못할 것인가? 우리야말로 법에 충실한 로마의 시민이고 애국자들 아닌가?

그리고 한번 가정해 보자. 만일 그 시인을 위해 가령 황제의 이름과 명령으로 기념비를 세워 준다면, 지하 조직들이 미래에는 오비디우스를 순교자로 숭배하기를 주저하지 않을까? 그래, 기념비! 그리하여 정부는 공고를 통해 유배자 오비디우스를 신(神)이신 율리우스 카이사르 아우구스투스의 자비와 보살핌이 허락한 사면을 유감스럽게 받지 못하고 죽은 〈로마의 위대한 아들〉이라고 일컬었다. 맞아, 불행한 아들이었지. 다루기 힘든. 오랫동안 오해를 받기도 했고. 하지만 다행스럽게 황제의 은혜로 죽어서라도 고향으로 돌아오게 된……

무더웠던 어느 초여름 날, 관청에서 파견된 자들이 다시 한 번 피아차 델 모로에 나타났다. 그들에게 공포에 질려 연못의 갈대 속으로 몸을 피하려는 정원사 따위는 안중에도 없었다. 오히려 그들이 아무런 질문도 던지지 않자 에티오피아인은 당황스러워했다. 굳게 닫힌 집의 깨진 유리창 틈새로 이미 라일락과 풀이 무성히 자라 있었다. 그들은 시인의 집에는 들어가지도 않았다. 그들은 대문의 조개형 고리테에 사다리를 댄 채 벽에 몇 개의 구멍을 뚫었고, 거기에 붉은 대리석으로 만든 판을 나사로 죄어 걸었다. 그것은 돌을 파서 문자를 새긴 후 그 위에 금을 입힌 기념판이었다. 대리석 기념판에는 오비디우스의 이름과 출생 및 사망 연도가 적혀 있었고, 그 밑에는 금지된 그의 작품의 한 구절이 커다랗게 새겨져 있었다.

〈모든 장소는 제각기 자신의 운명을 지니고 있다.〉

 코타는 많은 무리 중의 한 명에 불과했다. 〈일곱 피난처〉 원형 경기장에 운집한 20만 명의 로마인들 사이에 섞여 있던 그는 어둠 가운데 희미하게 드러난 오비디우스의 모습에 경탄하였다. 강렬한 조명이 횃불에 둘러싸인 시인을 비추고 있었다. 멀리 떨어진 단상 위에서 사납게 요동하는 수많은 횃불에 에워싸인 오비디우스는 코타가 감히 근접할 수 없는 인물이었다.

 코타는 아이기나 섬의 흑사병에 관한 시인의 연설을 듣고 많은 사람들과 더불어 환호했고, 후에 오비디우스가 추방되었을 때에는 황제를 싫어하던 사람들과 더불어 경악했다. 물론 이것 역시 많은 사람들이 함께 느낀 감정이었다. 반항적인 사람의 대담한 태도가 황제의 절대 권력과 마찰을 일으켜 그 황제의 권력을 수세에 몰아넣기라도 할 것 같으면 코타는 승리감을 만끽했다. 가령 어떤 국가 탈주자가 국경 수비대를 속이고 더 이상 쫓아올 수 없는 곳으로 달아나거나, 망원경을 허리에 매단 망루의 저격병과 사냥개 떼에 대고 욕을 퍼부을 때 말이다. 한동안 코타는 최소한 이런 승리감을 통해 자신이 그들과 연결되고 있다고 믿었다.

 가끔 지하 조직의 일원이 관청이나 원로원, 혹은 군대의 큰 인물을 저격하여 병신을 만들어 놓거나 죽이는 사건들이 발생했다. 그로 인해 독재자 아우구스투스와 결탁한 자들이나 독재 정치의 수혜자들은 자신들도 언젠가 끔찍스러운 죽음을 맞이하게 될지 모른다는 공포감에 떨었다. 그럴 때마다 코타는 정부에 몰래 반감을 품고 있는 자들과 함께 무언의 기쁨을 공유했다. 그러나 코타는 산 로렌초의 학창 시절과 〈단테 학술원〉이라 칭송되던 대학을 다니던 시절 지하의 미로에 내려가 본 적이 단 한 번도 없었다. 그곳엔 몰약과 차가운 밀랍 냄새가 섞인 악취가 풍겼다. 지하 세계로 내려가는 구멍들은 빈민가의 지하실이나 하수 통로, 혹은 검댕이 묻어 있는 농가의 뒤뜰이나 변두리의 석탄 더미 속에 숨겨져 있었다. 구멍이 발각될 경우 황제의 근위대는 지하 조직원들이 기어 나오지 않을 수 없도록 연기를 피우거나 인(燐)을 섞은 불을 놓아 소탕 작전을 벌였다. 그러면 시뻘건 불꽃이 지하의 어둠을 삼키며 내려갔다.

시인 푸블리우스 오비디우스 나소의 이름 없는 청중들, 그들은 수없이 많았지만 동시에 쉽게 변하였다. 코타는 많은 청중들과 달리 오비디우스의 몰락에서 칭송받던 한 남자의 비극을 인식했으며, 모든 것이 파괴되고 변화되는 인생무상의 징후를 더욱 분명하게 보았다. 이는 어쩌면 코타를 그들과 구분하는 유일한 점이었다. 그러나 코타는 어떤 것도 영원히 머무를 수 없다는 사실에서 비롯된 충격이 가라앉자 오비디우스를 숭배하는 — 아니, 알고 있다고 자칭하는 — 사람들의 모임에 다시 나타났다. 그들은 오비디우스가 로마에 작별을 고하던 날 시인의 집에 처음 들어가 보았음에도 불구하고 스스로를 시인의 친구로 여겼다.

이 모임의 일부는 오비디우스의 유배 생활이 지속되던 해에도 가끔씩 함께 비아 아나스타지오에 있는 집을 방문하여 응접실에 놓인 시인의 사면 청원서에 서명을 하였다. 그렇지 않을 경우엔 키아네가 점점 뜸해지는 시인의 편지 가운데 로마 앞으로 쓴 단락들을 읽어 주는 것을 경청했다. 관청에 의해 감시당하고 묵인되던 그 모임에서 코타는 어쩌다 보석 상인의 전갈과 오비디우스의 죽음에 관한 소식을 듣게 되었다. 하지만 코타는 그때까지도 그 시인과 가깝다고 느끼지 않았다. 게다가 로마의 생활과 고향 시칠리아 섬에 대한 향수로 괴로워하고 있는 시인의 부인과도 역시 가까웠다고는 할 수 없었다.

오비디우스가 죽었다는 놀라운 소식이 로마에 퍼진 후 소문들이 떠돌았다. 그 소문들은 결과적으로 볼 때 코타로 하여금 그의 불명확한 태도에서 벗어나도록 하는 변신의 계기가 되었다. 즉, 그는 침실까지 감시하는 로마 사회의 통제에서 벗어나 불안정한 국가 탈주자의 삶을 선택하게 되었고, 그로써 전에 없이 시인의 운명에 가까이 다가가게 되었다. 오비디우스의 죽음에 대한 온갖 분노와 그의 사망 소식을 무력화 내지는 확인하려는 헛된 시도가 있은 후, 또 시인에 대한 위로와 변용(變容)과 복권 조치가 내려진 후, 로마의 살롱에서는 정부가 유해 운반을 위해 토미 마을로 파견대를 보낼 것인지를 고려하고 있다는 말이 돌았다. 소문에 의하면 그 위원회는 오비디우스의 뼈나 재는 물론 무엇이든 남은 흔적은 모두 황제가 거주하는 이곳 수도로 안전하게 운송하여 석관에 담을 것이라고 했다. 그리고 그의 관은 능(陵)에 안치되어 후세에 이르도록 길이 보존될 것이라고 했다.

로마에 떠도는 소문들이 갈수록 제멋대로 들쭉날쭉하며 정부가 누구를 철의 도시로 파견할 것인가 하는 궁금증이 증폭되어 갔다. 어딘가에서 어떤 조각가가 무심하게 시인의 흉상을 다듬고 있었고, 시인의 집에 걸린 대리석 판이 그의 명예 회복을 알렸다. 그 무렵 코타는 화상(火傷)으로 죽은 트리에스테 출신의 어느 선원의 여행 허가서와 서류를 구해 트리비아 호에 승선하여 2주째를 지내며 지중해의 봄 태풍에 시달리던 중이었다.

코타는 한동안 갑판 아래로 피하는 것을 삼갔다. 그는 배의 난간 곁에 웅크린 채, 자신이 정부가 파견한 위원회에 앞서 성공적으로 시인의 생사 여부에 관한 확실한 근거를 가지고 돌아올 경우 로마에서 기다리고 있을 환호를 생각하며 꿈에 젖었다. 누가 알랴. 심지어는 유배지로 빼돌릴 수 있었던 『변신』의 개정판을, 그렇지 않으면 사본을 가지고 돌아오게 될는지……. 국가 탈주자의 그 같은 업적은 황제의 접견실에 있는 신하들 못지않게 재야나 지하 조직의 지대한 관심사가 될 것이다. 코타는 정부나 아니면 재야 단체에 위대한 작품을 찾은 데 대한 응분의 보상을 요구할 것이다. 그러나 흑해의 바람은 이런 자기 위로에도 아랑곳하지 않고 여전히 세차게 불었다.

끊임없이 트리비아 호의 갑판을 덮치는 격랑과 더불어 미래의 환호에 대한 모습들이 흐려지고 불분명해지기 시작했다. 급기야는 토미 마을을 방문하는 자신을 비롯해 자발적으로 흑해로 가겠다고 나서는 행위는 모두 미친 짓으로 여겨졌다. 아니 우습기까지 했다. 지속되는 고통스러운 폭풍우, 뱃멀미로 인해 게워 낸 것들에 대한 메스꺼움, 목숨에 대한 두려움 등이 서로 얽힌 가운데 코타는 비로소 지금 이 여행이 그가 여태껏 도모했던 모든 일들과 마찬가지로 자신의 지루한 생활에서 비롯되었음을 서서히 깨닫게 되었다.

사나운 파도에 무방비 상태로 내맡겨진 이런 상황에서는 로마에서의 사치스럽고 안일했던 삶을 떠올리는 것조차 매우 힘들었다. 넘치는 재산, 세대가 거듭될수록 게으르고 수다스러워진 그의 가족 등도 이 순간에는 무의미했다. 철의 도시를 향해 가는 범선 위에서는 아무리 잘 계획된 정부의 술책도 쉽게 흔들렸으며, 로마의 화려함을 떠나야 했던 일체의 이유들이 끝내는 무의미로 축소되어 버렸다.

공포와 토해 놓은 음식 찌꺼기 냄새가 트리비아 호를 마지막 구석까지 가득 채울 무렵, 그 배는 사람의 흔적이라고는 찾아볼 수 없는 황량한 해안을 지났다. 사나운 파도가 소나기에 잠긴 그리스의 섬들을 둘러싸고 있었다. 선실에 누워 있던 코타는 출렁이는 물결로 인해 고통을 당하며 자신의 결심을 저주했고, 나중에는 오비디우스마저 저주하였다. 그러나 코타는 트리비아 호에 타고 있는 승객으로서 전혀 선택의 여지가 없었다. 또한 톱날처럼 혀를 내민 암초의 모서리나 파도의 폭력으로부터 배가 유일한 피난처이기도 했다. 더군다나 항해사가 이런 강한 바람에는 배를 돌리거나 모래가 깔린 에게 해의 어느 항구로 방향을 바꾸기보다는 오히려 돛을 활짝 펼친 채 앞으로 나아가겠다고 했기 때문에, 코타는 자신이 내린 결정에 승복하고 나름대로의 상상들을 믿기 시작했다. 나는 시인에 대한 진실을 로마에 전해 줄 것이다. 어쩌면 실종된 그의 작품을. 70일간에 걸친 긴 항해 끝에 마침내 배를 떠나 비틀거리며 철의 도시에 접근할 때까지 코타는 그 믿음을 굳게 간직하고 있었다.

코타가 해안의 돌무덤을 넘어 깊은 산속까지 들어간 것이나 트라킬라의 폐허 속에서 오비디우스의 마지막 피난처를 발견한 것은 사실 이런 꿈들에 대한 믿음이 있었기 때문이다. 그러나 코타는 버짐으로 범벅이 된 여인 에코와 함께 있으면서 비로소 오비디우스에게 실제적으로 접근하게 되었다. 영화 상영 기사가 사라지고 난 뒤 처음 맞이하는 밤에 그는 자신의 연인이 된 그녀와 함께 시인을 향해 한 발자국 한 발자국 다가갔다. 다음 날 아침 어느새 마을 주민들이 그 한 쌍에 대해 수군거리기 시작한 이야기들은 기실 악의에 찬 험담이었지만 어느 정도 진실을 담고 있었다.

키파리스의 작별이 있던 날 내린 비는 들판의 미세한 부식토를 충분히 적시며 달래 주었다. 에코는 빗소리 속에서 동굴 앞으로 튀어나온 바위를 우산 삼아 황혼이 짙어질 때까지 코타에게 오비디우스에 대한 기억들을 펼쳐 놓았다. 불을 지폈던 자리에 대한 기억들과 오비디우스가 불꽃 속에서 읽어 준 운명의 불공평함에 대해. 마침내 피곤해진 에코가 긴 침묵에 빠져 들었을 때, 코타는 욕정을 억누르지 못하고 거칠게 숨을 내쉬며 그녀를 덮쳤다.

그녀의 얘기가 끝날 즈음에 적막이 흘렀다. 코타는 이 여인이 오비디우스에 대해 들려준 이야기와 또 들려주게 될 이야기에 대해 정신을 바짝 차리고 있었다. 온갖 것을 소멸시키는 밤이 내리기 시작했다. 모든 얼굴이 하나의 그림자로, 모든 육체가 그저 하나의 윤곽으로, 모든 존재가 고독으로 변화하는 순간이었다. 그때 코타는 갑자기 그녀의 육체에 대한 그리움에 휩싸였다. 그녀를 포옹하고픈, 그녀의 온기와 입술을 느끼고 싶은 욕정이 그를 엄습하였다. 코타는 이 여인이 기꺼이 자신의 기억을 들려주었듯이 자신을 향해 기꺼이 팔을 벌려 줄 것으로 굳게 믿었다. 그는 에코를 자기 쪽으로 끌어당겼고, 두려움으로 얼어붙은 채 꼼짝 않고 있는 입에 키스를 했다.

코타가 애무하는 듯, 미안하다는 듯 속삭이며 여인을 동굴의 어둠 속으로 밀었다. 그는 에코를 팔로 안아서 바위 옆에 있는 침대로 가 거칠고 차가운 삼베 이불 위로 함께 쓰러졌다. 에코의 옷자락을 풀어헤친 코타는 그녀를 꼭 안은 채 자신의 옷을 벗었다. 그가 계속 키스를 하며 에코의 몸을 더듬거렸지만, 그녀는 저항하지 않았다. 아무런 소리도 내지 않았다. 코타가 에코의 배 위에 올라서자 에코가 흥분해 있는 그를 말없이 바짝 죄었다. 그녀는 마치 튀어 오르려는 짐승을 움켜쥐듯 그에게 꽉 달라붙었다. 사납게 날뛰는 짐승을 움직이지 못하게 막으려는 것처럼. 그녀는 귓가에 들리던 코타의 거친 숨소리를 더 이상 듣지 못했다. 눈을 감은 채 떨어지는 빗소리와 근처의 닭장에서 들리는 칠면조의 울음소리만을 좇고 있었다. 그러다 정신을 잃었다. 몽롱한 상태에서 다시 제정신으로 돌아왔을 때 그녀는 코타가 이곳의 목동이나 철의 도시 놋쇠공들과 전혀 다를 바 없다는 것을 느꼈다. 코타는 이곳 동굴로 에코를 찾아오는 숱한 연인들 중의 한 명에 불과했다. 에코를 찾는 그들은 어둠을 보호 삼아 야만인으로 변하곤 했다. 빗소리의 마취 기능과 칠면조의 울음소리가 가라앉았을 때, 그리고 이 로마인도 다수 가운데 한 명일 뿐이며 대부분의 사람들과 마찬가지로 거칠 뿐이라는 실망감에서 비롯된 고통이 그녀를 엄습했을 때, 비로소 에코는 코타를 몸에서 밀쳐 내며 소리를 질렀다.

훗날 코타는 자제력을 잃었던 이 순간을 돌이켜 생각할 때마다 부끄러움으로 몸이 얼어붙었다. 그날 밤 코타를 환상에서 현실로 되돌려 보낸 것은, 동시에 그의 욕정을 매우 부끄럽게 한 것은 코타를 물리치던 에코의 비명도 거센 몸짓도 아니었다. 그것은 갑작스러운 혐오감이었다. 코타는 절망감으로 소리를 지르는 에코를 달래고자 그녀의 등을 쓰다듬었다. 그 순간 그의 손이 에코의 등에 가려진 버짐 자국을 문지르고 지나갔다. 넓게 퍼져 있는 버짐 자국은 순간적으로 도마뱀에 대한 생각이 코타의 머리를 스치고 지나갈 정도로 거칠고 차가웠다. 어떤 혐오감이 충격처럼 코타를 덮쳤고, 그와 더불어 갈망과 정욕이 사라졌다. 일체의 동작이 굳어 버렸다.

그제야 그는 에코에게서 물러났다. 둘은 어둠 속에 서로를 파묻은 채 몸을 일으켰고, 상대방을 건드리지 않기 위해 조심스레 각자의 옷을 더듬거렸다. 에코는 눈을 감고 있었다. 코타는 그녀가 잠겨 있는 어둠을 쳐다볼 엄두조차 내지 못했다. 그녀는 울고 있었다.

코타는 그날 밤 자신의 희생물 곁에 머물렀다. 그는 관절이 쑤시고 감각이 마비되도록 어둠 속에서 여인의 곁에 쭈그리고 앉아 그녀와 자신을 위로했다. 그는 조급하게 그러나 진심으로 에코에게 말을 걸었다. 마치 대화를 통해 그녀를 지난 오후 먼지 구름 속에서 손을 잡았던 아름다운 그 여인으로 다시 되돌려 놓겠다는 듯이. 코타는 자신이 철의 도시에서 겪는 고독함과 다락방에서 꾸었던 흉측한 꿈에 대해 탄식을 늘어놓았다. 그는 또 에코의 감정을 결정적으로 오해했으며, 그로 인해 그만 어리석게 이런 일을 저지르고 말았다고 몇 번씩 한탄을 했다. 이해와 용서를 구하는 탄식을 하던 코타는 칠흑 같은 어둠 속에 감추어진 에코의 얼굴을 보았다고 생각했고, 그녀의 얼굴은 충격이 다소 가라앉은 듯 보였다고 믿었다. 실제로 그녀의 흐느낌이 가라앉았다. 이윽고 침묵이 시작되었고 이제 그녀가 옆에 있는지조차 알 수가 없었다. 코타는 계속 그녀에게 말을 하는 동안 소리 없는 어둠을 응시할 뿐이었다.

에코는 코타가 입을 다물기를 원했던 것일까? 아니면 그가 사라지기를? 에코는 그에게 아무런 대답을 하지 않았다. 비는 밤이 끝나 갈 때까지 전혀 수그러지지 않고 격렬하게 퍼부었다. 마침내 새벽의 어스름이 비칠 무렵에야 코타는 자신의 희생물이 잠들어 있는 것을 보았다. 에코의 평온한 표정은 그를 안심시켰다. 그녀가 그의 옆에서 잠이 들었다는 것은 어쩌면 그를 용서했다는 것을 의미할지도 모른다. 코타가 몸을 일으켰을 때 굳어 있는 관절이 마치 갈라지는 진흙 같았다. 그는 아픔으로 신음을 했다. 에코는 자고 있었다. 그는 비틀거리고 절룩거리며 동굴을 빠져나왔다. 바깥의 회색 해안이 안개를 피우며 출렁이고 있었다. 비가 가라앉았다. 더운 바람 때문인지 산 전체에 구름이 꼈다. 녹초가 된 코타가 밧줄 꼬는 영감의 집에 도착해서 경사진 계단을 올라 자신의 다락방에 들어섰을 때, 리카온이 작업실 문을 열고 말없이 손짓을 했다. 열린 문 사이로 고기와 마(麻) 부스러기 냄새가 확 새어 나왔다.

둘의 처음이자 마지막인 사랑의 밤이 있고 난 후 얼마 동안 코타와 에코는 서로 손을 대지 못하였고, 서로 쳐다보는 것조차 엄두를 내지 못했다. 그 무렵 일찌감치 파마의 가게에서 예언된 소문들이 마침내 이루어졌다. 즉, 두 사람은 한 쌍이 되었다. 사람들은 둘이 함께 산속으로 걸어가거나 달구지 길을 걷는 것을 목격했다. 에코는 코타가 자신과 동행하는 것을 허락했다.

함께 지냈던 그날 밤의 두려움이 가시고 난 뒤, 코타는 에코의 동굴로 가는 골목길에서 다시 그녀를 만났다. 코타가 그녀의 곁에서 나란히 걷기 시작했을 때 그녀는 그의 다가옴을 말없이 허락했다. 한 시간이 넘도록 걷는 동안 에코는 고사리와 쑥을 잘라 삼베 바구니에 담을 뿐 한마디도 하지 않았다. 그러나 다음 날 코타가 다시 왔을 때 그녀는 그의 인사에 답례를 했고, 그녀가 해변의 비탈길에서 모은 식물들에 대해 더듬거리며 짧게 말했다. 그러다 결국 3일째에는 다시 오비디우스의 불과 그 시인이 들려준 이야기들에 대해 얘기하기 시작했다. 이렇게 화해의 몸짓이 서로 오고갔지만 에코는 코타가 동굴에 들어서는 것을, 심지어는 바위 아래의 모래 마당을 밟는 것조차 허락하지 않았다. 그들이 걷는 동안 에코가 무슨 생각을 하고 있는지는 모르지만 그녀는 둘이 함께 지냈던 그날 밤에 대해 한마디도 하지 않았고, 코타가 그에 대해 다시 말을 꺼내는 것조차 용인하지 않았다.

이 무렵 로마인은 에코의 얼굴 위로 비늘 자국이 나타났다가 목을 타고 다시 사라지는 것을 보았다. 밤이 되면 그녀는 예전과 다름없이 가끔 은밀한 방문객을 접대했으며, 그들이 가지고 온 선물들을 동굴의 한구석에 썩도록 방치하거나 돼지, 칠면조에게 던져 주었다. 그녀는 깊은 계곡에서 온 미개한 주민들을 자신의 침대에 받아들였으며, 화주로 만취가 된 놋쇠공들을, 게다가 심지어 한번은 백정 테레우스의 육중한 몸도 견뎌 냈다. 그 백정은 산속 어딘가에 숨겨 둔 애인 하나만 가지고는 더 이상 재미를 못 보는 모양이었다.

에코는 백정을 비롯한 모두에게 똑같이 무관심하게 몸을 내맡겼다. 마치 무력한 이방인이 철의 도시 동굴에 살게 해주는 데 대한 절대적인 대가를 치르기라도 하듯이. 에코는 점점 무더워지고 먼지가 이는 대낮에도 오직 코타에게만은 자신의 모습을 드러내 보였다. 이 여인을 두 번 다시 껴안거나 손대지 않을 것임에도 코타는 거의 매일 그녀의 곁에 머물렀다. 두 사람이 해안과 언덕을 따라 힘들게 걷고 난 뒤 그녀의 동굴 앞에서 헤어질 때면, 간혹 어느 목동이나 돼지치기가 동굴 근처의 장미 덤불이나 무너진 벽 사이에 숨어 그녀가 돌아오기를 기다리고 있었다. 그들은 그곳에서 밤이 되기를 기다렸다.

고약한 숯내와 축축한 짚 냄새를 풍기는 그 방문객들은 코타와 비늘 피부 여인이 그날 밤 이후 겸손과 부끄러움과 혐오감으로 더 이상 잠자리를 같이하지 않는다는 것을 몰랐고, 또 두 사람이 오로지 대화와 오비디우스에 대한 기억으로 맺어져 있다는 것을 이해하지 못했다. 그들은 코타를 자신들과 같은 부류로 여겼다. 놋쇠공들은 코타와 친숙해졌다고 느끼며 그에게 씩 웃어 보이기도 했다. 저기 저 사람도 동굴에 사는 그 계집에게 똑같은 것을 요구하지 않는가! 에코는 말없이 코타를 뒤로 남긴 채, 자신을 찾은 애인의 손에서 술병이 담긴 바구니나 털 뭉치, 주둥이를 묶은 닭 등을 넘겨받은 뒤 그와 함께 동굴의 어둠 속으로 사라졌다.

코타가 이렇게 한나절을 보내고 저녁 무렵 자신이 머무는 집으로 돌아올 때면 리카온 영감의 집은 언제나 불이 꺼져 있었고, 쥐죽은 듯이 고요했다. 때때로 코타는 삐걱거리는 대나무 의자에 몇 시간씩 웅크리고 앉아 석유램프의 불빛 아래 비치는 벽 양탄자를 응시하였다. 그 양탄자는 벽의 낡은 회칠과 습기 자국을 가리고 있었다. 코타는 홍학(紅鶴)과 뜸부기가 날아오르는 짙은 원시림을 섬세하게 수놓은 그림 속에 빠져 들었고, 천둥 구름과 플라타너스의 둥지 속으로 빨려 들어갔다. 플라타너스가 밝은 거리의 양편에 수놓여 있었다. 거리는 어둠을 향해 뻗어 있었다. 벙어리 여인 아라크네의 손길이 이 양탄자의 숲과 늪, 흐르는 물살을 하나하나 스치고 지나갔다. 에코는 코타에게 아라크네에 대해 말한 적이 한 번 있었다. 아라크네에겐 베틀의 테두리가 씨줄과 날줄로 창살이 쳐진 창이라고. 벙어리 여인은 그 창을 통해 소리 없는 현란한 세계를 들여다본다고.

에코와 나란히 걷는 길은 매우 힘겨웠다. 그들은 자주 깊은 숲 속으로 들어갔다. 둘은 골짜기의 계곡이나 높은 언덕을 타기도 했다. 코타는 좀처럼 그녀와 보조를 맞출 수 없었다. 그는 열 내지 열다섯 발자국 정도 뒤로 처진 채 그녀를 따르며 숨 가쁘게 공기를 들이마셨다. 그는 헉헉 숨을 내쉬며 에코에게 고작 몇 마디의 말을 건넬 뿐이었다.

에코는 어떤 자갈밭과 덤불 사이에서도 길을 찾아냈고, 깎아지른 경사면에서도 가뿐하게 움직였다. 때때로 에코는 몸뚱이 없는 허깨비가 미로를 휙 스치고 지나가는 것처럼 민첩했다. 그녀가 코타를 쳐다보지도 않고 그저 그가 있는 쪽을 향해 어떤 식물의 이름을 외칠 때면 코타는 안심이 되었다. 에코가 외치는 식물들의 이름은 거의 모두 낯설었다.

두 사람이 매우 힘겹게 길을 걷고 있을 때였다. 에코가 마치 혼잣말을 하듯 유배자가 불꽃 속에서 그녀에게 읽어 주었던 책에 대해 얘기하였다. 그녀는 그 책을 〈돌에 관한 책〉이라고 남몰래 명명했다. 오비디우스는 토미 마을의 불 속에서 읽어 낸 이야기들에 단 한 번도 스스로 제목을 붙인 적이 없었다고 했다. 「그가 들려주는 이야기들은 대서양 횡단로를 따라 쏜살같이 지나가던 배들이, 하얀 구름 같은 돛이, 맑고 푸른 하늘 아래 갑자기 돌로 변하여 바다에 잠기는 그런 이야기들이었어요.」

다른 길을 지날 때 에코는 실연을 당해 절망감에 빠진 나머지 문기둥에 목을 맨 어떤 남자 얘기를 들려주었다. 「숨이 넘어가던 그 남자는 버둥거리며 그토록 오랫동안 닫혀 있던 문을 무릎으로 찼어요. 그 소리에 수줍음을 타는 여인이 깜짝 놀라 마침내 문을 열었어요. 대롱대롱 매달린 사내의 모습에 놀란 그녀는 문지방에서 몸이 굳어 스스로를 기리는 비석이 되어 버렸어요. 목매 죽은 자의 무덤의 흙 또한 바람에 모두 날려갔어요. 집이 무너졌고, 살랑거리던 정원의 거대한 나무들이 썩어 갔어요······.」

에코는 언젠가는 죽어야 하는 고통으로 슬퍼하는 자들에 대해 얘기했고, 또 증오심으로 사납게 날뛰던 자들이 돌로 변한 이야기를 들려주었다. 돌은 존재의 진실한 모습을 드러내는 최후의 방법이라고······. 그녀의 이야기에서는 짐승들조차 화석이 되는 것이 존재의 혼돈에서 벗어나는 유일한 길이었다. 「서로 바짝 쫓고 쫓기는 사냥개와 여우를 생각해 봐요. 늑대처럼 원시적인 약탈 욕구에 사로잡힌 개와 죽음의 공포에 질린 여우를요. 사냥개가 마침내 먹이를 향해 도약하며 쏜살같이 달렸답니다. 쫓고 쫓기는 짐승이 한순간 공기를 가르며 내달렸지요. 한 쪽은 낚아채려 하고 다른 한 쪽은 공포에 질려 달아나는 순간, 사냥개와 여우는 갑자기 거친 돌 조각이 되어 밭으로 떨어졌어요. 두 짐승이 각각 회색 돌로 변함으로써 이 추격전은 끝내 승부를 가리지 못했지요.」

에코가 어깨 너머로 〈돌!〉이라고 소리를 친 뒤, 절벽에 난 좁은 길을 따라 계속 위로 올라갔다. 「돌, 언제나 돌이었어요. 유배자의 이야기는 언제나 화석이 되는 것으로 끝났죠. 때때로 저는 오비디우스가 돌아가고 그가 지펴 놓았던 불이 꺼진 뒤에도 그가 불 속에서 읽어 준 슬픈 이야기의 주인공들이 동굴의 바위벽에 몇 시간씩 어른거리는 것을 보았어요. 항아리 위에, 또는 아궁이의 시뻘건 불 속에 돌로 된 코와 뺨과 이마와 입술과 슬픈 눈들이 어른거렸어요. 오비디우스가 들려주는 이야기는 놀랍고도 신기했어요. 그는 마른 개울 바닥의 침적물과 자갈에서도 시대와 생명을 읽어 냈어요.」

그녀는 오비디우스의 이야기를 들으면서, 어쩌면 그는 존재의 초라한 순간성을 뛰어넘는 현무암 기둥이나 돌로 변한 얼굴들이 주는 평온함과 영원함에서 위로를 얻는 게 아닐까 생각했다고 말했다. 쏜살같이 흐르는 세월의 영고성쇠(榮枯盛衰)를 초월하는 돌이 아니라면, 또 연약하기 그지없는 생명체로부터 해방된 돌이 아니라면, 도대체 어떤 물질이 침해할 수 없는 위엄과 지속성, 나아가 영원성을 약간이라도 보여 줄 것인가 하고 오비디우스가 지난 추수절 밤에 피네우스의 지하 술집에서 술 취한 좌중에게 물었다고 에코는 말했다. 물론 절벽도 풍화 작용에 의해 수천 년이 지나면 긁히고 부딪쳐서 가루가 될 것이며, 혹은 지구의 중심에서 뿜는 열에 의해 녹고 부서질 것이다. 이런 과정을 겪으면서 바위도 유기체 세계의 어떤 형태처럼 다시 임의적인 모양을 이룬다. 하지만 절벽 아래의 음지나 동굴의 진흙 바닥에 평온하게 놓인 평범한 자갈은 어떤 제국과 정복자들보다도 더 오래 존속할 것이다. 우리가 상상할 수 없을 만큼 오랜 시간을. 제국의 궁전들은 황폐화되고, 왕조는 썩어 부패할 것이며, 황실의 영롱한 모자이크 바다 장식은 집 높이만큼 쌓인 흙더미에 파묻힐 것이다. 그 흙더미에서는 엉겅퀴나 귀리마저 자라지 않을 것이다. 벌레와 구더기가 득실거리는, 구역질나고 악취 나는 유기체의 부패 과정에 비하면 화석의 운명은 얼마나 다행스럽고 또 인간의 품위에 어울리는 일인가. 이런 역겨움에 비하면 화석이 된다는 것은 오히려 구원이며, 언덕과 협곡과 황무지로 이루어진 낙원에 이르는 과정이다. 유성(流星)과 같은 인생의 영화는 무(無)에 불과하다. 돌의 위엄과 지속성만이 최고의 것이다…… 하고 오비디우스가 말했다고 했다.

에코가 어깨 너머로 말했다. 「오비디우스는 그날 밤 지하 술집에서 몹시 흥분한 데다, 술에 취했어요. 당시 놋쇠공들은 유배자와 접촉을 금하는 법을 아무런 생각 없이 공공연히 무시했어요. 자기 지혜와 생각을 술잔에 대고 흥얼거리던 시인은 한껏 비웃음을 당했지요.」

에코와 코타가 함께 걸으면서 방문한 바위투성이의 수많은 장소들 중에는 늘 지나치게 되는 장소가 하나 있었다. 피곤해서 집으로 돌아갈 때, 멀리 떨어져 있는 푸른색의 해안 기슭을 방문하기 위해 가던 도중에, 아니면 그곳에서 한 시간 정도 휴식을 취한 뒤 돌아오던 길에 둘은 어김없이 그곳을 지나갔다. 그 지점은 철의 도시 항구에서 한 시간이 채 안 되는 거리에 있었다. 때때로 코타는 그 지점이 에코와 함께 걸었던 모든 길의 비밀스러운 중심점이 아닐까 하는 생각을 했다. 그들이 함께 걸었던 길은 모두 그 장소에서 방사선 모양으로 뻗어 나왔다. 그곳은 조개와 미역 타래 따위가 해안선을 따라 어지럽게 널려 있는 넓은 모래 해안이었다. 바다가 우레와 같은 소리를 내며 큰 파도를 해안으로 몰아댔다. 그곳에서는 겨우 고함 소리만이 들릴 뿐, 그 밖의 소리는 물살이 요란하게 울리는 소리나 바람에 의해 삼켜져 버렸다.

수직으로 2, 3백 미터 정도 솟아 있는 거대한 바위벽이 그 만(灣)에 그림자를 드리우고 있었다. 그 모습은 마치 바위가 해안을 거대한 손으로 감싸고 있는 것 같았다. 해안의 아래쪽에서 그 바위벽의 꼭대기를 올려다보려면 머리를 목뒤로 한껏 젖혀야만 했다. 끝없이 이어진 바위 꼭대기와 그 위로 넘실거리는 구름은 보는 이에게 현기증을 일으켰다. 그러나 그 바위벽의 특징은 거대한 크기가 아니라 그 바위들의 모양이었다. 거대한 원생 암석들이 계단이나 처마 또는 베란다 등의 모습을 띠고 있었다. 바위들이 함께 어우러진 모습은 마치 걸어 놓은 꽃들로 뒤덮인 관중석의 층계들 같았다. 코타가 처음으로 이 바위 벽의 그림자에 들어섰을 때 갑자기 그는 벨벳과 흑단으로 어둡게 치장된 거대한 오페라 극장에 들어선 느낌을 받았다. 황제가 어떤 전투의 기념일에 로마의 백성에게 하사하려고 파로스 섬의 대리석을 가지고 와서 짓게 했다는 오페라 극장과 같은.

날씨가 추웠던 지난 수년간 토미의 주민들은 사납게 파도가 치는 이곳에 아주 가끔씩 들렀다. 이곳의 주위에는 봄에도 빙산이 떠내려 왔다. 큰 폭풍이 있고 난 후에는 종종 부서진 배의 잿물 빠진 판자들이 떠내려 와 있기도 했다. 한동안 토미의 주민 중 실 잣는 여인 아라크네만이 이곳을 규칙적으로 방문했다. 에코는 1월에도 그녀와 이곳으로 동행해야 했다고 기억을 더듬었다. 노파는 안쪽 깊숙한 베란다에 앉아 털을 몸에 감고서 차가운 태양이 바다의 수면에 남기는, 반짝이는 무늬들을 바라보았다. 빛의 유희. 그녀는 후에 키테라산(産) 흰 비단과 은실로 그 무늬들을 양탄자에 수놓으려 했다.

토미 마을의 기후는 하루가 다르게 계속 무더워졌으며, 이곳 해안 마을에서 전혀 보지 못하던 식물들이 땅에서 자라나기 시작했다. 가끔씩 파도에 밀려 떠내려 오는 물건들을 줍기 위해 사람들이 해안을 방문했고, 대장장이나 광부, 놋쇠공 들 또한 그들의 부인과 아이들을 데리고 자주 이곳 해안에 나타났다. 그들은 간혹 일이 없는 날이면 돌 베란다를 차지하고서 자신들을 일체의 말과 대화로부터 해방시켜 주는 사나운 파도를 감상했고, 차양 아래 누워 잠을 자며 오후의 찌는 더위를 식혔다. 일부는 염소 가죽으로 만든 술부대에 담아 온 포도주를 마시기도 했다. 대기 중의 온도가 1도씩 올라갈수록 낮잠을 자거나 한가하게 빈둥거리는 사람들의 숫자도 늘어 가는 것 같았다. 이곳 토미의 해안은 본래 절벽으로 둘러싸인 데다 날카로운 봉우리가 여기저기 있었고, 갑자기 바닷물에 잠기는 경우도 있었다. 그에 반해 평탄한 바위들과 난간들이 있는 이곳은 토미 마을의 주변을 통틀어서 볼 때 바다를 낀 야외에서 서너 시간 휴식을 취할 수 있는 드문 장소였다.

코타가 모래 해안을 걷는 동안 바위벽 위로 차양이 펄럭거리는 것은 이제 낯익은 풍경이 되었다. 가끔 사람들이 바위 끝으로 고개를 내민 채 바람에 머리칼을 흩날리며 한 쌍의 연인을 — 코타와 에코 — 무덤덤하게 내려다보았다. 그러나 둘은 점차 이에 익숙해졌다. 저 밑에 물가에 바짝 붙어 거니는 두 사람. 파도가 밀려올 때면 간신히 몸을 피하는 조그마한 두 사람. 그들은 토미 마을에서 더 이상 미심쩍거나 남을 화나게 하는 기이한 존재가 아니었다. 수은주가 올라가던 몇 주간 로마인과 그의 동반자는 놋쇠공들에게 거의 아주 평범하고 흥미 없는 존재들이 되다시피 했다. 이 냉담한 도시 토미의 여느 남자와 여자처럼.

  해가 하얗게 작열하는 매우 무더운 어느 오후, 바위 계단이 있는 만에서 에코는 처음으로 화석과는 무관한 오비디우스의 이야기를 들려주었다. 그것은 자갈들이 숨쉬는 존재로, 즉 인간으로 변신하는 이야기였고, 동시에 코타가 에코에게서 듣는 〈돌에 관한 책〉의 마지막 이야기였다. 에코는 천둥 같은 파도 소리 때문에 코타의 어깨에 팔을 올리고 힘들게 고함을 쳤다. 서먹하게 끝이 났던 그날 밤 이후로 에코가 코타에게 이렇게 가까이 다가온 적은 없었다. 그럼에도 코타는 그녀가 자신에게 이제 미래에 대한 계시록을, 즉 눈앞에 다가온 세계의 종말을 들려주겠다고 고함쳤을 때 자신의 귀를 믿을 수가 없었다.

  이 순간 에코는 갑작스러운 흥분과 열렬함으로 전혀 다른 사람이 되었다. 코타는 그 자리에 멈춰 서서 오랜만에 처음으로 그녀를 멍하니 바라보았다. 파도의 물결이 두 사람의 정강이까지 차올랐다. 그녀가 소리를 질렀다. 「파멸! 탐욕스러운 인류의 종말이지요! 누구도 예견하지 못한 미래의 재앙을 오비디우스는 꿰뚫어 보았어요. 그리고 어쩌면 이 예언이 그가 로마에서 쫓겨나야 했던 진정한 이유일 수도 있고요. 그도 그럴 것이 하필이면 이 세상에서 가장 위대하고 찬란한 도시의 그 누가 자신들의 위대함과 찬란함이 쇠퇴하리라는 예언을 듣고 싶어 했겠어요? 그것도 오비디우스처럼 격정적인 예언을 말이에요.」

  코타는 검고 가는 모래알이 파도에 밀려 그의 신발 안으로 넘쳐 들어오는 것을 느꼈다. 파도의 넘실거리는 혓바닥이 그의 발을 지나 해안의 모래로 갔다가 다시 바다 속으로 미끄러져 들어가는 것을, 또 물이 지나간 자리에 자국들이 지워지는 것을 보았다. 그럼에도 코타는 에코의 손에 의해 마법에라도 걸린 사람처럼 그 자리에 꼼짝하지 않고 서서 그녀 쪽으로 몸을 숙인 채 세계의 파괴에 대한 이야기에 귀를 기울였다.

그것은 코타가 오비디우스의 연설이나 로마에서 있었던 시인의 독서회에서 한 번도 들어 본 적이 없는 이야기였다. 에코는 자신의 목소리에 야릇한, 거의 광신에 가까운 힘을 싣고 땅을 깨끗이 씻어 내리게 될 전대미문의 폭우에 대해 얘기를 시작했다. 그녀는 마치 과거에 일어났던 어떤 재앙에 대해 얘기하듯 자신 있게 미래의 대홍수를 묘사했다.

비가 내리던 첫해에 강물이 강바닥을 세차게 문지르며 흘러갔다. 넘친 호수는 산책로와 공원들을 통행이 힘든 진흙탕으로 변화시켜 놓았다. 마침내 제방들이 무너지자 강물이 범람하기 시작했다. 산과 계곡에서 넘쳐난 여울목은 평지를 지나 짙은 먹구름이 덮인 바다로 흘러갔다.

간신히 배나 뗏목에 몸을 피했던 자들은 초라한 피난 기구에 올라탄 채 물에 잠긴 도시와 숲의 위를 이리저리 떠다녔다. 굶주린 바다는 느리게 움직이며 땅에 고정되지 않은 것은 모두 떠내려 보냈고, 그중 위로 들어 올려지지 않는 것은 모두 그 위를 덮어 버렸다.

여러 강줄기들이 차츰 거대한 하나의 물결이 되어 마침내 바다에 도달했다. 거대한 물살은 바다를 해변 위로 밀어냈다. 육지의 언덕 위로 새로 생겨난 해안선들이 모두 하늘을 향해 올라갔다. 결국 빙하로 뒤덮인 산봉우리들만이 흩어진 섬들처럼 수면 위로 솟아올랐지만, 비는 그 얼음마저 삼켜 버렸다.

수년이 흐르고 또 수십 년이 경과하면서 바다에 떠 있는 배와 뗏목들이 썩고 곰팡이가 끼기 시작했으며, 결국은 부서져 가라앉았다. 아직 기어오를 손이나 발톱이 있는 생물들은 마지막으로 허우적거렸고, 흠뻑 젖은 썩은 판자 조각들을 서로 차지하기 위해 싸웠다. 표류하고 있는 나무 조각의 주위마다 이를 서로 차지하려는 사람들의 팔과 짐승들의 발 때문에 거품이 일었다. 쉴 자리를 찾아 헤매던 새들도 마침내 지쳐서 물에 떨어졌다. 새들의 시체가 무더기로 바다 밑의 들판이나 도시 위로 가라앉았다. 물속의 쓸쓸한 거리와 커다란 기둥들, 아치형의 복도 사이를 돌고래가 헤엄치며 미끄러져 갔다. 용마루에는 말미잘이, 굴뚝에는 산호가 자랐다. 넙치는 거리의 먼지에 몸을 숨겼다. 한 무리씩 떼를 지어 물속 깊이 가라앉는 새들의 귀향을 반기는 축제라도 하듯 집집마다 뱀장어와 미역으로 어우러진 깃발이 나부꼈다.

「그런데 저 밑이 왜 이리 조용하지요! 상상도 할 수 없는 정적이 감돌고 있네요!」 에코가 외쳤다. 코타는 해안의 바위벽 위로 차양이 펄럭거리는 것을 보았고, 동시에 깊은 물속에서 나부낄 연초록색의 깃발을 떠올렸다.

육지에 사는 마지막 생물이 바다에 가라앉은 것처럼 보였다. 그때서야 비로소 요란하던 비가 차츰 가라앉았다. 찢어진 구름 틈새로 백 년 만에 처음으로 파란 하늘이 반짝거렸다. 바다가 잔잔해졌다. 그렇지만 그 고요함은 구원이 아니라 단지 처참한 종말에 불과했다. 녹색을 띤 고요한 죽음의 흔적들이 이제 물 위로 솟아올라 유리처럼 무겁게 놓여 있었다.

마침내 홍수가 물러갔다. 땅을 말리는 바람과 거의 잊혀졌던 태양이 돌아왔다. 홍수는 천천히, 아주 천천히 물을 거두어 가면서 하늘과 다시 돌아온 별들에게 자신의 작품을 드러냈다. 생기 없는, 곰팡내 나는 세계. 홍수가 물러가자 이번에는 물고기들이 죽을 운명에 놓이게 되었다. 지체하다 물러가는 바닷물에 제때 몸을 피하지 못한 고기들은 미지근한 웅덩이나 늪의 물에 낙오되었다. 뒤로 처진 물고기들은 건조한 계곡이나 언덕에서 지느러미를 푸드덕거리며 아가미로 더운 공기를 부채질해 댔다.

에코는 유배자가 불 속에서 세계의 운명을 읽어 주었을 때 충격과 슬픔을 감출 수 없었다고 외쳤다. 그녀는 꺼진 불씨 앞에서 몸을 떨면서 앉은 채 오비디우스를 뚫어지게 바라보았고, 그의 예언이 행복하게 끝나기를 기다렸다. 그가 세계의 종말이 이미 완결된 상황에서 물러가는 홍수 위로 뗏목 하나를 떠내려 보낸 것은 어쩌면 그의 환상을 들어 주는 유일한 증인인 에코가 그것을 원했기 때문인지도 모른다. 아니면 그것이 실제 미래의 모습이었을 수도 있었으리라.

그것은 몇 개의 빈 포도주 통을 나란히 엮은 다음, 그 위에 마구간의 문짝을 얹어 묶은 것에 불과했다. 두 명의 표류자가 서로 꽉 엉킨 채 뗏목에 엎드려 있었다. 한 남자와 한 여자. 그들 두 사람은 세계의 종말과 더불어 세계가 습지에서 다시 떠오르는 것을 겪어야 했다. 뗏목을 탄 그들은 느린 물살에 운명을 내맡긴 채 산등성이를 따라 계곡으로 미끄러져 갔다.

「오비디우스는 남자를 데우칼리온이라고 불렀고, 여자는 피라라고 했어요. 이 두 사람만 홍수에서 살아남을 거라고 말했지요.」

바다가 본래의 해안선으로 기어 돌아갔고, 두 명의 마지막 인간들이 언덕에 표착(漂着)하였다. 여전히 뗏목을 타고 있는 그들은 안전한 널빤지와 포도주 통을 한동안 떠날 엄두를 내지 못했다. 그들은 겁에 질린 채 주위를 둘러보았다. 살아남은 그들의 주위엔 죽은 세계의 잔재가 쓸쓸한 모습으로 널리 흩어져 있었다. 고기와 새들이 껍질이 벗겨진 채로 쌓여 있었고, 껍질이 벗겨진 나뭇가지에 걸려 있는 시체들은 마치 서커스 마술사가 몸을 비틀어 놓은 듯이 기괴한 모양을 하고 있었다. 풍선처럼 배가 불러 있는 소들이 닭과 양들 속에 파묻혀 있었고, 그 옆으로 배가 터져 있는 사자와 늑대들의 시체가 놓여 있었다. 마치 누군가가 세계의 온갖 잡동사니들을 짐승과 사람의 시체로 덮인 진흙탕 위에 쏟아 놓은 것만 같았다. 깃대, 녹과 소금에 상한 돛대, 장미를 새긴 버팀기둥들 등이 수렁 속에 처박혀 있었다. 침대, 합창대의 의자, 원동기 바퀴, 램프가 달린 채찍, 기마병 장난감 등도 널려 있었다. 이 모든 것이 방금 물 위로 떠오른 것일까? 그게 아니었다. 더 이상 물은 보이지 않았다. 모든 것이 이제는 구름 한 점 없는 하늘을 뚫어져라 쳐다보고 있었다.

「이 세상의 어느 누구도 그 두 사람의 쓸쓸함을 상상하지 못할 거예요.」 에코가 소리쳤다. 홍수가 남기고 간 쓰레기 더미에 묻힌 그들은 자신들이 살아남은 최후의 인간이며, 동시에 인류의 파멸을 애도(哀悼)할 무덤가의 유일한 조문객이라는 것을 깨달아야 했다. 데우칼리온과 피라가 자신들도 다른 희생자들처럼 팔다리가 빠진 채 짐승들과 잡동사니 사이에 끼여 죽었더라면 하고 얼마나 갈망했겠느냐며 에코는 소리쳤다. 「살아남은 자의 쓸쓸함은 틀림없이 형벌 중에서도 가장 심한 벌일 거예요.」 에코는 소리쳤다.

데우칼리온과 피라. 최후의 인간들. 몸을 떨면서 뗏목에 웅크리고 있는 그들은 고통의 표정을 짓기도, 그렇다고 움직이기도 더욱 힘에 부쳤다. 그들은 말이 없었다. 표착한 첫날 그들은 한 시간가량 서로의 옷과 머리카락에 달라붙은 이끼들을 떼어 냈다. 그러고 난 후 그들은 서로 껴안은 채 흐느끼다 가끔씩 홍수가 다시 밀려오는가 싶어 깜짝 놀라 벌떡 일어섰으며, 이내 다시 망연자실한 상태로 빠져들었다.

이윽고 회색빛 저녁놀이 퍼지기 시작했다. 피라는 첫발을 내딛기 전에 바닥이 얼마나 지탱할 수 있는지 시험하듯 뗏목 가장자리 너머로 손을 내밀어 땅을 만져 보았다. 그녀는 눈앞에 보이는 황야가 허깨비가 아님을, 눈앞에 보이는 산이 산 모양의 파도가 아니기를 몰래 확인하고자 하는 것 같았다. 이리하여 그녀는 뗏목 바깥으로 손을 내밀어 돌멩이 하나를 — 닳은 자갈을 — 집어 들었다. 피라는 마치 노획물을 킁킁거리는 짐승처럼 자갈 냄새를 맡았으며, 또 주먹으로 감싸 쥐거나 손바닥에 놓고 굴렸다. 그녀는 마침내 무관심한 표정으로 그 돌멩이를 다시 웅덩이에 내던졌고, 곧 이에 대해 잊어버린 것 같았다. 그녀는 미친 사람처럼 넋을 잃은 표정으로 뗏목에 누워 아직 흐린 별들을 바라보았다. 그러나 손으로 진흙탕을 더듬어 두 개째, 세 개째의 자갈을 집었고, 이것들을 모두 하나씩 물속에, 아니 수렁에 던졌다. 그녀가 습지를 향해 던진 돌들이 계속 퉁겨 오르며 일정한 간격으로 소리를 냈다. 그 소리는 시계추의 똑딱거리는 소리처럼 울렸다. 웅덩이와 습지가 마치 빨래판의 홈처럼 물결을 그리며 눈앞에 펼쳐졌다.

완전히 지쳐 잠에 빠져 들었던 데우칼리온은 수백 수천 번의 돌 던지는 소리에 벌떡 일어났다. 방금 던졌던 주먹만 한 돌멩이 하나가 뿌연 진흙 수렁에 그냥 잠기지 않고 어떤 보이지 않는 힘에 밀려 반쯤 물 바깥으로 솟아오르는 게 보였다. 그는 전기에 감전된 사람처럼 정신이 바짝 들었다. 그 돌은 무른 흙바다 위로 뒹굴었으며 — 아니 움직였다! — 비탈진 언덕을 굴러 내리는 눈덩이와도 같이 구르면서 점점 형체가 부풀었다. 외피와 같은 진흙 껍질에서 굵은 혹과 촉수(觸手)들이 돋아났다. 촉수들은 바둥거리는 자그마한 다리가 되었고, 팔과 손들로 변화되었다. 팔다리가 허공에 대고 손을 뻗쳤다. 그러고는 자라나기 시작했다.

피라는 데우칼리온의 공포를 알아챘다. 그녀는 그의 눈길이 주시하는 곳을 따르며 웅덩이에서 펼쳐지는 연극을 바라보았다. 웅덩이의 돌이 점차 인간의 형체를, 웅크린 여인의 모습을 띠기 시작했다. 그 형체가 이제 서서히 일어섰다. 그 모습을 본 피라는 입에서 고함이 새어 나오는 것을 진흙 묻은 손으로 억눌렀다. 두려움에 휩싸인 피라와 데우칼리온은 던진 돌에서 생겨난 이 형체를 다시 물속으로 쫓아 보내고 때려 부수기 위해 진흙탕에 손을 내밀어 자갈과 굵은 모래와 진흙을 움켜쥔 뒤, 점점 커지고 있는 여인을 향해 던졌다. 쏟아지는 돌멩이들로 인해 웅덩이에 거품이 생겨났다.

그러나 그 유령은 물러나지도 부서지지도 그렇다고 해체되지도 않았다. 오히려 계속 자라 이 두 명의 마지막 인간들과 똑같은 크기가 되었다. 낮게 활시위를 그리며 물속으로 떨어지는 돌멩이들과 이 벌거벗은 여인의 몸에서 흘러내려 물에 잠기던 자갈들이 생명력을 얻고 진흙탕 속에서 구르고 뒹굴기 시작했다. 둘의 경악감은 더욱 커져 갔다. 자갈들이 수렁의 진흙을 외투 삼아 자라기 시작했고, 마침내 진흙 외투가 곡식 줄기의 껍질처럼 벗겨졌다.

늪에서 인간들이 몸을 내밀었다. 웅덩이 곳곳마다 한 떼거리의 인간들이. 피라가 던진 조약돌은 여자가 되었고, 데우칼리온이 던진 자갈에서는 남자가 생겨났다. 수많은 무리의 벌거벗은 인간들이 비틀거리며 말없이 일어나 마지막 인류를 내려다보았다. 피라와 데우칼리온은 흐느끼며 뗏목에 주저앉았다. 둘은 군상(群像)의 텅 빈 눈동자를 보지 않기 위해 손바닥으로 얼굴을 가렸다. 물은 여전히 부글거리며 계속 기포를 만들었다…….

「모든 것을 파괴하는 홍수가 미래에 닥칠 것이며, 그것이 물러간 뒤에는 돌 우박에서 새로운 인류가 탄생할 거예요.」에코는 소리쳤다. 어느 겨울날 오비디우스는 불 속에서 이런 미래상을 읽어 주었다. 모든 자갈 하나하나에서 괴물들이 생겨날 것이며, 돌에서 인간들이 태어날 것이라고 시인이 세상에 대고 예언했다고 에코는 소리쳤다. 오비디우스는 탐욕과 우둔함, 지배욕으로 인해 멸망한 종족의 진흙에서 탄생할 인간들을 인류의 본래 모습이라고 했다. 광물처럼 딱딱한 알에서 태어나는 인류. 심장은 현무암이고 눈은 사문암(蛇紋岩)이며, 일체의 감정과 사랑의 언어를 모르는, 동시에 증오와 동정과 슬픔을 모르는 인류. 해안의 바위처럼 요동하지 않고 듣지 못하는, 그러나 영속적인 인류.

마침내 에코가 입을 다물었다. 그녀는 몹시 힘든 일을 끝낸 것처럼 깊이 숨을 들이켰다. 만 안쪽으로 높이 솟은 돌층계에 차양을 펼쳐 놓고 그 아래에 웅크리거나 누워 있는 놋쇠공들은 에코가 들려주는 이야기 따위에는 관심이 없었다. 주민들은 저 아래쪽 물보라에 휩싸인 두 형체를 거들떠보지도 않았다. 무리 속에 섞여 있던 벙어리 여인도 파도의 꼭지에서 만들어지는 조각품을 응시하고 있을 뿐이었다. 이제 에코의 손이 코타의 어깨에서 미끄러져 그의 팔을 따라 내려갔다. 바로 그제야 코타는 그녀의 앓는 흔적을 다시 보게 되었다. 그 흔적은 첫날과 마찬가지로 그를 놀라게 했다. 코타는 그녀의 손등이 죽은 피부 껍질 덩어리인 회색 비늘로 뒤덮인 것을 보았다. 그녀의 손은 마치 운모 조각이나 회색 사기 조각 같았으며, 석회석과 굵은 모래알로 이루어진 것 같았다. 그것은 금이 간 돌 조각들을 붙여 놓은 하나의 장식 조각상이었다.

그날 두 사람은 침묵하며 돌층계가 있는 만을 빠져나와 하얀 수증기에 싸인 토미 마을로 걸어갔다. 코타는 걷는 내내 로마에서 있었던 오비디우스의 독서회에 대한 생각에 잠겨 있었다. 그는 에코의 이야기와 비교될 만한 세상의 종말에 관한 이야기들을 떠올리기 위해 기억들을 더듬었지만 소용이 없었다. 오비디우스에 관한 그의 기억 속에 홍수에 대한 얘기는 단 한 마디도 없었다.

에코는 몹시 피곤한 상태로 그와 함께 나란히 걸었다. 그녀는 큰소리로 유배자의 예언을 들려주는 동안 목소리의 힘을 모두 소모했을 뿐 아니라, 기억력조차 다 소모해 버린 것 같았다. 마치 그녀는 묵시록을 전달함으로써 자신의 사명을 마지막까지 완성시킨 뒤 이제 침묵 속에 잠긴 것처럼 피곤해했다.

이날 오후 두 사람은 부둣가 근처에서 별 의미 없는 간단한 인사를 나누며 헤어졌다. 코타는 에코와 헤어진 뒤 화석들이 박혀 있는 네모진 돌 위에 몇 시간을 앉아 있었다. 그는 돌에 박힌 고생대의 달팽이와 모족류의 벌레들, 갑각류 생물들의 껍질과 촉수를 쓰다듬었고, 동시에 로마에 대한 향수에 젖어 들었다. 코타는 로마를 떠난 이래 별다른 이유 없이 가끔씩 그와 같은 그리움에 사로잡혔다. 연속적인 기억들이 그의 머릿속을 재빨리 스쳐 갔고, 기억이 끝날 무렵 다시 그를 풀어 주곤 했다. 코타는 돌과 영원히 달라붙은 바다지네의 딱딱한 등에 파인 동그란 마디를 세면서 윤이 나게 닦인 하얀 카라라[16] 대리석의 광택을 생각했다. 네모난 돌에 대낮의 열이 배어 있음을 느낄 수 있었다. 베란다에서 한가하게 빈둥거리던 편안한 시간들, 소파, 방석을 댄 등나무 의자들이 그리워지는 순간이었다. 부둣가에 나란히 묶어 둔 배들이 서로 부딪치고 문지르며 긁어 대는 소리가 들렸다. 트리니타 데이 몬티 형무소의 죄수들이 축제가 끝난 원형 경기장이나 야외극장의 쓰레기를 철사 빗자루나 솔로 쓸어 모을 때 이런 소리가 났었다.

코타가 일어섰을 때는 이미 어둠이 내린 상태였다. 그리움이 점점 희미해지면서 사라졌다. 코타는 로마 제국에서의 갑갑한 삶이 자신을 내몰았던 곳으로 다시 돌아왔다. 세상 끝에 있는 어느 항구 도시의 인적 없는 길거리로. 이곳은 유형지(流刑地)이자 깨달음의 장소이기도 했다. 『변신』, 불타 버린 책. 놋쇠공들과 돼지치기들에게 내던져진 책. 그리고 두 번 다시 쓰이지 않은 책. 어쨌든 코타는 이 작품을 찾아

---

16 제노바와 피사 사이에 위치한 이탈리아의 중북부 도시.

다시 로마의 손에 갖다 놓을 것이다. 비록 그 작품의 저자를 트라킬라의 자연 속에서 다시 찾지 못하더라도, 그는 에코의 기억을 기초로, 아니면 오비디우스의 불가에 앉았던 다른 객(客)들의 회상을 더듬어 유배자가 들려주었던 이야기들을 모을 것이다. 〈돌에 관한 책〉이라고 에코는 말했다. 그리하여 코타는 밧줄 꼬는 영감의 다락방에 돌아왔을 때, 스스로 〈세계의 종말〉이라고 확신하고 있던 메모들 앞쪽에 〈돌에 관한 책〉이라고 써놓았다.

코타가 밤이 깊도록 앉아 지금까지 모은 기록들을 정리하는 동안, 좁은 골짜기와 인근의 계곡들에는 바다에서 올라온 번개가 서로 부딪치고 있었다. 번개가 매우 성난 것처럼 엄청난 소리를 내며 철의 도시를 내리치는 바람에 코타는 갑자기 에코에게 들었던 홍수에 관한 이야기 속에 자신이 빠져 들어갔다고 믿었다. 코타는 폭풍으로 덜컹거리는 창의 덧문을 닫으면서 골목길을 힐끔 쳐다보았다. 지붕을 덮고 있던 이끼와 나무 조각과 갈대들이 뜯겨 나갔고, 그것들이 마을을 가로지르며 쏜살같이 흐르고 있는 개울 속으로 빨려 들어가고 있었다. 잡초와 흩어진 판자, 울타리, 뿌리가 뽑힌 관목 등이 넘실넘실 춤을 추며 개울을 따라 흘러갔다. 개천 기슭의 바위에 세워진 집들의 기초와 나무다리의 말뚝이 뽑혀 나가기 시작할 정도로 그 개울은 불과 몇 분 안에 허연 물보라를 일으키며 어마어마하게 불어났다.

코타는 창가에 서서 이 재앙이 불러올 소동을, 이를테면 이리저리 뛰어다닐 형체들과 그들의 고함 소리를 기다렸지만 전혀 반응이 없었다. 집들은 여전히 어둠에 잠겨 있었다. 마을의 어느 누구도 사나운 날씨를 눈치 채지 못한 것 같았다. 폭풍우 때문에 어느 대문짝인가 창문이 벌컥 열렸지만 아무도 그것을 닫지 않았다. 풍차 바퀴가 부서져서 처마에 떨어졌건만 그대로 버려져 있었다. 누구 한 사람 목장의 말뚝을 질질 끌고 다니는 짐승을 붙잡으려고 하지 않았으며, 개울의 물살이 들이닥친 우리로부터 새끼 돼지를 대피시키지 않았다. 일체의 저항 없이 파괴가 진행되었다. 철의 도시는 마치 온화한 한여름 밤과 같이 평온하게 자고 있었다.

코타는 천둥이 다시 치기를 기다리면서 마비된 듯 서 있었고, 번갯

불의 밝기에 눈이 캄캄해졌다. 창문가에 선 그는 대들보와 서까래가 폭풍의 압력에 신음하는 소리를 들었다. 하지만 코타는 작업실의 한 모퉁이에서 자고 있을 리카온 영감을 깨울 힘이 없었다. 리카온의 작업실은 아래층의 복도와 헛간을 지나는 미로 같은 길의 끝에 있었다. 어쩌면 리카온도 깨어 있을까?

그러다 갑자기 사나운 날씨가 가라앉았다. 번개가 해안의 산등성이를 넘어갔다. 불타는 함대같이 번쩍거리던 번개와 짙은 구름이 마침내 모두 사라졌다. 그러자 개천의 요란한 소리도 다시 잦아들었고, 소나기 내리는 소리는 추녀의 홈통을 흐르는 물소리에만 남게 되었다. 뒤뜰의 나무 둥지에서 물방울 듣는 소리만 들릴 뿐 주위가 다시 고요해졌다. 폭풍우로 인한 놀람과 〈세계의 종말〉에 대한 기록을 정리하느라 쌓인 피로감에 코타는 메모들 위에 엎드려 잠이 들었다.

다음 날 아침, 코타는 잠에 취한 채 창문을 열었다. 바깥에서 꽃잎이 잠긴 물의 냄새와 이제 갓 벤 나무들의 냄새가 풍겨 왔고, 가파른 해안엔 아주 뜨거운 금빛 태양이 비치고 있었다. 코타는 새벽녘에 있었던 뇌우가 꿈이 아닌가 하고 잠시 어리둥절해졌다. 골목 여기저기와 집 뜰과 정원에서 철의 도시 주민들이 폭풍이 쓸고 지나간 흔적들을 제거하느라 몹시 분주했다. 토미 마을이 다시 망치 소리, 비스듬히 가로놓인 나무둥치를 톱질하는 소리, 삽으로 길바닥을 긁어 대는 소리로 가득했다. 놋쇠공들은 욕을 해대며 폭풍우가 남긴 폐허를 보수하고 있었다.

밧줄 꼬는 영감의 집 주위는 모든 것이 손상되지 않은 채 그대로 남아 있었다. 리카온 영감은 다른 집들의 상태에 대해서는 전혀 관심이 없었다. 그는 작업실에서 북틀 위로 허리를 굽히고 있었다. 리카온이 일에 깊이 몰두하고 있었는지 코타는 그에게서 대답을 듣기까지 수차례 질문을 되풀이해야 했다.

「지난밤에 폭풍우가 있었다고?」

그 영감은 사나운 날씨에 대해서 아무것도 듣지 못했다. 그는 창문을 열고 창가에 바짝 붙어 잤지만, 폭풍우는 고사하고 살랑거리는 바람 한 점 느끼지 못했다고 말했다.

「뿌리가 뽑힌 나무들은 어떻게 된 것이지요?」

「물론 썩은 나무들이 가끔씩 쓰러지곤 하지요. 고요하기 이를 데 없는 밤이라도 예외는 아니지.」

「그렇다면 골목에 흩어진 잔재들은?」

「사람이 살지 않는 빈집들과 폐허의 구석구석에서는 끊임없이 뭔가가 흔들리거나 부서지지요.」 밧줄 꼬는 영감이 말했다. 그는 밤엔 잠을 잤으니 낮엔 일을 해야 한다며 다시 북틀 쪽으로 몸을 돌렸다.

코타는 어리둥절해졌다. 또한 리카온의 성마른 태도 때문에 야릇한 불안감에 빠졌다. 코타는 이날 아침 에코의 동굴을 향해 길을 나섰다. 그는 도중에 만나는 사람마다 붙잡고 간밤의 뇌우에 대해서 물어보았지만 누구 한 사람 천둥소리를 듣거나 섬광이 번쩍이는 것을 보지 못했다고 했다. 담벽의 갈라진 곳에 판자를 대고 못질을 하는 독일인 티스도, 계단을 타고 지하 술집 안으로 굴러 떨어진 맥주 양조통을 치우느라 분주한 술집 주인도 한결같이 고개를 저었다. 술집 주인 피네우스는 욕을 퍼부어 가며 부서진 양조통에서 초록색 주정(酒精)을 국자로 퍼내어 다른 통에 담고 있었다. 이런 손실들은 폭풍우로 인해 비롯된 파괴가 아니라 늘 있는, 어쩌면 바람이 불어서 생긴, 아니면 짐승 때문에 생긴 피해라고 했다. 「폭풍우라고요? 소나기요? 꿈을 잘못 꾼 모양이시군. 로마 사람이 다 그렇지, 뭐.」

코타는 에코의 동굴 앞 흙무덤에 서서 그녀의 이름을 불렀다. 아무런 대답이 없었다. 코타가 불행한 그날 밤 이래로 처음 다시 발을 들인 동굴은 싸움터나 다름없었다. 에코의 유리 진열장이 넘어져 깨져 있었다. 평소 에코는 부서지기 쉬운 꽃병이나 무라노[17]산(産)의 유리잔, 그림이 그려진 물병, 석영 가루를 뿌린 유리공, 그녀가 좋아하는 금색, 은색의 노리개, 유리 공예품을 모아 둔 상자 등을 그 유리 진열장에 간수해 두었다. 발로 다진 점토 바닥 위에 다양한 색상의 유리 파편과 가루들이 흩어져 있었다. 동굴에 비친 아침 햇살이 파편에 반사되어 비취색과 은색, 시뻘건 색을 띠었다. 동굴 옆의 뜰에 있던 칠

---

17 베네치아 부근의 섬.

면조 네 마리가 바윗돌이 떨어지면서 부서진 철사 우리를 피해 이곳으로 도망 왔다. 그것들은 형형색색의 빛을 끊임없이 반사하고 있는 동굴 내부에 놓인 에코의 침상과 탁자, 차가운 아궁이에 웅크리고 있었다. 코타가 들어서자 놀란 칠면조들이 빛에 반짝이는 파편들을 밟으며 바깥으로 달아났다. 칠면조들의 바스락거리는 소리가 섬세한 선율처럼 들렸다.

오전 내내 코타는 따끔거리는 연기에 가득 싸인 골목을 누볐다. 나무 조각과 쓰레기를 태우느라 서너 군데에 큰불이 지펴져 있었다. 연기가 자욱하게 피어오르는 불가에 서 있던 사람들은 실종된 여인의 행방을 물으면 그저 어깨를 움찔거릴 뿐이었다. 술집 주인 피네우스가 입에서 틀니를 꺼냈다. 주위에 있던 사람들이 웃음을 터뜨렸다. 그는 인형극을 하는 사람처럼 취한 뒤 당황해하는 로마인의 질문을 흉내 내듯 틀니를 딸그락거렸다.「비록 흑해에 산다 해도 바람둥이가 로마인 한 명만 가지고는 살 수 없지. 그래서 그녀는 때때로 돼지치기들과 함께 숲 속으로 가야만 한다고.」

코타는 그 자리를 떠났다. 그는 이전에 에코와 함께 지나갔던 길들을 이리저리 걸었다. 비탈길과 언덕들, 그리고 산 전체가 이날은 쥐죽은 듯 고요했다. 절벽과 협곡, 바위가 갈라진 틈새 등 보이는 곳마다 에코가 실종될 수 있는 가능성은 충분했다. 에코가 흙무덤에 깔려 죽었을까? 아니면 산골짜기의 급류에 휘말려 떠내려갔을까? 코타는 검은 모래가 깔린 해안을 지나 돌층계가 있는 만에 이르렀다. 그는 바위 정상을 향해 계속 위로 올라갔다. 때는 늦은 오후였다. 거대한 바위벽이 끝나는 모서리의 건너편에 이르러서야 그는 자신이 트라킬라로 가는 길목에 있음을 깨닫게 되었다. 어제 그는 파도가 달려드는 저 아래 바위 그늘에서 세계의 종말에 대해 들었다. 또한 그곳은 코타가 토미 마을에 도착하던 무렵 얼굴에 재를 바른 행렬이 깃발을 나부끼며 가마를 끌고 간 곳이기도 했다. 해안과 돌층계에 이제 인적이 끊겼다.

바다에서 올라오는 더운 공기를 타고 매들이 나선형을 그리며 코타가 있는 높이까지 솟아올랐다. 에코가 산속으로 들어가는 이 길을 지나갔을 리는 없다. 길의 여러 군데에 가는 모래와 흙이 덮여 있었지만 발자국이라고는 전혀 없었다.

 이 부근의 황야는 코타에게 어느새 아주 친숙해져 있었다. 처음 트라킬라를 방문했을 때 그의 걸음을 방해하던 들판의 눈이 태양 빛에 모두 녹았다. 계곡에는 꽃이 만발했다. 자갈들 사이로 피어 있는 금작화와 백합화, 미르테,[18] 패랭이꽃 등이 에코의 동굴에서 보았던 유리 파편들의 색 유희처럼 반짝거렸다. 타원형으로 찌그러진 해가 수평선 위의 수증기 층으로 가라앉았다. 코타가 돌아가기 위해 몸을 돌렸을 땐 이미 협곡에서 어둠이 기어 나오기 시작했다. 어둠은 코타로 하여금 사육제 날 밤 그를 트라킬라에서 몰아냈던 그 두려움을 떠올리게 하였다. 코타는 그날의 공포감을 다시 맛보지 않기 위해 서둘러 이 후미진 장소를 벗어나려고 했다.

 그는 순간적으로 위쪽의 절벽들 사이에서 비석에 묶인 천 조각들이 펄럭거리는 것을 보았다고 생각했다. 코타는 산에서 바닷가 쪽으로 내려오는 동안 계속하여 에코를 불렀다. 아무리 그녀의 이름을 소리쳐 불러 보아도 자신의 음성만이 낭떠러지와 수직으로 솟은 바위벽에 반사되어 메아리칠 뿐이었다. 운모 조각처럼 생긴 바위벽에 이미 달빛이 젖어 들었다.

---

18 도금양(桃金孃). 일종의 상록 관목으로 이 식물의 줄기를 엮어 신부의 화관(花冠)으로 쓰기도 했다.

 에코는 다시 돌아오지 않았다. 그녀에 관한 아무런 소식이 없이 둘째 날이 지나갔고, 또 셋째 날이 지나갔다. 코타는 사라져 버린 그녀를 찾아 일주일 동안을 헤맸지만 소용이 없었다. 계절의 더위에 축 늘어진 철의 도시는 마을 여인 한 명이 없어진 것을 알아차리지 못한 것 같았다. 한 사람 정도의 실종은 술집 주인에게 별다른 감흥을 일으키지 못했다. 「어제는 하녀로, 오늘은 동네 창녀로, 그리고 내일은 떠나 버리네.」 피네우스가 폭풍우가 있던 밤에 쏟아진 주정 냄새가 아직까지 배어 있는 지하 술집에서 흥얼거렸다. 「하지만 어쩌면 비늘 여인은 좋은 선례를 남겼다네. 토미와 같은 촌구석에선 아무런 소식도, 작별 인사도 없이 그냥 왔다 그냥 가는 게 가장 좋지.」
 에코의 동굴이 약탈을 당했다. 그녀와 동침했던 자들이 남긴 선물 모두가 단 하룻밤 새에 사라져 버렸다. 녹슨 쇠막대, 악취 나는 버터가 가득 담긴 항아리, 털 뭉치, 그리고 양모피 등. 가재도구 중 약탈당하지 않고 무사한 것들은 광란에 빠진 마르시아스에 의해 모두 파괴되었다. 숯쟁이 마르시아스. 그는 1년에 서너 번씩 그가 사는 계곡과 숯 굽는 가마의 연기를 떠나 해안으로 내려왔다. 그는 피네우스와 함께 취하도록 술을 마신 뒤, 자신에게서 달아나지 않았던 유일한 여인을 긴 밤 내내 기다렸다. 그러나 에코가 나타나지 않자 마르시아스는 어두운 동굴에 대고 고래고래 그녀의 이름을 불렀다. 그는 자신의 기

대가 충족되지 않자 걷잡을 수 없는 광분 상태에 빠져, 아직도 밟고 깨뜨릴 만한 것은 무엇이든지 닥치는 대로 밟고 깨뜨렸다.

그는 동굴의 바위벽에 마구 발길질을 하다 자신의 육중한 무게에 못 이겨 바닥으로 넘어졌고, 끝내는 흩어진 유리 파편 위를 기며 손과 얼굴을 베었다. 그는 피를 흘리며 웅크리고 앉아 어둠 속에서 흐느꼈다. 이윽고 흥분이 가라앉고 거친 숨이 다시 회복되자, 마르시아스는 마치 팬 플루트를 불듯 빈 술병 두 개를 불어 댔다. 그 소리는 마치 산에서 배가 한 척 나아오는 듯했다. 밤안개 속을 헤치며 울리는 뱃고동 소리와 그 소리 사이사이로 들리는 숯쟁이의 울부짖는 노래는 인근 주민들의 밤잠을 설치게 했다. 먼동이 틀 무렵, 몹시 화가 난 백정 테레우스가 고주망태가 된 숯쟁이를 조용하게 만들기 위해 집 뜰의 대문을 박차고 욕을 퍼부으며 숨차게 골목길을 뛰어 올라갔다. 테레우스가 에코의 동굴에 이르렀을 때 그곳은 이미 사람 사는 곳이 아니었다. 테레우스가 입구에 다가가자 똥 냄새가 확 끼쳤다. 마르시아스는 번쩍이는 술병 두 개의 주둥이를 뺨에 대고 자신의 똥에 처박혀 있었다. 그가 밤새 빨았던 병 언저리가 침으로 반짝거렸다. 얼굴에는 피가 말라 엉겨 붙었다. 동굴 바닥은 그가 흘린 피로 검게 얼룩져 있었고, 그의 주위엔 온갖 잡동사니가 널려 있었다.

테레우스는 전혀 저항을 하지 못하는 그의 다리를 움켜잡았다. 테레우스는 주먹질과 발길질을 해가며 그를 가축에게 물을 먹이는 저수조로 질질 끌고 갔다. 테레우스는 그를 번쩍 들어 뿌연 물속에 던져 버렸다. 그리고 뒤도 돌아보지 않은 채 골목길을 따라 내려갔다. 몹시 당황한 프로크네가 손을 비비며 알아듣기 힘든 말로 남편을 진정시키려고 하자 테레우스는 그녀를 옆으로 밀쳤다. 그리고 뜰의 대문을 닫았다.

마르시아스가 이날 아침 저수조에서 익사하지 않은 것은 오로지 백정의 뚱보 부인 때문이었다. 그녀는 남편의 폭력에 대한 부끄러움으로 흐느끼며 정신을 잃은 숯쟁이를 저수조에서 끌어냈다. 그리고 숯쟁이가 눈을 뜰 때까지 빨갛게 부은 자기 손으로 그의 얼굴을 비비 댔다. 그녀는 마르시아스를 길바닥에 눕혔다. 그는 그새 다시 잠에 빠졌다. 프로크네는 그의 몸 위에 어깨에 걸치고 있던 이불을 덮어 주었고, 장화를 머리 밑에 받쳐 주었다. 그녀는 그렇게 그를 놓아두었다. 숯쟁이는 몽롱한 상태로 깊은 꿈에 빠져 오후가 되도록 누워 있었다. 입을 벌린 채 코를 골며 신음을 했고, 이끼 낀 돌 위에서 이리저리 뒹굴었으며, 따가운 오전의 햇살에도 또 애들의 심술궂은 장난에도 깨어나지 않았다. 아이들은 썩은 물고기 두 마리를 그의 다리에 묶어 놓았고, 오리털과 엉겅퀴꽃과 진흙덩이를 그의 몸에 꽂았다. 썩는 생선 냄새를 맡은 개들이 숯쟁이의 주위를 킁킁거리며 물고기들을 먹어 치웠다. 지나가던 광부들이 꿈에 빠진 그를 향해 인사말을 외치며 그를 발로 찼다. 그래도 숯쟁이는 깨어나지 않았다. 이날 오전 숯쟁이가 누워 있는 길을 지나던 코타는 순간적으로 이 남자야말로, 피와 똥으로 뒤범벅이 된 채 수모를 겪는 이 남자야말로 에코가 사라진 것을 슬퍼하는 유일한 사람이라고 생각했다.

코타는 황급히 저수조를 지나 파마의 가게로 갔다. 그는 다락방의 창을 통해 어떤 사람이 항구 쪽에서 노새를 몰고 계단을 올라오는 것을 보았다. 화가 나서 지껄여 대는 노인. 노인은 짐승을 채찍질하지는 않았지만 마구 저주를 해가며 끌어당겼다. 짐을 싣게끔 노새의 등에 빈 자루와 망태기들이 매여 있었고, 그 안에서 빈 병들이 딸랑거렸다. 창을 내다보던 코타는 노새를 몰고 있는 그 사람을 이미 아는 사람이라고 확신했다. 코타가 이를 확인하고자 골목길을 따라 그 남자를 뒤쫓아 가려고 했을 때, 그는 하마터면 밧줄 꼬는 영감 집 계단에서 미끄러질 뻔했다. 코타가 한 번 본 적이 있다고 여기는 그 노인은 어쩌면 누더기를 걸치고 있는 촌스러운 목동들 중의 한 사람인지도 몰랐다. 그 무렵 땡볕으로 고원 지대의 풀이 시들면 목동들은 가축 떼를 계곡의 그늘진 곳으로 이동시키기 위해 철의 도시를 지나가곤 했던 것이다.

가죽같이 질긴 사과들이 가득 담긴 과일 상자, 배추, 빨간 무, 말린 마로니에 등이 바깥에 진열되어 있는 파마의 가게 입구에서 코타는 마침내 막 도착한 그 사람에게 다가갈 수 있었다. 그의 눈이 틀림없었다. 노새를 몰던 그 사람은 오비디우스의 하인이었다.

피타고라스는 소금통 위로 허리를 굽힌 채 소금 알갱이를 손가락 사이로 흘리고 있던 중이었다. 그는 코타가 말을 걸며 손을 내밀자 깜짝 놀라 벌떡 몸을 일으켰다. 하인은 코타를 쳐다보았다. 그는 마음이 놓인다는 듯이 코타에게 곧 웃음을 지어 보이더니 다시 소금통이 있는 쪽으로 몸을 돌렸다. 피타고라스는 코타의 얼굴을 다시 알아보지 못했다. 「사육제 때 방문했잖아? 정원에 있는 돌기둥? 달팽이?」 「물론이지요.」 피타고라스는 돌이라는 말에 고개를 끄덕거렸고, 달팽이라는 말에 고개를 끄덕거렸다. 괴롭히던 달팽이들과 벌였던 희망 없는 싸움과 그것들이 식초에 죽었던 것을, 또 달과 그 밖의 모든 것을 기억했지만 당시에 그를 방문했던 사람만은 기억을 하지 못했다. 그는 벌써 수년간 트라킬라에서 외부 사람을 본 적이 없다고 했다.

  노인의 등 뒤에 서 있던 파마는 할 말을 잃은 로마인을 향해 손을 저어 보였다. 「이 사람하고 말한다는 것은 무리예요. 이 사람은 모든 것을 기억하는가 하면 또 하나도 기억하지 못해요.」 노인은 가게의 단골인 것 같았다. 파마는 오래전부터 주기적으로 반복되는 노인의 주문을 마치 외우고 있는 듯 익숙한 동작으로 신문지에 싸인 상자와 묶음 다발들을 가게 안쪽에서 끄집어내었다. 그녀는 문 앞에 내다 놓은 물건들을 진열 탁자 위에 포개어 쌓았다. 노새의 목을 쓰다듬으며 짐승 냄새를 맡던 그녀의 아들 바투스는 상자의 내용물이 뭔지 알아맞혔다고 생각이 들 때마다 매번 기뻐 어쩔 줄 몰라 하며 물건의 이름을 크게 소리쳤다. 「비누! 차! 고기 말린 것! 양초……!」

  피타고라스는 짐승이 무거워 신음할 정도로 망태기와 부대와 병들을 가득 채웠고, 저장품들을 노새의 등에 꽉 동여맸다. 간질병 아이가 짐승의 눈에 손을 갖다 대며 짐승을 달래고자 했다. 순간 손바닥 아래로 짐승의 눈까풀이 움찔하자 그는 몹시 웃었다. 그러자 파마는 행주로 아이의 입을 때리며 조용히 하라고 명령했다.

  코타는 자신이 그 하인에게 낯선 사람으로 여겨진 데 대해 당혹감을 떨쳐 버릴 수 없었다. 코타는 노인이 짐을 싸매고 있는 동안 계속 말을 걸었다. 코타는 자신이 트라킬라에서 보냈던 밤을 묘사하기도 하고, 다른 한편으로는 집요하게 질문을 던져 노인의 기억을 다시 되살리려고 시도하였다. 오비디우스가 산속에 들어갔다가 다시 돌아왔는지, 오비디우스는 오늘 이곳 철의 도시에 같이 왔는지?

하인은 공손하게 대답을 하기도 하고, 로마인에게 수차례 몸을 숙이기도 했다. 하지만 자신이 지금 누구랑 이야기를 하고 있는지 아는 듯한 말은 한마디도 하지 않았다. 「아닙니다, 주인께서는 산속으로 들어간 이후로 여태껏 돌아오지 않으셨습니다. 저 혼자 추운 겨울을 견뎌야 했고, 저 혼자 연초의 눈사태를 겪어야 했지요. 해안으로 난 길이 이틀 전에 쇄석(碎石)으로 막히는 바람에 다시 통행이 가능하도록 만들기까지 혼자서 엄청난 고생을 해야 했습니다.」 그는 주인이 돌아오는 날 빈 그릇으로 맞이하는 일이 없도록 하기 위해 무진 고생을 하며 흙무더기로 가로막힌 장애를 지나 마을로 내려왔다고 했다. 「포도주, 캔디 등 모든 것이 그날을 위해 바구니 속에 준비되어 있습지요……」

노인은 흥에 겨워 떠들며 쇄석을 파거나 긁어내느라 찢긴 그의 손을 로마인에게 보여 주었다. 또 그는 유배자가 길을 헤매지 않도록 마지막 계곡의 골짜기까지 나무들에 아이올로스 하프[19]를 묶어 두었다고 말하였다. 코타는 노인의 장황한 얘기를 듣는 동안 왜 철의 도시 주민들이 오비디우스라는 이름만 언급해도 미심쩍은 듯 입을 다물고 자신을 불편하게 대했던가를 서서히 이해하게 되었다. 로마의 법에 의하면 정부가 보내는 유배자를 받게 되는 지역은 그곳이 어디든지 간에 모두 그 유배자에 대해 책임을 져야 했다. 그의 도주를 방지하는 것도 유배지 주민의 책임이었다. 이 법은 유배지로 결정된 도시의 주민들을 일종의 감독관으로 변화시켰다. 국가 반역자와의 대화나 일체의 우호적인 태도가 금지되었고, 밀고는 명예로운 행위에 해당되었다. 주의, 관찰은 의무에 속했다. 만일 어느 도시가 감독자로서의 그들의 의무를 태만히 하거나 간과할 경우, 그 도시에 부여된 여러 특권들과 세금 경감 및 무역의 자유를 박탈당했다.

토미의 주민들은 로마에서 쫓겨 온 유배자가 단지 산속을 거닐고

---

[19] 바람을 넣어 울리게 하는 일종의 하프. 아이올로스는 소아시아 지방의 서북 해안에 위치한 지역의 이름이다.

있는 게 아님을, 즉 사라져 버린 것을 분명히 진작부터 알고 있었다. 토미 마을은 한 인간이 황제의 뜻을 빠져나가는 것을 허락했다. 토미의 주민들은 시인을 산악 지대로 둘러싸인 적막한 트라킬라로 쫓았고, 동시에 아무것도 모르는 미치광이 한 명을 시인의 옆에 붙여 놓았다. 그럼으로써 주민들은 마을 전체의 책임을 하인에게 떠맡겼고, 자신들은 감독자로서의 의무에서 벗어났다. 그리고 최후의 장소로 쫓겨난 오비디우스는 어쩌면 자신의 죽음에 관한 소문을 스스로 세상에 퍼뜨렸는지도 모른다. 오비디우스는 이를 통해 한 유배자가 저지를 수 있는 가장 나쁜 범법 행위를 은폐하려 했는지도 모른다. 말하자면 그의 탈주를.

코타는 로마법의 가혹함에 대해 항의하는 내용을 담은 한 문구를 떠올렸다. 어느 등사지에 적혀 있던 그 문구는 다음과 같았다. 〈유배를 벗어나는 유일한 길은 죽음을 택하는 것이다.〉 유배지를 탈주하는 자는 언젠가는 정찰병의 총에 맞아 죽어야 했고, 유배를 끝까지 견뎌 내는 자는 고독으로 죽어야 했다. 왜냐하면 국가 탈주자의 경우 5년의 기간이 경과하면 서류에서 삭제되고, 그것과 함께 국가의 기억 속에서도 지워지게 되지만, 유배자는 이와 달리 살아 있는 한 계속 감시되고 있기 때문이다.

세상에서 아무리 넓고 크고 황량한 땅과 바다와 산이라 할지라도 도망 중인 유배자를 로마의 분노와 법으로부터 보호해 줄 수는 없었다. 황제의 재판관이 법을 집행할 때 보여 주는 끈질김은 어떤 지역의 넓이와 크기와 황량함에 의해 무력화될 성질의 것이 아니었다. 도망자가 어느 곳에 몸을 숨기든지 간에, 그의 주변의 눈과 귀가 언젠가는 로마의 눈과 귀로 변하였다.

더군다나 오비디우스 나소처럼 길거리의 여기저기에 세워진 광고판과 신문에 자신의 초상화가 인쇄되고, 또 자신의 모습이 화폐에 새겨지거나 조각가에 의해 돌에 새겨진 경우엔 한 무명의 국가 반역자가 안게 되는 위험보다 더 큰 위험을 감수해야만 했다. 무명의 국가 반역자의 경우 기껏 국경 수비대나 항구 사무국, 혹은 세관 신고소에 얼굴이 걸려 있는 정도였다. 그러나 오비디우스처럼 쓸데없이, 그것도 지나치게 인상적인 코를 가지고 있는 경우엔 두말할 나위가 없었다!

이런 얼굴을 가진 탈주자는 복잡한 도심에서도, 그렇다고 인적이 드문 시골에서도 계속 몸을 숨길 수가 없었다. 이방인의 출현은 시골의 주민들에게 가라앉힐 수 없는 호기심을 발동시켰다. 결국 정부가 유배자를 죽은 것으로 간주하고 더 이상 그를 이 세상에서 찾기를 포기하는 것 외에 유배자가 도망갈 방도는 없었다…….

파마는 코타의 생각을 짐작하고 있다는 듯 그의 생각을 부정했다. 피타고라스가 노새에 실은 짐들 위로 덮개를 씌우고 묶는 동안, 그리고 바투스가 한 대 얻어맞고 나물통 뒤에서 쭈그리고 앉아 울고 있는 동안 가게 아줌마는 로마인을 옆으로 끌어당겼다.「토미에 사는 사람이라면 너 나 할 것 없이 모두 그 유배자가 때때로 몇 주일씩 혼자 산속으로 들어갔던 것을 알고 있어요. 그는 마구간에서 잠을 자기도 했고, 때로는 흑옥 캐는 사람들이 산속 깊이 숨겨 둔 저장품들을 먹어치우기도 했지요. 오비디우스는 이끼나 화석, 또는 하천 바닥에서 에메랄드들을 주워 모았지요. 그는 피네우스의 술집에서 종종 이렇게 주운 물건들로 자기 술값을 지불했답니다. 우리 가게에서는 연장이나 생필품들과 바꾸었지요. 바투스는 구석방의 서가에 돌과 광석들을 모아 둔 것을 진열해 두었는데, 그중에는 트라킬라에서 난 아름다운 오팔도 두 개 있지요.

탈주라고요? 말도 안 되는 소리. 트라킬라에서 도대체 어디로 도망을 간단 말입니까? 산을 넘어도 전혀 길이 없는데. 만일 그래도 계속 산을 타고 올라간다 하더라도 산꼭대기 뒤에는 또 다른 낭떠러지나 계곡이 나타날 뿐이죠. 그러다가 마침내 짙푸른색의 하늘과 분간이 안 갈 정도로 하늘 높이 솟아 있는 거대한 벽이 나타나지요…… 도저히 빠져나갈 수 없습니다. 사라질 수도 없고요. 철의 도시에서 세상으로 나가는 길은 한결같이 해안을 따라가거나 바다를 건너는 수밖에 없지요.」

그날 아침 코타는 하인을 언덕까지 동행했다. 빛이 아른거리는 언덕배기에서 백정 테레우스가 늑대 발자국을 쫓으라고 보냈던 털이 수북한 두 마리의 야윈 개가 냄새를 잃고 헤매고 있었다. 개들은 이제 노새의 등에 얹혀 흔들거리는 고기 지방과 치즈 냄새를 졸졸 따라왔다. 코타가 돌을 던져 개들을 쫓았다. 피타고라스는 개들에 전혀 개의치 않았다. 노인은 많은 인내심을 가지고 자신의 얘기를 들어 주는 말 상대를 찾은 데 만족한 듯 터벅터벅 나아갔다. 코타는 더 이상 아무런 질문을 던지지 않았다. 그는 하인의 이야기를 통해 오비디우스가 지금 그들의 아래쪽으로 펼쳐진 해안의 돌층계를 자주 방문했다는 것을 알게 되었다. 또 하인이 어느 바위 그늘 아래에서 찬바람을 맞으며 주인을 기다리는 동안 오비디우스가 오후의 긴 시간들을 실 잣는 여인 아라크네의 옆에 앉아 보냈다는 사실도 알게 되었다. 「벙어리 여인이 짠 양탄자에 있는 홍학(紅鶴), 야자수 숲 등을 비롯한 그림은 모두 그 여인이 오비디우스의 입술에서 읽어 낸 것들이지요.」 하인은 말했다.

코타는 마을을 벗어나 숲 언저리까지 피타고라스를 따라갔다. 그는 노인을 따라 천천히 올라가는 동안 딱 한 차례 노인의 말을 중단시켰다. 「오비디우스가 단 한 번이라도 세상의 종말에 대해, 이를테면 포효하는 바다와 물결 속으로 침몰하는 인류와 진흙탕에 대해 얘기하는 것을 들어 본 적이 있는가? 그리고 돌에서 인류가 새로 탄생하는 얘기를 들은 적이 있는가?」

「침몰?」 피타고라스가 갑자기 멈춰 서는 바람에 노새의 코가 그의 어깨에 부딪혔다. 그는 허리를 굽혀 자갈을 하나 집은 뒤 그것을 저 아래로 내던졌다. 「아니요. 사람이 물에 빠져 죽는다는 얘기는 단 한 마디도 없었습니다. 세계의 종말은 꿈같이 허무맹랑한 공포의 환상보다는 저기 아래 토미의 해안에! 더욱 뚜렷하게 드러나 보이지요. 폐허 더미와 연기 자욱하고 황폐한 골목들, 파헤쳐진 채 널려 있는 들판, 똥거름 구멍들, 주민들의 숯검정 묻은 얼굴 등에서 그 미래가 보이고, 또한 토미의 구석구석과 돼지들의 꿀꿀거리는 소리에 그 미래가 들리고 잡히는데, 뭐 때문에 그런 미친 소리가 필요하겠소? 철의 도시의 미래 모습은 바로 옆에 있는 똥거름 구덩이에 이미 비치고 있지요. 웅덩이 하나하나가 세월에 의해 파괴된 세계를 들여다보는 창이지요.」

회색 장벽이 두 사람의 앞을 가로막았다. 그것은 트라킬라로 가는 길을 덮어 버린 돌무더기였다. 코타는 거기서 멈춰 섰다. 피타고라스는 그와의 작별을 거의 눈치 채지 못하는 것 같았다. 피타고라스는 조금도 주저하지 않고 장벽을 기어올랐다. 그는 돌부리 때문에 헛발질을 하는 짐승을 끌어당겼다. 이윽고 돌무더기와 무너진 흙더미 밖으로 드러난 발톱 같은 나무뿌리 사이로 노인과 짐승이 사라졌다.

피곤해진 코타는 황폐한 그 앞에서 휴식을 취했다. 그곳은 토미 마을과 트라킬라 폐허의 중간에 해당되는 지점이었다. 코타는 일찍이 자신으로 하여금 로마를 떠나 이곳 산속으로 오도록 그를 감동시켰던 모든 것에 무감각해지는 것을 느꼈다. 동시에 그는 지금 기대고 있는 돌처럼 자기 자신이 회색으로, 무관심으로, 침묵으로 변하고 있다고 생각했다. 오로지 풍화 작용과 시간의 힘에 내맡겨진 채. 그의 머리카락이 이끼와 엉켰고, 손톱과 발톱은 운모 조각이 되었으며, 눈은 석회석으로 변하였다. 이 거대한 산 앞에서 바위가 아닌 것은 그 어느 것도 지속되지 못했고, 또 아무런 의미도 없었다. 계곡은 오비디우스라는 한 인간에 대해서, 또 그의 전후(前後) 세대에 대해서도 전혀 알 바 없었다. 계곡들은 구름을 향해 멍하니 입을 벌리고 있었고, 구름의 그림자는 무표정하게 산비탈 위를 스치고 지나갔다. 로마는 전혀 존재한 적이 없었던 것처럼 이곳에서는 너무 멀리 떨어져 있었다. 그리고 『변신』은 오로지 하나의 소음으로 무의미하고도 낯선 단어에 불과했다. 그것은 나는 새들의 소리나 노새의 발굽 소리보다도 더 작은, 의미 없는 소리였다.

까마귀의 울음소리가 깊이 생각에 잠겨 있던 코타를 마비 상태에서 불러내었다. 정신이 혼미해진 그는 주위를 둘러보았다. 방금 이글거리는 용광로의 허연 불꽃이 자신을 비추는 꿈을 꾸었던가? 그가, 국가를 탈주한 로마인인 그가 놋쇠공이 되는 꿈을 꾸지 않았던가?

그는 휴식을 취하던 자리에서 일어나 그곳을 떠나며 이글거리던 불꽃과 꿈을 어느새 다시 잊었다. 그러나 코타는 이 시간만큼 자신이 철의 도시 주민들과 유사하다고 느낀 적은 없었다는 것을 알았다. 용광로 주위와 막장 속에서, 혹은 척박한 벌판에서 일하는 토미의 주민들처럼 코타는 일찌감치 사라진 명예욕을 그저 담담하게 좇고 있을 뿐이었다. 내팽개쳐진 돌멩이가 자신의 목적지를 모르듯이 코타는 자신의 운명에 스스로를 내맡겼다. 돌이 중력의 법칙을 따르듯 코타는 오비디우스의 불행이라는 자력(磁力)에 이끌렸다. 시인의 몰락은 시인을 로마의 안전한 생활에서 몰아냈다. 이제 코타도 그 유배자의 운명을 따라 추락했다. 코타는 피곤했다. 그는 더 이상 인정받기를, 박수갈채를 갈망하지 않았다. 그는 오비디우스의 길을 따랐다. 코타는 휴식을 취하던 장소를 — 그곳은 바다보다는 훨씬 위쪽에, 트라킬라의 폐허보다는 훨씬 아래에 놓인 지점이었다 — 떠나 철의 도시로 내려갔다. 그가 맨 앞쪽에 있는 집에 이르렀을 때에는 이미 황혼이 내린 상태였다.

그날 밤 코타는 불면증으로 몹시 괴로워했다. 그는 방에 웅크리고 앉아 벽을, 아니 벽에 걸린 양탄자를 뚫어져라 쳐다보았다. 〈나는 도착하던 날부터 수(繡)놓아진 강줄기와 원시림, 해안선, 꽃이 만발한 초원 등을 마주하고 살았다. 그러면서도 나는 양탄자에 수놓인 이 풍경이 오비디우스의 환상을 드러내고 있다는 것을 전혀 몰랐단 말인가? 갈대가 우거진 강기슭과 홍학 떼, 그리고 비단과 면, 은실로 짠 반짝이는 물결 가운데서 자고 일어났으면서도 내가 기거하는 방의 벽에 걸려 있는 이 양탄자가 『변신』의 무대를 묘사하고 있다는 생각을 전혀 하지 못했단 말인가?〉

다음 날 몹시도 뜨거운 더위가 기승을 부렸다. 매미들이 들판의 볏단 속에서 귀가 째지도록 요란하게 울었고, 놋쇠공들의 개들은 익숙하지 않은 그 울음소리를 향해 흥분하여 마구 짖어 댔다. 사람들이 개들을 때려 지하로 쫓거나 주둥이에 마개를 채웠다. 태양이 작열하는 이날 코타는 리카온 영감의 집을 벗어나지 않았다. 그는 대바구니 의자에 걸터앉아 양탄자에 수놓인 강줄기의 흐름을 주시했다. 굽이굽이 흐르는 강물. 먹이를 쫓거나 놀라 달아나는 짐승 떼, 그리고 풀을 뜯거나 잠을 자는 짐승들의 무리가 강기슭의 풀밭과 원시림에 가득 수놓아져 있었다. 그러나 사람의 모습은 전혀 찾아볼 수 없었다.

「천국이 수놓여 있다고?」 리카온 영감은 자신의 다락방에 걸린 양탄자에 무슨 그림이 수놓여 있는지를 이미 오래전에 잊었다. 이 벽 양탄자들은 겨울의 추위를 차단하거나 온기를 간직하기 위해, 혹은 얼어서 갈라진 벽의 틈새를 감추기 위해 벽을 덮고 있었다. 여기 수놓인 그림들이 어떤 목가적인 풍경을 담고 있는가는 그 영감에게 전혀 중요하지 않았다. 영감은 자신의 소유로 되어 있는 허물어져 가는 집에 아라크네를 살게 해주는 대가로 그 여인에게서 이 양탄자를 얻었을 뿐이다.

아라크네의 집은 마을 맨 북쪽의 어느 절벽 위에 있었다. 네모진 흰 돌로 지은 등대가 그 절벽 위로 그림자를 드리웠다. 등대는 제 기능을 상실한 채 이미 수십 년째 아무렇게나 방치되어 있었다. 아라크네 집의 돌담은 균열된 채 등대에 비스듬하게 기대고 있었고, 지붕이 푹 꺼져 있었으며, 지붕 곳곳에 난 구멍은 임시변통으로 덕지덕지 기워져 있었다. 이 무렵 더위로 말라 죽은 두꺼운 이끼가 지붕을 가득 덮고 있었다. 매일 아침 벙어리 여인은 늘 같은 시간에 창밖으로 빵 부스러기를 던졌으며, 그때마다 그 집은 이를 서로 차지하려고 시끄럽게 싸우는 갈매기 떼의 구름 속으로 사라졌다.

녹이 슨 쇠창틀이 바람에 덜거덕거렸고, 덧창이 날카로운 쇳소리를 내며 열렸다 다시 닫혔다. 그러나 벙어리 여인은 집에서 나는 소음을 전혀 듣지 못했다. 집이 썩어 가는 소리도, 코타가 문을 두드리는 소리도 듣지 못했다. 코타는 몇 번을 반복해서 쇠고리를 문짝에 대고 두들겼다. 그 여인에게 장애가 있다는 것을 마침내 기억해 낸 코타는 잠겨 있지 않은 그 집에 그냥 들어섰다.

햇살이 비치는 회백색의 방 한가운데에 베틀이 놓여 있었다. 노파는 베틀의 비어 있는 날줄들 위로 허리를 굽히고 있었다. 노파는 풍(風)으로 인해 굽은 손으로 마치 수금의 줄을 쥐듯이 실 가닥을 쥐었다. 그녀는 입술을 움직이며 활짝 열린 창 앞에 펼쳐진 바다를 베틀 너머로 가끔씩 바라보았다. 해안에서 소리 없이 하얗게 반짝거리는 파도가 멀리 사라지며 부서졌다. 흔들리며 짖어 대는 저 바다는 에게해이거나 어쩌면 아드리아 해일지도 모른다. 저 바깥에 펼쳐진 몸부림치는 짙은 푸른색은 아라크네가 양탄자에 수놓았던 모래 언덕이 있던 바다의 색과 같았고, 동시에 아름다운 로마의 해변을 때리는 파도의 색과도 같았다.

아욱과 로즈마리 향기를 풍기는 염분 섞인 바람이 노파의 방에 휙 하고 몰아치며 그녀의 머리카락을 흐트러뜨렸다. 코타의 뒤로 문이 쾅 하고 닫혔다. 아라크네의 발치에 쌓인, 바탕 무늬를 떠놓은 판들과 색 바랜 잡지 위에서 졸고 있던 누런 고양이가 창가로 펄쩍 뛰어가더니 순식간에 바깥으로 사라졌다. 로마인의 그림자가 실 잣는 여인을 덮었다. 해안을 바라보던 그녀는 갑자기 놀란 모습으로 방문객의 얼굴을 보았다. 노파는 코타의 얼굴에서 몰래 침입하다 들킨 사람의 난처한 표정을 읽었고, 그의 입술에서 용서를 비는 말과 인사말을 읽을 수 있었다. 그의 입술은 혹시 아라크네가 짠 양탄자를 볼 수 있는지를 묻고 있었다.

아라크네는 허리가 몹시 굽었고 허약했으며, 팔이 아주 가늘었다. 유황 같은 노란 물이 토미의 해안을 덮던 날, 이 여인은 방파제 주위로 몰려나온 당황한 무리에게 물에 떠 있는 것은 소나무 숲에서 날려온 꽃가루일 뿐이라고 설명해 주었다. 코타는 그 이후로 이 노파를 보지 못했다. 노파의 유일한 목소리가 되어 주었던 에코가 사라진 이후로 이곳 철의 도시에서 이 벙어리 여인의 손짓을 읽을 수 있는 사람은 아무도 없었다. 물론 노파가 소금을 사기 위해 파마의 가게에 오거나, 피네우스의 지하 술집에 와서 호두를 담글 포도주 한 병을 요구하면 알아들을 수는 있었다. 하지만 실 잣는 여인이 생각하고 느끼는 것은 이제 오직 그녀가 수놓은 그림들로만 이해될 수 있었다. 그녀가 수놓는 그림들의 현란한 색상과 생동감은 토미의 많은 주민들에게 낯선 세계에 대한 은밀한 동경을 불러일으켰다. 왜냐하면 이곳 해안의 어느 정원도, 또 꽃이 만개한 언덕들도, 벽 양탄자에 수놓아진 아름다움과는 비교될 수 없었기 때문이다. 그들은 양 한 마리나 두서너 마리의 닭, 혹은 칼이나 가위 같은 담금질한 가재도구를 주고 양탄자를 가지고 가곤 했다.

누군가가 양탄자를 그저 구경만 하려고 자신을 방문했다는 사실이 매우 수상쩍었던지 노파는 그를 밖으로 내보내려고 하다가 마침내 코타의 얼굴을 기억했다. 〈이 사람은 로마에서 온 사람이잖아.〉 이 사람은 그녀가 8개월이나 기다렸던 우편물을 — 밀라노의 잡지를 —

마침내 싣고 왔던 그 배와 함께 온 사람이었다. 이 사람은 당시 노파에게 오비디우스에 대해 물었다. 로마에서 온 사람! 이윽고 실 잣는 여인은 몸을 일으켜 코타에게 의자를 권했다. 그녀의 집은 철의 도시에서는 유일하게 로마인의 출입이 묵인될 뿐 아니라, 환영받는 곳이기도 했다.

아라크네는 재빠른 손짓으로 코타에게 무언가를 공중에 써 보였다. 그것은 제국의 수도에 있는 경이로운 것들에 대한 그녀의 동경을 나타내는 손짓이었다. 찬란한 거리들과 궁궐들. 그녀가 받는 잡지들과 수년 전 트리비아 호의 어느 선원에게 선물로 받았던, 지저분하게 얼룩이 진 관광 책자에서나 보았던 모습들. 코타는 노파의 손짓을 모두 이해하지는 못했지만, 노파가 자신에게 무슨 얘기를 듣고 싶어 하는지 느낄 수 있었다. 그리하여 코타는 오비디우스의 명성과 흑해를 지나온 자신의 여행에 대해서 이야기했고, 또 그녀의 집 창밖으로 보이는 경치가 아름답다고 칭찬했다. 아라크네는 그의 입술을 읽었다. 노파는 자신이 생각할 때 영화로운 로마의 모습에 해당된다고 여겨지는 것은 모두 기억 속에 간직했으며, 그 외의 이야기는 코타가 아직 말을 하고 있는 중임에도 불구하고 잊어버렸다.

얼마 후 노파는 로마인을 다른 방으로 기꺼이 안내했다. 그 방은 덧창을 닫아 놓은 탓에 완전히 캄캄한 데다 케케묵은 냄새가 코를 찔렀다. 그녀가 덧창을 열자 바깥에서 먹이를 기다리는 갈매기들의 울음소리가 들려왔다. 요란한 울음소리가 마치 귀를 마비시킬 것만 같았다. 무수한 갈매기들의 그림자가 방을 꽉 채우고 있는 온갖 잡동사니들 위로 어지럽게 흔들거렸다. 코타는 갑작스럽게 쏟아지는 빛에 순간적으로 눈앞이 캄캄해졌다. 잠시 후 헝겊과 이불로 덮어 놓은 가구들과 벽에 기대어진 노(櫓), 빈 술병을 담은 바구니, 갈기갈기 찢긴 병풍 등이 보였다. 또 상자들과 쌓아 둔 종이 뭉치들, 궤짝들 사이에 돌돌 말린 채 놓인 양탄자들도 보였다. 어떤 것들은 손수건 크기만도 못했고, 다른 것들은 너무 길어 접혀 있었다. 큰 것들은 분명히 철의 도시 어느 벽에도 맞지 않을 것 같았다. 대부분의 양탄자에 곰팡이가 피어 있었다. 회칠을 하지 않은 벽에서 새어 나오는 습기와 곰팡이 때문에 군데군데가 허옇게 보였다.

아라크네는 30~40개의, 아니면 더 많은 양탄자들을 이곳에 마치 썩은 나무 자루처럼 아무렇게나 보관하고 있었다. 자신에게 양탄자는 베틀에서 짜여지는 동안에만 의미가 있고 가치가 있다고 벙어리 여인이 설명했지만 그것을 이해할 수 있는 사람은 오직 에코밖에 없었다. 에코만이 로마인에게 그와 같은 상황을 설명해 줄 수 있었다. 완성이 된 양탄자는 곰팡내 나는 그 방에 넣어졌고, 놋쇠공이나 농부가 새까맣게 그을린 벽을 아름다운 경치로 장식하고 싶어질 때면 다시 한 번 바깥으로 끄집어내졌다. 그들은 이에 대한 대가로 노파에게 양 한 마리를 주었다. 그럴 경우 아라크네가 하는 일이란 이 짐승이 집 주위의 돌이 널린 들판에서 스스로 돌아다닐 수 있도록 짐승의 발에 묶여 있는 밧줄을 잘라 주는 게 전부였다.

실 잣는 여인이 그녀의 작품을 한 폭씩 로마인 앞에 펼쳐 보였다. 온갖 잡동사니가 가득한 더러운 방바닥 위에 서서히 무릉도원의 세계가 펼쳐졌다. 어느덧 코타는 양탄자에 수놓아진 파노라마에서는 육지나 바다가 아닌 하늘이 중요한 의미를 지니고 있다는 것을 깨닫기 시작했다. 모든 양탄자에 수놓아진 하늘은 공허하고 푸르렀으며, 구름이 끼어 있거나 폭풍우가 감돌고 있었다. 하늘엔 나는 새들이 새겨져 있었다. 새 떼로 인해 여러 조각으로 갈라진 하늘에는 그러나 항상 〈생동감이 감돌았다〉.

뭍이나 바다에 사는 짐승들, 즉 기어 다니거나 헤엄을 치는, 또 쫓거나 달아나는 짐승들은 날아다니는 예술을 부러워하는 것 같았다. 짐승의 무리와 고기 떼 위로 높이 날고 있는 새들의 모습은 모든 중력으로부터 해방되는 신호였다. 바다가 폭풍에 의해 뒤집히거나 뱃길의 통행이 불가능해지고, 또 해안이 갈라지거나 갑작스러운 밀물에 의해 밀려날 때면, 붉은 갈매기와 아비새와 바다제비들이 파도 꼭지와 암초 위로 스치듯 날아다녔다. 마치 사나운 밀물이 경쾌하게 나는 새들의 기쁨을 더욱 고조시켜 주는 것 같았다. 사람이 들어갈 수 없을 정도로 빽빽한 초록색 숲 위로 매와 솔개가 활상을 하고 있었다. 그것들은 하찮은 장애물에 불과한 산마루와 바위 꼭대기를 넘어 날아갔다. 가시덤불 속에서는 어떤 맹수가 자신의 먹이를 갈기갈기 찢고 있었고, 종달새들은 지저귀며 물 위를 맴돌았다. 땅이 제아무리 깊이 갈라져 있을지라도 새들은 언제나 온갖 장애물과 올가미들 위로 높이 높이 날았다. 그들은 유쾌하고 가볍게 기류의 소용돌이에 몸을 내맡겼으며, 갑자기 바람에 쏠려 아래로 깊이 떨어지는가 싶더니 다시 위로 솟아올랐다. 그들의 비상(飛翔)은 땅에 붙어사는 짐승들과 서서 다니는 인간들에 대한 그들의 유일하고도 다양한 조롱이었다.

아라크네가 펼쳐 보인 그림들이 거의 마지막에 이르렀을 때, 날아다니는 위대함에 대한 회의(懷疑)를, 즉 추락을 묘사한 그림이 코타의 눈에 들어왔다. 새들이 나는 황홀한 천국과는 대조되는 이상야릇한, 거의 심술궂다고도 할 수 있는 모습. 그것은 푸른색과 흰색, 은색의 색실들을 가지고 수를 놓은 공허한 모습이었고, 동시에 태양 아래 놓인 고요한 바다를 바라본 모습이었다. 여름 하늘에 맑은 구름이 떠있었고 물결이 잔잔했다. 바다 위로 갈매기들이 드문드문 날고 있었지만 해안과 섬과 배는 찾아볼 수 없었다.

수평선이 끝나는 아주 먼 곳에 물에 빠지는 사람의 팔과 같은 두 개의 잿빛 날개가 물속으로 사라지고 있었다. 날개를 위로 뻗은 무력한 모습. 날개의 크기는 콘도르의 날개쯤 되었으나 머리가 보이지 않았다. 날개가 파닥거리는 동안 날개의 주위로 마치 하얀 창(槍)자루같이 물이 솟구쳐 올랐다. 날갯죽지와 가슴에서 빠진 깃털들은 날개로 지탱되었던 무거운 머리를 따라 천천히 바닷물 속으로 빠져 들어갔다. 갈매기들이 평화롭게 바람을 타고 위로 날아올랐고, 미풍으로 가늘게 떠는 바다는 하늘을 향해 햇빛을 반사했다. 수평선 저 끝에서 어떤 날개 달린 커다란 물체가 바닷물 속으로 가라앉고 있었다.

이카로스. 벙어리 여인은 쉼 없이 반짝거리는 물속으로 추락한 그 존재의 이름을 설명하기 위해 손짓을 했다. 그러나 코타는 다른 손짓들과 마찬가지로 그 손짓의 의미 역시 이해할 수 없었다.

아라크네는 로마에서 온 손님을 위해 매우 애를 썼으며, 그의 입술에서 읽은 모든 질문들에 대해 고개를 끄덕였다. 누가 이 여인에게 원시림과 야자수 숲을 묘사해 주었나? 더군다나 철의 도시 해안에 여태껏 한 번도 나타난 적이 없는 이런 새들에 대해서는? 실 잣는 여인이 돌층계에서 오비디우스의 곁에 앉아 여러 오후를 보냈다는 피타고라스의 말은 진실이었던가? 유배자가 그녀에게 단 한 번이라도 날아다니는 예술이나 새들의 세계 외에 뭔가 다른 것에 대해, 가령 결정체나, 화석들, 혹은 광석에 대해 얘기한 적이 없었느냐고 코타는 노파에게 물었다. 그녀는 고개를 가로 저었다.

「한 번도 못 들었습니까?」

「한 번도.」

노파는 손님 접대가 소홀했다는 듯이 갑자기 일어나 로마인을 접대하느라 분주해졌다. 그녀는 코타를 그 방에서 가볍게 밀어낸 뒤 방 안의 양탄자들에 대해서는 전혀 신경을 쓰지 않은 채 다시 빗장을 채웠다. 노파는 코타를 거실로 안내했고, 호두를 담근 술과 빵을 그의 앞에 내밀었다.

코타는 정신이 혼미해진 채, 동시에 마신 술로 인해 취기가 돈 상태에서 마침내 절벽 위의 그 집을 나섰다. 코타가 몸을 돌려 뒤를 보았을 때 노파의 집은 구름 같은 갈매기 떼 속으로 사라지고 있었다. 오비디우스는 자신의 이야기에 귀를 기울이는 사람들에게 각기 다른 상상력의 세계로 이르는 창을 열어 주었단 말인가? 시인은 누구에게나 그들이 듣고 싶어 하는, 혹은 들을 준비가 된 얘기들만 들려주었다는 말인가? 에코는 돌에 관한 책의 존재를 입증했고, 아라크네는 새들에 관한 책을 말하였다. 코타는 얼마 후 키아네에게 존경 어린 편지를 썼다. 비아 아나스타지오의 집에 결코 도착하지 않을 그 편지에는 다음과 같은 내용이 적혀 있었다. 〈나는 『변신』이 애초부터 돌에서 구름에 이르기까지 하나의 광범위한 박물지로 구상되었던 것이 아닌가 하고 자문하는 중입니다.〉

 8월이 왔다. 황제의 이름 아우구스투스를 따라 명명한 뜨거운 여름, 그 8월이 왔다. 선인장이나 엉겅퀴처럼 강인한 인내력을 지닌 것들만 빼고는 모든 것이 8월의 태양 아래에서 불탔다. 정오 무렵이 되자 매미의 울음소리가 견딜 수 없을 만치 시끄러워졌다. 토미 마을의 여인들은 매미의 울음소리에 악귀(惡鬼)가 들어 있다며 그 소리로부터 아이들을 보호하기 위해 그들의 귀를 성결한 밀랍으로 막았다. 벽이나 바위 틈에서 기어 나온, 살갗이 반짝이는 도마뱀들이 뜨거운 돌에 앉아 있는 파리들을 훑어먹었다. 지붕의 석판에서는 뱀들이 일광욕을 하고 있었다.

 독일인 티스는 약재로 쓰기 위해 향기 나는 식물들을 찾다가 수십 년 전부터 사람이 살지 않는 한 골목의 폐허 속에서 사람의 주먹만 한 왕거미를 발견하였다. 거미줄이 얼마나 질겼던지 매미는 말할 것도 없고 피리새나 이제 갓 날기 시작한 멧새조차 그 안에 걸려들어 죽어 있었다.

 한 번도 보지 못한 이 곤충에 대한 놀라움은 그저 잠깐이었다. 토미의 주민들은 무더위와 정신없이 바뀌는 계절 때문에 지쳐 있었다. 그들은 새로운 형태의 재앙들에 무뎌지기 시작했다. 마치 이전에 낯선 식물들이 무성하게 자랐을 때나 후텁지근한 벼락이 쳤을 때 그랬던 것처럼. 백정 테레우스 혼자만 화가 나 있었다. 하루는 그가 지붕 위에 웅크리고 있는 뱀들을 때려잡기 위해 불쏘시개를 들고 두 손 두 발로 엉금엉금 푸줏간 지붕 위로 기어 올라가자, 옆집 뜰에 아이들과 술집 손님들과 구경꾼들이 모여 그를 올려다보며 환호를 보냈다. 그는 역청을 바른 횃불과 갈고리를 들고 거미줄이 쳐진 폐허 속을 달리며 매미와 썩어 있는 새들이 걸려 축 늘어진 거미줄을 끊었다. 테레우스가 횃불로 거미들을 태워 죽이는 동안, 구경꾼들은 일정한 거리를 두고 그를 따르며 응원하였다. 무리들의 환호와 박수 소리가 시끄럽게 들렸다. 그때 술집에서 시중드는 일꾼 하나가 거미의 배에서 터져 나온 짙은 색의 끈적거리는 분비물을 손가락으로 쿡 찔렀고, 그 손가락으로 뺨과 이마에 성호를 그었다.

이 무렵 이곳 철의 도시 사람들은 다가오는 모든 것에 대해 그저 잠시 놀라거나 탄복할 뿐, 그 순간이 지난 후에는 곧 새로운 것에 익숙해졌다. 모든 것이 익숙해지기 시작하는 순간에는 아무리 낯선 것조차 이곳 주민들에게는 곧 다시 무관심의 대상이 되었다. 그럼에도 토미의 주민들은 오직 어느 한 가지 사건에 대해서만은 매우 조바심을 내며 고대했다. 또한 그것은 놋쇠공들이나 돼지치기들에게는 수수께끼 같은 자연의 온갖 새로움보다도 더 큰 의미를 지녔다. 그러나 그 어느 한 사건은 일어나지 않았다. 꼬불꼬불한 해안의 길을 그토록 애타게 바라보고 기다렸건만 그곳에는 먼지구름이 일지 않았다. 오랜 세월 동안 8월이 되면 어김없이 오던 영화 상영 기사 키파리스가 어디론가 사라진 채 나타나지 않았다.

그 난쟁이가 보여 주었던 영화들에 대한 그리움이 얼마나 컸던지 사람들은 어느 날 아침 푸줏간 벽에 서툰 붓질로 그림이 그려져 있는 것을 보았다. 그것은 난쟁이가 보여 주었던 마지막 영화들에 대한 기억들을 석탄과 색분필로 서툴게 그린 것이었다. 활활 타오르는 투구의 숲, 말갈기, 닻, 깃발, 창(槍).

테레우스는 가게 여주인의 아들인 바투스의 목에 훈제 소시지 한 줄을 걸어 주며 그 대가로 푸줏간 벽의 그림을 석회로 덧칠해 달라고 부탁했다. 그 일은 그가 원하는 대로 이루어졌다.

코타가 저녁마다 리카온 영감의 다락방에서 전갈을 찾는 일은 그의 습관이 되어 버렸다. 그는 언젠가 밤에 불안감에 싸여 불을 켰다가 커다란 곤충 한 마리가 창틀 쪽에 나 있는 벽의 틈새로 기어 들어가는 것을 보았다. 그는 그 이후로 반드시 잠자리에 들기 전에 곤충이 숨을 만한 구멍은 모두 불로 비추었으며, 빗자루로 벽 양탄자의 접힌 부위를 모조리 두들겨 댔다. 그러다 마침내 잠이 들면 그는 자주 꿈속에서 전갈의 침과 그것에 찔린 자국, 또 그 곤충의 다양한 무기들을 보았다.

대낮 동안 코타는 해안을 따라 배회했다. 해가 너무 뜨거워서 도저히 참을 수 없게 되면 그는 바위벽의 그늘에 들어갔다. 코타는 돌층계가 있는 해안에서 한가하게 쉬고 있는 철의 도시 사람들과 함께 서늘한 저녁이 되기를 기다렸다. 그렇지 않을 경우엔 아라크네의 방에 웅크리고 앉아 새들로 가득 찬 하늘이 베틀에서 서서히 완성되어 가는 것을 주시했다. 밤이 되면 코타는 로마의 가족들과 키아네에게 편지를 썼다. 오비디우스가 산속에서 돌아오기를 기대하고 있다고. 또한 깊게 파인 흑해 해안을 시칠리아 섬의 바위 해안과, 이곳 계곡의 가시덤불을 로마의 숲과 비교하고 있다고……. 무슨 내용을 적든지 간에 그는 언제나 편지를 봉했고, 그 봉투를 다음 날 파마의 가게로 들고 갔다. 그곳에는 다음에 트리비아 호가 도착하면 가지고 갈 수 있도록 우편물 자루가 준비되어 있었다. 코타는 그 안에 자신의 편지를 집어넣었다. 자루 안에서는 편지가 하나씩 하나씩 곰팡이를 피웠다.

이곳 해안의 다른 주민들과 마찬가지로 코타도 하는 일마다 걷잡을 수 없는 피로감을 느꼈다. 8월의 찌는 듯한 무더위는 어느 누구도 벗어날 수 없는 악몽과 같이 토미 마을을 짓눌렀다. 이 더위는 짐승들조차 허덕이게 하였으며, 생물체의 모든 움직임을 둔화시켰다. 적잖은 놋쇠공들이 용광로의 불을 끄고 아침부터 지하 술집에서 술에 취했다. 양조업자는 싸구려 화주에 예술적인 모양의 얼음을 넣어 차갑게 하였다. 다른 사람들은 돌층계가 있는 바닷가에 차양을 펼쳐 놓고 그 밑에서 꾸벅꾸벅 졸면서 며칠간 그들의 집으로 돌아갈 생각을 하지 않았다. 낮시간 동안 마을에서는 매미의 울음소리가 들렸을 뿐, 사람의 음성이나 망치질 소리는 전혀 들리지 않았다. 인적이 끊긴 마을 광장은 먼지에 싸인 채 하얀 빛 속에 노출되어 있었다.

그런 권태감을 가지고 오는 찌는 듯한 오후가 계속되었다. 그런데 어느 날, 〈배다!〉 하고 외치는 소리가 토미 마을을 그 정지 상태에서 끌어냈다. 배가 들어왔다! 하지만 그것은 오랫동안 고대했던 트리비아 호가 아니었다. 눈부신 바다 위를 지나 산맥의 그림자 아래로 미끄러져 들어오는, 그리스 국적의 기를 단 그 범선은 수년간 이곳 해안에 나타나지 않았다. 그 배의 붉은 돛이 피 묻은 푸줏간 벽처럼 활대와 기움 돛대에 걸려 있었다. 배가 이미 부둣가에 닻을 내렸다. 그러나 배를 정박시키는 동안 보조 기관의 연통에서 피어올랐던 쐐기꼴의 연기는 아직까지 해안 위로 퍼져 있었다.

걷거나 달릴 수 있는 것은 이 시간에 모두 바닷가로 서둘러 내려갔다. 서로 더 빨리 서두르라고 재촉하듯, 사람들은 배를 향해 뛰면서 서로 그 배의 이름을 외쳤다. 범선의 측면에 색 바랜 금색 문자로 뚜렷이 새겨진 이름. 흑해 연안의 해안 도시들에서 의심과 고통만큼 기대감도 불러일으켰던 그 이름. 아르고! 오래전에 사라진 것으로 여겨졌던 아르고! 수년 전 토미의 해안을 빠져나갔던 아르고가 다시 돌아온 것이다.

코타는 여느 사람들처럼 서둘러 골목을 빠져나와 부둣가로 내려갔다. 그는 도중에 항구 사무소의 계단에 걸터앉아 있던 리카온을 보았고, 그 영감으로부터 이 범선이 이아손이라는 테살리아 출신의 뱃사람 것이라는 말을 들었다. 세 개의 돛을 단 그 범선은 돛이 감겨 있었음에도 불구하고 웅장한 모습이었다. 그 배는 이제 무역선이지만 이전에는 전함이었다. 철갑을 두른 검은색 측면 보호벽은 이전에 그 배가 무엇을 했는지 떠올리게 하였다. 함포가 놓인 갑판의 포문에는 쇠로 용머리들이 장식되어 있었으며, 굴뚝 위에는 배의 조종 바퀴가 불타는 모습이 그려져 있었다. 진홍색으로 물든 돛은 일찍이 아르고 호의 악명을 높였고, 동시에 다른 배와 혼동할 수 없게 만들었다. 이아손에게 이 돛은 배 아래 출렁이는 바닷물을 피로 물들였던, 오래전에 잊혀진 여러 해전(海戰)들에 대한 일종의 기념물이었다.

이 범선은 극히 부정기적으로 흑해 연안의 항구들에 나타났다가 사라졌으며, 그때마다 번번이 혼란과 싸움과 증오를 불러일으켰다. 그것은 테살리아인 이아손이 쇠막대나 가죽, 흑옥, 그 밖에 교환할 갖가지 무역 상품과 더불어 언제나 한 무리의 이주자들을 배에 싣고 다녔기 때문이다. 그들은 일자리가 없는 수공업자나 생활이 비참해진 농부들과 테살로니카, 볼로스, 아테네의 빈민굴 거주자들이었다. 이아손은 그들 모두에게 흑해 연안에 황금빛 미래가 있다고 약속했고, 아르고 호의 갑판 아래 악취 나는 자리에 태워 주는 대가로 그들에게 남은 마지막 몇 푼을 갈취하였다.

이아손의 승객들은 오데사와 콘스탄차의 황폐한 항구에, 또는 완전히 불에 타버린 세바스토폴의 항만과 어떤 쓸쓸한 해안에 이르러서야 비로소 자신들의 희망이 얼마나 부질없는 것인가를 깨닫게 되었다. 하지만 그들에게는 그리스로 돌아가기 위한 돈도, 힘도 사라진 지 이미 오래였다. 그리하여 그들은 배를 떠나 뭍에서 가장 황량한 곳들로 흩어졌고 폐허 사이에서 행복의 그림자를 찾아 헤맸다.

콘스탄차에서 세바스토폴에 이르기까지 사람들은 그리스 출신의 이주자들을 이아손이 뿌린 불화의 씨[20]라며 증오하였다. 이주민들은 인적이 드문 마을의 평화를 깨뜨렸으며, 토굴이나 동굴에 기거했고, 진주조개나 흑옥을 찾느라고 해안의 자갈들을 파헤쳤다. 종종 그들은 굶주림에 못 이겨 해안 주민들의 가축들을 훔쳤다. 그들은 노새 같은 짐승들을 끌고 가서 직접 도살하였고, 도난당한 자의 분노를 피해 점점 깊은 산속으로 또는 크림 반도의 사막으로 달아났다. 그리하여 그들은 깊은 산속에서 석기 시대 인간들처럼 야만스러운 생활을 하였다.

사람들은 이런 기만적인 인간 화물 때문에 테살리아인 이아손을

---

20 *Iasons Drachensaat*. 직역을 하면 〈이아손이 뿌린 용의 씨앗〉이다. 이 낱말과 관련된 그리스 신화의 한 대목을 빌리자면 테바이의 건설자 카드모스가 제우스의 딸인 아테나의 명령에 따라 용의 이빨을 부러뜨린 후, 그중의 절반을 땅에 뿌리자 땅에서 무장한 병사들이 나타났다. 여기서 〈용의 씨앗〉이란 뜻의 〈*Drachensaat*〉가 생겨났고, 〈화근〉, 〈불화의 씨〉라는 의미로 사용된다.

저주했다. 그러나 동시에 그가 가지고 오는 진기한 물건들과 새로운 소식들로 인해 그를 존경하였다. 이아손은 이곳 주민들로서는 도달할 수 없는, 머나먼 대도시의 영화(榮華)를 배에 가득 싣고 와서 팔거나 다른 것과 교환했다.

이아손이 메가폰으로 면직물과 향료들, 장난감 시계, 그리고 배에 실린 온갖 진기한 것들을 선전하는 동안, 토미의 놋쇠공들과 농부들과 어부들은 이번에도 적대심과 호기심이 뒤섞인 마음으로 아르고 호로 몰려갔다. 역시 이번에도 초라한 얼굴들이 갑판 후미에 서 있었다. 그들은 몰려드는 구경꾼들에게 손짓을 하며 오데사가 어느 정도 부유하고 아름다운 도시인지 쉬지 않고 질문했다. 그러나 아무도 대답하지 못했다. 이주민들 가운데 일부는 한증막처럼 가물거리는 토미 마을의 모습에서 이미 자신들의 비참한 미래상을 예견하는 것 같았다. 그들은 산과 엉켜 있는 폐허의 마을과 위협하듯 솟아 있는 검은 바위벽들을 말없이 바라보았다. 하지만 대부분 사람들의 얼굴에는 쓸쓸한 이 장소가 약속했던 장소가 아니라는 데 대해, 또 오데사와 미래와 희망이 아직은 어딘가에 간직되어 있다는 데 대해 안도하는 빛이 역력했다. 그들은 아르고 호가 속히 자신들을 싣고 절벽이 솟아 있는 황폐한 이곳에서 벗어나기를 바랐다.

싣고 온 물건들을 큰소리로 떠벌리던 이아손은 중간 중간 문명 세계의 최근 소식들을 외쳐 댔다. 그중에는 황제의 사망과 신격화와 같은 이미 오래전에 알려진 소식들도 있었다. 그러나 무엇보다도 믿을 수 없는 놀라운 사건은 전능하신 분의 후계자인 티베리우스가 지난 연초에 티레네 해협에 있던 로마의 함대 중 열다섯 대의 전투함을 육지로! 끌어올렸다는 것이었다. 엄청난 규모의 사육제 행렬 속에 들보와 바퀴에 실린 전투함들이 로마로 옮겨졌고, 그 배들이 돛을 활짝 편 채 찬란한 로마의 거리를 미끄러지며 지나갔는데, 이 사건은 아우구스투스라 불리는 자는 그 누구라도 돌이 깔린 땅조차 바다로 만들 수 있고, 또 바다를 승리의 거울로 변화시킬 수 있다는 것을 보이기 위함이라는 것이었다.

이아손이 다시 돛을 펴고 오데사를 향해 출항하기까지, 아르고 호가 철의 도시의 항구에 정박해 있던 불과 몇 시간은 굼뜬 철의 도시에 크고도 지속적인 영향을 끼쳤다. 축제나 폭풍과도 같은 이런 소동은 영화 상영 기사가 올 때나 있었다. 일체의 무력감과 피곤함이 극복된 것 같았다. 골목에서는 사람을 부르거나 뜀박질하는 소리가 요란했다. 모두가 약탈을 하는 사람처럼 집으로 뛰어 들어갔다. 주민들은 아르고 호의 선상에서 팔거나 바꿀 가치가 있다고 여겨지는 것들은 모두 긁어모았다. 놋쇠공과 대장장이들은 무거운 쇠들을 서둘러 현문으로 들고 갔다. 얼마나 숨이 차도록 설쳤던지 그들 중의 여럿은 물건의 교환 가치를 흥정하던 도중 현기증으로 눈앞이 핑 돌았다. 대부분의 주민들이 가지고 온 무게만큼 다른 것을 들고 갔는데도 불구하고 아르고 호는 쇠로 된 막대와 창살, 레일, 횡목 들의 하중으로 인해 매 시간 바다 속으로 깊이 잠겨 들었다.

이는 마치 쇠붙이가 무거워서가 아니라 오히려 수개월, 수년간 대장간이나 그을음투성이의 헛간에 보관되어 있던 일의 결실들이 마침내 쓸모를 찾았다는 만족감이 더 묵직해서인 것 같았다. 용광로 앞에서, 혹은 어두운 갱도 안에서 들인 수고가 교역을 통해 마침내 의미를 지니게 되었다는 그 만족감. 쇠를 비단이나 면직물, 방향제, 설탕 가루, 두통약과 교환했다. 또 쇠를 주고 우아하고 황홀한 세계의 신기한 소식들을 들었다.

서늘한 저녁 공기가 교역을 하는 사람들을 마침내 홀가분하게 해주었을 때, 부둣가는 마치 파장을 앞둔 시장과 같았다. 아름다운 물건들의 색깔이 점점 색을 잃었고, 분주한 움직임과 소리가 멈췄다. 바다는 은빛을 내며 황혼에 젖었다.

주민들이 부둣가와 마을의 어두운 골목길 사이를 기듯이 오가며 짐을 운반했다. 수레를 끄는 짐승들과 손수레의 긴 행렬의 여기저기에 횃불이 밝혀졌다. 토미의 주민들은 이아손이 아르고 호를 출항시킬 준비를 하는 것에 신경 쓸 틈도 없이 새로 장만한 물건들을 옮기느라 눈코 뜰 새가 없었다. 언제나 그 테살리아인은 배의 부(富)를 탐내는 해안 주민들에게서 자신과 배를 보호하기 위해서 항구보다는 해상에서 밤을 보냈다.

이아손이 배를 출범시키기 위해 돛을 펴도록 명령했다. 동아줄이 철썩 소리를 내며 배 위로 당겨 올려졌다. 토미의 주민들은 그리스 이주민들 중의 한 사람도 마을에 머무르려고 하지 않은 데 대해 안심하며 그들에게 빵을 담은 자루와 말린 생선들을 던져 주었다. 전구들을 빨랫줄처럼 한 줄로 길게 늘인 아르고 호는 어둠 속으로 미끄러져 갔다. 연통에서 뿜어 나오는 연기가 달을 가렸다.

토미 마을은 이날 밤 늦게야 조용해졌다. 마을 사람들은 짐 하나하나를 부둣가에서 돌집으로 옮긴 뒤 다시 한 번 만져 보고 살펴보며 탄식했다. 이아손이 쇠붙이나 흑옥을 대신하여 놋쇠공들에게 남기고 간 물건들이 아무리 다양하고 유용하며 혹 사치스러운 것이었을지라도, 이날 밤 운반한 짐들 중 오직 하나만이 토미 마을의 삶을 결정적으로 변화시킬 운명을 안고 있었다. 테살리아인의 항해의 목적은 오로지 이 작은 짐을 철의 도시에 가져다주는 데 있는 것 같았다.

그것은 지금은 가게 여주인의 노새 등에 묶여 있는 검은 나무 상자였다. 파마가 수년 전에 주문했다가 포기했던 물건. 그리고 그 후로는 잊혀졌던 물건. 금속과 유리와 백열 전구와 반사경으로 이루어진 기구. 반사경 밑으로 밀어 넣는 것은 무엇이든지 그대로 확대하여 주변의 하얀 벽에 비추는 기구. 색이 바랜 사진들이나 신문 조각들, 심지어는 겁에 질려 내민 손조차…….

파마는 이 마술 기구를 투영기라고 불렀다. 이 기구에서 나오는 그림들은 영화 상영 기사의 것처럼 움직이지는 않았지만, 그 대신 인생의 가장 쓸모없는 물건들을 아주 값지고 진귀한 모습으로 변용시켜 놓았다. 벽에 반사된 모습을 잠시만 오래 바라보면 그 사물의 내면이 들여다보이는 것 같았다. 펄럭거리고 박동하며 깜박거리는 사물…….
그에 비해 외부 세계의 움직임은 투박하고 아무런 의미를 전달하지 못했다.

술집 주인 피네우스는 투영기의 그림이 펄럭거리는 원인이 지하 모퉁이에 있는 발동기에 있다고 주장했다. 가겟집에 전기를 제공하는 발동기가 원활하게 돌지 못하여 쿵쿵거리기 때문에 그림이 흔들린다고. 그러나 투영기가 설치되던 무렵 파마의 구석방에는 관객들이 계속 불어났다. 그들은 술집 주인의 그러한 지적에 대해 신경 쓰지 않았다.

돼지치기 한 명이 다쳐서 곪은 손을 그 기구의 불에 쬐자 몇 시간 만에 나았다는 소문이 퍼졌다. 그러자 대부분의 방문객들이 투영기의 반사경 밑에 넣기 위해 물건들을 잔뜩 담은 자루와 가방들을 들고 왔다. 그중에는 담금질을 한 쇠붙이, 다친 팔다리와 심장을 진흙으로 빚은 것, 갱도에서 일하느라 쇠약해진 광부의 사진, 광맥을 찾는 마법 지팡이, 새끼를 못 낳는 가축의 털이나 발톱, 소원을 끼적거려 놓은 종이, 수신인 없는 편지 등이 있었다.

파마는 호기심으로 가득 찬 자들과 기적을 믿는 자들이 쇄도하는 것을 마다하지 않았다. 그녀는 비록 방문객들에게 입장료를 요구하지는 않았지만 저장 창고에서 가장 냄새나고 오래된 것들을 꺼내 매우 재치 있게 투영기가 있는 구석방으로 가는 중간에 늘어놓았다. 그 때문에 누구든지 최소한 버터 한 통이나 호두 한 봉지, 혹은 먼지가 쌓인 사탕 한 봉지를 사지 않고는 그녀의 가게를 떠날 수가 없었다.

선반들과 옷장, 통, 쌓인 상자 들이 널려 있는 어둡고 서늘한 창고인 파마의 구석방은 불과 몇 주 만에 마술 동굴이 되었다. 벽에 일렬로 세워 둔 촛불과 돼지기름을 채운 등잔불이 타고 있었다. 물건이 다 팔린 빈 선반에는 꽃다발이나 기념패들이 얹혀 있었다. 때로는 위로해 주고, 때로는 그리움을 달래 주거나 충족시켜 주는 기념패들. 발동기의 퉁탕거리는 소리는 밤에도 멈추지 않았다. 새벽이나 밤중이나 구분 없이 파마의 가게에 방문객이 들어설 때면 언제나 동굴의 열린 문을 통해 푸른 마법의 빛이 새어 나왔다. 그 빛은 사물을 변용(變容)시키는 반사광이었다.

이아손과의 교역은 토미에서 생산되는 하찮은 철이라도 아직은 교환 가치가 있다는 것을 증명해 보였다. 몇몇의 놋쇠공들은 다시 용광로에 불을 지피기 시작했으며, 돌 층계가 있는 해안에서 한가롭게 지내던 사람들 중 일부는 어두운 탄광으로 다시 돌아갔다. 또 다른 일부는 동굴의 그림들이 보여 준 기적의 힘에 매혹되었다. 그들은 아르고호가 도착하기 전에는 8월의 무더위에 마비되어 있었지만, 이제는 투영기의 연속되는 신기한 그림들에 사로잡혀 파마의 구석방에 웅크리고 있었다. 게다가 양조업자의 싸구려 술에 취했다. 그들은 기구의 마력(魔力)을 시험해 볼 심산으로 계속 새로운 내용을 적은 쪽지를 반사경에 갖다 댔다. 바라던 기적이 나타나지 않았고, 또 빛과 어둠의 빠른 교차와 고약한 기름 냄새로 인해 그들의 눈에 눈물이 맺혔지만, 그들의 기대감과 그리움, 그리고 그곳에 모아 놓은 갖가지 고통은 당장이라도 불가사의한 일이 일어날 것만 같은 분위기를 조성했다.

무엇보다도 가장 심각한 일은 바로 파마의 아들이 투영(投影)의 마력에 홀려 버린 것이었다. 바투스는 어머니의 도움으로 투영기의 조작에 매우 익숙해졌다. 그는 반사경의 먼지를 닦아 내거나 약간의 손동작으로 전구를 바꿔 넣는 법을 파마에게서 배웠다. 그리하여 결국 파마는 투영기의 조작을 아들에게 전적으로 맡겼다. 간질 환자 바투스는 인간들 속에서 한 인간으로 존재한다는 게 무엇을 의미하는지를 인생에서 처음으로 경험하게 되었다. 처음으로 사람들이 그의 곁으로 몰려들었다. 기구의 반사경 밑에 한 번 넣어 달라고 그에게 물건을 내미는가 하면, 기적이 일어나도록 그림을 오랫동안 벽에 비추어 달라고 그에게 약간의 돈과 사탕을 주는 사람들도 있었다. 바투스는 내미는 손들과 선물들을 마다하지 않았다. 그는 기뻐서 고함을 치거나 흥얼거렸다.

파마는 이틀 밤낮을 쉬지 않고 기구를 붙들고 있는 바투스를 잠자리로 데려가려고 하였다. 그러나 간질병 아이는 고함을 지르고 몸부림을 치며 몹시 저항했다. 이에 결국 그녀는 할 수 없이 투영기가 놓여 있는 탁자의 아래에 침상을 깔아 주었고, 다음 날에는 식사마저 동굴로 날랐다. 어떤 방법으로도 아이를 그 기구로부터 떼어 낼 수가 없었다. 결국 그녀는 아들을 가게의 탁자로 데리고 나오기를 포기하였다.

바투스는 더 이상 동굴을 떠나지 않았다. 그는 동굴의 한쪽에 병풍을 쳐놓고 그 뒤에서 급한 일을 해결했으며, 그 뒤의 양철통에 쭈그리고 앉아 있는 동안 한 장면이라도 놓치지 않기 위해 병풍에 구멍을 뚫어 놓았다. 그가 혼자만 동굴에 남게 될 때, 아니면 방문객들이 술에 취해 더 이상 아무런 요구를 하지 않을 때면 바투스는 자신이 가지고 있는 물건들의 일부를 골라 반사경에 올려놓았다. 그것들은 이전에 철의 도시 똥구덩이를 뒤져 모아 둔 색유리나 단추, 혹은 덫에 걸려 말라 죽은 쥐들이었다. 간혹 그는 불안한 선잠에 빠졌고, 누군가가 투영기를 만져 보기만 하려 해도 벌떡 일어났다. 그렇게 그는 8월 한 달과 9월의 첫 며칠을 전구의 필라멘트 불꽃 이외의 다른 불이라고는 보지 않은 채 보냈다. 기적을 믿는 사람들의 발길이 점차 끊기고 철의 도시가 그 성물(聖物)을 잊어버리기 시작했지만, 바투스는 여전히 꼼짝 않고 고집을 피웠다.

양초와 수지(獸脂) 등잔불이 다 타 들어갔다. 동굴은 다시 이전의 창고로 바뀌며 광채를 잃어 갔다. 그러나 간질병 아이는 세계의 사물들이 벽에 나타났다가 다시 사라지는 것을 보았다. 그는 빛에서 생겨나는 형체 없는 새로운 그림들에 완전히 빠져 든 것 같았다. 마치 가끔씩 자신을 쥐어뜯고 흔들어 대며 바닥에 내던지고, 입에 거품을 품게 하는 그 무시무시한 힘에 무방비로 내맡겨진 것처럼.

고작 이슬 정도가 가뭄을 약간 달래 주었을 뿐, 수 주일에 걸쳐 무더위가 지속되었다. 그러던 어느 9월 밤 가을비가 처음으로 쏟아졌다. 들판의 바짝 마른 흙을 적셔 준 덥고 무거운 비. 쩍쩍 갈라진 불모의 땅마저 진흙탕으로 변할 만큼 흠뻑 비가 내렸다. 빗물을 삼킨 흙덩이가 정원과 들판에 담으로 둘러싸여 있던 그들의 잠자리를 벗어나 바다로 기어갔다.

이날 밤 파마는 벌떡 꿈에서 깨어났다. 주위가 고요했다. 그녀는 침묵이 울리는 소리를 들었다. 바깥에선 비가 요란하게 내리고 있었지만 그녀의 집은 마치 산속과도 같이 고요했다. 발동기의 요란한 소리가 멈춰 있었다. 가게 여주인은 일어나 어깨에 천을 두른 뒤 서둘러 계단을 따라 가게로 내려갔다. 구석방의 문이 열려 있었다. 거의 알아볼 수 없는 희미한 불빛 하나를 빼놓고는 불이 모두 꺼져 있었다. 여인은 돼지기름과 촛농 냄새로 가득 찬 어둠 속으로 들어섰다. 그때 그녀는 아들이 여느 때와 다름없이 기구 앞에, 검고 차가운 쇠붙이 앞에 꼼짝 않고 웅크리고 있는 것을 보았다. 희미한 빛이 아직도 바투스의 얼굴과 손등에 가물거리고 있는 것 같았다. 사라진 그림들의 반사광이었다. 그것은 어둠 속의 바위에 남아 있는 빛보다도 희미한 광선이었다.

아연실색한 파마가 비명을 질렀다. 그녀는 자식의 이마를 어루만지기도 전에 아이가 돌이 되어 버렸다는 것을 이미 알았다. 고통스럽게 낳아 여태껏 생명을 유지시켜 온 그 애물단지가 화석이 되어 있었다.

 돌이 된 바투스를 가게의 구석방에서 들어내기 위해 힘센 장정 다섯이 필요했다. 바투스의 무게 때문에 수레의 바퀴가 부서지는 바람에 그들은 바투스를 마치 노획한 짐승처럼 가죽끈과 밧줄로 묶어 들고 갔다. 그들이 가쁘게 내쉬는 숨과 힘을 쓰느라 벌게진 얼굴은 돌로 변한 바투스를 더욱 창백하고 차가워 보이게 했다.

 간질병 아이를 다시 부드러운 생명체로 되돌리려는 시도가 모두 수포로 돌아갔다. 독일인 티스는 흐느끼는 가게 여주인을 실낱같은 희망으로라도 위로하고자 굳어 버린 아이의 몸뚱이를 연고와 냄새가 독한 식물 추출액으로 문질렀다. 테레우스는 한 목동의 조언에 따라 시체 위에 돼지 피를 붓기도 했다. 그리고 어느 이웃은 발동기를 다시 작동시켜 돌로 변해 버린 바투스에게 투영기의 구원의 빛을 한번 비춰 보는 게 어떻겠느냐고 선의의 제안을 했다.

 그러나 파마는 그 이웃이 지하의 칸막이벽에 무릎을 꿇고 앉아 발동기의 줄을 당기는 동안 걷잡을 수 없는, 절망적인 분노에 빠졌다. 여인은 망치로 투영기를 내리찍기 시작했고, 이아손과 아르고 호를 저주하며 곧 아라크네의 집이 있는 절벽으로 달려갔다. 그녀는 잡동사니와 유리 조각들이 담긴 자루를 파도에 던져 버렸다.

 마침내 바투스는 이 해안의 많은 돌 가운데 하나가 되어, 가게의 채소 바구니들과 낫자루와 사탕통 사이에 우뚝 섰다. 그는 몸은 스며든 돼지 피로 검은색을 띠었고, 독일인이 바른 연고로 인해 반짝거렸다. 마치 번제물에서 튄 피로 얼룩진 우상(偶像)의 모습을 한 바투스가 살아 있는 사람들의 세계 속으로 우뚝 솟았다.

돌이 행여나 다시 깨어날까 하는 마지막 희망을 포기한 파마는 7일간의 상(喪)을 위해 가게를 닫았다. 손님들이 부르는 소리에도, 또 그녀를 위로하려는 부인들이 걱정스러운 표정으로 문을 두드려도 가게 문을 열지 않았다. 그녀는 구석방을 깨끗이 치웠다. 흔히 사람이 죽어 나간 방에 으레 그렇게 하듯이 식초를 푼 물과 재로 바닥을 씻고, 밤나무 판자를 문에 박았다. 밤에 닫힌 창문 사이로 그녀의 기도 소리가 들렸다. 여인은 돌이 된 아들의 발밑에 반원으로 촛불을 둘러 놓았다. 이 불은 이후에도 밤낮으로 꺼져서는 안 되었다. 여인은 조화(弔花)와 화환, 그리고 무엇보다도 뜰의 라일락 덤불 사이에 자란 싱싱하고 날카로운 쐐기풀로 아이를 장식했다. 바투스. 그는 생전에 사물의 존재 여부를 확인하기 위해 모든 것을 만지고 더듬어야 했다. 그 때문에 쐐기풀 줄기에 거듭 찔려야 했던 간질병 아이. 그는 이제 그 집착과 호기심으로부터 스스로 보호받고 있다.

8일째가 되던 날 아침, 가게 여주인은 셔터를 올리고 철의 도시에 아들의 동상을 드러냈다. 해안의 주민들은 처음에는 믿어지지 않는다는 듯 두려움을 품고 돌에 다가갔으며, 심지어는 무릎을 꿇기도 하였다. 그러나 가슴 졸였던 재앙도, 그렇다고 어떤 별다른 기적도 일어나지 않자 그들은 동상에 대해 점차 무심해졌다. 한번은 리미라의 고지대에서 온 어느 농부가 돌을 두른 쐐기풀 줄기를 뜯고 따끔거리는 손으로 돌을 만졌다. 그는 가게 여인의 아들이 평범한 석회석으로 굳어 있는 것을 확인하였다. 그는 후에 지하 술집에서 소리쳤다. 「말도 못하는 돌! 돌은 폐석이 쌓인 언덕에도 흔해 빠진걸! 죽은 사람이 땅속의 어두운 무덤에 있지 않고 어둠침침한 구멍가게 안에 돌이 되어 서 있는 게 도대체 뭐 그리 대단한 일인가?」

이리하여 간질병 아이의 운명은 점차 일상적인 것이 되었으며, 마침내 주민들의 기억 속에서 희미하게 사라져 전설이 되고 말았다. 마치 흑해에 살도록 운명을 타고난 자들이나 유배 판결을 받고 이곳으로 온 자들이 그렇게 잊혀졌듯이. 회색의 입상(立像)이 나물통과 상자들 사이에 세워져 있고, 화환에 꽂힌 양초들의 희미한 빛이 바람에 나부끼며 마치 지워지지 않는 황금빛 기억의 화살처럼 가게 안을 비추고 있었다. 그럼에도 바투스의 입상은 가끔 비에 젖은 긴 외투가 걸려 있는 가게 입구의 옷걸이처럼 손님들에게는 통행에 지장을 주는 물건에 불과했다. 젖은 외투에서 떨어진 빗물 위에 바투스의 모습이 비쳤다. 빗물이 조금만 움직여도 인상을 찡그리며 떠는 얼굴. 얼굴에 금이 간 간질 환자의 모습이 비와 더불어 환생한 듯했다.

가뭄이 지나갔다. 가을은 매우 온화하게 햇살을 비추었으며, 또 무더웠다. 지난 수년 동안 한여름에도 이렇게 덥지는 않았다. 하지만 번개가 치거나 잠깐 소나기가 올 때면 다시 많은 비가 내렸기에 햇볕에 그을린 해안이 서서히 짙은 녹색으로 변해 가기 시작했다. 골짜기와 흙무더기 위로 초록색의 그림자가 불고 지나간 것 같았다. 토미 마을의 바위와 지붕들에 이끼가 자라났다. 뱀과 거미들이 이제 사라졌다.

피네우스의 지하 술집 탁자에 모인 사람들이 매일같이 코타의 행방에 대해 물을 정도로 코타는 가을의 첫 몇 주를 리카온 영감의 집에 틀어박혀서 보냈다. 그의 다락방은 이미 오래전부터 놋쇠공들의 황량한 숙소와 다를 바 없었다.

에코가 사라진 이래로 리카온 영감의 집에도 하루가 다르게 폐허의 징후가 뚜렷해졌다. 덩굴과 관목이 무성하게 뿌리를 뻗었지만 아무도 이에 대해 신경을 쓰지 않았다. 벽의 이음매에 꽉 끼어 자라고 있던 뿌리들이 뻗을 길을 찾기 위해 돌 속으로 파고들면서 벽의 틈새를 벌려 놓았다. 어딘가에서 덧창이 열려 바람에 덜거덕거려도 그 문짝이 부러지도록 그대로 내버려 두었다. 복도와 광에는 건기 때 생겨났던 먼지들이 벽에서 흘러내린 모래와 어우러져 흙 부스러기가 되었고, 여기에 습기가 배어 궤짝과 판자와 상자들의 틈새로 미세한 잡초가 돋아났다. 위층의 방 한 칸엔 말벌 떼가 대들보 사이에 제등(提燈) 모양의 위협적인 보금자리를 만든 탓에 더 이상 사람이 살 수 없게 되었다. 영감한테는 아무래도 괜찮았다. 그는 쉴 새 없이 밀고 들어오는 자연에게 자기 집을 한 뼘씩 내주었다.

코타는 때때로 밤에 리카온이 집을 나서는 소리를 들었고, 다음 날 아침 그가 살갗이 벗겨진 채 기진맥진하여 자갈 무덤을 지나 돌아오는 것을 보았다. 비록 리카온이 울부짖는 사육제의 짐승 가면을 연상시키는 좀이 슨 늑대 가죽을 뒤집어쓰고 산속으로 달려가긴 했지만 코타는 이를 노인의 괴벽스러운 밤 산책쯤으로 간주했다. 적어도 간질을 앓던 아이가 돌로 변한 사실이 그를 권태감에서 벗어나게 했던 그날이 있기까지는.

로마의 가혹함을 피해 로마의 지배 하에 있는 주변 나라로 도망간 국가 탈주자들 가운데 다수는 식민지 사회의 야만적인 언어와 관습, 그리고 점차로 그들의 사고까지 닮아 갔다. 코타 역시 철의 도시의 주민들과 거의 구분할 수 없을 만큼 주민들의 삶에 완전히 동화되었다. 코타는 그들처럼 옷을 입었고 그들의 사투리를 흉내 냈다. 때로는 이 해안에서 일어나는 이해할 수 없는 일들을 원주민들 특유의 게으른 무관심으로 받아들이기까지 하였다. 코타는 더 이상 로마로 편지를 쓰지 않았다. 바투스의 화석은 코타로 하여금 자신이 있는 곳이 철의 도시도 영원한 도시도 아닌 하나의 중간 세계임을 비로소 깨닫게 하였다. 이곳에서는 논리의 법칙이 전혀 통하지 않는 것 같았다. 동시에 그를 지탱해 주거나 그가 정신 착란 상태에 빠지지 않도록 보호해 줄 수 있는 어떤 다른 방법도 찾아볼 수 없었다. 바투스는 살아 있는 자들의 세계에 우뚝 솟았을 뿐 아니라, 하나의 불가사의로서 로마의 이성(理性)에 대항하고 있었다. 제국 수도의 궁전들과 황제의 전투 행렬에서 드러나는 로마의 이성은 이곳 파마의 가게에서는 공허한 말들에 지나지 않았다.

이 무렵 코타는 잠을 자거나 단 5분만 졸아도 에코가 들려준 〈돌에 관한 책〉의 꿈으로 괴로움을 당했다. 오비디우스가 불 속에서 읽어주었다는 에코의 이야기들에서 나온 형상들과 허깨비들이 코타를 따라다니며 놓아주지 않았다. 그는 어둠 속에서 언덕과 협곡이 어우러진 천국에 대해 말하는 에코의 음성을 들었다. 에코는 또 별똥처럼 사라질 유기체의 찬란함과 건드릴 수 없는 돌의 위엄 등에 대해 말했다. 고인돌 모양의 구조물들이 코타의 주위로 자라났다. 에코의 부드러운 음성을 반사하는 그 기둥들이 점점 높아졌고, 마침내 하늘이 기둥들로 뒤덮인 것 같았다. 코타는 자신을 덮은 미로 같은 이 구조물이 벽돌과 암석으로 이루어져 있음을 보았다. 그 암석은 코타가 여태껏 알고 있던, 또는 사랑했거나 두려워했던 사람들의 머리와 팔다리가 굳은 것이었다. 코타가 꿈에서 깨어나도 그를 둘러싸고 있던 포위가 풀리지 않았다. 라벤더 향유와 쐐기풀로 장식된 채, 차가운 회색 돌이 되어 서 있는 바투스는 현실과 꿈 사이의 경계가 이제 영원히 사라졌다고 위협하는 것 같았다.

코타는 리카온 영감이 작업실에서 나올 때 가끔씩 그를 몰래 훔쳐보았다. 성난 사람처럼 말이 없는 영감에게 털이나 송곳니, 발톱의 흔적이 전혀 없는 것을 볼 때면 얼마나 마음이 놓였던지. 우물가에서 얼굴과 손을 씻는 리카온은 등이 굽고 머리칼이 희끗희끗한 노인일 뿐이었다.

그 영감에게 가게 여주인의 아들이 돌이 된 사건은 어디선가 유입된 드문 병이 마침내 발병한 것일 뿐, 그 이상은 아니었다. 어쩌면 아르고 호에 타고 있던 더러운 무리들한테 옮았거나 아니면 해안을 파헤치다가 얻게 된 불치의 경련성 마비 증세 정도……. 어쨌건 전혀 논할 가치가 없었다. 바보 아이가 그로써 발작 증세에서 완전히 벗어날 수 있었기에 오히려 잘된 일이라고 했다. 리카온은 돌이 된 아이를 만지기는커녕 쳐다보려고도 하지 않았다. 「여태껏 돌은 충분히 보았어…….」 리카온은 여전했다.

달이 뜬 어느 날 밤, 잠 못 이루고 뒤척이던 코타는 저 위쪽의 자갈 언덕 부근에서 늑대의 울음소리가 들렸다고 생각했다. 그 순간 코타는 작업실을 들여다볼 엄두가 나지 않았다. 아마 노인의 침상은 비어 있으리라. 늑대의 울음소리가 바위나 자갈이 무너져 내리는 소리에 파묻히자 비로소 코타는 마음이 진정되었다. 토미 마을에서는 간혹 대낮에도 돌무더기가 무너져 내렸다. 바위가 아래로 구를 때면, 가을비르 배가 부른 비탈진 언덕의 흙이 함께 떨어져 나갔다. 흙은 하천을 따라 흐르며 잘게 부서졌고, 마침내는 계곡 아래에 도달하여 그곳에서 새로운 바닥을 형성했다. 바닥의 흙에서는 찢긴 나무의 진흙 냄새와 들짐승의 신선한 피, 그리고 이끼와 흙이 혼합된 냄새가 풍겨 났다. 얼마 후면 그 바닥에서 다시 풀이 돋고 꽃이 피어났다.

목동 두 명과 그들이 몰던 가축의 다수가 어느 골짜기에서 그와 같은 흙사태를 만나 죽는 일이 발생했다. 독일인 티스는 피와 진흙으로 뒤범벅이 된 양들이 겁에 질려 달구지 길을 달려오는 것을 보았다. 티스는 광부들과 흑옥을 캐는 사람들에게 도움을 요청했고 그들과 함께, 으깨진 두 구의 시체를 파냈다. 그는 굴러 떨어진 바위의 넓은 등에 시체를 눕힌 뒤 그 위에 돌로 둥근 탑을 쌓았다. 노새에 실려 철의 도시로 운반된 짐승들의 시체는 부둣가 주변에 지핀 두 군데의 큰불에서 장례 음식으로 준비되었다. 백정 테레우스는 석쇠에 굽거나 꼬치에 꿰기 알맞지 않은 고기의 일부는 소금에 절이고 나머지는 훈제하였다.

이 무렵 갑갑한 다락방에 처박혀 있던 코타는 창을 통해 골짜기와 또 구름에 싸인 기암괴석들을 올려다보았다. 코타는 산을 쳐다보며 자신이 겪었던 꿈과 두려움의 근본적인 원인이 산속의 깊은 계곡에서 비롯된 게 아닌가 하고 종종 생각했다. 그 산의 가장 깊은 곳은 트라킬라였다. 사육제 날의 두려운 경험을 하고 난 이후 코타는 트라킬라의 언덕을 피했다. 그는 시인의 마지막 은신처인, 타인의 발길을 허용하지 않는 위험한 그곳에 숨어 있을 유배자를 다시는 찾아 나서지 않기 위해 스스로에게 계속 새로운 핑계를 대곤 하였다. 저 산속에 무너진 문들과 텅 빈 창문과 수풀이 우거진 바닥들에 아직 어떤 비밀들이 숨겨져 있을지라도 그것들은 파마의 가게에 있는 바투스의 입상보다는 덜 신기하고, 덜 무서울 것이라고.

햇살이 영롱하던 10월의 어느 아침이었다. 밤에는 비가 내렸다. 바다같이 푸른 하늘 가장자리에 마지막 구름층이 무너졌다. 대기에서 나뭇잎 냄새가 났다. 코타는 자신을 정신 착란으로부터 지켜 주고, 또 자신을 지금의 혼란스러움에서 로마의 이성(理性)이라는 견고하고 명확한 세계로 돌이켜 줄 수 있는 사람은 오직 오비디우스밖에 없다는 확신을 갖고 리카온 영감의 집을 나섰다.

유배자도 틀림없이 코타와 마찬가지로 이 해안 마을의 수수께끼들로 고통스러워했을 것이다. 하지만 오비디우스는 수년에 걸친 유배 기간 동안 이 수수께끼들과 그 해결 방안에 대해 훨씬 많은 경험을 했으리라. 어떤 목적으로 시인과 재가 된 그의 작품을 찾아 나섰든지 간에, 비록 그것이 명예욕이었든 모험심이었든 아니면 지루함이었든 간에 이 10월의 아침에 코타는 유배자를 기필코 찾아내는 길 외에는 다른 방도가 없다는 것을 깨달았다.

그리하여 코타는 졸음에 겨워 눈을 반쯤 감고 있는 소들을 지나 산속으로 들어갔다. 들판의 짚 위에 엎드려 되새김질을 하던 소들은 코타가 사라질 때까지 그를 멍히 쳐다보았다. 당시 트리비아 호의 선상에서 품었던 여러 많은 가능성 가운데 이제 단 하나의 가능성만이 이제 그에게 남아 있었다. 그것은 트라킬라로 가는 것이었다.

 계곡 전체가 굴러 내린 바위들로 파괴되어 있었다. 구름에 가려진 산꼭대기에서 흘러내린 흙더미가 고원 지대의 풀밭과 버려진 오두막 집, 그리고 내팽개쳐진 갱도의 입구를 모두 쓸고 지나갔다. 뿌리 뽑힌 소나무와 잡초들이 어지럽게 섞인 흙더미의 모습은 마치 고생대의 괴물 같았다.

 산비탈의 나무들이 마치 가면이 벗겨지듯 송두리째 뽑혀 나갔고, 이전에 양 떼들이 풀을 뜯던 계곡의 강은 굴러 내린 돌들로 인해 탁류가 되어 해안으로 흘러갔다. 코타가 계속 산을 오를수록 황폐함이 더욱 심해졌다. 이전에 보았던 산이 낯선 삼림으로 변해 있었다. 산은 계속 새로운 장애물을 내놓으며 코타로 하여금 힘들게 길을 우회하도록 강요했고, 그를 가시덤불 숲과 고통스러운 싸움에 휘말리도록 하였으며, 쪼개진 돌의 예리한 날로 코타의 손에 상처를 내었다.

 코타. 배회하는 자. 기는 동물처럼, 곤충처럼 혼돈 속에 길을 잃고 몇 분씩 골짜기로 사라졌다 다시 떠오르고, 높이 솟았다 다시 사라지는 하나의 어두운 점. 코타가 가는 길은 매우 복잡했다. 그러나 하늘을 빙빙 돌며 그를 따라오는 새들은 코타의 길을 매순간 알고 있는 것 같았다. 새들은 힘들게 산을 오르는 코타의 머리 위로 느긋하게 날아다녔다. 독수리들이었다. 천둥 같은 소리를 내며 바위가 구르면 독수리들이 떼를 지어 그곳으로 몰려들었다. 새들은 공중을 맴돌며, 바위들이 멈추고 먼지 아래로 짐승의 시체가 나타나기를 기다렸다.

이마의 땀을 닦던 코타는 따라오는 새들을 쳐다보며 욕을 해댔다. 그러나 그의 고함 소리는 새들의 높이에 미치지 못하고 바람에 흩어졌다. 새들이 기암(奇岩) 봉우리를 돌다 그 위에 내려앉자 코타는 새들을 향해 돌멩이를 던졌다. 돌멩이는 독수리들에게 닿기는 어림없는 거리에서 맥없이 떨어졌다. 독수리들은 그 자리에 꼼짝 않고 앉아서 그의 움직임을 주시했다. 여기저기 살갗이 벗겨진 채 헤매는 사람.

사고가 나던 날 티스를 도와 목동들의 시체를 돌무더기 속에서 빼낸 광부 한 명이 지하 술집에서 당시의 사고에 대해 이야기했다. 그들이 사고를 당한 사람들을 찾아냈을 때, 한 희생자의 손과 발에서 아직 체온을 느낄 수 있었는데도 불구하고 그의 얼굴엔 눈알이 없었다고 했다. 얼굴이 완전히 일그러졌다고. 자갈 더미에 파묻혀 팔다리가 으스러진 그 목동은 굶주림으로 무섭게 달려드는 독수리들을 막을 힘이 없었을 것이고, 독수리들은 목동이 아직 살아 있는 동안 그의 얼굴에서 눈알을 쪼아 먹었을 거라고. 언제나 그렇듯이 가장 연하고 부드러운 부위는 제일 먼저.

코타가 산을 탄 지 다섯 시간이 지났지만 흙더미가 내려앉은 저편의 길로부터 여전히 멀리 떨어져 있었다. 그 길은 수개월 전 그를 트라킬라로 인도했던 길이었다. 코타는 태양의 위치에 따라 자신의 목적지를 짐작할 뿐이었다. 독수리들을 향해 돌팔매질을 할 때 뭔가가 잘못되었는지 어깨뼈에 통증이 느껴졌다. 통증이 점점 커진다고 느꼈을 때 코타는 새들이 더 이상 자신을 향해 다가오지 않는다는 것을 눈치 챘다. 독수리들은 다른 사냥감이 시야에 들어올 때까지 높이높이 올라갔다. 그것들은 빠르게 미끄러지는 구름에 가려 반복적으로 나타났다 사라지며 어느 산등성이를 돌기 시작했고, 점차 좁은 원을 그렸다. 코타는 독수리들이 막연히 어떤 장소가 아니라 바로 트라킬라 위를 선회하고 있다는 것을 비로소 알게 되었다. 새들은 코타가 길을 얼마나 잘못 접어들었는지를 알려 주었다. 절벽과 협곡들로 이루어진 미로가 오비디우스의 마지막 피난처와 코타 사이를 가로막고 있었다. 이리하여 코타는 미로에 발을 들였다.

오후의 하늘에는 구름 한 점 없었고, 한 마리의 새도 날지 않았다. 이전에 갱도가 있던 자리에 군데군데 구렁이 생긴 고원 지대가 나타났다. 그곳에서 트라킬라의 폐허에 접근하는 길은 오직 산등성이 주위로 난 길밖에 없었다. 바위벽에 난 갱도의 입구들이 아래쪽을 향해 하품을 하고 있었다. 어느 돌무덤의 발치에는 운반 벨트의 장비가 가시덤불에 뒤덮여 있었으며, 뒤집힌 손수레들이 선로 조각의 주변에 흩어져 있었다. 선로의 밧줄은 얕은 웅덩이에 잠겨 있었다. 선로를 따라 자재를 실어 나르던 화물차 여러 대가 굵은 동아줄에 매인 채 여전히 흙더미에 삿대질을 하고 있었다……. 코타는 몰락한 도시 리미라의 구리 광산 폐허 앞에 섰다. 사람들은 탄광 도시들이 언젠가는 〈모두〉 이처럼 끝나게 될 것이라고 말했다. 그래서인지 이 도시의 운명은 토미 주민들의 기억 속에 늘 생생하게 남아 있었고, 또 두고두고 이야깃거리가 되었다.

리미라 마을의 갱부들은 수백 년에 걸쳐 산을 뚫었고, 결국에는 마지막 광맥까지 바닥을 냈다. 그들은 암반이 조약돌처럼 무감각해질 때까지 갱도들을 계속 파며 해안으로 밀고 나갔고, 마침내 산 아래에 위치한 마을 리미라는 순식간에 종말을 맞이하게 되었다. 구리가 사라지자 그들의 부(富)도 사라졌으며, 부와 더불어 평화도 사라졌다.

곡식을 저장해 둔 창고가 거의 비고 마구간 짐승들이 모두 도살되었다. 그러자 아직 마을에 잔류하고 있던 주민들이 남은 식량을 서로 차지하려고 싸우기 시작했으며, 서로를 습격하였다. 어느 8월 밤, 구리 광산으로 여기저기 패어 있던 산허리가 무너졌다. 이로 인해 그렇지 않아도 거의 비어 있던 마을이 완전히 파묻히게 되었다. 거대하고 붉은 황금빛의 구름 먼지가 다음 날까지 산 위에 끼어 있었다. 남풍은 먼지를 서서히 분산시키며 바다로 몰아갔다.

여름철이면 가끔씩 녹슨 버스 한 대가 구리 캐는 사람 한 무리를 싣고 리미라의 흙더미로 향했다. 바위를 깨뜨려 만든 좁은 길을 지나는 그 버스 안은 리미라 도시에 대한 잡다한 정보들이 시끄럽게 모이는 집합소가 되었다. 구리 캐는 사람들이 버스 의자에 쭈그리고 앉아 시끄러운 엔진 소리와 더불어 자신들의 경험을 떠벌릴 때, 수갱을 파헤친 뒤 삽과 괭이를 동원하여 구리로 된 가재도구나 장신구, 무기, 연장을 파낼 때, 그리고 캐낸 물건들을 가득 싣고 다시 바닷가로 돌아올 때면 리미라 마을이 다시 한 번 소생하는 것 같았다.

구리 캐는 사람들은 무너진 흙더미만을 파 들어가는 것이 아니었다. 그들은 시간 자체를 파고 들어갔다. 초록색 핀 하나하나에는 그것을 무덤에까지 영원히 달고 간 여인들에 대한 기억이 어려 있었고, 녹이 슬어 새까만 톱으로 변한 비수와 도끼의 날에서는 잊혀진 살육의 핏방울이 떨어졌다. 또 바다에 구멍이 난 가마솥에선 멸종된 짐승들의 고기가 부글부글 끓었다. 모든 갱도에서 과거가 피어올랐다.

구리 캐는 사람들은 흙더미에 묻힌 가축 우리를 파헤치듯이 덤덤한 느낌으로 무덤들을 열었고, 자다가 산사태에 깔려 죽은 마을 주민들의 방을 열었다. 시체들이 산사태로 묻혔든, 아니면 재난이 있기 전에 이미 죽은 것이든 그들에게는 상관이 없었다. 그들은 〈모든 것〉을 바깥으로 꺼냈다. 리미라 마을의 물건들은 오직 한 가지 의미만은 아직도 지니고 있었다. 그것은 구리의 가치였다. 구리선, 구리 동상, 팔찌, 그리고 광산의 깊은 곳 어딘가에 숨어 있는 액(厄)을 막아 준다는 부적들. 구리 캐는 사람들은 미처 그 도시를 벗어나기도 전에 발견한 구리 조각들을 모두 녹여 편평한 막대로 만들었다. 해안으로 돌아오는 버스가 울퉁불퉁한 길을 지날 때면 구리 막대들이 서로 부딪치면서 돌 두드리는 소리를 냈다.

코타는 피네우스의 술집과 파마의 가게에서 그 발굴대와 온통 찌그러진 버스에 대해 간혹 듣긴 했지만 여태 보지는 못했다. 어느 콘스탄차 출신 기계공의 소유라는 그 버스는 해마다 여름이 지나고 첫 태풍이 오기 전의 가을 사이에 철의 도시에 나타났는데, 대개의 경우 떠들썩한 승객들로 이미 꽉 차 있었다. 그것은 버스 주인이 리미라 도시로 떠날 때마다 차의 마지막 좌석이 채워질 때까지 흑해 연안의 온 마을과 오지(奧地)를 모두 거쳤기 때문이다. 토미의 주민들은 올해도 그 버스를 기다렸으나 버스는 오지 않았다.

코타는 생채기가 난 손이 따끔거리는 것을 느꼈다. 담청색의 웅덩이에 잠겨 있는 다리에서도 통증이 느껴졌다. 그래도 코타는 발목까지 차오른 웅덩이의 바닥에 잠겨 있는 선로를 따라 첨벙첨벙 소리를 내며 걸었다. 얼마 후 기진맥진한 그는 어느 뒤집힌 손수레에 걸터앉아 계곡을 바라보았다. 산등성이 너머로 하늘이 점점 어두워지고 있었다. 날이 어두워지기 전에는 트라킬라에 도착하지 못할 것이다. 그렇다고 토미 마을로 돌아가기에는 온 길이 너무 멀었다.

의심할 수 없는 로마의 현실과 철의 도시의 불가사의 사이에서 방황하는 코타에게는 이 산속에서 홀로 밤을 지새워야 한다는 것이 더없이 두려운 일이었다. 그럼에도 불구하고 코타는 결국 체념하고 밤에 있을 시험을 준비했다. 그는 배낭의 끈을 풀었고, 무너진 갱도의 입구에 고철과 돌을 모아 바람막이를 쌓았으며, 불을 피우기 위해 나뭇가지를 모았다. 파마의 가게에서 산 통조림 두 개를 따려고 했다. 그러나 깡통 따개나 칼이 없었기에 그는 녹슨 깡통에 돌을 댄 뒤 주먹으로 쳤다. 올리브유가 뚝뚝 떨어지는, 물컹거리는 생선을 맨손으로 집어먹었고, 절인 옥수수와 빵도 먹었다.

해가 졌다. 파란 비단결의 어둠이 바다에서 올라와 사물의 색을 거두어들였다. 어둠은 낮짐승들을 동굴과 구덩이와 나무 둥지의 잠자리로 몰아넣었으며, 밤의 동물들을 숨어 있던 안식처에서 나오도록 유인했다. 그러나 짐승들은 짙은 황혼 사이로 매우 조심스럽게 달리고 기고 날았다. 코타는 자신의 주위로 평화로운 고요만을 느낄 뿐이었다.

그는 이불로 몸을 감싼 채 모래 바닥에 누웠다. 그곳은 갱도가 검은 주둥이를 벌리고 있는 지점이었다. 갱도의 불과 몇 미터 앞이 바위 조각과 쪼개진 횡목으로 막혀 있었다. 아무런 방해 없이 어둠 속에 누운 코타는 어깨와 등과 몸 전체가 거대한 공간의 내부에 고착된다고 느꼈다. 저 아래로 바다의 수면과 보이지 않는 해안이 놓여 있었다. 그는 더 이상 고개를 들어 별들을 쳐다보지 않았다. 그 대신 수억 개의 불꽃이 떠다니는 나락 같은 계곡을 내려다보았다.

이날 밤에는 어느 것도 코타의 수면을 방해하지 못했다. 그는 먼동이 틀 때까지 코를 골며 갱도의 입구에 누워 있었다. 때때로 갱도를 통해 불어온 산의 입김이 그를 스치고 지나갔다. 무너져 내린 흙더미를 뚫고 나오는 샛바람에서 케케묵은 냄새가 났다. 코타는 깨어나면 전혀 기억하지 못할 여름밤의 꿈들에 싸였다. 그는 달이 뜨고 지는 것을 보지 못했고, 달빛이 드리워진 협곡에서 올라왔다가 달과 함께 다시 가라앉는 흐느낌도 듣지 못했다.

코타는 내부가 막힌 갱도의 한가운데에서 자신의 꿈에 의해 보호되고 있었다. 마치 술모나의 정원에 누운 것처럼 포근했다. 그곳에서는 밤이 되면 석조 울타리와 계단과 대리석 조상(彫像)들이 대낮의 온기를 발산했다. 코타는 안개처럼 꽃가루가 흩날리는 테라스에 모인 사람들의 유리잔 딸그락거리는 소리를, 또 그들의 대화와 웃음소리를 들었다. 부드러운 그 소리들이 올리브 밭과 오렌지 밭에 파묻혔다. 흑해 해안의 끝없는 돌 황무지의 한가운데에 누워 있는 코타는 모래와 이끼와 초록의 풀 섶에 누워 깨어나기를 기다리는 하나의 유충이었다. 먼동이 트기 직전 그는 잠에서 깨어났다. 그는 첫 순간 오비디우스를 떠올렸다. 로마의 시인 오비디우스 나소. 오비디우스는 틀림없이 코타처럼, 그것도 매일 밤을 이 산속에서 지냈으리라. 높은 기둥이 받치고 있는 제국의 회당에서 쫓겨난 시인은 그의 마지막 피난처인 트라킬라의 석조 지붕마저 산속의 생활과 바꾸었다. 코타는 거친 자연을 더 이상 두려워하지 않았다.

10월의 태양이 산마루 위로 솟아올랐다. 숲의 맞은편에 놓인, 생기 잃은 돌 황무지가 따가운 햇살에 모습을 드러냈다. 그 동안 코타는 무너져 내린 구리 광산을 떠나 이미 몇 시간째 걷고 있었다. 이 하룻밤이 그를 산과 친숙하게 해주기라도 한 것처럼 그는 이제 매우 익숙한 걸음으로 꾸준히 목적지를 향해 다가갔다. 오전에 독수리들이 다시 바위벽 위를 선회하고 있었다. 저 바위벽의 그늘에 트라킬라가 있을 것이다.

코타의 단호한 결심 앞에 그를 막고 있던 장애물들이 힘을 잃어 갔다. 그렇게 그는 계속 전진했다. 그는 정오경 트라킬라에 도착했음을 알리는 첫 신호와 맞닥뜨리게 되었을 때 깜짝 놀랐다. 일찍이 자신을 가로막고 있었던 부서진 개의 입상(立像). 코타가 이제 오비디우스의 마지막 피난처에 도착했다. 그러나 이 지역의 계곡은 코타의 기억과 전혀 일치하지 않았다. 갓 쪼개진 돌처럼 하얗게 눈부신 바위벽들이 비바람에 상한 회색빛 산과 묘한 대조를 이루었다. 벌거벗은 산등성이가 있던 곳에는 검은 틈새들이 어지럽게 입을 벌리고 있었고, 천막 지붕처럼 좌우 대칭으로 경사진 자갈 무덤에는 집채만 한 바윗덩이가 놓여 있었다.

코타는 트라킬라의 폐허로 이르는 마지막 언덕을 넘어섰다. 짐승의 시체를 찾는 독수리들이 날개를 퍼덕이는 소리가 들릴 정도로 그에게 가까이 다가왔지만 그는 소리를 지르지 않았다. 새들은 조용히 오비디우스의 피난처 둘레에 그들의 세력권을 형성하였다. 바로 그때 코타는 부서진 소나무 조각들 사이에 놓인 먹이를 보았다. 독수리들의 도끼 같은 부리에 의해 찢긴 그것은 눈이 없고 배가 갈라진 늑대의 시체였다. 이미 다 파먹힌 몸뚱이에는 은빛을 띠는 파리 떼가 득실거리고 있었다.

 트라킬라는 돌에 파묻혀 있었다. 로마의 시인 오비디우스가 자기를 냉대하던 토미의 주민들을 피해 외롭게 은둔했던 이곳, 이미 폐허에 불과했던 트라킬라조차 돌 사태를 견뎌 내지 못했다.

 유배자가 살았던 집과 우물이 무너져 있었다. 이곳에 한때 사람이 살았음을 알려 주던 것들이 굴러 내린 바위들에 의해 모조리 허물어져 버렸다. 바위들이 지나갔던 곳에 남은 잔재와 조각들은 절벽과 암석으로 이루어진 요새를 연상시켰다. 저 위에서 무너져 내린 돌들이 마치 태풍처럼 순식간에 트라킬라를 덮치고 지나갔음에 틀림없다. 돌 사태의 흔적은 깊은 계곡에까지 이어져 있었다. 담벽과 초석(礎石)이 자연의 폭력 앞에 무기력하게 무너졌고, 흙더미 위로 반쯤 솟은 대문은 마치 물에 빠져 도움을 요청하는 사람의 팔 같았다. 코타는 오비디우스의 정원 앞으로 펼쳐진 구릉에 거대한 바윗덩이가 쐐기처럼 처박혀 있는 것을 보았다. 그 바위의 그늘 속에 우거진 가시덤불과 고사리의 끄트머리가 보였다. 고사리 잎사귀들이 달팽이 떼에서 풀려난 비석들을 덮고 있었다. 오디 때문에 검푸른빛을 띤 뽕나무 역시 비석들과 마찬가지로 바위들로부터 무사했다.

 코타는 갑자기 몰려온 절망적인 고독감에 기가 꺾였다. 그는 늑대의 시체를 지나 문 쪽으로 다가갔다. 피가 엉겨 딱지처럼 눌어붙은 늑대의 배에 파리 떼가 달라붙어 있었다. 그것들은 코타가 지나가자 윙윙거리며 반짝이는 우박 알갱이처럼 튀어 올랐다. 코타는 역겨움으로 소리를 지르며 손으로 파리를 쫓았다. 그러나 독수리들만이 그의 비명에 놀라 하늘로 물러설 뿐, 붕붕거리며 위로 날아올랐던 파리들은 로마인의 절망 따위에는 아랑곳하지 않았다. 파리 떼는 다시 시체를 향해 돌진했고, 달콤한 시체 속에 그들의 주둥이를 담갔다.

트라킬라의 흙무더기 위로 밝은 금속 광채가 비쳤다. 코타는 순간적으로 그 빛을 똥파리 떼가 남긴 여운이라고 여겼다. 위아래로 날던 파리들에게서 떨어진 비단결 날개가 바람에 나부끼며 빛을 반사하고 있다고. 코타는 유배자의 집이 있었던 자리에 이르러서야 그 광채가 무너져 내린 자갈 더미에서 비치는 것임을 알아차렸다. 자갈 더미에서 새어 나온 광선은 갈라진 암벽을 향해 빛을 반사하고 있었다. 암벽 주변을 비추는 광선은 그새 거무스름하게 변해 있었다. 공기가 산화되어 탁해진 까닭이었다. 그러나 다른 곳에서는 매우 밝게 빛을 발산하고 있었다. 로마에 있는 시인의 집에 오후의 햇살이 비쳐 들 때면 유리 진열장에 놓인 은제 물병이나 식기, 꽃병이 이렇게 찬란하게 빛을 반사했다.

트라킬라의 폐허를 덮은 것은 납처럼 광택을 내는 은광(銀鑛)이었다. 이 엄청난 은덩이들이 계곡의 아래로 내려가면서 도중에 산비탈에 있던 생명을 모두 갈아 버렸다. 병신이 된 소나무, 풀이 뜯긴 자국, 죽은 늑대들과 그들의 먹이들…….

열두어 개의 비석이 둥근 바위와 송진 냄새가 나는 부서진 나무 사이에 웅크리고 있었다. 돌 사태에도 불구하고 여전히 헝겊 조각이 나부끼는 것으로 보아 적어도 트라킬라의 주민 한 명은 재난을 면했음이 분명했다. 몇 개는 표석(漂石)들 덕분에 산사태에 손상되지 않고 남을 수 있었지만, 나머지 대부분은 재난이 지나고 난 뒤에야 다시 흙무더기 속에서 끄집어낸 것이었다. 비석들은 무슨 승리의 신호라도 되는 듯 딱딱한 자갈 무더기 위에 세워져 있었다.

코타는 트라킬라의 모습에 넋을 잃었다. 계곡의 그늘에서 안개와 같은 옅은 연기가 밀려왔다. 연기를 보던 그는 갑자기 정신이 번쩍 들었다. 그에게서 채 50미터도 떨어지지 않은 곳에 있는 유배자의 집에서 연기가 피어올랐다. 그곳은 주철로 만든 아궁이가 있던 곳이었다. 열린 문 앞에 피타고라스가 웅크리고 앉아 있었다. 하인은 끈질기게 나부끼는 푸른 천을 무릎에 펼치고 그 위에 무엇인가를 쓰는 것 같았다. 그런데 그 하인의 옆에 로마의 시인 오비디우스가 언덕에서 반사되는 눈부신 은색의 빛을 피해 서 있었다! 둥그란 바위를 연단의 탁자 삼아 기대고 있는 시인은 허공에 한 손을 뻗고 있었다.

오비디우스는 아궁이의 불을 응시하며 하인에게 말을 건네는 것 같았다. 코타는 그 목소리를 들었지만, 한마디도 이해할 수 없었다. 코타는 자신의 심장이 뛰는 소리를 들었다. 동시에 유배자가 하는 말 한 문장, 한 문장을 입술에서 받아 언덕으로 실어 나르는 바람 소리를 들었다. 피타고라스는 마치 그 낱말들이 바람에 실려 날아가기 전에 황급히 그것들을 붙잡기라도 하려는 듯이 푸른 천에 재빨리 글을 받아 적었다.

그 순간 시간의 흐름이 서서히 멈추더니, 곧 과거로 되돌아갔다. 철의 도시 방파제 위로 굴러 내리는 곰팡이 핀 오렌지, 방아 찧는 소리를 내며 사나운 바다 위를 지나가는 트리비아 호, 피아차 델 모로의 창밖으로 날아오른 재, 〈일곱 피난처〉 원형 경기장을 장식하던 20만 개의 활활 타오르는 횃불 속에서 연설을 하는 시인의 모습…… 시간은 광란하는 횃불까지 갔다가 다시 트라킬라의 흙무더기로 서둘러 돌아왔다.

〈나는 오비디우스를 찾았다!〉 나는 쫓겨난, 죽은 줄로 여겨졌던, 실종된 로마의 시인을 드디어 찾아냈다! 일찍이 로마에서 유명했던 오비디우스의 마지막 피난처가 폐허 더미로 전락한 그곳에서 코타는 자신을 짓누르고 있던 압박감에서 벗어나 일종의 안도감을 느꼈다. 연기가 피어오르는 아궁이 앞에 있는 두 남자의 모습. 경기장에서 연설할 때 보았던 만사가 귀찮다는 특유의 몸짓을 하고 있는, 연기에 싸인 시인의 모습. 그 모습은 코타로 하여금 자신을 포위하고 있던 철의 도시를 벗어나 로마의 현실로 달려가게 하였다. 코타는 시인을 향해 넘어지듯 달려가며 고함을 쳤고, 팔을 흔들며 웃었다. 돌부리에 걸려 넘어졌지만 뼈가 부딪히는 것도, 힘줄이 찢길 정도로 늘어나는 것도 느끼지 못했다. 그는 마침내 오비디우스를 찾아냈다.

코타가 은광(銀鑛)을 가로질러 뛰어갔다. 그는 부랴부랴 50발자국 정도를 달려 골짜기에 이르렀다. 순간 코타는 갑작스러운 빛의 교차 때문에 잠시 눈앞이 캄캄해져 바위 앞으로 넘어졌다. 그는 등 뒤로 돌이 굴러 떨어지는 소리를 들으며 몸을 일으켰고, 동시에 숨찬 음성으로 오비디우스에게 인사말을 건넸다. 그러나…… 그곳엔 아무도 없었다.

물론 그의 앞에 놓인 아궁이는 연기를 내고 있었다. 아궁이의 덮개가 활짝 열려 있었고, 주물로 만든 몸체는 금이 가 있었다. 혹 하고 불어온 바람은 불붙은 나뭇가지와 하얀 재 사이에 깊이 묻혀 있던 불씨를 다시 살려 놓았다. 글이 써진 푸른색 천 역시 바람에 펄럭거리며 부딪쳤으나 그 천 조각은 피타고라스의 무릎 위에 펼쳐져 있는 게 아니라, 투박한 비석에 엮여 있었다. 그 비석은 멀리서 볼 때 흡사 웅크리고 있는 사람의 모습과 같이 헷갈리기 쉬운 모양을 하고 있었던 것이다. 게다가 다른 바위에 기대고 있는 것은 로마의 시인이 아니라 흘러온 자갈에 껍질이 벗겨진 소나무 가지였다. 아마 저장용 땔감으로 사용되었을 부러진 가지들이 아궁이 주위로 널려 있었다. 팔뚝만 한 가지 하나만이 유일하게 훼손되는 것을 면했다. 그 가지는 여러 번의 쐐기질과 칼질에도 불구하고 뽑히지 않고 다만 긁히기만 한 채 나무 둥치에 꽉 박혀 있었다. 그 가지는 코타를 가리켰고, 또 그의 등 너머 저 아래 펼쳐진 깊은 바다를 가리켰다. 바다가 빛을 발하고 있었다. 코타는 혼자였다.

바람이 방향을 바꾸어 코타가 있는 쪽으로 불어왔다. 바람에 실려 온 매캐한 연기가 코타를 마비 상태에서 벗어나게 하였다. 그제야 그는 눈에 눈물이 고일 정도로 다리에 심한 고통을 느꼈다. 그는 신음을 하면서 푸른 천 조각이 있는 쪽으로 절룩거리며 다가가 한 비석에 기댔고, 곧 바닥으로 미끄러졌다. 그는 둥근 돌에 기대고 앉았다. 바람의 방향이 순식간에 바뀔 때마다 펄럭거리는 천이 코타의 얼굴을 때렸지만 그는 이를 막으려고 애써 손을 올리지 않았다. 불씨가 점차 작아지더니 꺼져 버렸다. 아궁이가 차갑게 식었다. 돌 사태로 인해 내팽개쳐진 자갈 하나를 응시하던 코타는 자신의 내부에서 힘이 솟아오르는 것을 느꼈다. 그 힘은 처음에는 부드럽게, 그러다 점차로 더욱 격렬하게 코타를 흔들기 시작했다. 열린 아궁이의 어두운 입구에서 재가 날았다. 하얗고 가는 재. 코타가 미친 게 분명했다.

〈미쳤다!〉 돌들이 아직도 제자리에 놓여 코타가 집어 던지기를 기다리고 있다니 신기한 노릇이었다. 다리가 끊어질 듯한 고통이 여전했고, 반쯤 아치형을 하고 있는 대문도 그대로 흙더미에 묻혀 있었다. 메고 온 배낭도 흙무덤의 광채도 모든 게 그대로였다. 그는 정신이 돌아 버렸다. 그럼에도 세상은 그를 떠나지 않았다. 세상은 오히려 인내를 가지고 세상의 마지막 인간인 그의 곁에 머물렀다. 바다가 그의 곁에 머물렀고, 산과 하늘이 그의 곁에 머물렀다.

이윽고 코타는 경련을 하며 입을 벌렸다. 그것은 울부짖음이었던가? 아니면 웃음, 혹은 흐느낌? 자신도 알 수가 없었다. 그는 자신의 음성을 멀리서 들었고, 어딘가 희미한 빛을 내는 바위 사이에서 정신을 잃었다. 트라킬라의 폐허 속에, 차가운 아궁이 옆에 상처투성이의 한 남자가 — 그것은 곧 자신의 모습이었다 — 웅크리고 있었다. 펄럭이는 푸른 천이 얼굴을 때렸다. 계속 반복하여. 마침내 그가 흐느끼기를, 소리치기를, 웃기를 그칠 때까지. 그러고 나자 주위가 놀랄 만큼 고요해졌다.

이윽고 코타가 다시 자신의 심장으로, 호흡으로, 눈동자로 돌아왔다. 그 순간 로마의 이성과 흑해의 불가사의한 사실들 간의 고통스러운 모순이 사라졌다. 과거와 현재와 미래가 각각 경계를 허문 채 서로 포개지며 파고들었다. 이제 가게 여주인의 간질병을 앓던 아이는 화석이 될 수 있었고, 거친 조각품으로서 나물 바구니 사이에 서 있어도 되었다. 인간들이 야수나 석회로 변할 수 있었고, 열대의 식물이 얼음 속에서 꽃을 피우고 다시 시들 수가 있었다……. 마음이 진정된 코타는 쉬지 않고 펄럭거리며 얼굴에 와 닿는 천 조각을 쥐었다. 그는 석탄과 아르메니아 지방의 흙과 백묵으로 써놓은 문자들을 읽었다. 비석들에서도 문자들이 지워진 흔적이 보였다.

은으로 된
……가시들
……기둥……
……무방비의
심장……
백정의 아내
……나이팅게일

　코타는 트라킬라의 폐허 속에서 이틀을 보냈다. 그는 푸른색 천을 비석에서 떼어 내 그것으로 부은 다리를 감았다. 밤을 대비하기 위해 바위 모서리 앞에 광석을 쌓아 바람막이를 세웠고, 화로 옆에 커다란 불을 지폈다. 그는 불꽃의 반사를 받으며 몸을 말고 잠을 청했다. 주위를 윙윙거리는 똥파리들은 코타에게 역겨움을 불러일으켰다. 그는 파리 떼를 쫓고자 늑대의 시체를 자갈 더미와 돌로 덮었다. 동시에 둥근 탑을 그 위에 쌓으려고 했지만 뜻대로 되지 않았다. 결국 늑대는 엉성한 돌무더기 밑에 깔리게 되었고, 파리들은 뚫고 들어갈 구멍을 찾느라 몇 시간 동안 분주했다. 독수리는 보이지 않았다.
　트라킬라에 머무는 이틀 동안 코타는 덤불로 우거진 오비디우스의 정원에도 발을 들였다. 거대한 바위의 그늘에 위치한 그곳은 자갈이 쓸고 간 오아시스와 같았다. 코타는 문자를 깎아 새긴 돌기둥들과 네모난 돌들이 땅속에 묻혀 비스듬히, 혹은 뒤집혀 있는 것을 발견했다. 이곳을 처음 방문했던 4월의 어느 밤에 보았던 모습과 같았다. 돌기둥들은 기념비라기보다는 오히려 버려진 비석들에 더 가까웠다. 월계수와 고사리의 잎사귀가 지붕을 이룬 덕분에 여름의 뜨거운 태양을 피한 새로운 달팽이 떼가 이 거석들을 다시 차지하고 있었다. 가늘게 떨며 반짝거리는 달팽이 떼는 불과 몇 군데만을 제외한 채 새겨진 문자 모두를 덮고 있었다. 달팽이들이 붙어 있지 않은 문자들은 아마도 그곳에 남은 약간의 이끼에 배어 있던 식초 냄새가 달팽이의 접근을 막은 것 같았다. 달팽이 떼는 돌에 새겨진 낱말 하나하나를 침착하고도 끈질기게 자신들의 몸뚱이 아래에 파묻었다. 마치 그로써 문자에 담긴 세계의 종말에 대한 메시지를 남김없이 지워 버리겠다는 듯이.

마치 구사일생으로 살아남은 사람이 씻겨 내려간 도시의 흙더미 사이를 지나듯 코타는 폐허가 된 트라킬라의 세계를 절룩거리며 나아갔다. 그는 처음에는 목표를 잃고 그저 혼란스러워했으나 점차 정신을 차렸으며 나중에는 심지어 자갈 속에서 쓸모 있는 것들을 파헤칠 각오까지 하게 되었다. 하지만 트라킬라에는 깨진 놋쇠 아궁이와 낱말들 외에는 아무것도 남지 않았다. 천 조각 위에 갈겨쓴 낱말들, 그리고 돌에 각인된 문자들. 코타는 천 조각들을 돌에서 풀어내었고, 아직 읽을 만한 문자는 비록 그것이 의미 없는, 혼란스러운 문맥이었지만 허공에 대고 나지막이 중얼거렸다. 그리고 그 천 조각들을 들고 온 배낭에 채워 넣었다. 그것은 철의 도시 주민들의 이름이 천 조각에 적힌 채 바람에 나부끼고 있었기 때문이다.

이틀 후 식료품이 동났고, 코타의 이빨은 물컹한 오디 때문에 보랏빛으로 물들어 있었다. 그러나 뾰족한 바위 꼭대기와 산마루 위에는 아직도 읽지 못한 비석들이 여전히 웅크리고 있었다. 다친 발로는 그것들에 도달할 수가 없었다. 굶주림은 코타를 해안으로 돌아가도록 강요했다. 천 조각들에 쓰인 마지막 문자가 비바람에 씻겨 나가기 전에 나는 다시 올 것이다.

태풍이 불던 10월의 어느 아침, 코타는 삼지창 모양의 나뭇가지를 목발 삼아 바닷가를 향해 내려왔다. 한 걸음 한 걸음 내디딜 때마다 온몸이 쑤셔 댔다.

황혼이 들 무렵 그는 돌층계가 있는 해안에 이르렀다. 술집 주인 피네우스가 파도에 잘게 부서진 돌을 줍기 위해 두 마리의 노새 등에 커다란 바구니를 싣고 해안으로 가던 중 그곳에서 코타를 발견했다. 로마인이 완전히 녹초가 된 것을 본 피네우스는 안장 위의 바구니를 푼 뒤, 그에게 노새 한 마리를 내밀었다. 완전히 녹초가 된 코타는 노새의 등에 올라 흔들거리며 반쯤 잠에 빠졌고, 해가 진 뒤에야 리카온 영감의 집에 도착했다. 그 집은 코타가 예상했던 그대로였다. 창문과 대문이 열려 있었다. 리카온의 집은 비어 있었다.

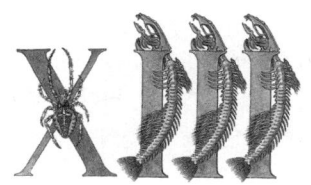

 토미는 마치 전쟁을 치르고 있는 도시 같았다. 퇴석(堆石)과 돌 사태로 뜰과 목초지를 졸지에 잃은 산간 지대의 주민들이 하나 둘 그들의 짐승을 이끌고 해안으로 피신했다. 깊은 계곡들이 흙더미에 잠겼고, 해안에 있는 돌층계의 구석 모서리들과 그와 연결된 돌출부들이 부러졌다. 토미 마을을 빙 둘러싸고 있는 항만에서는 엄청난 격랑이 일었다. 주민들이 배들을 육지로 끌어올리는 동안 가끔씩 마을에서도 찬장에 놓인 식기들이 땅의 진동으로 인해 딸그락거렸다. 마치 산이 가을비의 베일에 덮인 온 세상을 몹시 흔들어 대는 것 같았다. 그를 통해 모든 생명체를 해안의 바위와 밀물 사이의 좁은 지대에 포로로 묶어 두려는 것 같았다. 이처럼 철의 도시가 살아 숨쉬었던 적은 여태 없었다.
 피난민들은 동굴이나 폐허 더미 속에 그들의 잠자리를 마련했다. 그들은 무너진 담벼락 위에 나뭇가지나 갈대, 양철을 엮어 보조 지붕을 씌웠고, 초라한 그들의 잠자리 주위로 콩을 심었으며, 돼지와 양들의 틈새에 끼여 돌바닥에서 잠을 잤다. 밤이 되면 그들이 켜놓은 횃불들이 펄럭거리며 어둠을 환히 비추었다. 또 개 짖는 소리와 비를 피해 피네우스의 술집으로 모여든, 잘 데 없는 떠돌이 술꾼들의 고함 소리가 매우 시끄러웠다. 산간 주민들 중의 대부분은 여태껏 해안에 내려와 본 적이 없었다. 그들은 어떤 귀신의 분노가 이런 불행을 가지고

왔다고 여기며 이를 막기 위해 목에 부적을 치렁치렁 감고 알아들을 수 없는 사투리로 한탄을 해댔다. 일부는 절벽에 다가가 흑옥이니, 점토 인형, 혹은 머리칼로 엮은 관 등을 바다에 제물로 던졌다. 그리고 마침내 파도가 잠잠해질 것 같으면 방파제에 모여 단조로운 노래들을 쉬지 않고 불렀다.

산에서 내려온 야만인들과 철의 도시 주민들 간에는 하루가 멀다 하고 말싸움이나 주먹질이 벌어졌다. 놋쇠공들 중 일부는 대낮에도 덧창을 내린 채, 피난민들이 골목길을 지나갈 때면 담 밖으로 돌이나 오물 쓰레기들을 던졌다. 어떤 주민들은 똥, 오줌을 담은 요강을 비우기도 했다.

오로지 술집 주인만이 불행한 사람들이 매일같이 늘어 가는 것에 대해 기뻐하는 듯했다. 그의 지하 술집은 파마의 가게와 더불어 산간 주민들이나 해안 주민들이 돌아서는 갈 수가 없는 곳이었다. 피네우스는 새로운 손님들의 비참함을 베르무트 주(酒)와 노간주나무를 담은 화주를 가지고 달랬으며, 그들이 계곡과 고원의 목초지가 황폐화 될 때 간신히 건질 수 있었던 물건들을 술값 대신 받았다. 그리하여 썰렁하기 짝이 없던 지하 술집은 점차 엉성하게 무두질한 가죽이나 조각품, 광물들로 가득 찼다. 술집의 안뜰은 비가 오는 날이면 정강이까지 물이 차오르는 돼지 웅덩이가 되어 버렸다.

피네우스는 장사를 하는 동안에는 밤에도 술집을 떠나지 않았다. 그는 술집의 주방 옆에 나무판자를 못질하여 엉성하게 칸막이를 만들어 놓고 그 안에서 잠을 잤다. 거친 마(麻)로 된 커튼만이 그를 만취한 사람들의 혼잡함과 술집의 뿌연 연기로부터 차단해 주었다. 그는 칸막이 안에 놓인 철제 침대에 누워 잠이 들기를 기다리고 있는 동안 만일 누군가가 커튼 뒤로 휙 스쳐 가거나 술에 취해 비틀거리며 지나갈 때면 그 그림자의 주인공이 누구일까 하고 생각했다.

간혹 주점에서 싸움이 벌어졌다. 어떤 때는 주점에서 일하는 사내가 술 취한 사람과 주먹다짐 끝에 욕을 퍼부으며 그를 계단 쪽으로 끌고 가는 일이 있었다. 그럴 경우 술집 주인은 선잠에서 깨어났다. 더러운 이부자리 안에서 옷을 벗고 자던 그는 커튼을 밀친 뒤 비곗살로

툭 튀어나온 배를 내밀며 침대에 앉았고, 담요 아래 두었던 쇠막대를 끄집어내 철제 침대의 다리를 두들기기 시작했다. 그러면 시끌벅적한 술집에 잠시 침묵이 흘렀다. 피네우스는 주위가 조용해지기를 기다렸다가 난동을 일으킨 장본인이라고 생각되는 사람을 쇠막대로 말없이, 그러나 위협적으로 지목하였다. 그런 후에는 다시 커튼을 친 뒤 크게 한숨을 내쉬며 이불 속으로 들어갔다. 거의 매일 밤 이런 연극이 반복되었다.

코타는 트라킬라에서 돌아온 이후로 리카온 영감의 집에 혼자 살았다. 그는 혹시 영감에게 무슨 비밀이 있을까 싶어 집의 마지막 모서리와 구멍까지 샅샅이 조사했지만 잡동사니와 밧줄 만드는 데 쓰이는 먼지 낀 연장이나 줄자 외에는 아무것도 발견하지 못했다. 코타는 저녁마다 마치 공격에 대비하듯 철창과 대문을 잠근 채 몇 시간씩 눈을 뜨고 누워 있었다. 폐허 더미에서 새어 나오는 시끄러운 소리에 신경이 매우 곤두선 코타는 식은땀을 흘렸다.

가끔씩 길바닥에 병이 나뒹구는 소리, 혹은 웬 고함 소리가 코타를 잠에서 깨웠다. 그러나 코타가 어두컴컴한 창에 다가가 몸을 숨기고 바깥을 내다보면 푸줏간 벽을 따라 갈지자를 그리며 걷는 술 취한 목동들만이 보일 뿐이었다. 습하고도 후텁지근한 11월의 대기에도 불구하고 목동들은 모피 외투를 걸치고 있었다. 그들은 애수(哀愁)에 젖은 유행가를 고래고래 불렀고, 그러다 갑자기 멈춰 서서 경련을 일으켰다. 그러나 이 무렵의 밤에는 아무도 리카온 영감의 집 대문을 열 엄두를 내지 못했다. 심지어는 거칠고 경솔하기 그지없는 만취한 자들조차 영감의 집에 접근하기를 삼갔다. 코타는 남들이 피하는 집을 지키는 사람이 된 셈이었다. 아니, 그 이상의 인물이 되었다. 그는 은연중에 놋쇠공들 사이에 그 집의 새로운 주인으로 여겨졌다. 다시 서서히 수풀에 휩싸이기 시작하는 집. 덧창문 여러 개가 더 이상 열리지 않았다. 담쟁이덩굴의 새로 자라난 잎사귀들이 집의 바깥담을 둘러쌌으며, 창문을 하나씩 하나씩 어둡게 하였다. 코타의 다친 다리는 거의 통증이 가셨지만 비가 오는 날이나 그믐께면 신발을 신지 못할 정도로 날씨에 매우 민감해졌다. 그 때문에 그는 이 무렵 맨발로 다녔다.

트라킬라가 폭삭 내려앉았다는 소식이 토미의 주민들에게 하등의 동요를 가지고 오지 않았던 것처럼, 주민들은 리카온이 사라진 것에 대해 전혀 아쉬워하지 않는 것 같았다. 가는 실이나 끈, 밧줄이 필요한 사람은 리카온의 작업실로 들어와, 로마인의 감독 하에 찾는 것이 나올 때까지 혼란스러운 먼지 속을 황급히 뒤졌다. 그들은 한 움큼의 동전으로 계산을 했고, 코타는 받은 돈을 아무렇게나 양철 상자에 던져 넣었다. 전에 리카온이 받은 돈을 모조리 아무렇게나 쇠금고에 집어넣었듯이. 이제 사람들은 때때로 오전에 로마인이 얼레에 서 있는 것을 보았고, 귀에 익은 밧줄 감는 소리를 들었다.

리카온의 집에는 단 한 가지 새로운 것이 있었다. 그것은 코타가 작업실과 풀이 무성히 자란 베란다에 비스듬히 매달아 놓은 줄이었다. 마구 엉켜 있는 그 줄엔 세모난 깃발들이 묶여 있었다. 그것들은 코타가 얼마 전 트라킬라의 비석들에서 떼어 낸, 삼베 끈에 엮인 천 조각들이었다. 글자가 끼적거려진 트라킬라의 색 바랜 천 조각들이 직선, 혹은 대각선으로 끈에 묶여 이제는 리카온의 집에서 흔들거렸다. 그 천 조각들은 로마의 거리 모습을 떠올렸다. 로마의 시민들로 하여금 그들의 의무 이행을 잊지 않도록 거리에 걸어 놓은 현수막과 게시판에 실린 무수한 구호들과 법률들⋯⋯.

코타는 천 조각들을 순서대로 정돈하려고 했다. 각각의 줄이 하나의 관련성을 지니도록. 그는 하나의 이름을 먼저 골랐고, 그 이름과 연관이 있는 것은 모두 그 줄에 모았다. 아라크네⋯⋯ 갈매기⋯⋯ 비단⋯⋯. 그런데 색 바랜 천 조각들에서 해독해 낸 다수의 식물과 돌의 이름들은 어느 줄에 걸어야 될까? 에코의 줄에다? 아니면 돌이 된 간질병 아이의 줄에다? 넝마 줄을 그저 보기 좋게 할 요량으로 시작했던 그 놀이가 어떤 때는 하루 종일 그를 놓아주지 않았다.

아라크네는 전혀 아는 바가 없었다. 코타가 그녀의 이름이 실린 천 조각을 보여 주자 그녀는 단지 손을 포갠 채 손가락을 구부려 알아들을 수 없는 부호를 썼다.

피네우스는 크게 웃었다. 그는 글이 쓰여 있는 천으로 술상을 닦고는 로마인에게 다시 돌려주었다.

겨우 자기 이름을 읽은 테레우스는 말없이 어깨를 들썩거릴 뿐, 소금물이 가득 담긴 물통 위로 다시 몸을 굽혔다.

오직 파마 혼자서 기억하고 있었다. 아들을 잃은 슬픔으로 말이 많아진 그녀는 자기 얘기를 들어 줄 사람을 찾았다. 가끔 목에 부적을 감은 피난민들이 가게 안에 촛불에 둘러싸인 채 서 있는 바투스의 입상(立像)을 이해할 수 없다는 듯이 쳐다보는 경우가 있었다. 그럴 때면 파마는 그들에게 자신의 불행에 대해 끝없는 얘기를 늘어놓았고, 듣는 사람들의 조바심을 달래기 위해 화주나 씹는 담배를 제공했다.

파마는 기억을 떠올렸다. 〈이런 천 조각들은 유배자의 하인이 저장할 식료품을 구하려고 해안으로 내려왔을 때 토미의 집들에서 모은 것이죠. 앞치마, 찢어진 옷, 고물 장난감 등. 하인은 그것들을 가지고 산속에다 이정표를 본 뜬 이상한 돌사람들을 만들었지요.〉

피타고라스는 아직 오비디우스가 도착하기 훨씬 전인, 태풍이 있던 어느 추운 여름에 아르고 호와 더불어 이곳 철의 도시 해안으로 흘러 들어왔다. 독재자를 피해 고향 그리스를 도망쳐 나온 발명가라 하기도 하고, 학자라는 소문도······. 피타고라스는 자신의 고향을 사모스라고 불렀다. 그는 그 섬의 독재자뿐 아니라 어떤 형태의 것이든 간에, 인간에 대한 인간의 지배를 종식시키고 모두가 함께 유쾌하게 살게 되기를 갈망했다. 하지만 몇 년이 흐르는 동안 그에게 도착한 편지와 신문은 그에 반대되는 것이었다.

10년을, 어쩌면 더 오랜 기간을 그 그리스인은 토미 마을 가장 남쪽 해안의 돌집에 살았다. 그곳은 바다에 나갔다가 돌아오는 도중 궂은 날씨를 만난 해안 마을의 어부들을 위한 긴급 대피소로서, 그들은 그곳에서 사나운 날씨가 지나가기를 기다렸다. 오랜 기간 피타고라스는 바다에서 해안으로 쫓겨 들어오는 어부들 외에는 사람을 보지 못했다. 어부들은 가끔씩 그를 배에 태우고 토미 마을로 데려왔고, 그는 이곳에서 매우 후한 대접을 받았다. 그건 그가 마치 위로의 전령(傳令)처럼 언제나 태풍이 무사히 지나가고 난 뒤에 나타났기 때문이었다. 그래서 토미의 주민들은 그 사람에게 선물을 하는 것이 습관이 되었다. 피타고라스는 그와 같은 방문을 한 후에는 언제나 등에 선물을 가득 메고 헉헉거리며 달구지 길을 지나 자신의 은둔처로 돌아갔다. 그는 떠내려 온 판자와 바닷말 사이에 앉아 모래에 글을 썼다. 그래야만 파도가 그가 쓴 낱말과 부호들을 핥아 버리고, 그는 어쩔 수 없이 다시 새로 써야 했기 때문에.

피타고라스는 자신이 거하는 해안에서 유일한 나무인 한 소나무의 줄기에 세 개의 수금을 걸어 놓았다. 커졌다 작아졌다 하는 음의 세기에 따라 그는 언제 태풍이 오는지를, 동시에 바다로부터 방문자가 있을지를 알아맞힐 수 있었다. 오랜 세월에 걸친 침묵과 고독감은 그로 하여금 독백을 시작하도록 했다. 마침내 그가 이곳 철의 도시에 나타났을 때 그는 정신없이 지껄여 댔다. 한번은 푸줏간 집 앞에서 육식의 부끄러움에 대해 연설을 하였다. 이에 테레우스는 열린 창을 통해 그에게 양의 허파와 창자들을 던졌다.

피타고라스는 소나 돼지들의 눈에서, 사라지거나 변신한 인간들의 시선을 인식할 수 있다고 주장했으며, 마찬가지로 술 취한 놋쇠공을 바라보면 그 몸 안에 맹수가 잠복하고 있는 것을 알 수 있다고 주장했다. 그는 자신의 영혼이 방황하는 동안 갑옷 같은 도마뱀의 몸이나 장교의 몸에도 들어가 살아 보았다고 했으며, 이 생물체들이 총에 맞아 죽고 나서야 겨우 그 초라한 체현(體現)에서 해방될 수 있었다고 주장했다. 또 그는 트로이아나 카르타고와 같은 도시들이 돌에서 생겨나서 먼지 속으로 가라앉는 것을 보았다고 우겨 댔다. 하늘이 담청색을 띤 어느 초여름 날 트리비아 호가 철의 도시에 입항했다. 항구에 모인 구경꾼들의 시선을 받으며 한 유배자가 배에서 내려왔을 때, 피타고라스는 이곳에서 이미 오래전부터 미친 사람으로 간주되고 있었다. 당시 오비디우스는 두 명의 국경 수비대원의 감시 하에 현문을 내려왔고, 항구 사무소에서 먹지가 딸린 한 뭉치의 서류 양식에 서명을 하였다. 몇 시간 후 범선이 다시 닻을 올리고 순풍을 받으며 시야에서 사라졌다. 그러나 유배자는 부둣가에서 여전히 가방 사이에 쭈그리고 앉아 아무 말이 없었다.

그날 피타고라스는 그 유배자의 절망 속에서 자신의 고통을, 아니 자신의 운명을 다시 보았다. 피타고라스는 그가 살던 해안으로 돌아가지 않았다. 그는 쉼 없이 중얼거리며 그 로마인이 살도록 지정된, 인적이 끊긴 골목의 어느 집으로 짐 나르는 것을 도와주었다. 그는 처음 며칠을 유배자의 곁에 머물렀고, 그 며칠이 몇 주가 되고 몇 달이 되었다. 마침내 철의 도시의 적대감이 시인을 마지막 장소 트라킬라로 쫓아냈을 때, 피타고라스는 로마인을 따라 트라킬라의 황무지로 들어갔다. 시간이 흐른 후 토미의 주민들은 유배자 역시 하인과 다름없이 해를 끼치지 않을 사람이라는 것을 알았다. 그러나 로마인이나 하인 모두 다시 해안의 집으로 돌아오려 하지 않았다. 트라킬라는 그들에게 안전한 장소였다.

피타고라스는 오비디우스의 대답과 그가 들려주는 이야기들에서 점점 자신의 생각과 느낌 일체를 다시 발견할 수 있었다. 피타고라스는 그 일치감이야말로 후세에 전수할 만한 가치가 있는 어떤 조화(調和)라고 믿었다. 그리하여 그는 이제 모래에 글쓰기를 멈추고 어디를 가나 비문(碑文)을 남기기 시작했다. 처음에는 지하 술집의 책상에만 손톱과 주머니칼로 글을 새겨 넣더니, 나중엔 점토 파편으로 집 벽에 글을 쓰거나 백묵을 가지고 나무에 글을 남겼다. 때로는 길 잃은 양이나 돼지의 몸에도 글을 써 넣었다.

「바투스는……」 파마는 한숨을 내쉬며 눈물을 닦아 냈다. 그녀는 아들에 대한 얘기가 나오면 늘 그랬다. 「바투스는 자갈 언덕을 배회하고 돌아올 때면 가끔 댁이 가진 것과 똑같은 그런 천 조각들을 집으로 들고 왔지요. 언제 다시 발작이 일어날지 모르니 나다니지 말라고 늘 말했는데. 게다가 판자 위에 무릎을 꿇도록 벌을 주었는데도 불구하고 말입니다.」

코타가 그녀의 이름이 쓰인 천 조각을 탁자 위에 매끈하게 펼쳐 보였다. 그녀는 천 조각을 가리키며 그것은 아무런 의미가 없다고 말했다. 왜냐하면 피타고라스는 그 시인에 대한 존경심이 얼마나 컸던지 급기야 오비디우스가 말하는 것 모두를 간직하려 했기 때문이라고 그녀는 전했다. 그것이 낱말이든 이름이든 관계없이. 놋쇠공들은 피타고라스가 집이나 정원의 담에 접근하지 못하도록 물을 붓거나 개를 풀었고, 돌을 던져 그를 쫓기도 했다. 그러나 하인은 트라킬라에서는 주민들의 조롱이나 저항을 염려할 필요가 없었다. 하인은 트라킬라에서 온전히 자신의 열정에 몰입하였다. 빙하의 심연에서 험준하기 이를 데 없는 바위 꼭대기에 있는 돌덩이에까지 오비디우스의 말 〈한마디 한마디〉를 새겨 넣기 시작했다. 세계에 대한 자신의, 즉 사모스 출신의 피타고라스의 사고와 견해가 더 이상 혼자만의 것이 아니라는 것을 보이기 위해.

눈 한 번 내리지 않고 12월이 되었다. 부드럽고도 지속적인 바람은 간간이 회오리로 변하면서 반복적으로 거대한 강우전선을 형성했고, 바다 위로 매우 두꺼운 구름층을 끌어 왔다. 하늘이 이처럼 쇠 같은 잿빛으로 변하면서도 어떤 날은 매우 맑고 따뜻했기에 주민들은 정원의 담에 이불이나 베개를 말리기 위해 내놓았다. 그런가 하면 어부들은 둑 부근에 나란히 뒤집혀 있는 배에 뱃밥을 채웠다. 그들은 가끔씩 배를 물에 띄워 만(灣)으로 노를 저어 나갔다가 짙은 구름층이 생겨나면 얼른 항구로 돌아왔다. 해안은 여전히 초록빛을 띠었다.

산이 울리는 소리가 주기적으로 들려왔다. 깊은 계곡을 피해 도망 나온 피난민들은 누가 죽었으며, 가축 떼가 뿔뿔이 흩어졌고, 또 오두막집이 흙더미에 파묻혔다는 등 이런저런 이야기를 마을에 퍼뜨렸다. 이런 상황에 다시 트라킬라를 방문한다는 것은 의미 없는 무모한 짓으로 비쳤다. 코타는 기다리기로 마음을 먹었다. 그리하여 코타는 하루도 빠짐없이 몇 시간씩 파마의 가게에서 보내게 되었다. 그는 바투스의 동상 옆에 놓인 의자에 웅크리고 앉아, 앞에 차 한 잔을 놓고 지난번 트리비아 호가 가지고 온 얼룩지고 색 바랜 신문들을 읽었다. 때로는 가게 여인을 도와 통을 운반해 주거나 상자들을 쌓기도 했다. 파마는 코타가 언제 이 마을에서 이방인이었냐는 듯이 매우 친숙하고 세심하게 그와 말을 주고받았기에 그는 계속 가게로 갔다.

파마는 산간 지대에서 온 가난한 고객들의 시중을 들거나 피난민들이 바꾸려고 꺼내 놓은 양털이나 오팔, 악취 나는 짐승 가죽 등을 살피는 동안 자신과 다른 사람들의 불행에 대해 탄식을 늘어놓았다. 여인은 이곳 해안의 괴로운 삶에 대해 욕을 퍼부었으며, 자신의 한탄이 진실이라는 것을 증명하려고 매번 토미의 주민들 이름을 들먹거렸다. 그녀가 들려주는 주민들의 운명은 자주 앞뒤가 안 맞았지만 코타는 아무런 질문 없이 이야기를 경청했고, 가끔씩 예전에 바투스가 어머니의 한탄을 들을 때 짓던 멍청한 얼굴 표정을 지어 보였다. 해안 주민들이 산간 지대에서 피난 온 사람들을 증오하는 이유는 산간 주민들이 가난하거나 또는 너무 낯설기 때문이 아니었다. 그보다는 오히려 누더기를 걸치고 있는 집 잃은 자들의 가난에서 자신들의 과거 모습이 다시 떠올랐기 때문이었다.

코타는 파마의 탄식을 통해 그리스인 피타고라스의 운명만이 그의 주인 오비디우스의 운명과 유사했던 게 아니라, 토미 해안에서는 〈모두〉의 운명이 최소한 하나의 공통성을 가지고 있다는 것을 점차 깨닫게 되었다. 토미의 폐허 더미나 동굴에, 또는 비바람에 상한 돌집에 정착한 사람은 누구를 막론하고 모두 어디선가 흘러 들어온 타지 출신이었다. 헝클어진 더벅머리를 한 몇몇의 아이들을 제외하고는 토미 마을의 어느 누구도 태어나서부터 이곳에 살아온 사람은 없었다. 그들은 탈주 중에, 또는 유배지로 가던 도중에 길을 잃고 이곳 해안으로 흘러온 사람들이었다.

파마의 수다 속에 비친 철의 도시는 통과역에 지나지 않는 죽은 마을이었다. 불행한 운명에 의해 이곳에 흘러 들어온 사람들은 유형지와 같은 폐허 속에서 살다가 세월의 흐름과 더불어 또는 우연에 의해 이 거친 황무지에서 해방되었다. 그렇지 않을 경우엔 에코나 리카온처럼 그저 사라져 버렸다. 많은 사람들이 어느 날 갑자기 이곳에 나타나 한동안 흙더미에 묻혀 살다가 다시 흔적도 없이 사라지곤 했다.

한 예로 실 잣는 벙어리 여인은 어느 그리스인 염색업자의 배를 타고 토미의 해안에 도착했다. 그 염색업자는 좀처럼 눈에 띄지 않는 가시달팽이를 찾기 위해 모래톱 속을 뒤졌다. 가시달팽이의 점액질에서 황제의 옷을 물들이는 아름다운 진홍색을 짜낼 수 있었기에 염색업자는 이것들을 이탈리아의 항구 도시에서 사파이어와 바꾸었다. 그런데 이 염색업자의 배가 돌층계가 있는 해안 앞에서 태풍에 말려들어 모래톱 쪽으로 밀려가다 가라앉게 되었고, 벙어리 여인은 코르크 부표(浮標)를 붙들고 해안으로 떠밀려 왔다. 침몰한 배에서 대여섯 명이 목숨을 건질 수 있었고, 그중 유일하게 아라크네만이 이곳에 남았다……

아니면 테레우스! 파마의 이야기에 따르면 그 백정은 갑작스레 눈이 녹으면서 일어난 눈사태를 피해 프로크네와 함께 산간 계곡에서 이리로 쫓겨 온 사람으로서 쇄석(碎石) 소나기에 쫓겨 온 목동이나 농부들과 다를 바가 없었다. 테레우스는 토미의 동굴에 머무르며 비잔틴으로 가는 배가 통과하기를 수개월 동안 기다렸다. 그러나 기다리던 배는 나타나지 않았고, 테레우스는 결국 하천의 저수조에서 돈을 받고 짐승들을 잡기 시작했다. 그가 매우 노련하게 짐승들을 죽이고 토막을 냈기에 사람들은 점차로 그에게 가축 잡는 일을 맡겼다. 그는 비잔틴을 잊었고, 폐허 더미 하나를 다시 사람이 살도록 만들었다. 그러고는 머물렀다.

그리고 피네우스. 파마는 그 술집 주인이 토미에 정착한 이래 지금껏 한 번도 그와 인사를 하지 않은 것을 자랑으로 여겼다. 여인은 그를 똥파리조차 상대하지 않을 놈팡이라고 불렀다. 그는 어느 8월 난쟁이 키파리스의 마차를 타고 토미 마을에 왔다. 입에 알코올을 가득 머금고 그것을 뿜으며 불 혓바닥을 만들던 화주 장사꾼. 그는 클라리넷을 연주했고, 또 바구니에 가득 담긴 뱀을 자신의 목과 문신이 새겨진 팔에 감았다. 세 번의 흥행을 마치고 난 뒤였다. 미신을 믿는 어느 돼지치기가 뱀이 재앙을 불러온다며 토미를 보호한다는 명목으로 서커스 천막에 불을 놓았다. 그 소동에 뱀이 불에 타 죽었다. 피네우스는 철의 도시 주민들에게 보상을 하라고 고래고래 소리를 치며 쇠지레로 대문과 담을 마구 두들겨 댔고, 불을 지른 사람을 죽이겠다고 협박을 했다. 사람들은 결국 하는 수 없이 그에게 창 너머로 돈을 던져 주었고, 떠나는 날까지 머물도록 빈집 한 채를 내주었다.

그 8월에 난쟁이가 영사기를 다시 꾸리고 어디론가 떠났지만 피네우스는 남았다. 그가 화를 내었을 때 주민들이 떨던 모습에 기분이 우쭐해졌는지 피네우스는 빈집을 계속 차지하고 있었다. 그는 그 집을 불에서 건져 낸 그의 물건들로, 가령 그을린 자국이 남은 짐 꾸러미들과 당나귀 배만큼 배가 불룩한 큰 병들로 채웠다. 그는 가방에서 유리

병을 잔뜩 꺼내 증류기를 조립했고, 단 하루 만에 떠돌이 흥행꾼에서 토미의 술집 주인으로 변신하였다.

물론 피네우스는 이렇게 변신한 뒤에도 한동안은 곧 떠날 것이라느니 여행을 할 것이라느니 아프리카의 오아시스며 계절풍이, 또는 낙타가 어떠니 하면서 떠들어 댔다. 그러면서도 그는 철의 도시 땅 밑의 바위를 계속 팠다. 마침내 그는 집 밑으로 나 있는 동굴을 검은 화약과 정을 동원해 지하로 개조했다. 그는 거기에 신 포도주와 사탕수수를 절인 화주를 저장했으며 밤낮을 가리지 않고 손님을 받았다. 술집 주인이 한 일들 가운데 특히 그 지하 술집은 파마의 질투와 증오를 유발했고, 오랜 기간에 걸친 적대감의 원인이 되었다. 그럴 수밖에 없는 것이 이전에 그녀의 가게에서 밀가루 통을 탁자 삼아 달짝지근한 화주를 마시던 파마의 고객들이 시간이 흐르는 동안 술을 마실 일이 있으면 피네우스의 지하 술집으로 자리를 옮겼기 때문이다. 그녀의 가게에 나란히 늘어놓은 색색의 화주병들 위에 먼지가 앉았다.

코타가 돌이 된 바투스의 옆에 놓인 의자에 앉아 그녀의 말에 귀를 기울이고 있을 때면, 종종 파마는 이제는 과거가 된 떠들썩했던 그 당시를 생각했다. 피네우스로 인해 이제 다시는 맛보지 못할 시절. 그런 회상에 젖을 때면 여인은 장이 서던 날의 떠들썩한 고함 소리들을 그리워했다. 또 그 당시 화주가 놓인 선반에 걸어 둔 쐐기풀 줄기에 손가락을 찔리던 바투스를 생각하며 울었다. 그렇게 더욱 서글퍼진 그녀는 세상은 아무리 힘을 써도 정지하지 않으며, 어느 것도 간직할 수 없다고 말했다. 왔던 것은 흘러가게 마련이라고.

바투스가 화석이 된 이후 파마에게는 인생의 중심이 소멸되어 버렸다. 파마는 오직 남들의 불행이 자신의 불행보다 더 심한가 아니면 덜한가를 재는 것으로 토미의 주민들의 운명을 판단했다. 그녀가 한 번도 자신의 운명과 견주어 보지 않은 사람이 꼭 한 명 있었는데, 그는 연고를 만들고 시체를 묻기도 하는 독일인 티스였다. 티스는 십수 년 전 말에 가슴팍을 심하게 차이는 바람에 왼쪽 갈빗대들이 부러진 화살처럼 살 바깥으로 튀어나오게 되었다. 그 후로 그 사내의 가슴에서는 보호막이 없는 심장이 뛰고 있다. 만일 한 번이라도 넘어지거나 부딪혀 움푹 가라앉은 가슴에 충격이 갈 경우, 또는 주먹으로 가슴을 맞기만 해도 그는 죽을 것이었다.

티스는 들것에 실려 철의 도시로 오게 되었다. 지나가던 목동들이 그를 들것에 싣고 흔들거리며 골목길을 지나갔다. 목동들은 리미라 도시로 가는 길가의 자갈 더미에서 피에 뒤범벅이 된 그를 발견했고, 그가 숨을 거두도록 바닷가로 데려가려고 했다. 지금은 쑥과 금작화들로 뒤덮인, 머릿돌만 겨우 보이는 항구가 있는 해안에는 당시 탄광소에 딸린 구호소가 하나 있었다. 몸이 부스러진 광부들이 그곳에서 목발에 기댄 채 차례를 기다릴 때면 숨을 쉴 때마다 허파에서 먼지 가루와 피가 나왔다.

티스는 7개월을 그 구호소의 철제 침대에 꽉 묶인 상태로 누워 있었고, 가끔 며칠씩 완전히 의식을 잃기도 했다. 그의 가슴팍에서 식물의 줄기처럼 은색의 대롱들이 튀어나왔고, 대롱 사이로 피나 고름이 뚝뚝 떨어졌다. 그에게서는 고름 냄새가 매우 심하게 났다. 그 때문에 붕대를 새로 감아야 될 경우 사람들은 그를 들고 몇 계단 정도를 부둣가로 내려가, 그곳에서 신선한 공기를 쐬며 붕대를 풀고 상처를 돌보았다. 그럴 때마다 그의 비명이 토미 마을의 맨 끝과 산의 자갈 더미가 있는 곳까지 들릴 정도로 대단했다. 고통의 비명이 얼마나 처절했던지 파마는 붕대 가는 날만 되면 가게 안으로 도망을 쳤다. 그녀는 손으로 귀를 틀어막은 채 머리를 무릎에 파묻고 비명이 가라앉기를 기다렸다. 그러나 당시 토미의 주민 모두가 예상했던, 아니 끔찍스러운 고통의 비명 때문에 심지어 고대하기까지 했던 일은 일어나지 않았다. 즉 그 부상병은 죽지 않고 회복되었던 것이다.

티스는 전쟁에 패해 뿔뿔이 흩어진 어느 군대의 마지막 용사였다. 그 군대는 사기가 충천할 때는 바다마저 불사를 수 있는 부대였다. 티스는 이미 사라진 총성이 여전히 고통스럽게 울리는 악몽을 꾸었다. 그때마다 그는 고막이 터지지 않도록 자면서도 입을 벌려야 했다. 또 그는 장갑 순양함과 병원선이 물에 잠기는 것을 보았고, 화염에 싸인 기름층이 해안 쪽으로 밀려오는 것을 보았다. 콘스탄차, 세바스토폴, 오데사를 비롯한 흑해의 가장 번성한 도시들이 연달아 불의 장막 속으로 사라졌다. 티스는 매번 꿈을 꿀 때마다 함락된 도시의 폐허 한가운데에 서 있는 자신을 보았다. 그는 매번 어느 창고의 문 앞으로 나아가야만 했고, 육중한 문짝을 연 뒤 인류의 끔찍한 모습을 목격해야만 했다.

창문이라고는 전혀 없는 석조의 창고 안에 거리 전체의 주민들이 쑤셔 넣어진 채로 독가스에 질식되었다. 창고의 문은 돌진하는 죽음의 공포와 고통, 절망에도 끄떡하지 않았다. 절망에 빠진 인간들이 문의 틈새와 이음부 사이에 입을 대고 숨쉴 공기를 찾느라 헐떡이고 있었다. 힘이 센 자들은 약자들의 시체를 딛고 위로 위로 기어 올라갔지만, 물리의 법칙에 충실한 가스 연기는 그들을 따라 위로 올라갔다. 마침내 힘이 센 자들도 더 힘센 자들을 위한 계단이 되어야 했다. 그러나 그들 역시 인간들이 이루는 물결의 꼭대기에서 피와 똥으로 더럽혀진 채 고통스럽게 죽음을 맛보아야만 하였다. 순간의 삶을 위해 투쟁하는 그들의 몸에서 살갗이 벗겨져 나갔다.

티스는 창고의 첫 번째 문을 열었다. 그때 그는 가축의 우리 같은 악취 속에서 인류의 질서가 자신을 향해 무너지는 것을 보았다. 싸움은 일찌감치 끝이 나 있었다. 입을 벌린 채 쓰러져 있는 희생자들은 마비성 경련을 일으키고 있었다. 그때 티스는 정신을 차렸다. 소리를 질렀다. 그러면 그의 애인 프로세르피나는 그를 붙들고 진정시켜야 했다. 그 문은 과거일 뿐이고 이제는 영원히 열려 있다고. 그를 그토록 어둡게 에워싸고 있는 것은 죽음이 아니라 단지 밤일 뿐이라고. 그리고 이곳은 토미 마을이고 바다일 뿐이라고. 그녀는 티스에게 이를 계속 반복해 말해 주어야만 했다.

언젠가 전쟁이 아직 진행되던 무렵이었다. 파괴될 만한 것들은 거의 다 파괴되고 전투가 치열했던 지역들이 황폐해졌을 때, 공포의 전율에 휩싸인 티스는 부대의 대열을 이탈했다. 부대는 골짜기와 좁은 길을 지나 그들의 몰락을 향해 접근해 가던 중이었다. 왜 하필 그 순간에 공포가 티스를 엄습하여 그를 한 발자국도 전진할 수 없게 했는지는 알 수 없지만, 그는 갑자기 짐마차의 마부 자리에 올라타서 고삐를 잡아당겼다. 제정신을 잃은 그는 말에 채찍질을 하면서 좁은 길을 되돌아 계곡 아래로 돌진해 갔다. 그를 향해 명령을 하는 사람도, 총소리도 없었다. 다만 탈진한 몇몇의 피곤한 얼굴들이 고개를 돌려 탈주병을 쳐다볼 뿐, 그들은 계속 행진하여 갔다.

산 아래로 돌진하던 티스는 뒤에서 탄약 상자와 철사 뭉치, 신호 막대가 떨어져 나가는 소리를 들었다. 달리는 충격으로 인해 수레가 부서질 지경이었지만 그는 쉬지 않고 말을 몰았다. 계곡의 덤불이 자신을 향해 돌진해 오는 것 같았다. 갑자기 그의 앞에 돌무더기와 짐승의 시체와 죽은 이들이 어지럽게 널린 고갯길이 나타났다.

다음 순간, 앞으로 튀어나온 바위가 그의 길을 밀치고 들어오며 그로 하여 급히 방향을 틀도록 만들었다. 티스가 갑자기 세게 고삐를 잡아당기는 바람에 말이 머리를 뒤로 젖히며 위로 치솟았고, 수레가 곤두박질치기 시작했다. 그리하여 티스는 균형을 잃었다. 그의 손에서 고삐와 채찍이 날아갔다. 말이 있는 쪽으로 거꾸로 나가떨어지던 티스는 순간 말꼬리를 꽉 움켜쥐었다. 그러나 이미 옆구리를 얻어맞은 말은 공포에 질려 몸부림을 치며 입김을 내뿜었고, 자신을 당기는 보이지 않는 무게를, 맹수를, 괴롭히는 자를, 티스의 가슴을 뒷발로 있는 힘을 다해 찼다. 그러자 짐승을 당기던 그의 팔이 느슨해졌다. 놀란 말은 어디론가 달아나 버렸다.

티스는 하얀 하늘이 어지럽게 도는 것을 보았다. 마차의 바퀴와 기둥이 굉음을 내며 그를 덮쳤고, 티스는 바퀴와 함께 아래로 굴러 떨어졌다. 그의 입에서 핏물이 흘러나왔고, 고통은 그의 의식을 빼앗아 갔다.

사람들이 티스를 발견했을 때 그는 이미 이 세상 사람이 아니었다. 그가 쓰러져 있는 곳보다 훨씬 아래쪽에서 수레에 매인 말이 마차의 잔해를 끌며 맴돌고 있었다. 들판의 벼 사이로 어지러운 흔적을 남기고 있던 그 짐승은 얼마가 지나서야 간신히 붙잡혔다. 캄캄한 평온 가운데 누워 있던 티스는 자신이 들어올려지는 것도, 또한 어디로 실려 가는지도 알아차리지 못했다. 낯선 지역의 소리들이 피 묻은 천 뒤에 누워 있는 그에게 도달하기까지는 무려 17일이 걸렸다. 대장간의 망치질 소리, 당나귀 우는 소리, 사람들의 음성, 그리고 어떤 이름 토미.

티스를 고통스럽게 한 것은 부상의 후유증이 아니었다. 그는 특히 석회처럼 하얀 프리슬란드의 모래 언덕을 그리워하였다. 때때로 그는 연고를 찧으며 눈을 뜬 채 꿈을 꾸었다. 만조(滿潮)가 되면 모래톱에 잠기던 새들의 섬, 은빛 갈매기들과 소가 활기 있게 생동하던 목초지들……. 그러나 티스는 여태껏 단 한 번도 고향에 돌아가겠다는 의도를 내비친 적이 없었다. 숱한 사망자들을 직접 보고 또 인간의 파괴적인 충동을 몸소 겪은 그는 이제 자기가 태어난 그 해안으로 돌아가는 길은 영원히 사라졌다고 여겼다. 어느 것도 다시 이전과 같이 될 수가 없었다.

배 우편의 상황과 끝없는 겨울로 인해 수년씩 지체되곤 했던 오랜 편지 교환 끝에 티스는 상이 용사 기금을 받게 되었다. 그는 그 돈으로 개간되지 않은 땅을 샀고, 그곳에 감자, 토마토 따위나 약초들을 가꾸기 시작했다. 그는 자신의 상처를 아물게 해주었던 약제들의 조제에 점차로 익숙해졌다. 그는 연고를 반죽했으며, 뿌연 알갱이들을 빻아 가루로 만들거나 짙은 푸른색 병에 물약을 담아 팔기도 했다. 그러고는 마침내 촌락에서 한 여인을 발견하기까지 했다. 철의 도시에서 그와 생을 함께 나누고자 하는 연인 프로세르피나. 마음이 오락가락하면서도 마지못해 그의 곁에 머무르는 프로세르피나. 그녀는 해마다 그에게 화려한 로마로 함께 떠나자고 설득했지만 소용이 없었다. 그녀는 가끔 티스와 말다툼을 하고 난 뒤에는 그를 떠났지만, 며칠 후면 어김없이 몰약과 알로에 냄새로 가득 찬 그의 집으로 다시 돌아왔다.

프로세르피나가 티스를 위해 열심히 애를 썼건만 그녀의 사랑도 그의 시무룩한 우울증을 바꿀 수 없었다. 그것은 티스가 말발굽과 전쟁에 부서졌던 몸이 회복된 이래로, 또 그의 가슴에서 갈빗대가 부러져 나간 이래로 사실상 죽은 자들만을 위해 살기 때문이었다. 그가 조제한 가루약과 물약들이 매우 효과가 있었음에도 불구하고 그는 살아 있는 자들에게는 더 이상 도움을 줄 수가 없다고 가슴 깊이 확신하고 있었다. 살아 있는 자는 굶주림, 분노, 공포 등에 처하게 되면 ― 혹은 무지(無知)로 인해 ― 언제든지 잔인한 짓을 저지를 수 있었고,

동시에 온갖 비굴함도 견뎌 낼 수 있었다. 이를테면 사람은 살아 있는 한 극한 상황에 내몰리게 되면 온갖 일을 해낼 준비가 되어 있었다.

티스는 오직 죽은 자들의 얼굴에서만 감동적인 순진무구한 모습을 발견할 수 있다고 믿었다. 그는 시체를 흙과 돌로 덮게 될 때까지 죽은 자의 표정을 향유로 보존하려 했다. 매장을 하는 티스에게 시체는 가장 무력한 것이었다. 그는 매장을 부탁받은 시체들을 젖먹이와 같이 조심스럽게 씻겼으며, 좋은 냄새가 나도록 시체의 몸에 향유를 발랐다. 그러고는 화사한 옷을 입힌 뒤 관에 넣었으며, 죽음이 곧 완성이라는 표시로서 무덤 위에 돌로 아름답게 둥근 탑을 쌓았다.

티스가 피네우스의 지하 술집에 말없이 신중하게 앉아 있을 때면 피네우스는 때때로 그를 대화로 끌어들이곤 했다. 그럴 때면 티스는 고향의 해안에 대해 마치 바람 없는 바다처럼 천편일률적인 이야기를 끝없이 늘어놓았다. 검은색과 흰색이 알록달록하게 섞인 소들과 물에 잠긴 숲들에 대해 얘기하는 것도 빼놓지 않았다. 그는 심지어 한 번은 술 취한 좌중을 향해 셔츠의 단추를 열고 심장이 뛰는 게 보이는 흉터를 보여 주기도 했다. 티스는 일단 입을 열게 되면 말끝에 언제나 〈인간은 서로에게 늑대다〉라는 말을 덧붙였다. 파마는 마치 달력 같은 데 적힌 격언과 같은 그 말이 로마에서 온 오비디우스에게서 유래된 것이라고 주장했다. 어쨌건 그 문장은 티스를 특징짓게 되어 버렸다. 사람들은 티스가 입을 열면 이번에는 그가 얼마나 자주 그 말을 사용하나 몰래 따라 세면서 내기를 할 정도였다. 티스는 사람들이 그것 때문에 자신을 조롱하는 것을 느꼈지만, 그럼에도 진부한 그 문장은 말버릇처럼 언제나 다시 그의 입에 올랐다. 왜냐하면 그 문장이야말로 그가 여태껏 세상에서 겪은 온갖 경험을 함축하고 있었기 때문이다.

 겨울이 되었지만 눈은 내리지 않았다. 나뭇가지를 유리로 변화시켰던 빙설도 없었다. 바람이 들지 않는 담벼락과 바위 틈새에 창백한 노란빛의 관목들이 꽃을 피우고 있었다.

 태양이 남회귀선을 지나고, 날이 어느새 다시 길어지기 시작했다. 어디선가 불어온 돌풍이 코타가 머물고 있는 다락방의 유리창을 깨뜨렸다. 장식들이 벽에서 떨어져 나갈 정도로 돌풍은 덧창을 세차게 끌어당겼다. 방에는 더 이상 사람이 살 수 없었다. 이 무렵의 습기로 번성한 곰팡이가 벽 양탄자에 수놓인 새 떼를 지속적으로 덮었고, 또 거대한 하늘과 숲, 낮은 구릉을 기어 지나갔다. 코타는 밧줄 만드는 작업실의 건조한 구석으로 몸을 피했다. 이리하여 그는 먼지 쌓인 굵은 밧줄과 물레, 실감개 사이에 침상을 마련했고, 위층은 말벌들과 회갈색의 비둘기들에게 넘겨주었다. 마치 신비한 힘에 이끌린 듯 그것들은 깨진 유리창 구멍을 통해 들어와 리카온 영감 집의 한 귀퉁이를 그들의 식민지로 만들어 갔다. 사방의 벽에는 개미 떼가 기어 다녔다. 개미들은 비둘기 똥에 파묻힌, 미처 소화되지 않은 곡식 낟알들과 오리 깃털을 서로 끌어당겼다. 또 마른 풍뎅이 껍질을 서로 차지하려고 소리 없는 싸움을 벌였다.

 코타는 파마의 가게에서 그녀의 이야기와 탄식을 듣다 폐허가 되어 가는 집으로 돌아오면, 때로 밤늦게까지 천 조각들을 엮어 놓은 띠들을 살피며 걸었다. 거지들의 무도회를 장식하기라도 하듯 작업실 공간에 십자와 대각선으로 걸려 있는 줄들. 코타는 가게 여인의 수다를 색 바랜 트라킬라의 천 조각에 흩어진 글이나 이름과 비교하였다.

비록 가게 여인의 한숨 섞인 이야기가 두서없는 수다에 불과했지만, 그 이야기의 사건들이 천 조각에 끼적거려져 있었다. 티스의 보호되지 않은 심장. 피네우스의 뱀……. 그럼에도 코타는 문자들 가운데 많은 부분을 아직 이해할 수 없었다. 그런 상태로 시간이 흐르던 그 무렵의 어느 저녁, 코타는 트라킬라의 비석들이 가게 여인의 수다 이상의 것을 간직하고 있지 않다는 결론에 도달하게 되었다. 비석에 쓰인 것들은 이 해안 마을의 운명과 전설, 소문 들이 오비디우스와 그의 그리스 하인에 의해 수집되어 산속으로 옮겨진 것에 불과했다. 그것들은 단지 자취를 남기기 위해 쓰인 이상한, 애들 같은 장난질에 불과했다. 비석이 있는 숲에서 멀리 떨어진 이곳에 빨랫줄에 걸린 채 바람에 펄럭거리고 있는 것들은 철의 도시의 기억들이었다. 더럽게 얼룩지고 너덜너덜 찢겨 있는 천 조각들.

수 주일에 걸쳐 내린 비가 사람들을 그들의 집과 동굴과, 천막에 가두었다. 지루한 비는 마치 산을 달래는 것 같았다. 돌이 무너지며 나던 천둥소리가 점차 멀어지고 약해졌으며, 어떤 날에는 전혀 들리지 않았다. 피난민들 중에 가장 가난한 사람들은 폐허가 된 산간 계곡으로 돌아갈 준비를 하기 시작했다. 돌무더기에 묻힌 우리 농가와 촌락이 진흙 더미에 묻힌 철의 도시보다 비참하기야 하겠는가?

가끔 몇 시간 정도 비가 가라앉거나 빗방울이 듣는 정도로 바뀌면 그들은 자신들의 피난처 앞에 무리를 지어 서서 구름을 쳐다보았다. 그들은 수평선 위의 맑은 구름이 정말로 날씨가 좋아지려는 신호인지, 돌무더기에 깔린 고향을 향해 이제 출발해도 될 신호인지, 아니면 잠시 지나가는 구름일 뿐인지에 대해 규칙적으로 말다툼을 벌였다. 때때로 그들은 떠내려가는 진흙탕을 물끄러미 바라보았다. 그러다가 구름이 그새 다시 짙어지며 이전처럼 비가 내리거나 더욱 심하게 쏴 하고 쏟아지면 서로 고함을 치며 욕을 해댔다.

마을 주변이 안개의 베일과 물보라에 싸였다. 돌층계가 있는 해안에 솟은 검은 바위벽도 보이지 않았다. 바다나 해안에 바짝 붙어 출렁이는 파도를 제외하고는 짙은 안개에 싸여 있었고, 산은 구름에 파묻혀 있었다. 그 광경은 마치 지붕까지 내려온 하늘이 산을 산사태라는 영겁(永劫)의 벌로부터 풀어 주기를 주저하는 것 같았다. 산사태의 모습은 햇살이 비치는 1월의 어느 날에 드러날 것이다.

이 비와 더불어 인간들의 시간이 정지해 버린 것 같았고, 식물들의 시간은 날아가는 것 같았다. 미세한 흙과 자양분만 있어도 포자(胞子)가 생겨나고, 씨앗이 터지며, 이름 모를 새순들에 잎사귀가 돋아날 정도로 대기가 매우 온화했다. 누구든지 잠시 잠들었다 깨어나는 자는 곰팡이 실이 자신을 겹겹이 싸고 있다고 여길 정도였다. 습기와 온기, 그리고 약간의 빛만 있으면 살아가는 데 지장이 없는 식물들이 모두 무럭무럭 자랐다. 만일 불이 꺼지기라도 할 것 같으면 재에서 그새 잡초가 자라났고, 땔감들에서 싹이 났다. 식물들의 흰 뿌리에선 자그마한 손가락 같은 초록색 잎사귀들이 생겨났다. 이 식물들은 차츰 팔뚝 두께의 단단한 가지가 되어 철의 도시를 덮쳤다.

토미 마을의 본래 색깔이었던 녹이 빗물에 반짝이는 녹색 풀 아래로 서서히 사라졌다. 그럼에도 녹은 눈에 띄지 않게, 또 습기로 인해 더욱 가속이 붙어 마을 전체를 계속 갉아 들어갔다. 담쟁이덩굴에 덮인 쇠창틀에 구멍이 나더니 창틀이 곧 마분지처럼 버석버석 부서졌다. 담금질을 한 울타리들이 부러졌으며, 라일락이나 화살촉 모양의 금속 장식 무늬들과 하천 다리의 난간이 부러졌다. 쇠창살들이 마치 풀을 엮어 놓기라도 한 듯이 푸석푸석 썩어 갔다.

복잡하게 엉킨 식물 줄기들은 지붕 위의 풍향계와 그 밖의 장식들을 흔적도 남기지 않고 감아 버렸다. 식물들은 처음엔 줄기에 감겨 사라져 가는 지붕의 장식물들을 마치 조롱하듯 장난스럽게 흉내 냈다. 그러나 곧 형태와 미에 관한 자기들만의 법칙에 따라 인간들이 만들어 놓은 기교적인 모양들을 한 치도 물러섬 없이 덮어 버렸다.

1월 초, 푸른 덩굴이 밧줄 만드는 작업실 내부로 깊숙이 기어들었다. 푸른 덩굴은 코타가 걸어 둔 천 조각의 둘레를 자연스럽게 휘감기 시작했다. 그 덩굴은 마치 트라킬라의 천 조각들을 장식하려는 것처럼 빨랫줄을 따라 빙빙 꼬이면서 가지를 뻗었다. 한 편에서는 찢어진 셔츠에 삼각형의 잎새로 브로치와 훈장을 달아 주었고, 다른 편에서는 화관 모양의 잎사귀로 비단 천을 파묻었다. 계속 잇고 짜는 작업을 반복하던 덩굴은 마침내 그 줄을 하나의 옥좌 덮개로 만들어 놓았다. 흔들리는 하늘. 코타는 담의 덩굴이나 계단의 이끼를 대할 때와 마찬가지로 이 변화를 그저 무심하게 받아들였다.

1월의 어느 날 아침, 몸에 심하게 상처를 입은 한 여인이 철의 도시 골목길을 헤매고 다녔다. 만일 그 여인이 나타나지 않았더라면 코타는 넝마와 끈과 꽃잎으로 이루어진, 거미줄 같은 그 묶음을 어쩌면 결코 다시 풀지 않았을 것이다. 색 바랜 천 조각에 적힌 낱말들 또한 잊어버렸을 것이다. 사실 코타는 파마의 수다를 이미 잊어버렸고, 로마에 대한 기억마저도 서서히 잊어 가는 중이었다. 긁힌 상처와 고름으로 흉하게 일그러진 얼굴을 한 어느 맨발의 여인. 그 여인의 등장은 리카온의 작업실 내에 펼쳐진 하늘을 파괴할 뿐 아니라, 코타의 세계를 무너뜨릴 운명을 안고 있었다.

낯선 그 여인은 구름 속에서 나타났다. 외투를 반쯤 걸친 그 여인은 낮게 깔린 안개를 뚫고 나타났다. 물고기의 은비늘처럼 바다를 덮고 있던 하얀 안개는 이미 토미 마을의 지붕과 자갈 더미 위로 옮겨 갔고, 해안엔 물안개만이 고요하게 흩날리고 있었다. 비가 그쳤다.

낯선 여인은 시선을 바닥에 고정시킨 채 절름거리며 바다로 걸어 갔다. 여인은 자신이 황무지의 바위 절벽이 아니라 집들에 둘러싸여 있는 것을 눈치 채지 못했다. 여인은 자신이 걷고 있는 곳이 계곡이 아닌 골목길임을 알아차리지 못했다. 그녀는 바다로 가려고 했다. 인간들의 세계인 토미 마을에 대해서는 아랑곳하지 않았다. 그러나 그 무렵 토미 마을엔 넝마를 걸친 초라한 사람들이 셀 수 없이 많았기에 낯선 그 여인 역시 처음엔 거의 남들의 눈에 띄지 않았다.

마침내 부둣가에 도착한 그녀는 누군가 뒤집어 놓은 어느 배에 기대고 섰다. 그녀는 마음이 놓인다는 듯 허공을 응시하며 몇 시간이 지나도 꼼짝하지 않았다. 마치 뱃밥으로 쓰는 타르를 가지고 여인을 배의 측면에 붙여 놓은 것 같았다. 여인은 물결이 방파제에 부서지며 거품을 낼 때면 종종 알아들을 수 없는 거친 소리를 내뱉었다. 방파제 벽 부근에서 조개를 까던 몇몇 아이들이 그녀 쪽으로 눈길을 돌렸다. 아이들은 그 이방인이 무방비 상태에 놓여 있다는 것을 금세 알아차렸다. 그들은 여인을 향해 자그마한 돌을 던지며 가까이 다가갔다. 한 아이가 여인의 찢어진 옷을 잡아당기다 깔깔거리며 뒤로 물러섰고, 다른 아이는 나무 막대로 그녀를 찔러 댔다. 그러다 여인이 신음을 하며 놀라 소리를 지르면 아이들은 즐거워하면서 그녀의 주위를 맴돌았다. 파리들이 여인의 뺨에 난 상처에서 고름을 빨아먹고 있었지만 그녀는 파리들을 쫓을 생각조차 하지 않았다. 이윽고 백정의 아들인 이티스가 빵 한 조각을 막대에 꿰어 그녀에게 내밀자 여인은 갑자기 그것을 쳐냈다.

어쩌면 그 여인은 벙어리인지도 몰랐다. 벙어리 노파 아라크네처럼 허공에 대고 손가락 짓을 하며 말을 하는 사람인지도. 그리하여 열 개가 넘는 자그마한 손들이 그녀를 향해 손짓을 해보였다. 주먹을 내밀어 보이거나 팔을 흔들어 보였고, 그림자놀이를 하듯 손가락을 구부려 보기도 했다. 바로 그때 째지는 듯한 웬 비명 소리가 이 의미 없는, 복잡한 손짓들을 굳어 버리게 했다. 깜짝 놀란 팔들이 함수초 잎사귀처럼 모두 아래로 처졌다.

비명을 지른 사람은 이방인 여인이 아니었다. 그것은 백정의 아내 프로크네의 소리였다. 가쁘게 숨을 내쉬는 뚱뚱한 여인. 이 비명이 마을 전체의 이목을 오직 한 운명에게 집중시키기라도 한 듯이 이제 토미 마을 전체가 끔찍스러운 몰골을 한 이방인 여인을 바라보았다. 놋쇠공들이 달려왔고, 검은 옷을 입은 여인들과 피난민들, 광부들이 그 뒤를 따랐다.

프로크네는 푸줏간에서 소시지의 속을 채우던 중이었다. 프로크네는 열린 창을 통해 자기 아이가 들뜬 아이들의 무리 속에 끼여 부둣가 주변에서 노는 것을 보았다. 아이가 너무 바다 가까이에 서 있었다. 그녀는 이티스를 불렀다. 그래도 소용이 없자 프로크네는 아이를 안전하게 보호하기 위해 계단을 내려가 부둣가로 숨차게 뛰어갔다. 거기서 그녀는 허공을 응시하고 있던 여인과 갑자기 마주쳤고, 파리들로 인해 괴로움을 당하는 파괴된 그 얼굴에서 그녀의 동생 필로멜라를 알아보게 되었다.

백정의 아내가 비명을 지르고 난 뒤 경악에 휩싸인 침묵이 잠시 흘렀다. 곧 이어 요란한 소리를 내며 뛰어오는 발소리가 들렸다. 한 도시 전체가 자신을 향해 달려오는 것을 느낀 이방인 여인은 바닷가로부터 고개를 돌려 프로크네를 바라보았다. 그러나 여인은 입을 벌려 신음만 할 뿐, 살진 프로크네의 얼굴을 전혀 알아보지 못하는 것 같았다. 구경꾼들은 그제야 이 여인의 침묵이 실 잣는 여인의 침묵과는 전혀 다른 종류의 것이라는 것을 보게 되었다. 이방인 여인에겐 혀가 있어야 할 자리에 젖어 있는 검은 상처만이 있을 뿐이었다. 이제는 아물어 있는 상처. 그녀의 입술은 찢겨 있었고, 이빨은 부러져 나갔으며, 턱은 부서져 있었다. 지금 프로크네의 팔에 안겨 신음하는 이 여인에게는 혀가 없었다.

이 여자가 필로멜라라고? 부둣가에 모인 토미 주민들은 채 스무 살이 되지 않은 귀여운 얼굴을 떠올렸다. 푸줏간에서 창자를 닦아 내고, 김이 무럭무럭 나는 솥에서 닭의 털을 뽑던 그녀는 뚱뚱한 몸집의 프로크네와는 모든 면에 있어서 정반대였다. 필로멜라는 언니 집에서 마구간 하녀 이상의 삶을 누리지 못했고, 수년 전 산속에서 계곡 아래로 떨어져 죽었다. 물론 그녀의 시체를 찾지는 못했다. 필로멜라……?

이날 아침 토미 주민들은 당시 해안에 소문들이 떠돌았던 것을 기억해 냈다. 그러나 그 소문들은 백정의 위협으로 인해 다시 잠잠해졌던 것이다. 결국 남은 것은, 아니 남을 수 있었던 것은 다음과 같은 한 인간의 불행한 이야기뿐이었다.

테레우스는 흑옥 캐는 사람들의 숙소로 가기 위해 노새 한 마리에 고기를 싣고 프로크네의 여동생과 더불어 산속으로 들어갔다. 필로멜라는 그와 같은 일로 종종 형부와 동행했다. 바로 그날 저녁, 여름 번개가 치고 바다에서 지금과 다름없는 안개가 올라오던 때였다. 몸에 상처가 난 백정이 숨을 헐떡이며 언덕을 뛰어 내려와 눈물을 흘리면서 소리치길, 그 짐승이 달구지 길 중간에서 겁을 먹고 계속 나아가기를 꺼리다가 미끄러져 넘어졌다고, 그리고 처제 필로멜라를 함께 절벽 아래로 끌고 떨어졌다고 했다.

테레우스는 몹시 피곤한 상태인데도 불구하고 잠시도 쉬지 않았다. 그는 구조를 위해 밧줄과 횃불과 등잔불을 무겁게 멘 주민들과 함께 다시 산속으로 들어갔다.

구조대는 실종된 처녀를 찾아 이틀 밤낮을 뒤졌다. 그러나 그들은 틈새가 벌어진 어느 어두운 계곡의 바닥에 갈기갈기 찢긴 채 쓰러져 있는 짐승의 시체를 발견했을 뿐이었다. 짐승의 주변에 소시지와 베이컨 조각과 소금에 절인 고기들이 뿔뿔이 흩어져 있었다. 바위 절벽에서는 살쾡이들이 하늘에서 떨어진 고깃덩이 쪽으로 기어 내려갈 방도를 찾느라고 침을 흘리며 울어 댔지만 소용이 없었다. 아래쪽의 그늘에 산산조각이 난 채 흩어진 것들은 밧줄을 동원해야만 끄집어 올릴 수가 있었다. 당시 사람들은 필로멜라가 아가리를 벌리고 있는 저 어두운 틈새를 통해, 접근이 불가능한 계곡 바닥으로 추락했음이 틀림없다고들 했다.

그런데 이제 그녀가 여기에 주검과도 같은 모습으로 나타난 것이다. 말을 할 수 없도록 불구가 된 희생자. 프로크네의 팔에 안겨 흐느끼는 그녀는 어떤 질문도, 또 자신을 달래는 어떤 말도 이해하지 못했다. 그녀는 빨갛게 부어오른 프로크네의 손 이외에는 어느 것도 자신의 몸에 닿는 것을 견디지 못했다. 남자의 그림자만 그녀에게 다가가도 그녀는 두려움으로 몸을 움츠렸다.

필로멜라는 혀와 아름다움만을 잃어버린 것이 아니라 판단력마저 상실하였다. 주민들은 일체의 질문이 전혀 소용없다는 것을 알면서도 수백 번에 걸쳐 질문을 되풀이하였다. 그들은 어찌할 바를 몰라 서로 쳐다보았다. 그들은 누가 이런 만행을 저질렀을까 하고 스스로에게 질문을 던지며 입 안에서 뭔가를 우물우물 중얼거렸다. 모두가 자신들의 혀에 놓인 단 하나의 대답을, 단 하나의 이름을 내뱉지 않으려고 무진 애를 썼다. 사람들은 무리 중에 백정이 있는지 몰래 둘러보았다. 하지만 테레우스는 호기심 어린 주민들 속에 섞여 있지 않았다. 그의 배 역시 보이지 않았다.

필로멜라는 몸은 비록 언니 프로크네의 품에 안겨 있었지만, 마음은 소금내가 풍기는 무한한 바다에 가 있었다. 그녀는 인간들의 음성을 갈매기의 울음소리나 요란한 파도 소리 이상으로는 느끼지 못하는 것 같았다. 술집 주인 피네우스가 두 여인에게 다가갔다. 필로멜라의 앞에 선 그는 자신의 입을 벌려 혓바닥을 내밀고 손바닥으로 혀를 움켜쥐었다. 불구가 된 여인으로 하여금 생의 가장 끔찍스러웠던 순간을 기억 속으로 끄집어내게 하려는 시도였다. 「누구였지? 누가 그랬느냐고?」 그가 소리를 질렀다. 그때 필로멜라는 잠시 무한(無限)을 벗어나 이성과 잔인함의 세계로 다시 돌아온 것 같았고, 또 자신이 사람들 속에 있다는 것을 아는 것 같았다. 그녀는 공포에 질린 표정으로 사람들의 얼굴을 바라보았다. 철의 도시의 폐허 더미들이 풀에 뒤덮여 있는 것을 보았으며, 비탈진 언덕에 새의 둥지들이 부서진 것을, 해안에 낯선 풀들이 많이 나 있는 것을 보았다. 황량한 자연 속에서 햇빛을 받아 반짝이는 하얀 벽이 그녀의 눈에 들어왔다. 지금은 하얀 칠이 벗겨진 벽. 행복했던 시절 그 위로 키파리스의 영화의 그림들이 스치고 지나갔던 벽.

술집 주인은 필로멜라가 순간적으로 정신이 돌아온 것을 느꼈다. 그는 그녀가 아무런 신호도, 아무런 암시도 남기지 않은 채 다시 무한 속으로 빠져 들어갈까 봐 마치 귀먹은 사람에게 하듯이 고함을 지르며 도대체 누구였느냐고 계속 물었다. 마침내 티스가 격앙된 피네우스를 두 여인에게서 떼어 내려고 했다.

술집 주인이 마침내 입을 다물고 시선을 다른 데로 돌리려고 하는 바로 그 순간, 필로멜라는 술집 주인의 눈을 쳐다보았다. 그리고 천천히 팔을 들어 — 마치 끝없는 권태감 속에서 끄집어 올리듯 — 푸줏간 집을 가리켰다. 담쟁이덩굴과 머루 잎새로 뒤덮인 텅 빈 벽을.

 필로멜라가 돌아오던 날, 테레우스는 잔잔한 서풍을 받으며 토미의 항구로 들어와 부둣가에 배를 댔다. 해안은 어느새 짙은 어둠에 싸여 있었다. 그는 그날 바다가 잔잔한 틈을 타서 만에 어살과 그물을 던져 놓았다. 이제 침묵하는 마을이 그를 받아들였다. 골목길과 광장이 쥐 죽은 듯 고요했다. 하늘에는 몇 주 만에 처음으로 별들이 보였다.

 지친 테레우스는 잡은 것을 짊어지고 집으로 돌아왔다. 살 오른 고기들이 담긴 바구니 두 개. 고기들 중의 일부가 여전히 파닥거렸다. 또 어떤 고기들은 갑자기 미친 듯이 지느러미를 부딪치며 마지막 남은 생명력을 허비하고 있었다.

 백정은 나란히 늘어선 그림자들이 자신을 피해 문틀이나 구석의 어둠 속으로 숨는 것을 알아차리지 못했다. 어떤 집들은 아예 불을 꺼버리고 어두운 창가에 바짝 붙어, 저 짐승이 어떤 모습으로 골목을 지나가는지 살폈다.

 테레우스는 대문을 밀친 뒤 고기 바구니를 돌의자 위에 내려놓으며 어둠에 대고 인사를 했다. 그러나 푸줏간 집은 마을과 다름없이 어두웠고, 쥐죽은 듯 고요했다. 이때 창문 뒤로 빛이 반짝거렸다. 짙은 그림자 두 개가 집을 빠져나가 폐허 속으로 얼른 사라졌다. 프로크네가 그녀의 동생을 데리고 어둠 속으로 사라진 것이다.

 바로 그 순간 테레우스는 거의 반사적으로 대문에 들어섰다. 그는 불을 켰다. 집에서 새어 나온 불빛이 앞뜰을 비추었다. 골목에 무성히 자라 있는 덤불도 불빛을 받고 있었다.

테레우스는 아직도 물고기 비늘이 흐릿하게 반짝이는 팔에 아들을 안고 조심스럽게 계단을 내려가 우물가로 갔다. 아버지의 팔에 안겨 있는 아이의 머리는 아버지가 발걸음을 내디딜 때마다 시계추처럼 흔들거렸고, 그의 맨발은 대롱거리며 서로 부딪쳤다. 철의 도시 주민들은 피에 젖은 이티스의 셔츠를 보기도 전에 이티스가 죽어 있다는 것을 이미 알았다.

테레우스는 비명을 지르지도 울지도 않았다. 도살당할 짐승이 죽음의 공포에 떨며 밧줄에 끌려가지 않으려고 버틸 때면 그 짐승을 고함으로 짓누르던 테레우스. 넋이 나간 백정은 매우 주저하며 우물가로 내려갔다. 그는 자그마한 시체를 몸에 꼭 껴안은 뒤 돌 바닥에 살며시 내려놓았다. 바닥엔 바가지를 끌어올릴 때 긁혀서 생긴 자국이 보였다. 그는 죽은 아이에게서 셔츠를 벗겼고, 칼에 찔려 벌어진 자국에서 피를 씻어 냈다. 공포에 사로잡혀 숨죽이고 있던 마을 사람들은 그때서야 비로소 백정의 신음 소리를 들었다. 그것은 불구가 된 여인의 탄식처럼 아주 낯설고 무시무시한, 고통에 사무친 음성이었다.

테레우스는 아들을 묻기 위해 씻긴 다음 상처의 날카로운 가장자리에 자신의 이마를 꾹 눌렀다. 어둠에 파묻혀 숨죽이고 있는 마을 사람들은 이 죽음이 필로멜라를 불구로 만든 데 대한 힘없고 맹목적인 복수일 뿐 아니라, 아울러 십수 년에 걸친 절망의 끝맺음이라는 것을 알았다. 프로크네는 자기 아들을 시간 속에서 끄집어내어 자신의 가슴속에 영원히 파묻은 것이었다.

테레우스는 피 묻은 셔츠를 우물가에 그대로 두고, 이티스를 다시 집 안으로 보듬고 갔다. 그는 아이를 침대에 눕힌 뒤 빳빳하게 풀을 먹인 흰색 천으로 덮어 주었다. 그리고 도끼를 쥐고 영원히 집을 떠났다. 사람들은 백정이 눈이 벌게져서 마을 구석구석과 덤불에 대고 도끼를 휘두르는 것을 보았고, 또 그가 폐허 더미 위로 서서히 등잔불을 비추는 것을 보았다. 백정은 피난민들이 지펴 놓은 불가에 웅크리고 있는 자들의 모포를 말없이 들추었고, 그들의 얼굴이 자기가 찾는 얼굴이 아님을 확인하고는 정신없이 불을 넘어갔다. 이를 본 사람들은 백정이 프로크네를 죽이려고 찾고 있다는 것을 알았다. 그러나 어느 손도, 어느 음성도 백정을 달래거나 위로할 엄두를 내지 못했다. 맹수가 먹이를 쫓아 달리는 것을 자연이 수백 개의 눈으로 무심히 바라보듯이, 토미 마을은 백정이 이미 사라진 여인의 흔적을 좇는 것을 그저 지켜볼 뿐이었다.

철의 도시의 어느 대문도 그의 도끼를 견뎌 내지 못했을 것이다. 밧줄 만드는 작업실의 창가에 앉은 코타는 오로지 어둠의 보호를 받으며 테레우스의 등잔불을 지켜보고 있었다. 분주하게 움직이는 저 불빛. 그 불빛은 골목을 뛰어다니며 헛간과 동굴 속의 어둠으로 사라졌다가 다시 나타났고, 정원의 무성한 덤불에 가려지거나 담벼락 위로 어지러운 그림자를 만들었다.

코타는 그 불빛이 정지하기라도 하면 두 여인이 발각된 소리가 곧 들릴 것이라 여겼다. 발소리, 돌 구르는 소리……. 하지만 여전히 조용했다. 그 순간 작업실의 문 근처에서 숨죽인 음성이 들려왔다. 코타는 불을 켤 생각도, 또 그곳을 떠날 엄두도 내지 못했다. 재갈을 물린 입에서 새어 나오는 듯한 성난 소리. 이윽고 문이 살며시 열렸다. 코타는 어둠 속에서 희미한 팔목을 보았다. 프로크네. 그녀는 당황한 동생을 이곳에 숨도록 끌어당기고 있었다. 그녀는 필로멜라를 달래느라 속삭이며 동생의 입에 손을 갖다 댔다.

필로멜라는 어둠 속을 계속 돌아다니기를 거부했고, 한곳에 머물러 자고 싶어 했다. 어두운 뜰 앞에 선 그림자. 두 여인은 이제 활짝 열린 대문 옆에 바짝 붙어 앉았다. 처음엔 깜짝 놀라 어쩔 줄을 모르던 코타는 겁에 질려 그만 입을 다물었다. 코타가 단 한 마디를 건네는 것만으로도, 또 그들에게 접근하는 것만으로도 두 여인은 도망치거나 깜짝 놀라 소리를 지를 것이다. 그러면 도끼와 더불어 흔들거리는 등잔불이 리카온 영감의 집으로 달려올 것이다. 코타는 말없이 어두운 귀퉁이에 기대고 앉아 있었다. 깨진 창을 통해 집으로 밀치고 들어온 나팔꽃의 잎사귀들이 등에 느껴졌다.

불구가 된 여인은 이제 언니의 따스한 몸뚱이에 기댄 채 잠이 들었다. 프로크네는 더 이상 동생을 달랠 필요가 없었음에도 이제야 수년 간에 걸친 침묵이 깨진 듯 쉼 없이 소곤거렸다. 그것은 마치 상실된 동생의 기억을 새로운 이야기로 채우기 위해 잃어버린 세월을 모두 다시 불러내는 것 같았다.

매우 피곤한 코타에게 프로크네의 음성은 아주 먼 곳에서 들리는 소리 같았다. 야릇하고 아늑하게 울리는 나지막한 목소리. 그렇게 그들 셋은 그날 밤 쉼 없는 속삭임에 의해 하나가 된 채 웅크리고 있었다. 프로크네의 속삭임은 불구가 된 여인의 꿈과 로마인의 피로감 속으로 울려 퍼졌다. 코타는 더 이상 여인이 속삭이는 말의 의미에 신경 쓰지 않았다. 그녀의 음성은 멜로디와 같이 울렸다. 진정제와도 같은 그 음성은 코타로 하여금 테레우스와 온갖 위협들을 잊게 했다. 그렇게 밤이 차츰차츰 흘러갔다.

먼동이 트기 직전이었다. 동쪽의 바다 위에 있던 안개와 구름이 모두 걷힐 무렵 코타는 잠깐 빠져 들었던 잠에서 깨어났다. 그가 눈을 뜨자 리카온 영감의 집은 부드러운 소리로 가득 차 있었다. 프로크네의 아름다움과 젊음과 잃어버린 행복이 맑은 울림으로 변화되어 다시 돌아오기라도 한 것처럼 매혹적인 〈노래〉가 울렸다. 코타는 이 변신의 징조를 찾고자 어둠을 향해 고개를 들었다. 순간 문 안으로 들어와 있는 백정이 보였고, 창백한 광택을 내고 있는 도끼가 보였다. 테레우스는 마침내 아들의 살인자를 발견했다.

다음 순간 일어난 일들은 트라킬라의 천 조각들에 일찍이 쓰여 있었던 것들이 성취된 것에 불과했다.

노래가 멈췄다. 테레우스는 슬픔과 증오의 명령을 따라 도끼를 쳐들어 두 여인을 내리찍었다. 그러나 여인들은 팔을 올려 막지 않았다. 그 대신 놀란 두 마리의 새가 날개를 펼쳤다. 그 새들의 이름은 트라킬라의 서고(書庫)에 적혀 있었다. 제비와 나이팅게일. 새들은 날개를 요란하게 푸드덕거리며 작업실을 이리저리 날다가 깨진 창을 통해 얼른 밖으로 빠져나갔다. 그러고는 검푸른 하늘로 사라져 버렸다. 다음 순간 휘어진 도낏자루에서 새의 부리가 생겨났다. 테레우스의 팔에서는 날개가, 머리카락에서는 갈색과 검은색 깃털이 생겨났다.

그는 개똥지빠귀가 되었다. 개똥지빠귀는 물결이 출렁이듯 날며 도망친 두 새를 쫓았다. 나이팅게일로 변한 프로크네의 지저귀는 소리를 타고 미끄러지듯이 나아갔다.

이날 아침 반짝이는 바다에서 솟아오른 태양은 낯설게 변한 해안의 산맥을 차가운 빛으로 감쌌다. 우기(雨期)의 안개와 구름이 이제 완전히 물러갔다. 꼭대기가 갈라진 새로운 산이 하늘을 향해 우뚝 솟았다. 산의 둘레 여기저기에 돌사태로 생긴 흙더미와 무너진 산비탈이 보였다. 산등성이는 무성한 풀들로 덮여 있었고, 산꼭대기는 만년설로 덮여 있었다. 산의 정상에 놓인 기암(奇岩)은 깊은 땅속에서 솟아나 고집스레 별들을 향해 버티고 있었다. 아열대의 황무지를 거쳐 짙은 청색의 만년설 지역으로 뻗쳐 있는 기암. 한동안 산을 울리게 하던 일체의 소리가 이제 입을 다물었다. 천둥 치듯 흘러내리던 돌들과 부드럽게 졸졸거리며 흐르던 모래가 이제 멈추었다. 계곡과 언덕에는 피곤하고 지친 적막감이 감돌았다.

코타는 아이와 같이 마냥 쾌활해졌다. 그는 이제 찢겨진 하늘의 ─ 그곳은 작업실 내부였다 ─ 한가운데 홀로 앉아 천 조각들을 파헤쳤고, 글이 끼적거려진 깃발들을 나팔꽃의 줄기와 잎사귀에서 떼어 냈다. 마치 잡동사니를 정리하는 사람이 물건들을 버리기 전에 다시 한 번 물건들의 이름을 불러 보듯이, 코타는 천 조각에 적힌 여러 낱말들을 빈 공간에 대고 크게 읽어 댔다.

테레우스가 개똥지빠귀이고 프로크네가 나이팅게일이라는 것은 천 조각에 쓰여 있었다. 에코가 메아리가 되고 리카온이 늑대가 되리라는 것도……. 철의 도시의 과거뿐 아니라, 미래의 운명도 트라킬라의 비석에 묶여 바람에 나부끼고 있었다. 천 조각에 적혔던 수수께끼들이 마침내 풀려 코타의 손에서 미끄러져 내렸다. 만년설의 왕관을 쓴 기암의 모습이 깨진 창을 통해 코타의 눈에 들어왔다. 광채를 비추고 있는 저 찬란한 산의 이름 역시 넝마 조각들에 적혀 있었다. 〈올림포스 산〉. 그 산은 여태껏 흑해의 수면에 드리워졌던 그 어느 그림자보다도 더 거대한 그림자를 철의 도시 해안에 드리우고 있었다.

토미 마을이 주춤거리며 그 산의 그림자를 밀어냈을 때, 그리고 코타가 리카온 영감의 집을 나섰을 때는 한낮이 다 되어서였다. 허옇게 이글거리는 불꽃의 모습처럼 해가 중천에 떠올랐다. 무밭에 나무 재를 뿌리던 피네우스는 골목길을 걷는 로마인을 보았다. 그는 코타가 정신이 돌았다는 듯 손가락으로 자신의 이마를 두드리며 혼잣말을 내뱉었다. 「저 양반 돌았구먼. 저 사람 미친 게 틀림없어.」 코타가 뭐라고 중얼거리며 터벅터벅 걸었다. 코타는 목에 덩굴과 천 조각과 끈을 감고 있었다. 마치 종이로 만든 연 꼬리를 끌듯이 천 조각이 묶인 줄을 질질 끌고 나아갔다.

코타는 사람들이 그를 향해 외치는 소리에 대답하지 않았고, 그를 향해 흔드는 손짓에도 개의치 않았다. 잿빛 갈매기들의 울음소리, 파도 소리, 또 부챗살 같은 야자수 잎들이 바람에 살랑거리는 소리가 들려왔다. 그러나 인간의 음성은 더 이상 들리지 않았다. 그는 넝마 조각에 쓰인 문자들이 자신에게 예시해 준 그림들만을 눈앞에 떠올릴 뿐이었다. 푸줏간 집은 장차 이끼에 뒤덮인 바위벽으로 전락할 것이고, 뿔까마귀 떼가 그 벽에다 주둥이를 갈아 댈 것이다. 골목길은 꽃과 가시덤불이 우거진 인적 없는 길이 될 것이다. 주민들은 돌로, 혹은 새, 늑대, 메아리로 변할 것이다. 아라크네의 절벽 위로는 무시무시한 갈매기 떼가 살랑거리며 날아오르리라. 지금은 곰팡이 핀, 수놓아진 그림들의 씨줄과 날줄에서 새들이 해방되어 구름 한 점 없는 하늘로 솟아오르리라.

유쾌해진 코타가 쓸쓸히 널린 자갈을 지나 트라킬라로 가는 언덕으로 들어섰다. 새로운 산이 솟아난 그곳으로. 한 걸음씩 내디딜 때마다 커지는 기쁨으로 그는 간간이 킥킥거리며 웃었다. 이곳으로 오비디우스가 지나갔다. 〈이곳은〉 오비디우스의 길이었다. 필연성과 이성의 제국인 로마에서 쫓겨난 시인은 흑해에서 『변신』을 끝까지 들려주었다. 시인은 향수 때문에 고통스러워하고, 또한 추위로 떨던 황량한 이곳 해안을 〈자신의〉 해안으로 변화시켰다. 나아가 그를 배척하고 급기야는 트라킬라의 고독함으로 내몰았던 야만인들을 〈자신의〉 인물들로 만들었다. 또한 오비디우스는 〈모든〉 이야기를 완결시킴으로써 마침내 자신의 세계를 인간들과 또 그들이 만든 질서로부터 해방시켰다. 그런 후 어쩌면 오비디우스 역시 사람이 살지 않는 그림 속으로 들어갔으리라. 그는 불사신의 조약돌이 되어 언덕을 굴러다니거나, 가마우지가 되어 파도의 끝을 스치며 날아다니고 있을 것이다. 혹은 승리의 환호를 부르는 자색 이끼로 변하여 어느 도시의 사라져 가는 마지막 담벼락의 부스러기에 웅크리고 있으리라.

어느 그리스 하인이 시인의 이야기들을 기록하고, 또 그의 말 한마디 한마디에 기념비를 세운 것은 전혀 의미 없는 일이었다. 그것은 기껏해야 미치광이를 위한 장난에 불과했다. 책들은 시간이 지나면 곰팡이가 피고 불에 타고 재나 먼지로 부서져 갔다. 비석들은 형체 없는 흙더미가 되어 언덕 밑으로 넘어졌다. 심지어 현무암에 새긴 비문들조차 달팽이들의 끈질긴 공격으로 사라졌다. 현실의 허구(虛構)는 더 이상 기록을 필요로 하지 않았다.

아직 발견되지 않은 채 어딘가에 있을 비문 하나가 코타를 산속으로 유인했다. 코타는 트라킬라의 은광으로 덮인 조그마한 깃발들에서, 아니면 새로 생긴 산언덕의 흙더미에서 그것을 찾게 될 것이다. 그것은 분명히 작은 깃발일 것이다. 거기엔 단 두 글자만이 적혀 있을 것이다. 코타는 가던 길을 잠시 멈추고 숨을 돌리며, 거대한 바윗돌 앞에 초라하게 서 있는 자신을 보았다. 코타가 바위벽을 향해 두 글자를 크게 외쳤고, 그 외침의 메아리가 자신에게 되돌아오자 〈여기 있다!〉 하고 대답했다. 바위벽에 퉁겨 돌아오는 친숙한 그 소리는 바로 자신의 이름이었다.

부록
오비디우스 일람표

 『최후의 세계』에 등장하는 인물은 왼쪽에 소개하였고 그와 관련한 그리스·로마 신화의 인물에 대해서 오른쪽에 간단한 요약을 실었다. 이 일람표에 제시된 인물들 가운데 세 인물, 아우구스투스 1세, 아우구스투스 2세, 코타 막시무스 메살리누스를 제외하고는 모두 오비디우스의 『변신*Metamorphoses*』에 등장하는 인물들이다. 예외가 되는 세 인물은 오비디우스의 미완성 작품 『흑해에서 온 편지*Epistulae ex Ponto*』에 언급되고 있다. 이 일람표에 제시된 인물들의 이름 표기와 그들의 운명에 관한 요약과 인용된 부분은 『변신』(미하엘 폰 알브레히트의 산문역, 뮌헨, 1981)을 참조했다.

최후의 세계

데우칼리온 Deucalion
에코가 코타에게 말해 준 〈돌에 관한 책〉에 등장하는 인물. 이 책은 유배된 시인 오비디우스가 쓴 것으로 짐작된다. 이 책에서 데우칼리온은 세계의 종말에서 살아남은 마지막 남자로 등장한다. 그는 자신의 연인 피라와 더불어 뗏목에 탄 채 모든 것을 파괴하는 홍수를 견뎌 낸다. 살아남은 자들의 고독함은 형벌 중에서도 분명히 가장 혹독한

고대 세계

데우칼리온 Deucalion
거인 프로메테우스의 아들이며 피라의 남편. 유피테르가 인류를 몰살시키려는 의도로 일으킨 대홍수에서 그는 부인과 더불어 살아난다. 물이 물러갔을 때 둘은 뗏목을 탄 채 파르나소스 산의 언덕에 표착(漂着)하게 된다. 그들은 진흙탕으로 뒤덮인 신전에서 위로를 찾고자 한다. 그들은 그곳에서 뒤로 돌을 던지라는 영감을 얻는다. 신탁의 의미를 깨닫지 못한 채 데우칼리온과 피라

벌일 것이라고 에코는 말한다.

는 그 충고를 따른다.

……그러자 남자의 손이 던진 돌들이 순식간에 신들의 힘을 통해 남자의 모습을 지니게 되었다……. 그래서 우리들은 강인하고 인내력 있는 인간들이 되었다. 또한 이는 우리가 무엇에서 생겨났는가를 보여 주는 증거를 제시한다.

리카스 Lichas

그리스 정교 선교사. 그는 해마다 부활절 무렵이면 작은 고깃배를 타고 보스포루스를 떠나 토미 마을로 건너와서는, 풀이끼와 버섯곰팡이로 가득 덮인 황폐한 교회에서 그가 속한 종파의 구성원들이 로마의 지배 하에서 겪고 있는 고문에 대한 교독문(交讀文)을 낭독한다. 어느 수난절 날, 그는 이와 같은 성스러운 날에는 오로지 십자가에 못 박히신 주님의 슬픔과 고난만을 기억해야 한다고 소리치며, 오르페우스의 죽음을 보여 주던 영화를 중지시킨다. 그가 계속 울려 대는 교회 종소리로 인해 키파리스는 상영을 중단한다.

리카스 Lichas

켄타우로스의 피에 적셨던 내의를 헤라클레스에게 가져다주는 하인. 영웅 헤라클레스는 그 옷을 입고 죽게 된다. 옷에 스며 있는 독과 고통으로 거의 죽음 직전에 이른 헤라클레스는 리카스를 에우보이아 바다에 던진다.

……리카스, 힘센 팔에 몸이 들려 공중으로 던져지는 순간, 공포로 인해 그의 동맥에서는 피가 빠져나갔을 것이다. 옛 문헌이 전하는 바대로 그의 몸에서 모든 액체가 새어 나갔으며, 그는 딱딱한 돌로 변했다.

리카온 Lycaon

토미 마을의 밧줄 제작자. 그는 코타에게 요란한 색깔의 벽 양탄자로 장식된, 차가운 다락방 한 칸을 세로 내준다. 그는 때때로 에코를 하녀로 고용한다. 그는 작업실 구석의 실 감는 틀과 밧줄 감개 사이에서 잠을 자고, 서리가 내리

리카온 Lycaon

아르카디아의 폭군. 그는 유피테르가 인간의 모습으로 자기 궁에 왔을 때 잠든 유피테르를 죽이려고 한다. 한번은 유피테르의 전지력(全知力)을 시험할 의도로 그에게 사람의 고기를 대접한다. 이에 유피테르는 이 폭군의 궁을 불사르고, 리카온은 도주를 한다.

는 날조차 맨발로 다닌다. 리카온의 철제 금고에는 꼬깃꼬깃 구겨진 지폐, 거무스름한 은식기, 군대용 권총 한 자루가 들어 있다. 그와 더불어 돌과 같은 회색의, 좀이 슨 늑대 가죽도 보관되어 있다.

……겁에 질린 그는 적막한 시골로 도망친다. 그는 그곳에서 짖어 댄다. 말을 하려 하지만 소용이 없다. 늑대로 변해 버린 자신의 모습으로 인해 그의 복수심은 극도에 이르게 된다. 그는 자신에게 익숙한 살인 욕구를 작은 짐승들에게 풀고, 여전히 피를 보는 것에 기쁨을 느낀다. 그의 옷은 텁수룩한 털로 변하고, 그의 팔은 허벅지가 된다. 그는 늑대가 되며, 동시에 자신의 원래 모습의 흔적을 간직한다. 회색의 머리카락이 그대로 남았고, 폭력적인 얼굴과 이글거리는 눈, 거친 모습이 그대로 남았다.

마르시아스 Marsyas

리미라 마을의 계곡에 사는 숯 굽는 사람. 욕정을 풀기 위해 에코를 찾는 남자들 중의 한 명. 에코가 사라진 후 밤새도록 그녀가 나타나기만을 기다린다. 그래도 아무런 소용이 없자 그는 술에 취하고, 그녀의 동굴을 닥치는 대로 부순다. 그의 고함 소리와 그가 불어 대는 야릇한 음악은 철의 도시 주민들로 하여금 밤잠을 설치게 한다. 먼동이 틀 무렵, 테레우스는 그를 가축에게 물을 먹이는 저수조에 집어던진다. 프로크네가 마르시아스를 끌어내어 그를 익사의 위험에서 구한다. 숯쟁이는 몽롱한 상태에서 깊은 꿈에 빠지고, 저수조 앞의 이끼 긴 돌 바닥에 오전 내내 누워 있다. 그는 토미의 주민 가운데 에코가 사라진 것을 슬퍼하는 유일한 사람이다.

마르시아스 Marsyas

사티로스. 쌍피리의 명수. 그는 시문학과 음악의 신 아폴론에게 도전하여 음악 경연을 했다. 그의 연주 솜씨는 비교할 수 없을 만큼 빼어났다. 이에 화가 난 아폴론은 마르시아스의 몸에서 껍질을 벗겨 그를 나무에 거꾸로 매달았다.

……그가 여전히 비명을 지르는 동안 그의 사지에서 껍질이 벗겨졌다. 몸뚱이 전체가 하나의 커다란 상처였다. 곳곳에서 피가 흘렀고, 힘줄이 드러났다. 피부 껍질을 잃은 동맥이 움직이며 박동했다. 사람들은 그의 내부에서 움찔거리는 내장들을 보았고, 흉곽에서는 투명하게 내비치는 섬유질을 셀 수 있을 정도였다. 시골에 사는 숲 속의 신 파우누스와 그의 형제 사티로스들, 그리고 아직까지도 그의 사랑을 받던 올림포스 산이 그의 죽음을 슬퍼했다. 그리고 올림포스 산에서 털 달린 가축들과 뿔 달린 짐승들을 방목하던 모든 목동들 역시 그의 죽음을 애도했다. 비옥한 대지가 떨어지는 눈물을 땅속 깊숙

한 광맥까지 흡수하여 축축해졌다. 대지는 눈물을 물로 변화시켜 대기로 내보냈다. 그리하여 프리기아의 가장 맑은 강을 마르시아스라고 부른다…….

메데이아 Medea

오비디우스의 비극의 주인공. 이 작품은 로마 제국의 모든 극장에서 갈채를 받으며, 작가를 유명인으로 변화시킨다. 코타는 토미 마을 가장 행렬의 가면에서 이 여인의 모습을 알아본다. 나무와 짚에 붉은 물감을 뿌려 만든 거대한 여자의 상체가 가장 행렬 무리 중에 섞여 있고, 그 가면 아래에서 비어져 나온 가는 두 팔이 마분지로 만든 두개골을 위로 던졌다 다시 붙잡는 동작을 반복하며 귀가 째져라고 소리친다. 오비디우스의 비극에서 메데이아는 자신의 남동생을 죽이고, 그 시체를 갈기갈기 찢으며, 잘라 낸 머리를 가파른 해안의 절벽 아래로 내던진다.

메데이아 Medea

오비디우스의 소실된 비극의 주인공. 콜키스의 왕 아이에테스의 딸이며 태양신의 손녀. 대단한 마법사이다. 이아손에 대한 사랑에 빠진 그녀는 그가 금모양피를 손에 넣도록 도와주며, 그의 아내가 되어 그를 따라 이올코스로 간다. 그녀는 그곳에서 이아손의 삼촌을 죽이고 이아손의 신부를 죽이며, 이아손과 자기 사이에 난 아이들을 죽인다. 그녀는 아테네의 왕 아이게우스에게로 도망가 그의 아내가 되며, 그의 아들 테세우스를 독살하려고 시도한다. 그리고 도주한다. 그녀는 많은 마력 외에도 시간을 돌이킬 수 있는 힘과 모든 생명을 젊어지게 하는 능력을 지니고 있다.

……그녀는 불을 지핀 솥에 강한 마법의 약을 끓였다……. 헤모니의 계곡에서 뽑은 뿌리와 씨앗들, 꽃잎, 검은 진액을 끓였다. 먼 동방에서 채취한 돌을 집어넣고 모래를 얹으며, 그 위에 거꾸로 흐르는 바닷물을 뿌렸다. 또 보름달이 떠 있는 밤에 모은 서리와 흡혈 부엉이의 퇴화한 날개와 그 고기를 넣고, 주기적으로 남자 형상으로 변신하는 늑대의 내장을 넣었다. 거북뱀의 비늘 같은 껍질도…… 장수하는 사슴의 간도 빠뜨리지 않았다. 9백 년을 산 까마귀의 주둥이와 머리도 넣었다. 이방인 여인은 이런 것들과 그 외 이름을 알지 못하는 수천 가지

의 재료로 초인적인 계획을 예비했다. 이제 그녀는 솥 안에 있는 것들을 바짝 마른 올리브 가지로 저었다. 가장 밑에 깔린 것과 가장 위에 놓인 것을 잘 섞었다. 보라! 뜨거운 솥을 젓던 늙은 올리브 가지가 초록으로 변하는 것을. 그 가지엔 곧 잎이 무성해지며, 굵어지는 올리브 열매들로 인해 갑자기 무거워진다. 둥근 솥에서 튄 거품들이 닿는 곳마다, 불꽃처럼 뜨거운 물방울이 바닥에 닿을 때마다 그곳은 봄이 된다. 꽃과 연한 풀이 싱싱하게 돋아난다…….

멤논 Memnon

에티오피아 피난민. 피아차 델 모로에 있는 오비디우스 저택의 정원을 가꾸는 정원사. 미신을 믿는다. 오비디우스의 화려한 등장이 있고 난 다음 날 아침, 비둘기 떼가 피아차 델 모로의 집 위를 날며 하늘을 캄캄하게 덮는다. 마침 공원에서 가시를 자르며 야생 벚나무를 다듬던 그는 이를 목격한다. 그는 거대한 비둘기 무리를 길조라고 해석한다. 오비디우스의 집과 공원, 그리고 그 일대를 그림자로 뒤덮으며 지나가는 비둘기 떼는 사실 이미 흑해의 색을 암시하고 있다.

멤논 Memnon

에티오피아의 왕. 아침노을의 여신인 아우로라(에오스)와 죽지 않는 매미로 변한 티토노스 사이에서 난 아들. 멤논은 트로이아인의 마지막 동맹자로서 아킬레우스에 의해 죽는다. 그의 몸이 장작더미에서 불타는 동안, 아우로라는 유피테르에게 눈물을 흘리며 자신의 슬픔을 덜어 달라고 부탁한다. ……유피테르는 알겠다는 듯이 고개를 끄덕거렸다. 그러자 멤논을 불사르던 장작더미가 갑자기 무너졌으며, 마치 강줄기에서 안개가 피어오르듯 장작더미 위로 검은 연기가 생겨났다. 그 연기는 햇빛도 그 사이를 투과할 수 없을 만큼 짙게 하늘을 가렸다. 검게 날아오르던 재가 서로 뭉쳐지며 어떤 형상을 이루었다. 꺼져 가던 불은 그 형체에 색깔과 영혼을, 그리고 가벼운 날개를 부여했다. 그 형체는 서서히 새의 모습을 띠었다. 이윽고 그 새가 날개를 파닥거렸다. 똑같은 과정을 거쳐 수많은 새의 무리가 생겨났다. 새들은 무너진 장작더미 위를 세 번 선회하며, 세 번에 걸쳐 구슬프게 울었다…….

미다스 Midas

로마에서 하나의 스캔들로 비화되는 오비디우스의 희극의 주인공. 이 작품은 음악에 빠진 제노바의 한 선주(船主)를 다루고 있는데, 돈 욕심이 지나친 그가 만지는 모든 것이 금으로 변하게 된다. 마지막 장면에서 그 선주는 뼈만 앙상하게 남은 더러운 모습으로 등장한다. 그의 귀는 당나귀 귀처럼 흉하게 일그러져 있다. 그는 황금의 사막에서 망연히 앉아 길게 독백을 한다. 그의 독백에서 여태껏 언어의 유희를 통해 감추어졌던 로마의 유명한 검열 위원장이나 국회 의원, 판사들의 이름이 등장한다. 세 번에 걸친 공연이 열렬한 환호를 받게 되자, 제노바와 트라파니에 조선소를 소유하고 있는 리구리아 지방의 한 상원 의원이 이 희극의 상연을 금지시킨다. 쇠막대기로 무장한 말을 탄 경찰 부대가 나타나 관객들의 입장을 저지하고 배우들이 극장을 떠나려는 것을 막는다. 그 와중에 배우들과 관객들이 부상을 당한다. 금색의 무대 의상을 한 배우들과 화려하게 정장을 한 관객들이 옥외 계단에 쓰러져 피를 흘리며 아우성을 치고, 나중에는 어딘가로 끌려간다. 이 스캔들은 오비디우스가 전혀 예상치 못했던 영향을 끼친다. 생선 장수나 오렌지 장수, 환전상들, 그

미다스 Midas

프리기아의 왕. 포도주와 술의 신 바쿠스(디오니소스)는 미다스에게 그가 만지는 것은 무엇이든지 금으로 변하게 하는 능력을 부여한다.

……그는 미처 자신의 능력을 온전히 믿지 못한 채, 낮게 드리워진 너도밤나무의 초록색 가지 하나를 아래로 잡아당겼다. 그러자 그 가지가 금으로 변했다. 그가 바닥에서 돌 하나를 집어 들자 돌 또한 연노란색을 띤 금으로 변해 번쩍거렸다. 그는 이제 한 줌의 흙덩이를 건드렸다. 마법의 손이 닿자 그 흙덩이는 순금이 되었다……. 그는 자신의 희망이 이루어져 어쩔 줄 몰랐다. 모든 것이 금으로 보였다. 그가 이렇게 기뻐하는 동안 하인들이 맛있는 음식과 구운 곡식빵이 가득 놓인 식탁을 그의 앞에 차렸다. 그러나 그가 케레스(곡물의 여신)의 선물을 손으로 집는 순간, 그것들이 딱딱해졌다. 굶주린 그가 입으로 음식을 베어 잘게 부수려 하였으나 이빨이 닿기도 전에 음식이 금으로 변했다……. 전혀 새로운 재앙에 경악하는 그 가난한 부자는 자신의 보화들로부터 달아나기를 원했다. 그는 방금 전까지만 해도 간청했던 것들을 한없이 증오했다. 비록 그의 가장 큰 소원이 성취되었지만 그의 굶주림을 달랠 수는 없었다. 심한 갈증으로 목이 탔지만 물을 마실 수도 없었다. 이제 그는 금을 한없이 증오했지만, 아무런 소용이 없었다. 그것은 그의 자업자득이었다.

리고 글을 모르는 사람들마저도 이제 그의 이름을 알게 된다. 한마디로 오비디우스는 대중적 인물이 된 것이다.

바투스 Battus

구멍 가게 여주인 파마와 광부 사이에서 난 아들. 그는 간질병과 더불어 언제나 사물을 만져야만 알아볼 수 있는 병을 앓고 있다. 그는 사물들을 만지거나 느끼고 그것들의 이름을 말함으로써 비로소 그 존재를 확인한다. 파마는 바투스를 물건들로부터 떼어 놓기 위해 쐐기풀로 만든 줄을 선반에 못으로 박아 둔다. 하지만 간질병 아이는 고통스러운 경험을 겪으면서도 이를 깨닫지 못하고, 이로 인해 매번 반복하여 손을 찔린다. 그는 인생의 마지막에 돌로 변한다.

바토스 Battus

메시나의 목동. 신의 사자(使者) 메르쿠리우스(헤르메스)가 소들을 훔쳐 몰고 가는 것을 목격하지만, 소 한 마리를 뇌물로 받고 이를 누설하지 않기로 그에게 맹세한다. 메르쿠리우스는 가다가, 낯선 자의 모습을 하고 돌아와서는 목동을 시험해 본다. 바토스는 맹세를 깨뜨린다.
……그때 아틀라스의 외손자 메르쿠리우스가 웃으며 말했다. 「너는 나에게 나를 밀고하느냐? 약속을 어기는 자여, 너는 나에게 나를 밀고하느냐?」
메르쿠리우스는 거짓 맹세를 한 바토스의 심장을 단단한 돌로 만들어 버렸고, 그 돌은 오늘까지도 밀고자 *index*라 불린다. 그리하여 그 돌은 예로부터 배척을 받고 있다……

아라크네 Arachne

토미 마을의 실 잣는 여인. 벙어리. 철의. 도시의 등대지기가 살았던, 폐허가 된 집에 살고 있다. 그녀는 오비디우스의 입에서 읽은 이야기들을 양탄자에 수놓는다. 어느 날 아침 마을 앞의 해안이 유황처럼 노랗게 물들었을 때, 유일하게 그녀만이 당황한 해안 주민들에게 손가락을 움직여 그 색을 설명해 줄 수 있다. 수면 위에 있는 것

아라크네 Arachne

콜로폰 출신의 자색(紫色) 염색업자 이드몬의 딸로서 자수(刺繡) 솜씨로 유명하다. 그녀는 전쟁과 지혜와 예술을 주관하는 처녀신 아테나에게 도전한다. 자신이 그 여신보다 더 아름답고 예술적으로 수를 놓을 수 있다고 하면서. 올림포스에 사는 신들의 사랑 모험을 수놓은 아라크네의 양탄자는 실제로 나무랄 데가 없었고, 심지어 아테나의 자수 솜씨를 능가한다. 화가 난 아

은 떠내려 온 소나무 숲의 꽃가루에 불과하다고. 소나무가 뭐지? 하고 사람들은 그녀에게 묻는다. 아라크네 자신 역시 노란 그 꽃가루처럼 파도에 밀려 토미의 해안에 오게 되었다. 즉 그녀는 모래톱 속을 뒤져 검은색의 뿔소라를 찾는 한 염색업자의 배를 타고 왔다. 그런데 그만 배가 뒤집혀 물에 잠기게 되었다. 당시 이 벙어리 여인은 코르크 부표(浮標) 하나를 붙들고 해안으로 떠밀려 왔고, 얼마 되지 않은 생존자 중 유일하게 철의 도시에 남았다.

테나는 아라크네가 수놓은 그림을 찢고, 들고 있던 실뭉치로 그녀를 때린다. 아라크네는 수치심을 견딜 수 없어 목을 매 자살을 시도한다.

······줄에 매달린 여인을 측은히 여긴 아테나는 그녀를 붙들며 말했다. 「목숨은 유지하라. 하지만 매달려 있으라, 불손한 여인이여! 이제 너는 앞으로 마음놓고 살 수 없으리라. 또한 이 벌은 너와 너의 후손들에 대한 본보기로서 길이 남을 것이다.」

아테나는 그 자리를 떠나면서 그녀에게 헤카테(마법의 여신)의 풀의 즙을 뿌렸다. 재앙을 가지고 오는 이 마법의 약이 아라크네의 머리카락에 닿자마자 머리카락과 코와 귀가 사라졌다. 머리가 작아졌고 몸 전체가 오그라들었다. 팔과 다리가 사라지고, 몸 양쪽으로 가느다란 발이 여러 개 생겨났으며 배에서는 실이 나왔다. 이제 그녀는 한 마리의 거미가 되어 예전처럼 실 잣는 솜씨를 겨루고 있다.

아스칼라푸스 Ascalaphus

술모나 출신의 흑옥 상인. 그는 흑해를 다녀오면서 토미 마을로부터 다른 우편물과 함께 오비디우스의 유언을 로마로 가지고 온다. 철의 도시의 모습이 그려진 그 엽서는 키아네 앞으로 보낸 글이었다. 그 엽서에는 유배자의 마지막 소망이 실려 있다. 〈잘 지내오.〉

아스칼라포스 Ascalaphus

지하 세계의 악마. 그는 프로세르피나(페르세포네)가 지하 세계의 석류 열매를 따먹었다고 일러바친다. 그로 인해 프로세르피나는 어둠의 세계로 추락한다. 그녀는 고자질에 대한 복수로 아스칼라포스를 한 마리의 새로 변신시킨다.

······자신의 모습을 잃은 그는 황갈색의 날개에 에워싸인다. 머리가 부풀어오른다. 손톱이 길게 자라나 뒤로 휘어진다. 그의 팔이, 아니 그 팔에서 자라난 깃털이 더 이상 움직이지 않는다. 그리하여 그는 죽음의 그림자가 다가옴을 알리는 전령인 흉측한

새로 변한다. 죽을 수밖에 없는 자들에게는 하나의 흉조로 알려진 보기 싫은 부엉이로…….

아우구스투스 1세 Augustus I

세계의 황제이며 영웅. 그는 수마트라의 집정관으로부터 받은 선물인 코뿔소를 그의 동물 문장(紋章)으로, 동시에 통치자의 휘장으로 삼는다. 그는 매일같이 수시간 동안 궁궐의 지하 구석방에서 창문을 통해 그 짐승을 바라본다. 한번은 공보관이 시인 푸블리우스 오비디우스 나소의 연설이 불러일으킨 스캔들에 관해 보고하려고 하자 그는 화가 난 손짓을 하며 그를 물리친다. 관료들은 그 손짓의 의미를 추측하고, 결국은 그 화난 손짓을 시인에 대한 유배 판결로 해석한다.

아우구스투스 1세 Augustus I

로마의 첫 황제(B.C. 63~A.D. 14). 카이사르의 질녀 아티아의 아들. 그의 출신 가문은 경제적으로는 부유했지만, 관직은 높지 않았다. 원래는 자신의 친아버지의 이름을 따라 〈옥타비우스〉라 불렸지만, 종조부 카이사르의 양자가 된 이후로는 〈옥타비아누스〉라 불린다. 카이사르는 그를 자신의 상속인으로 삼는다. B.C. 44년 카이사르가 암살된 후 스스로 〈가이우스 율리우스 카이사르〉라 칭하고, B.C. 38년 이후로는 〈신의 아들 황제 카이사르〉로, B.C. 27년 이후 〈아우구스투스〉, B.C. 12년 이후 〈폰티펙스 막시무스(최고 사제장)〉, B.C. 2년 이후로는 〈조국의 아버지〉로 칭한다. 그는 사망한 지 4주째에 신으로 공표된다.

그의 통치 기간 중에 브루투스의 잘린 머리가 카이사르의 입상(立像) 발치에 놓이며, 안토니우스와 클레오파트라가 자살하고, 나사렛에서 예수가 태어나며, 오비디우스가 흑해로 유배를 가고, 또한 토이토부르거 발트의 전투에서 로마 군대가 패한다…….

……조국의 아버지 아우구스투스 황제는 모든 이에게 속하고 이 공동 재산의 일부는 나에게도 속한다……. 내가 그를 볼 때 나는 로마를 보고 있다고 믿는다. 그의 위엄과 신분은 곧 로마 자체의 위엄이며 신분이다…… 세상에서 일어나는 모든 일들이

그의 귀에 들어가며 무엇 하나 그에게 감추어지는 것이 없다…….

아우구스투스 2세 Augustus II

티베리우스 클라우디우스 네로. 아우구스투스 1세의 양자가 되고, 그의 후계자로 결정된다. 그는 코뿔소를 계속 동물 문장(紋章)으로, 또 통치자의 휘장으로 유지시킨다. 선대에 지정된 일체의 법을 그대로 이어받으며, 그로 인해 유배 판결들도 그대로 효력을 지니게 된다. 그는 후에 선왕의 이름을 따 자신도 율리우스 카이사르 아우구스투스로 숭배하게 할 정도로 권력에 관한 일체의 문제와 결정에 있어 신으로 격상된 선왕을 본받으려 한다. 그는 티레네 해협에 있던 로마의 함대에서 열다섯 척의 전투함을 들보와 바퀴에 실어 로마로 옮기도록 하는데, 이것은 아우구스투스라는 이름을 지닌 자는 돌투성이의 땅조차 바다로, 또 바다를 승리의 거울로 변화시킬 수 있다는 것을 보이기 위함이다.

악타이온 Actaeon

키파리스라 불리는 떠돌이 영화 상영 기사는 비잔틴의 대목 시장에서 무대 배경을 그리는 화가에게 포장 마차의 천을 장식하도록 한다. 오전 동안에 진홍색의 그림이 생겨나는데, 그것은

아우구스투스 2세 Augustus II

로마의 2대 황제(B.C. 42~A.D. 37). 티베리우스 클라우디우스 네로와 클라우디우스 가문의 리비아 드루실라 사이에서 난 아들. 처음에는 친아버지의 이름 그대로 불리다가, 후에 아우구스투스 1세가 리비아 드루실라를 사랑하여 그녀를 아내로 삼자 그의 양자가 된다. 그는 양부의 후계자로서 황제의 지위에 오르자 자신을 티베리우스 가이우스 율리우스 카이사르 아우구스투스로 칭하며 그의 유산을 간직한다.

……황제가 모습을 나타내면 검투사마저 다치지 않고 무사히 경기장을 떠난다. 황제의 얼굴을 보는 것만으로도 그는 엄청난 힘을 얻는 것이다……. 그러나 황제여, 나는 우주의 생성에 태초부터 참여하며 당신의 시대에 이르기까지 시(詩)를 이끌어 왔노라…….

악타이온 Actaeon

보이오티아 출신의 영웅. 그는 사슴의 흔적을 쫓다가 어느 바위 동굴에 도착하는데, 그곳에서 물의 요정 님프들과 함께 목욕을 하던 사냥의 여신 디아나(아르테미스)를 보게 된다. 인간이 자신의 나체를 본 것에

개떼에게 갈기갈기 찢기는 사슴의 모습이다. 키파리스가 화가에게 그 그림의 의미를 묻는다. 이에 화가는 사슴으로 변해 쫓기는 어느 사냥꾼의 이야기를 들려주며, 그 사냥꾼을 악타이온이라 부른다.

화가 난 디아나는 사냥꾼에게 샘물을 뿌려 그를 사슴으로 만든다.

……슬프도다. 그는 이제 자기 하인들을 피해 달아나는구나! 그는 〈나는 악타이온이다. 너희들의 주인을 알아보라〉 하고 외치고자 했다. 그러나 그의 말은 그의 의지를 따르지 않았다. 개들이 짖는 소리가 대기를 울렸다……. 악타이온이 자기 개들의 용맹한 모습을 보았더라면 매우 기뻐했겠지만, 그는 그 대신 개들의 분노를 몸소 느껴야 했다! 개들이 사방에서 그를 둘러싼다. 개들은 주둥이를 주인의 몸뚱이에 처박고, 사슴의 형상을 한 주인을 갈기갈기 찢는다…….

알키오네 Alcyone

영화 상영 기사 키파리스가 토미 마을의 푸줏간 집 벽에 비추어 보여 주는 어느 멜로드라마의 여주인공. 알키오네 역(役)으로 아우구스투스의 제국의 경계 너머까지 유명해진 로마의 여자 성격 배우 안토넬라 시모니니의 초상화가 담긴 포스터가 파마의 가게 문에 붙어 있다.

알키오네 Alcyone

바람의 신 아이올로스의 딸이며 케익스의 아내. 트라킨[21]의 여왕. 남편 케익스가 클라로스의 아폴론 신전을 향해 순례를 떠나려 하자, 그녀는 남편의 바다 항해를 막으려 한다. 그럼에도 케익스는 소아시아의 해안을 향해 출범하고, 곧 폭풍우에 말려들어 그의 선원들 모두와 더불어 사망한다. 알키오네는 트라킨의 바위 해안에서 수개월 동안 남편이 돌아오기를 기다린다. 그녀는 케익스의 시체가 파도에 떠 내려오는 것을 보자 절벽에서 바다로 뛰어내린다.

……그리하여 알키오네는 이곳에서 깊은 바다로

---

21 Trachin. 테살리아 지방의 고대 도시. 자주 혼동되는 트라키아Thracia(그리스어로 Thrake)는 에게 해 북동 연안에 있는 다른 지방.

뛰어내렸다. 그리고 날았다! 그녀가 그렇게 날 수 있다는 것은 기적이었다. 그녀는 갓 자라난 날개를 파닥거리며 가볍게 공중을 날았고, 새가 되어…… 파도의 표면을 스치고 지나갔다. 새가 나는 동안 가느다란 부리에서 지저귀는 소리가 울려 퍼졌다. 그것은 매우 구슬픈, 비탄에 젖은 소리였다…….

에코 Echo

코타의 신뢰를 받는 여인. 코타와 하룻밤 사랑을 나눈다. 그녀는 몸의 여기저기를 불규칙적으로 옮겨 다니는 버짐 자국으로 고통을 겪는다. 버짐 자국이 옷 안으로 사라질 때면 에코는 매혹적인 여인이 된다. 그러나 그녀의 얼굴 위로 버짐이 다시 나타나면 그녀에게 손대는 것은 고사하고, 그저 멍하니 쳐다보는 것조차 참을 수 없을 정도로 모습이 흉하다. 그럴 때면 그녀와 사랑을 나누던 사람조차 그녀를 피해야 한다. 에코는 비록 몰래이긴 하지만 해안의 여러 주민들의 사랑의 대상이다. 때때로 어둠을 보호막 삼아 그녀를 찾는 놋쇠공들과 목동들은 에코의 팔에서 젖먹이로, 지배자로 또는 짐승으로 변한다. 그녀의 연인들은 에코의 무거운 입이 자신들을 모든 비난과 부끄러움으로부터 잘 보호해 주리라는 것을 알고 있으며, 그에 대한 대가로 흑옥(黑玉)이나 짐승 가죽, 말린 생선, 버터가 가득 담긴 단지 등을 동

에코 Echo

숲과 샘의 요정 님프. 그녀는 유피테르가 다른 님프들과 놀아나는 동안 수다를 떨어 유피테르 부인인 유노(헤라)의 주의를 붙잡아 둔다. 에코가 부정한 남편과 작당을 한 데 대해 화가 난 유노는 벌로써 그녀에게서 말하는 능력을 빼앗아 버린다. 이제 그녀는 남들이 자신을 향해 하는 말의 마지막 말들만 되풀이할 수 있게 된다. 불행하게 살아가던 에코는 미소년 나르키소스를 만나게 되고, 그를 흠모하게 된다. 그러나 자신의 모습 외에는 다른 것을 사랑할 수 없는 나르키소스는 님프를 업신여기며 에코는 그에 대한 슬픔으로 숲 속으로 도망친다.

……모욕을 당한 그녀는 숲 속에 몸을 숨기고 부끄러움으로 잎사귀에 얼굴을 감추며, 그 이후로는 외로운 동굴 안에서만 산다. 그럼에도 사랑은 가시지 않는다. 거절당한 고통에도 불구하고 오히려 사랑은 점점 커진다. 걱정은 그녀에게서 잠을 빼앗아 가며, 그녀의 몸은 초라하게 야위어 간다. 수척해진 몸은 피부를 오므라들게 하고, 육체의 피와 수분은 대기 중으로 사라져 버린다. 이제 그녀의 몸에는 오로지 목소리와 뼈만 남게 된다. 목소리는 계속 머무

굴의 흙더미 위에 남겨 놓는다.

르나, 뼈는 돌로 변했나 보다……. 모두가 그녀의 음성을 들을 수 있다. 그녀에게는 메아리만이 살아 있을 뿐이다.

오르페우스 Orpheus

키파리스가 토미 마을에서 수난 주일 동안 보여 주는 영웅 3부작의 셋째 편. 그 영화는 한 시인의 순교를 보여 줄 예정이다. 그는 표범 가죽과 노루 털 이불을 둘러쓴 여인들의 돌에 맞아 죽고, 껍질이 벗겨지며 도끼와 낫으로 토막 나게 될 것이라고……. 그러나 그 영화는 첫 장면이 비춰지기 무섭게 그리스 정교의 선교사 리카스에 의해 중단되고 만다.

오르페우스 Orpheus

시문학과 음악의 신 아폴론과 뮤즈 칼리오페 사이에서 난 아들. 고대의 가장 유명한 가수. 아내 에우리디케가 뱀에 물려 죽게 되자 그는 지하 세계의 신을 감동시켜 그녀를 풀려나게 하지만 지하 세계를 벗어나는 동안 고개를 돌리지 말라는 계율을 어김으로써 아내를 다시 잃게 된다. 그는 트라키아인들 사이에 남색(男色)을 조장한다. 그는 〈여성을 멸시하는 자〉로 낙인 찍히게 되고, 결국에는 분노한 여인들에 의해 몸이 갈기갈기 찢기게 된다.

……원형 극장 안의 서늘한 모래 바닥에서 죽어 가던 사람을 덮치는 개들처럼, 흥분한 여인들이 오르페우스를 향해 달려가며 녹색의 포도 잎이 감긴 주신(酒神)의 지팡이 — 이 지팡이는 이를 위해 만들어지지 않았다 — 를 그에게 던진다. 일부는 흙더미를 집어 던지고, 다른 사람들은 나무에서 꺾은 가지들을, 또 다른 여인들은 돌을 던진다. 그리고 광기로 하여금 무기의 부족을 느끼지 못하도록 바로 그 밭에서 소들이 쟁기를 끌면서 땅을 갈고 있고, 그곳에서 그리 멀리 떨어지지 않은 곳에서는 농부들이 힘센 팔로 밭을 일구고 있다. 그들은 미처 날뛰는 그 여인들의 무리를 보기가 무섭게 자신들의 농기구를 남겨 둔 채 도주한다. 농부들이 떠난 들판의 여기저기에 갈퀴와 무거운 가래와 기다란

괭이들이 흩어져 있다. 이것들을 집은 여인들은 뿔을 들이대며 자신들을 위협하는 소들을 갈기갈기 찢어 놓으며, 가수를 죽이기 위해 다시 달려온다. 오르페우스는 손을 내밀며 살려 달라고 애원하지만, 그의 음성은 포악해진 여인들을 전혀 감동시키지 못한다. 바위들과 사나운 짐승들에게 노래를 불러 주던 그의 입이 — 오 유피테르여! — 이제 마지막 숨을 내쉬는도다. 오르페우스! 새들이 슬픔에 잠겨 너를 애도한다. 짐승의 무리들과 단단한 바위들이, 또 종종 너의 노래에 도취되곤 했던 숲이 너의 죽음을 한탄한다. 나무들이 머리카락을 자르기라도 하듯이 잎사귀를 떨어뜨리고 너를 애도한다…….

오비디우스 Publius Ovidius Naso

로마의 시인. 연애시로 이름이 알려지고, 비극 「메데이아」로 유명해지며, 희극 「미다스」를 통해 대중적인 시인이 된다. 로마 정세가 급변해 감에 따라 이 인물을 둘러싸고 갖가지 다양한 신비화 작업이 일어나게 된다. 그는 일부의 사람들에게는 기이한 시인으로 여겨지고, 또 다른 사람들에게는 혁명가로 존경을 받거나 국가 반역자로서 두려움의 대상이 되고, 혹은 사치를 일삼는 기회주의자로 경멸을 받기도 한다. 그러나 확실한 것은 그 시인이 마지막에는 흑해로 유배를 떠난다는 것이다. 그는 이러한 운명에 대한 절망감으로 자신의 최대 작품 『변신』의 원고를 불태운다. 그의 독자들

오비디우스 Publius Ovidius Naso

로마의 시인. 대지주의 아들로 B.C. 43년 술모나에서 태어난 그는 로마에서 수사학을 공부하고, 소아시아와 그리스로 견문 여행을 떠난다. 잠시 관직에서 경력을 쌓은 그는 원로원의 일원이 될 수 있는 경력을 포기하고(부친의 재산으로 후원을 받으며) 전적으로 문학에 헌신한다. 그가 관리로서의 경력을 포기함으로써, 또 연설에 재능을 지닌 다른 형제가 일찍 죽게 됨으로써, 술모나에 있는 그의 가족은 집안의 계속적인 사회적 출세에 대한 희망을 모두 땅에 묻는다. 그런데 가족들은 오비디우스에 의해 놀라게 된다. 그는 그의 첫 연애시로 대단한 성공을 거두게 되고, 마침내는 칭송받는 시인이 된다. 이 높이 칭송받던 사교적인 시인이 A.D. 8년 아무런 법 절차도 없이 황제

은 몇 차례의 독서회를 통해 그 작품의 일부만을 제목과 더불어 알고 있을 뿐이었다. 이런 불사름이 있은 뒤 시인은 미개한 해안으로 사라진다. 로마는 이를 슬퍼하거나 기뻐하며, 다음과 같은 질문을 수수께끼로 남긴다. 어떤 잘못이 오비디우스를 유배로 이끌었을까? 세상의 끝을 향한 그의 길은 어디에서부터 비롯되었을까? 만일 그의 몰락이 단 한 가지 이유에서만 비롯된 것이 아니었다면, 오비디우스가 새로운 경기장의 개장식 행사를 맞아 행한 연설에서 보인 부주의가 유배의 본질적 원인이 되었음에 틀림없다. 일곱 번의 연설에 이미 지겨워진 듯이 보이는 황제는 이제 여덟 번째의 연사에게 신호를 보낸다. 아우구스투스 황제는 멀리 떨어진 곳에 앉아 있었기 때문에 오비디우스는 겨우 그의 얼굴에 드리워진 창백한 색을 볼 수 있을 정도였을 뿐, 그의 눈이나 얼굴은 전혀 볼 수가 없었고…… 말하자면 오비디우스는 그 개막식 날 밤 피곤하고 귀찮다는 황제의 손짓에 따라 희미하게 빛을 반사하고 있는 마이크 앞으로 나섰고, 이 한 걸음으로 로마 제국을 넘어섰다. 동시에 그는 세계의 모두에게 부과된 인사말의 격식을 생략했고, 원로원 의원들과 장군들, 그리고 햇볕 가리개 아래 앉아 있는 황제 앞에 무릎의 칙령에 의해 흑해의 토미로, 즉 세상의 끝으로 유배를 가야 했을 때 이 사건은 로마에 커다란 소동을 일으킨다. 이 유배 결정이 정식 판결 없이 행해졌다는 것과, 모든 유배자에게 예외 없이 가해지던 〈재산 몰수〉조처가 생략된 것으로 보아 법적으로 볼 때 단순한 추방에 불과했던 이 유배의 배경을 추측하는 책들이 20세기에 이르도록 계속해서 쓰여지고 있다. 오비디우스의 시들에 나타난 애정 묘사의 정도가 지나치게 외설스럽다는 것이 당시 통용된 공식적인 사유이나, 오늘날 대부분의 사람들은 오비디우스가 아우구스투스 황제의 손녀를 둘러싼 부도덕한 추문에 연루되었거나, 혹은 아그리파 포스투무스(아우구스투스의 직계 후손)의 정치적 음모를 사전에 인지하고 있었던 데 대한 죄로 로마에서 사라져야 했을 것으로 짐작한다. 황제의 칙령에 항소를 제기하려는 노력들은 모두 수포로 돌아간다. 오비디우스는 A.D. 17년 혹은 18년에 토미에서 죽는다. 그가 어디에 묻혔는지는 알려져 있지 않다.

작품으로는 『연애시 Amores』, 『사랑의 기교 Ars amatoria』, 『여성의 얼굴 화장법 De medicamine faciei feminae』, 「메데이아 Medea」(비극, 분실됨), 『사랑의 치유 Remedia amoris』, 『영웅의 부인들이 남편들에게 보내는 편지들 Heroides』, 『변신』(최종 교정을 제외하고는 완성되었지만 오비디우스가 유배를 떠날 당시까지는 아직 세상에을 끓는 것을 잊었다! 그는 자기 자신과 자신의 행운을 잊었으며, 조금도 허리를 굽히지 않은 채 마이크 앞으로 나아가 단지 〈로마의 시민 여러분!〉이라고 말문을 열었을 뿐이었다…….

나타나지 않았다. 로마와 작별해야 하는 절망과 슬픔에 그는 원고의 사본을 태워 버렸다),『로마의 축제 달력 Fasti』(미완성),『흑해에서 온 편지』,『애가 Tristia』등이 있다.

후세 사람들이 오비디우스의 삶에 관하여 알고 있다고 여기는 것들은 거의 모두가『애가』의 제4권에서 비롯된다.『애가』는 자서전적인 요소를 담고 있으며, 유럽 문학에서 첫 번째의 시적인 자기 묘사로 꼽힌다. 오비디우스가『변신』을 다음과 같은 말로 끝맺었을 때, 그는 문학을 통해 자신의 이름이 역사에 길이 남게 될 것을 이미 내다보고 있었던 것이다.

……이제 나는 한 작품을 끝맺나니, 이것은 유피테르(제우스)의 분노도, 불과 쇠도 그리고 모든 것을 갉아먹는 세월도 파괴할 수 없으리라. 오로지 나의 육체만을 지배할 뿐인 죽음은 이제 언제든지 원한다면 불확실한 나의 여생을 끝내도 된다. 그러나 나는 나의 작품과 더불어 영속하겠고 별보다도 더 높이 올라갈 것이며, 나의 이름은 그 어느 것으로도 파괴되지 않으리라. 로마의 힘이 미치는 속국에까지 나는 국민들의 입으로 읽힐 것이며, 시인의 예지력에 그저 조금의 진실이 담겨 있다면 나는 영원히 명예 속에서 살게 될 것이다.

유피테르 Juppiter

토미 마을의 사육제 때 코타가 가면 행렬에서 본 가면. 남자 한 명이 배에 차고 있는 판자의 무게로 인해 허리를 구부리고 있는데, 그는 판자 위에 전기

유피테르 Juppiter

하늘의 빛의 신이며 신들의 왕. 은시대(銀時代)의 지배자이기도 한 유피테르는 사투르누스(크로노스)와 레아에게서 난 아들이다. 그는 동시에 유노의 오빠이자 남편이

기구와 건전지를 올려놓고 있다. 건전지는 줄로 연결된 전구들이 리듬에 맞춰 반짝거리도록 동력을 제공한다.

고, 넵투누스(포세이돈)와 디스(플루톤)의 형제이다. 그는 형제들과 더불어 아버지를 지하 세계로 내쫓으며, 그들과 함께 우주의 지배권을 나눈다. 제비 뽑기를 통해 하늘과 땅이 그에게 주어진다.

……아주 높은 하늘에는 길이 하나 나 있다. 하늘이 맑을 때면 모습을 드러내는 그 길은 은하수라고 불리며, 마치 하얀 광선처럼 눈부시게 빛을 내고 있다. 그 길은…… 거대한 천둥의 집으로 이어진다.

이아손 Iason

테살리아 출신의 뱃사람. 그는 이제는 무역선으로 기능을 바꾼 노후한 전함을 타고 극히 부정기적으로 흑해 연안의 항구들에 드나들며, 그때마다 종종 혼란과 싸움과 증오를 남기고 간다. 그것은 이아손이 언제나 한 무리의 이주자들을 배에 싣고 다니기 때문이다. 그는 쇠막대나 가죽, 흑옥과 그 외 교환을 위한 갖가지 무역 상품과 더불어 그들을 배에 싣는다. 그들은 일자리가 없는 수공업자나 생활이 비참해진 농부들과 테살로니카, 볼로스, 아테네의 빈민굴 거주자들이다. 이아손은 그들 모두에게 흑해 연안에 황금빛 미래가 있다고 약속하고, 아르고 호의 갑판 아래 악취 나는 자리에 태워 주는 대가로 그들에게 남은 마지막 몇 푼을 갈취한다. 이아손의 승객들은 오데사와 콘스탄차의 황폐한 항구에, 또는

이아손 Iason

이올코스의 왕 아이손의 아들. 아르고 호를 건조한다. 그의 부친에게서 왕위를 찬탈한 삼촌 펠리아스는 아이에테스 왕에게서 금모양피를 찾아오라며 이아손을 흑해의 동쪽 해안에 있는 콜키스로 보낸다. 이아손은 그의 용사들과 더불어 순풍을 타고 콜키스에 도착하고, 아이에테스의 딸 메데이아의 도움으로 그곳에서 그에게 부과된 모든 시험들을 이겨낸다. 그는 금모양피를 손에 넣은 뒤, 메데이아를 아내로 삼아 함께 이올코스로 돌아온다.

……그들은 유명한 이아손의 지휘 아래 온갖 모험들을 겪은 뒤 진흙 수렁과 같은 파시스의 험한 물결에 이르게 되었다. 그들이 왕 앞에 나아가 금모양피를 요구하는 동안…… 또한 그들에게 끔찍스러운 과제들이 부과되는 동안, 이아손을 향한 메데이아의 사랑이 뜨겁게 불탔다. 그녀는 자신과의 오랜 싸움 끝에 결국 끓어오르는 열정을 이성으로 억누르지 못하고 스스로에게 말했다. 「메데이아, 너는 몸

완전히 불에 타버린 세바스토폴의 항만과 어떤 쓸쓸한 해안에 이르러서야 비로소 자신들의 희망이 얼마나 부질없는 것인가를 깨닫게 된다. 하지만 그들에게는 그리스로 돌아가기 위한 돈도, 힘도 사라진 지 이미 오래이다. 그리하여 그들은 배를 떠나 뭍에서 가장 황량한 곳들로 흩어지고 폐허 사이에서 행복의 그림자를 찾아 헤맨다.

이카로스 Icarus

코츠가 실 잣는 벙어리 여인 아라크네의 집에서 관찰하는 벽 양탄자의 모티프. 그 그림은 푸른색, 흰색, 은색의 실들을 가지고 거대한 공간을 묘사한 것이다. 태양 아래 고요히 놓인 바다가 수놓여 있다. 하늘에는 여름처럼 맑은 구름이 떠 있고 물결은 잔잔하며, 그 위로 드문드문 갈매기들이 날고 있다. 그렇지만 해안과 섬과 배는 찾아볼 수 없다. 수평선이 사라지는 아주 먼 곳에 콘도르의 날개 크기에 해당되는 두 개의 잿빛 날개가 물속으로 사라지고 있다. 마치 물에 빠지는 사람의 두 팔처럼. 날개가 움직일 때마다 그 주위로 흰색의 창(槍)과 같이 물이 솟아오른다. 떨어져 나온 깃털들이 공중에서 이리저리 흩날린다. 이 깃털들은 무거운 머리보다는 늦은 속도로 바닷물 속으로 가라앉는다. 이카

부림을 치지만 소용이 없구나……」

이카로스 Icarus

아티카의 건축가이고 발명가이며 살인자인 다이달로스의 아들. 다이달로스는 아테네에서 자신의 조카이자 도제(徒弟)인 탈로스를 시기심으로 죽이고, 크레타의 왕 미노스의 궁으로 도망쳤다. 그는 독재자 미노스에게 크노소스의 미궁(迷宮)을 만들어 주었고, 새로운 배의 모형과 다른 전쟁 기구들을 설계해 주었다. 그러나 다이달로스는 결국 미노스의 폭력을 피해 은신처에서 달아나고자 한다. 그리하여 그는 자신과 자신의 아들 이카로스를 위해 날개를 제작한다. 그들이 날개를 흔들며 크노소스의 미궁을 벗어나 바다 위를 나는데, 이카로스는 너무 흥이 난 나머지 높이 높이 하늘로 올라간다.

……모든 것을 소모시키는 태양에 점점 가까워지자 깃털들을 접착시켜 두었던 향기 나는 밀랍이 물러졌다. 밀랍이 녹아 버렸다. 마침내 이카로스는 맨 팔로 저어야만 한다. 그러나 기구가 없이는 더 이상 공기를 붙들 수가 없다. 공포에 빠진 이카로스는 아

로스. 물속으로 사라지는 날개 달린 존재의 이름. 벙어리 여인이 손짓을 하며 설명해 주지만, 코타가 이해하지 못하는 많은 것들 중 하나이다.

버지의 이름을 불렀지만 그 소리는 푸른 바다에 삼켜질 뿐이다……. 불행한 그 아버지 — 이제는 더 이상 아버지가 아닌 — 는 소리친다. 「이카로스! 이카로스! 어디에 있니? 어디에서 너를 찾아야 되지?」
……그때 그는 물 위에 뜬 깃털을 보게 되었다. 그는 자신의 재주를 원망하면서 아들의 몸뚱이를 땅에 묻었다…….

이티스 Itys

백정 테레우스와 그의 아내 프로크네 사이에서 난 아들이며 필로멜라의 조카. 영화가 상영되던 중에 그는 난쟁이가 영사기의 뜨거운 전구를 식히기 위해 켜둔, 윙윙거리는 선풍기를 덜컥 쥐는 바람에 손가락 하나를 잘린다. 선풍기의 날개는 아이의 피를 수천 개의 작은 방울로 만들어 난쟁이의 영사기 앞에 뿌려 댄다. 〈나쁜 징조인데〉라고 프로세르피나는 말한다. 실제로 이티스는 다음 해에 어느 비극의 희생자가 된다.

이티스 Itys

트라키아의 왕 테레우스와 아티카 왕의 딸 프로크네 사이에서 난 아들이고, 공주 필로멜라의 조카이다. 어머니 프로크네가 아버지를 저주하는 것을 듣고, 그는 자신의 운명을 예감한다.
……어머니 프로크네가 아직 말을 하고 있는 동안 이티스는 어머니에게 달려간다……. 그녀는 냉정하게 아이를 바라보며 말했다. 「아, 너는 네 아버지를 그대로 닮았구나.」
이제 그녀는 굳게 입을 다문 채, 아들을 죽이기 위한 준비에 착수했다……. 아들이 그녀의 앞에 서서 인사를 하며 자그마한 팔로 그녀의 목을 감았을 때, 또한 어리광을 피우며 그녀의 입에 입을 맞추었을 때, 물론 그녀는 마음이 흔들렸다…….

케익스 Ceyx

영화 상영 기사 키파리스가 4월의 어느 저녁 토미 마을의 푸줏간 집 벽에 비춰 보여 주는 멜로드라마의 남자 주인공. 아내 알키오네 역(役)을 맡았던

케익스 Ceyx

에오스포로스의 아들이며 알키오네의 남편. 트라킨의 왕이기도 하다. 그는 클라로스로 순례를 떠나려는 계획을 막는 부인의 간청을 듣지 않는다. 그는 바다의 폭풍우에

여배우와는 달리 케익스 역을 맡았던 남자 배우에게는 행운이 따르지 않는다. 나폴리 출신의 배우 오메로 다파노는 로마의 영화 평론지인 『콜로세오』에 자신의 케익스 역할에 대해 혹평이 실리자 자살했다.

휩쓸려 목숨을 잃고, 그의 시체는 파도에 밀려 트라킨의 바위 해안으로 돌아온다. 알키오네는 그곳에서 그를 발견하고 슬픔을 못 이겨 바다로 뛰어든다.

……이리하여 신들이 마침내 긍휼을 베풀어 둘은 새로 변한다. 그들의 사랑 역시 이제 신들의 축복을 받았다. 그들의 결혼 맹세는 새가 되어서도 깨지지 않았다. 그들은 서로 하나가 되었고, 새끼를 낳았다. 겨울에 7일간 바다가 평온해졌고, 그 동안 알키오네는 수면에 둥지를 틀고 알을 품었다. 그럴 때면 바다의 물결이 잔잔해졌다. 아이올로스(바람의 신)는 바다를 어지럽히지 못하도록 바람을 지켰다. 그리하여 바다가 그의 손자들에게 주어진다…….

코타 Cotta

코타의 행적은 결코 유일무이한 예가 아니다. 아우구스투스 황제가 지배하는 수년 동안 로마의 많은 신하들과 시민들이 지배 기구를 벗어나기 위해, 또 잠시도 쉬지 않는 통제와 널린 깃발들과 천편일률적으로 외쳐 대는 애국주의적인 구호들로부터 탈피하고자 계속하여 수도를 떠난다. 일부는 징집을 피해 달아난다. 혹은 하찮기 그지없는 의무까지 법으로 규정해 놓은 국가 시민의 지루한 생활을 피해 달아나는 자도 있었다. 그들은 질서정연한 생활을 벗어나기를 갈망하고, 수목이 우거진 제국의 경계 어딘가에서 감시 없는 삶을 모색한다. 정부 지

코타 Cotta

코타 막시무스 메살리누스는 연설가인 발레리우스 메살라 코르비누스의 막내아들이다. 그도 역시 시인이자 연설가이고 또 오비디우스의 친구이다. 그의 이름은 역사가 플리니우스와 타키투스에 의해 여러 번 언급되고 있다. 가령 그가 원로원에서 티베리우스의 입장을 대변했다는 기록이 있다. 또 후에는 황제를 모욕했다는 비난에 처하게 되는데, 직접 황제로부터 보호를 받았다는 기록이 있다. 그가 독이 든 치료약에 의해 암살되었다는 설이 있다. 오비디우스의 『흑해에서 온 편지』 가운데 여섯 장은 코타 앞으로 써진 것이다.

……코타, 바라건대 내가 너에게 보내는 축하가 네게 이르기를. 또 네가 원하는 바대로 성취되기

침서나 경찰의 서류에는 이런 유의 여행자를 은어(隱語)로 〈국가 탈주자〉라고 지칭한다.

를……. 내가 아직도 편지를 쓴다는 것에 대해 놀라고 있는 것은 아닌지? 나 역시 여전히 글을 쓰는 나 자신에 대해 놀랄 뿐이고, 또 이 모든 게 부질없는 짓이 아닌가 하고 자문하는 중이라네. 만일 국민들이 시인들은 정신이 나갔다고 믿는다면 어쩌면 그들이 옳은지도 모르겠네. 나 자신이야말로 그에 대한 최상의 예(例)가 아닌가. 나는 아직도 글을 쓰고 있고, 황무지에 씨앗을 뿌리고 있다네……. 내가 친구들에게 희망을 걸었다니. 그런 실수는 결코 두 번 다시 범하지 않겠네. 그들은 나의 이 말을 용서할 걸세……. 나는 이미 오래전에 일체의 고통에 대해 무뎌졌다네. 나는 이곳으로 왔고, 여기에서 나는 죽음을 맞이할 것이네……. 나의 별이 떨어졌을 때 대부분의 사람들에게 나는 이미 죽은 사람이었겠지…….

키아네 Cyane

오비디우스의 부인으로 시칠리아 섬의 큰 가문 출신. 미모의 여인인 그녀는 사람들과의 접촉을 꺼린다. 그녀는 남편이 조만간 사면되리라는 희망에 오비디우스와 함께 살던 피아차 델 모로의 저택을 유지하려 하지만 집은 폐허가 된다. 분수대는 우물이 되어 가라앉고, 연못의 수면은 소나무 가시와 잎사귀로 뒤덮인다. 오비디우스가 추방된 지 두 해째에 접어들 때, 키아네는 걷잡을 수 없이 퇴락해 가는 그 집을 피해 비아 아나스타지오에 있는 집의 어두운 방으로 옮겨 간다. 벨벳과 비단

키아네 Cyane

시칠리아의 물의 요정. 지하 세계의 신이 프로세르피나를 납치하려는 것을 저지하려 한다. 신은 분노하며 왕홀(王笏)을 물결 위에 던진 후 땅을 가르고는 납치한 여인과 어둠의 세계로 내려간다.

……키아네는 납치가 자행되는 것을…… 또 그녀의 샘물에서 자신의 권리가 무시되는 것을 한탄한다. 그녀는 치유될 수 없는 상처를 가슴에 지니게 되고, 눈물을 흘리는 가운데 몸이 상해 간다. 급기야 그녀는 방금 전까지 자신이 지배하던 샘물 속으로 사라져 버린다.

으로 꽉 막힌 갑갑한 집으로. 그녀는 흑해에 보내는 편지에서 자신이 아직도 옛집에서 계속 살고 있는 것처럼 말한다. 그러나 창문에 못이 박혀 있는 그 집은 오래전부터 비어 있다.

키파리스 Cyparis

코카서스 출신의 난쟁이 영화 상영 기사. 그는 흑해 연안의 마을들을 돌면서 영화를 보여 줄 뿐 아니라, 터키산 꿀이나 지혈제를 팔고, 사슴에게 행진곡에 맞춰 뒷발로 춤을 추도록 시킨다. 키파리스는 자기의 관객들을 사랑한다. 그가 오랜 준비 끝에 어느 주인공의 얼굴을 푸줏간 벽에 거대하게 비추면, 텅 빈 하얀 벽이 원시림과 황야를 내다보는 창으로 바뀌고 그때마다 그는 어둠 속에 파묻힌 상태로 앉아 푸른색의 반사광을 받고 있는 관중들의 얼굴을 관찰한다. 때때로 그는 그들의 얼굴 표정을 보며 채워질 수 없는 자신의 강한 동경을 다시 떠올린다. 그는 종종 필름이 돌아가는 중에 잠이 든다. 삼나무, 버드나무, 측백나무 같은 나무들 꿈을 꾸고, 또 자신의 딱딱하고 갈라진 피부에 이끼가 돋는 꿈을 꾼다. 그의 발등 위로 못들이 솟아오른다. 그의 굽은 다리에서 뻗어나온 뿌리가 그를 땅에 점점 깊이 매어 놓기 시작한다. 그의 심장 주위로

키파리스 Cyparis

키파리소스. 케오스 섬에 사는 미소년. 시문학, 음악, 예언 및 치료의 신인 아폴론의 총애를 받는다. 키파리소스는 실수로 자신의 온순한 사슴을 죽인다.

……뜨거운 정오였다. 태양의 열로 인해 하늘에 있는 바다가재자리의 집게발이 이글거렸다. 피곤해진 사슴은 나무 그늘 아래의 잔디에 주저앉아 몸을 식혔다. 그때 키파리소스는 아무것도 모른 채 예리한 사냥 창으로 사슴을 맞혔다. 그는 사슴이 심한 상처로 죽는 걸 보자 자신도 따라 죽기로 결심했다……. 그는 하늘에 대고 마지막 선물로써 늘 슬퍼할 수 있도록 해달라고 간청했다……. 그러자 그의 사지가 점차 초록으로 변하였다. 눈처럼 하얀 이마에 흘러내리던 그의 머리카락은 뻣뻣한 나무의 우듬지로 변하기 시작했다. 뻣뻣하게 선 그는 가는 나무 둥지가 되어 별이 뜬 하늘을 올려다보았다. 그때 신이 장탄식을 하며 슬픔에 젖어 말하였다. 「나는 너를 슬퍼할 것이니 너는 다른 사람들을 위해 슬퍼하며, 또 슬퍼하는 모든 자들을 위로하라.」

나이테가 마치 그를 보호하듯 둘러져 있다. 그는 자라고 있다.

테레우스 Tereus

토미 마을의 백정. 그는 흐르는 물속에서 황소들의 두개골을 내리친다. 그의 도끼가 우지끈 소리를 내며 묶인 짐승의 두 눈 사이를 가를 때면 졸졸 흐르던 개울물조차 잠시 멈추고 침묵에 잠길 정도로 다른 모든 소리가 하찮아진다. 그는 부인 프로크네의 여동생 필로멜라를 겁탈하고 불구로 만든다. 프로크네는 절망한 나머지 자신의 아이 이티스를 죽이고 동생과 함께 도주한다. 테레우스는 이티스에게만은 부드러웠다. 그는 밤새 아들의 살인자를 찾아 헤매다가 먼동이 틀 무렵 밧줄 꼬는 영감의 집에서 두 여인을 발견한다. 그가 프로크네를 내리찍기 위해 도끼를 쳐든다. 그 순간 필로멜라는 제비, 프로크네는 나이팅게일이 되어 하늘로 날아오른다. 도낏자루에서는 다른 부리가 생겨난다. 테레우스의 팔이 날개로, 머리칼은 갈색과 검은색 깃털로 변한다. 개똥지빠귀로 변한 그는 달아난 두 여인을 쫓는다.

테레우스 Tereus

트라키아의 왕. 아테네가 야만족의 침입을 받자 그는 아테네의 편에 서서 적을 물리친다. 아티카의 왕 판디온은 이에 대한 감사의 표시로써 자신의 딸 프로크네를 그에게 부인으로 준다. 그러나 테레우스는 처제인 필로멜라를 사랑하게 된다. 그는 필로멜라를 강간하고, 이를 발설하지 못하도록 그녀의 혀를 잘라 낸다. 그럼에도 그의 참혹한 행위는 드러나게 된다. 프로크네는 복수심으로 자신의 아들 이티스를 죽이고 필로멜라와 함께 아이를 토막 낸 뒤, 그 시체 토막을 굽고 삶아서 테레우스에게 식사로 대접한다.
……그로써 그는 자신의 살과 피를 먹은 셈이며, 또 자신의 몸에 파묻은 셈이다. 여전히 눈치 채지 못한 그가 말한다. 「이티스를 이리로 불러와!」
이제 프로크네는 더 이상 자신의 잔인한 기쁨을 감추지 못한다. 「네가 찾는 그 아이는 네 몸속에 있다.」 그는 주위를 둘러보며 아이가 어디에 있는지 묻는다. 그가 계속해서 아이의 행방을 물으며 반복하여 아들의 이름을 부르는 동안, 필로멜라가 ─ 그녀의 머리카락은 광란의 살인을 저지르는 동안 튄 피로 물들어 있었다 ─ 갑자기 튀어나오며 피로 흥건히 젖은 이티스의 머리를 그 아비의 얼굴에 던진다……. 그 트라키아인은 황소처럼 울부짖으며, 탁자와 음식을 내팽개친다……. 그는 가슴을 열어 젖히고 ─ 오, 그것이 과연 가능할까! ─ 그 끔찍한 음식을, 몸 안에 가라앉은 고기를 밖으로 토해 내려고 한다. 또한 그는 자기 자식의 무덤이 되어 버린 아비의 어리석음을 한탄한다. 이제 그는 칼을 빼어 들고 판디온의 딸들을 쫓는다. 그 순간 그 두 여인은 날개를 치며 날아간다. 둘 중의 하나는 숲 속으로 날아가고, 다른 하나는 처마로 미끄러져 들어간다. 슬픔과 복수심에 가득 찬 그에게도 날개가 생기고, 그는 한 마리의 새로 변한다. 정수리에 볏이 생겨나며, 긴 칼날이 있던 자리에는 대단히 큰 부리가 솟아난다. 그 새의 이름은 개똥지빠귀이고, 그 모습은 매우 사납다.

티스 Thies

토미 마을에서 연고를 반죽해서 팔고, 시체를 묻는다. 그는 전쟁 중 프리슬란드에서 흑해로 오게 되며, 배편을 통해 상이 군인 협회로부터 돈을 받기 때문에 철의 도시의 주민들에게는 〈부자〉로 통한다. 말발굽에 밟혀 그의 흉곽이 부서지면서 왼쪽 갈빗대가 부러진 화살처럼 살 밖으로 비어져 나오게 된 이래로, 그의 몸에는 보호되지 않은 심장이 박동하고 있다. 자기가 조제한 약제와 물약들이 매우 효과가 있음에도 불구하고 그는 살아 있는 자들에게는 더 이상 도움을 줄 수 없다고 뼈저리게 확신하고 있다. 그는 오직 죽은 자들의 얼굴에서만 감동적인 순진무구한 모습을 발견할 수 있다고 믿는다. 그는 썩어 들어가는 시체가

티스 Thies

부자라는 뜻을 가진 디스Dis의 다른 표기. 플루톤, 하데스에 대한 로마식 이름. 사투르누스의 아들이며 유피테르와 넵투누스의 형제. 지하 세계의 신이며 어둠의 지배자로서 삼형제가 아버지를 몰아낸 후 실시한 제비 뽑기를 통해 이 제국을 차지하게 된다. 유피테르는 하늘과 땅의 지배자가 되고, 넵투누스는 강과 바다의 주인이 된다. 디스가 프로세르피나에 대한 사랑에 빠져 그녀를 납치하게 된 이유는 비너스(아프로디테)에게 있다. 비너스는 사랑의 신인 아들 큐피드(에로스)에게 하늘과 땅과 바다에는 사랑이 있지만 오직 어둠의 세계에는 사랑이 없다고 탄식한다. 이에 사랑의 신은 그의 무기를 집어 든다.

......그는 화살통을 열고 어머니로 하여금 수천 개의 화살 중 하나를 고르게 한 뒤, 한 개를 옆으로 빼

흙과 돌에 덮일 때까지 그 평온한 얼굴을 독한 향유로 보존하려 한다. 비록 그는 부상의 후유증보다는 프리슬란드의 석회처럼 새하얀 모래 언덕들에 대한 향수로 더욱 고통을 겪지만, 로마로 함께 떠나든지 혹은 그의 고향으로 돌아가자는 약혼녀 프로세르피나의 권유를 물리친다. 숱한 사망자들을 직접 보고 또 인간의 파괴적인 분노를 몸소 겪은 그는 자기가 태어난 그 해안으로 돌아가는 길이 영원히 사라진 것으로 여긴다. 그 어느 것도 다시 이전과 같이 될 수가 없다.

파마 Fama

토미 마을의 가게 주인이며 식료품 상인의 과부. 그녀는 떠돌이 광부와의 사랑으로 간질병을 앓는 바투스를 낳는다. 그녀는 한때 절망에 빠진 나머지 시클라멘과 서양팥꽃나무 잎사귀를 달여 만든 즙으로 불구의 아이를 죽이려고 한다. 그러나 실제로 바투스를 잃게 되자 수다스러워지고 위로를 얻고자 하며, 또 자신의 이야기를 들어 줄 사람을 찾을 정도로 아들에 대한 애착이 대단했다. 그녀는 코타에게 토미의 주민들이 살아온 이야기를 전해 준다.

냈다. 그것보다 더 뾰족한 것은 없었고, 어떤 화살도 더 정확하게 목표를 맞출 수 없었다. 큐피드는 무릎으로 버티며 화살을 당겼고, 화살로 디스의 가슴을 정확히 맞췄다.

파마 Fama

소문의 여신.

……세계의 가운데에 어느 마을이 있다……. 그곳에서는 세계 어느 곳에서 일어나는 일일지라도 모두 볼 수 있으며, 아무리 멀리 떨어진 곳에서 하는 대화일지라도 그 음성을 엿들을 수가 있다. 그곳에 사는 파마는 가장 높은 지대에 집을 짓는다……. 낮이나 밤이나 그 집은 열려 있다. 울리는 광석들로 가득 찬 그곳에서는 곳곳에서 말소리가 울린다. 혹은 똑같은 음성이 반복된다……. 진실 또는 꾸며 낸 이야기들이 어지럽게 섞이고, 혼잡스러운 음성들이 그 집을 가득 채운다. 일부의 사람들은 놀고 있는 귀를 수다로 채우고, 다른 사람들은 들은 얘기를 계속 옮긴다. 이야기를 꾸며 내는 정도가 점점 심해져 간다…….

포이보스 Phoebus

테레우스가 토미 마을의 가면 행렬에서 쓴 사육제 가면. 금색 종이 조각과 크롬 부스러기로 치장을 한 백정은 하얗게 칠한 우마차를 타고 골목길을 지나가며 불타고 있는 채찍을 휘둘러 댄다. 코타는 그 가면이 불수레를 탄 태양신을 희화(戲畵)한 것임을 알아본다. 백정은 포이보스가 되려고 했다.

포이보스 Phoebus

빛을 발산하는 자. 시문학과 음악, 예언 및 치료의 신인 아폴론의 별명이며 동시에 태양신 솔Sol의 별명이기도 하다. 두 신 모두 『변신』에서 이 이름으로 등장한다. 가령 아폴론은 포이보스로서 마르시아스의 껍질을 벗기고, 키파리스를 사랑하며, 오르페우스의 잘린 머리를 삼키려는 뱀을 변신시킨다.

……방관하고 있던 포이보스가 마침내 이에 관여하기 시작한다. 그는 오르페우스의 머리를 물기 위해 달려드는 뱀을 돌로 변화시킨다. 뱀은 주둥이를 크게 벌린 그 상태로 굳어 버린다. 오르페우스의 그림자는 지하 세계로 내려가고, 그는 한 번 보았던 장소들을 모두 다시 알아본다. 그는 낙원에서 그토록 찾던 에우리디케를 발견한다. 그리움에 가득 찬 그는 그녀를 팔에 안는다…….

포이보스로 등장한 솔은 메데이아의 마법의 노래에 빛을 잃고, 카이사르의 죽음을 슬퍼한다.

……어두워진 솔의 얼굴이 근심 어린 대지에 창백한 빛을 비추었다. 사람들은 별들 바로 근처에서 횃불이 타는 것을 자주 보았다. 비와 더불어 핏방울이 자주 떨어졌다. 샛별이 어두워졌으며, 그의 얼굴은 검은 녹으로 얼룩이 져 있었다. 달의 마차에는 피가 튀어 있었다…….

프로세르피나 Proserpina

토미 마을에서 연고를 반죽해서 팔고, 시체를 매장하기도 하는 티스의 약혼녀. 프로세르피나는 가축 장수들이 자

프로세르피나 Proserpina

지하 세계의 여신. 유피테르와 농경과 곡물의 여신인 케레스(데메테르) 사이에서 난 딸. 그녀를 사랑하는 지하 세계의 신 디스

신을 소 쳐다보듯 멍청히 바라보게 부추기고, 흑옥을 캐는 사람들한테는 자기가 무슨 보석이나 된 듯 행동한다고 파마는 입을 손으로 가리며 말한다. 그녀는 해마다 약혼자에게 화려한 로마로 함께 떠나자고 설득을 시도하지만 소용이 없다. 그녀는 며칠간에 걸친 그와의 다툼이 있고 난 뒤에는 가끔 그를 떠나지만, 몰약과 알로에 냄새로 가득 찬, 그의 집으로 언제나 다시 돌아온다. 그녀의 정성스러운 보살핌과 사랑도 티스의 시무룩한 우울증은 바꾸지 못한다.

프로크네 Procne

백정 테레우스의 부인이며 이티스의 어머니이고 필로멜라의 언니. 그녀는 능욕을 당하면서도 불평 한마디 없이 남편을 따라 지거운 인생을 산다. 테레우스는 가끔씩 부인이 마치 도살해 달라고 맡겨진 짐승이나 되는 것처럼 이유 없이 그녀를 때린다. 마치 한 대 한 대가 초라하게 남은 그녀의 의지를, 또 그녀가 자기에게 느끼는 혐오감을 마비시키는 데 도움이 되기라도 하듯이. 테레우스에 대한 그녀의 유일한 보호 수단은 그녀의 점점 불어나는, 연고와 향료를 섞은 기름으로 가꾼 비곗살이다. 이 비곗살과 더불어 예전의 아름다웠던 여인이 사라져 가는 것처럼 보인

가 그녀를 납치하지만, 그녀는 결국 그로부터 열매가 풍성한 1년의 반은 지상 세계로 돌아가도 좋다는 허락을 받는다.

……이제 그 여신은 두 세계에 동시에 속하는 존재가 되어 똑같은 횟수의 달을 한 번은 어머니와 함께, 그리고 한 번은 남편과 함께 지낸다. 그녀의 분위기와 모습이 갑자기 변한다. 방금 전까지 플루톤에게조차 슬프게 보이던 그녀의 얼굴이 이제는 구름을 뚫고 나오는 해와 같이 명랑하다.

프로크네 Procne

아티카의 왕 판디온의 딸이며 필로멜라의 언니이고 테레우스의 부인. 자신의 여동생을 강간하고 불구로 만든 남편에 대한 복수로 그녀는 자신의 아들 이티스를 죽인다.

……마치 호랑이가 암사슴의 젖먹이 새끼를 낚아채어 어두운 숲으로 달아나듯이, 그녀는 지체하지 않고 이티스를 끌고 갔다……. 아이는 어떤 운명이 자신에게 닥쳐올지를 이미 알았다. 〈엄마, 엄마〉하고 소리치며 어머니의 목에 달라붙었건만, 프로크네는 눈도 돌리지 않고 아이의 가슴과 옆구리 사이를 칼로 찔렀다. 이 상처만으로도 아이를 죽이기에는 충분했다. 그럼에도 필로멜라는 칼로 아이의 식도를 잘랐다. 프로크네와 필로멜라는 영혼의 일부가 아직 남아 있는, 살아 있는 팔다리를 갈기갈기 찢었다. 곧 그 몸의 일부는 둥근 솥 안에서 끓었고,

다. 테레우스가 필로멜라를 강간하고 불구로 만든 것이 드러나자 그녀는 정신이 돈다. 그녀는 자신의 아들 이티스를 시간 속에서 끄집어내어 자신의 가슴속에 영원히 파묻는다.

다른 일부는 꼬챙이에 끼워 구워졌으며, 방 안은 피로 첨벙거렸다……

피네우스 Phineus
그는 술장사 겸 뱀 재주꾼으로서 키파리스와 함께 토미 마을에 온다. 누군가가 그의 천막과 뱀이 든 바구니에 불을 지르자 그는 허물어져 가는 집 한 채를 얻을 수 있었고, 그 후로 토미의 술집 주인이 되어 머무른다. 그는 종종 다시 떠날 것이라느니, 여행을 할 것이라느니, 아프리카의 오아시스며 계절풍이, 또는 낙타가 어떠니 하고 떠들어 대면서도 철의 도시의 땅을 계속 파 들어가고, 검은 화약과 정을 동원해 집 밑으로 나 있는 그 동굴을 지하로 개조한다. 그는 그곳에 포도주와 사탕수수를 절인 화주를 저장하고 밤낮을 가리지 않고 손님을 받는다.

피네우스 Phineus
에티오피아의 왕의 아들. 그는 영웅 페르세우스가 미인 안드로메데와 결혼하려는 것을 막으려고 하지만 실패한다. 페르세우스에게 조롱을 당한 피네우스는 그와 결투를 벌이지만, 페르세우스가 마술을 부리는 메두사의 뱀머리를 들이대는 바람에 패배한다.

……그가 시선을 돌리려고 하는 순간 목이 뻣뻣해졌다. 축축한 눈동자가 돌처럼 딱딱해졌고, 겁먹은 얼굴, 간청하는 듯한 표정, 용서를 비는 손짓, 죄를 깨달은 외모 역시 대리석 상(像)으로 변한다……

피라 Pyrrha
에코가 코타에게 들려준 〈돌에 관한 책〉에 등장하는 인물. 그 책은 유배된 시인 오비디우스가 쓴 것으로 짐작된다. 그 책에서 피라는 자신의 연인 데우칼리온과 더불어 뗏목을 타고 모든 것을 파괴하는 홍수를 견뎌 낸, 세계

피라 Pyrrha
거인 에피메테우스의 딸이며 데우칼리온의 아내. 유피테르가 인류를 몰살시키려는 의도로 일으킨 대홍수에서 그녀는 남편과 더불어 살아난다. 물이 물러갔을 때 둘은 뗏목을 탄 채 파르나소스 산의 언덕에 표착하게 되고, 그들은 진흙탕으로 뒤덮인 신전에

의 종말에서 살아남은 마지막 여인이다. 살아남은 자들의 고독함은 형벌 중에서도 분명히 가장 혹독한 벌일 것이라고 에코는 말한다.

서 위로를 찾고자 한다. 그들은 그곳에서 뒤로 돌을 던지라는 계시를 받는다. 피라와 데우칼리온은 신탁의 의미를 깨닫지 못한 채 그 충고를 따른다.

……그리고 여자가 던진 돌들에서 여자가 새로이 생겨났다……. 그래서 우리들은 강인하고 인내력 있는 인간들이 되었으며, 그로써 우리가 무엇에서 생겨났는가를 알게 된다.

피타고라스 Pythagoras

그리스에서 이주해 온 자. 오비디우스의 하인이기도 한 그는 철의 도시에서는 미친 사람으로 간주된다. 그는 한 소나무에 수금들을 걸어 놓고 그것들이 내는 음의 조화에 따라 언제 태풍과 우박이 접근하는가를 알아낸다. 그는 영혼의 방황을 믿으며 소나 돼지들의 눈에서 변신한 인간들의 눈을 다시 인식할 수 있다고 주장한다. 그런 이유로 그는 푸줏간 집 앞에서 육식의 부끄러움에 대해 연설을 하고, 이에 테레우스는 결국 그에게 양의 허파와 창자들을 던진다. 그는 오비디우스의 고통 속에서 자신의 운명을 다시 보며, 그의 말들에서 자신의 생각을 다시 발견하고, 이 일치감으로 인해 후세에 전수할 만한 가치가 있는 어떤 조화(調和)를 마침내 찾았다고 믿는다. 그는 지하 술집의 책상이나 집 벽과 정원의 담에 글을 써 넣기 시작하고, 급기야는 오비디우

피타고라스 Pythagoras

사모스 출신의 학자. B.C. 570년에 태어남. 과두 정치(寡頭政治) 시대인 B.C. 532년경 사모스 섬을 떠난 그는 남부 이탈리아의 크로톤에서 하나의 종교적, 학문적 연맹을 결성한다. 그 연맹의 정치적인 활동은 결국 정부에 의해 무력으로 억압된다. 그로 인해 피타고라스는 고령에도 불구하고 타란토 만(灣)의 메타폰티온으로 거주지를 옮기고, 그곳에서 B.C. 497년에 죽는다. 그는 부름을 받지 않은 사람들이 자신의 지식을 전수받는 것을 막기 위해 그의 교리 가운데 어느 것 하나도 기록으로 남겨 두지 않는다. 그렇기에 그 지식은 단지 피타고라스 학파 철학자들의 보편적인 사고의 산물로서만 나타난다(가령 영혼 방황설, 지구가 둥글다는 설, 물리적 및 수학적 법칙들 등). 오비디우스는 『변신』 제15권에서 이 학자로 하여금 온갖 종류의 변신들의 철학적, 종교적인 배경을 서술하는 위대한 연설을 하게 한다.

스의 말 한마디 한마디에 기념비를 — 글을 끼적거려 놓은 넝마 조각이 펄럭거리는 돌기둥을 — 세우기 시작한다. 세계에 대한 자신의, 즉 사모스 출신의 피타고라스의 사고와 견해가 더 이상 혼자만의 것이 아니라는 것을 보이기 위한 표시로서.

……모든 것은 변화할 뿐, 결코 소멸하지 않는다. 정신은 이곳저곳을 배회하며, 온갖 종류의 사지(四肢)에 들어간다. 즉 정신은 동물의 몸에서 나와 인간의 몸체에 들어가고, 다시 우리들에게서 나가 동물에게 들어가는 것이지 결코 사라지지 않는다……. 이 우주를 통틀어 영속하는 것은 없다. 모든 것이 흐르는 과정에 있으며, 각각의 모습들 또한 순간일 뿐이다. 그렇다, 시간들조차 흐르는 강물과 다름없이 지속적으로 흘러간다. 강물도, 또 쏜살 같은 시간도 조용히 멈출 수가 없다. 파도가 다른 파도에 밀리고 동시에 이전의 파도를 밀쳐 내듯이, 그렇게 시간들은 날아가며 동시에 이전의 시간들을 좇아간다…….

필로멜라 Philomela

불구가 된 채 맨발로 나타난 이방인. 그녀는 1월의 어느 아침 산속을 빠져나와 철의 도시에 나타난다. 프로크네는 그 여인에게서 죽은 줄로만 알았던 자신의 여동생을 다시 알아본다. 필로멜라는 어떤 질문도, 또 자신을 달래는 어떤 말도 이해하지 못하는 것 같다. 그녀는 남자의 그림자가 자기에게 비치기만 해도 두려움으로 몸을 움츠린다.

필로멜라 Philomela

아티카의 왕 판디온의 딸이며 프로크네의 동생. 형부 테레우스는 처제인 필로멜라를 강간하고, 그녀의 비탄에 분노하여 그녀를 불구로 만든다.

……그리하여 그는 허리에 차고 있던 칼을 빼든 뒤 그녀의 머리카락을 낚아채서 끌고 가서, 그녀의 팔을 비틀어 등 뒤로 묶는다. 필로멜라는 그에게 자신의 목을 내밀었다. 그녀는 칼을 보는 순간 그가 자신을 죽여 주기를 바랐던 것이다. 하지만 그는 집게로 그녀의 혀를 — 반항하며 계속해서 아버지의 이름을 부르며, 말을 하려 애를 쓴 그 혀를 — 붙들고 날카로운 칼로 그 혓바닥을 잘라 냈다. 남은 혀의 뿌리가 아직 움찔거리고, 잘린 혀가 땅바닥으로 떨어진다. 그녀는 떨면서 피로 검게 물든 땅바닥에 대고 뭔가를 중얼거린다…….

헤라클레스 Hercules

키파리스가 토미 마을에서 보여 주는 영웅 3부작의 둘째 편 제목. 이 영화는 결국은 자기 손으로 자신의 몸뚱이를 갈기갈기 찢어 버리는 무적의 용사 헤라클레스의 삶을 보여 준다. 그가 아무런 생각 없이 걸친 옷에는 독이 묻어 있다. 순간적으로 옷의 실이 그의 피부에 엉켜 달라붙고, 끓는 기름과 같이 타오르기 시작한다. 그의 생명을 끊는 것 외에는 그 옷을 벗어 버릴 수 있는 방도가 없다. 헤라클레스는 옷과 더불어 그의 살을 몸뚱이에서 찢어 낸다. 그는 피가 뚝뚝 떨어지는 힘줄과 어깨뼈를 떼어 낸다. 그리고 꺼져 가는 허파가 들어 있는, 하나의 붉은 새장과도 같은 흉곽과 심장을 드러낸다. 그는 쓰러진다.

헤라클레스 Hercules

모든 신들의 왕인 유피테르와 인간인 알크메네 사이에서 난 아들. 많은 업적들 중 특히 아르고스의 왕의 명령으로 12가지의 위대한 일을 수행한다. 그는 아름다운 데야네이라를 두고 강의 신 아켈로스와 싸워 이겨서 그녀를 되찾고, 그녀를 다시 납치해 가려는 켄타우로스 네소스를 죽인다. 데야네이라는 헤라클레스와의 사랑이 새로워지기를 바라는 마음에 죽어 가는 네소스의 말만 믿고 그의 피에 헤라클레스의 옷을 적셔 둔다. 헤라클레스는 데야네이라가 아무것도 모르고 보낸 그 내의를 입게 되고, 그 순간 몸에 치명적인 독이 스며든다. 그는 고통으로 날뛴다. 헤라클레스는 그 옷을 가지고 온 리카스를 에우보이아 바다에 던지고, 오이타 산에 장작더미를 쌓은 뒤 스스로 자신의 몸을 불사른다.

……헤라클레스가 자신의 몸에서 인간의 사지를 벗겨 내자마자 그의 신성(神聖)이 드러나기 시작했다. 그의 모습이 거대해졌으며 위엄을 지니게 되었고, 보는 이로 하여 두려움을 갖게 했다. 전지전능한 그의 아버지 유피테르는 헤라클레스를 구름으로 싼 채 사륜 마차에 실어 반짝이는 별들 사이로 데리고 갔다.

헥토르 Hector

키파리스가 수난 주일 동안 토미 마을에서 보여 주는 영웅 3부작의 첫째 편 제목. 그 영화는 트로이아의 종말과

헥토르 Hector

트로이아의 마지막 왕인 프리아모스와 그의 부인 헤카베의 사이에서 난 아들. 모든 트로이아의 영웅들을 통틀어 가장 유명한

용감무쌍하게 그 도시를 방어했던 헥토르의 멸망을 보여 준다. 결국 헥토르는 목숨이 끊어진 것이 확실해질 때까지 자신의 성벽 주위를 끌려 다니게 된다. 길게 늘어선 개들은 이리저리 흩어진 그의 살점을 서로 차지하려고 싸운다.

전사(戰士)이다. 그는 트로이아를 차지하기 위한 전쟁이 10년째 될 때 아킬레우스에게 패배하고, 그에 의해 갑옷을 벗긴 채 성벽 주위를 끌려 다닌다. 그의 아버지 역시 죽고, 그의 어머니는 그리스인들에게 끌려간다.

……〈트로이아, 잘 있거라! 우리는 너로부터 멀어지는구나〉라고 트로이아의 여인들은 외치며 조국의 땅에 입을 맞추었고, 연기에 싸인 집들을 떠났다. 헤카베는 마지막으로 배에 올랐다. 비통한 모습이여! 사람들은 그녀를 아들들의 무덤 한가운데에서 발견하였다. 그녀가 무덤을 꼭 붙들며 뼈에 입을 맞추는 동안 이타카인의 손들이 그녀를 끌고 갔다. 그런 가운데에서도 그녀는 아들의 재를 한 움큼 쥐어 가슴에 넣고 떠나갔다. 그녀는 자신의 정수리에서 뽑은 희끗한 머리칼과 눈물을 초라한 제물로서 무덤에 남겨 두었다.

역자 해설
문명 비판 그리고 자연성의 회귀

『최후의 세계』는 오스트리아 작가 란스마이어(1954~)가 그리스 로마 신화의 근간이 되는 오비디우스의 작품 『변신』을 바탕으로 쓴 것이다. 소설은 코타가 연애시를 쓰는 서정 시인이자 자유분방한 작가인 오비디우스를 찾기 위해 그가 유배당해 있는 흑해 연안의 마을 토미[1]를 향해 떠나는 장면으로 시작된다. 여행의 목적은 오비디우스가 유배를 떠나던 날, 흑해로 유배를 가라는 판결에 이성을 잃고 로마의 저택에서 불살랐던 그의 최대의 역작 『변신』이 어떻게 되었는지를 밝혀내고자 함이었다. 란스마이어는 줄거리를 전개해 나가는 데 있어 필수적이라고 생각되는 부분들을 역사적인 사실들과는 다르게 설정하고 있다. 역사 기록에 따르면 오비디우스는 실제로 토미로 추방되었고, 또 이 소설에서 일종의 탐험자로 등장하는 인물 코타도 실존했었다. 그는 오비디우스에게 유배 판결이 내려졌을 때 오비디우스를 따라 여행을 떠났다. 그러나 이 소설에서 핵심 부분, 즉 오비디우스가 자신의 『변신』의 원고를 불사른다는 부분은 작가의 허구에 속한다. 오비디우스가 로마에 보낸 편지에 보면 그가 『변신』을 불태우려 했다는 대목은 있으나, 그것은 분노에 사로잡힌 순간의 충동이었지

---

[1] 현재 루마니아의 콘스탄차.

실제 그런 일은 없었다.

오비디우스의 『변신』이 〈원(原) 텍스트〉라면 토미 마을은 그 자체로 〈2차 텍스트〉가 된다. 마을 주민들 중 간질병을 앓는 아이 바투스가 돌로 변하고, 마을 창녀 에코가 메아리처럼 흔적도 없이 사라져 버리며, 밧줄 꼬는 영감 리카온이 늑대로 변하고, 백정 테레우스가 개똥지바퀴로 그리고 그의 아내 프로크네는 나이팅게일이 되는 과정에서 〈원 텍스트〉(『변신』)와 마을 주민들을 등장인물로 한 〈2차 텍스트〉 간의 경계가 모호해진다. 그런데 작가는 여기서 한술 더 떠, 매년 어김없이 토미 마을을 방문하는 난쟁이 키파리스가 보여 주는 영화 속의 이야기 역시 〈변신 이야기〉로 채운다. 마을 주민들 스스로가 〈변신〉이라는 텍스트의 등장인물인데, 그들에게 다시 〈변신 이야기〉가 주어지는 것이다. 이 점에서 마을 주민들이 보는 영화 속의 〈변신 이야기〉는 〈3차 텍스트〉라 할 수 있겠다. 이처럼 『최후의 세계』는 〈원 텍스트〉, 〈2차 텍스트〉, 〈3차 텍스트〉가 서로 뒤엉킨 구조를 하고 있다.

오비디우스의 『변신』

로마의 위대한 시인 오비디우스는 50세 되던 해인 서기 5년에 자신의 운명을 바꿔 놓는 큰 시련을 맞는다. 그는 엘바 섬을 방문하는 동안 황제 아우구스투스가 자신에게 추방령을 내렸다는 청천벽력과 같은 소식을 전해 듣는다. 오비디우스는 왜 이런 결정이 내려졌는지 공식적으로는 어떤 이유도 듣지 못한다. 다만 그는 어쩌면 자신이 쓴 책 『사랑의 기교』에 대한 황제의 반응일지도 모른다고 짐작한다. 이 책은 당시로서는 상상도 할 수 없을 정도의 대담한 필치로 남녀가 사랑하는 법을 조언해 주는 내용을 담은 일종의 풍자화(諷刺畵)였다. 아니면 그것은 그가 범했던 어떤 〈실수〉에 대한 보복일지도 모른다. 당시 도덕규범에 대해 매우 엄했던 황제의 손녀딸이 연루된 혼외정사 스캔들이 떠돌았는데, 오비디우스가 이를 경솔하게 발설한 것에 대한 보복이라는 것이다. 오비디우스에게 있어 흑해의 마을 토미로 추방되는 것은 나락으로 떨어지는 것과 같았다. 청중들의 박수에 익숙하고, 섬세한 문사(文士)이자 사교계의 중심 인물인 그가 죄인으로 낙인찍힌 채 미개하고 조야(粗野)한 무리들 속에서 여생을 보낸다는 것은 견디기 힘든 고통이었다.

황제 아우구스투스는 오비디우스의 글 일체를 공공 도서관에서 없애도록 명령했고, 한때 시인을 두둔하던 자들은 이제 그를 모함하는 자들로 변해 갔다. 오비디우스는 로마까지 가는 데만 6개월이 걸리는 선편을 통해 로마에 있는 친구들과 정치적 영향력이 있는 사람들에게 자신의 사면을 간청하는 편지들을 보내지만,[2] 그의 글들은 단 한 차례도 권력의 중심부에 이르지 못했다. 아우구스투스 황제의 재위 기간이 끝나고 그의 후계자 티베리우스가 즉위했지만, 오비디우스는 여전히 사면을 받지 못한 채 서기 18년에 사망하게 된다.

오비디우스는 추방을 당하기 전 이미 그의 최고작 『변신』을 출간할 준비를 하고 있었다. 1만 2천 개의 육각운 Hexameter을 갖춘 형태로 천지 창조를 묘사한 이 책엔 무려 250명의 주인공이 등장한다. 이 책에서 화자는 엄숙하고도 재치 있는 태도로 170가지가 넘는 변신을 묘사하고 있다. 뱀이나 돌, 새, 나무 들로 변하는가 하면, 죽은 거인의 피에서 최초의 인류가 탄생하고 또는 위대한 황제가 신으로 변신하는 것도 포함되어 있다. 우리에게 비교적 익숙한 토머스 불핀치의 『그리스 로마 신화』는 내용의 대부분을 오비디우스의 『변신』에서 가져왔다고 할 수 있다. 자신은 비록 귀양지에서 생을 마감할지언정 자신의 문학은 영원히 빛나리라는 것을 믿어 의심치 않았던 오비디우스(그러나 이 작품과 더불어 / 나는 영속하겠고 / 별보다도 더 높이 올라갈 것이며 / 나의 이름은 결코 파괴되지 않으리라), 그의 문학은 단테를 거쳐 마르틴 루터, 셰익스피어, 디드로, 괴테, 보들레

---

[2] 이 편지들은 훗날 『흑해에서 온 편지』로 묶여 출간된다. 이 글은 오비디우스가 유배 기간 동안 겪은 삶을 상세히 보여 주는 중요한 문헌이다.

르 그리고 카프카에 이르기까지 수많은 작가들의 귀감이 되었다. 카프카의 그로테스크한 소설 『변신』(1915)은 오비디우스의 『변신』이 없었다면 생각하기 힘들 것이다.

의도된 반(反)교양주의 담론

코타가 진실을 규명하고자 하는 마음으로 오비디우스의 책을 찾아 떠난다는 구도의 설정은 사실 이 작품의 가장 본질적인 요소이면서, 동시에 우리가 소설에서 비교적 자주 접하는 모티브에 속한다. 코타가 토미라는 변두리의 한 마을에 도착하기 위해 거쳐야 하는 17일간의 고통스럽고 기나긴 항해는 새로운 시작을 위한 하나의 암시적인, 상징적인 도입부이다. 말하자면 그가 배에 머무른 시간은 지금까지 그가 로마에서 쌓은 경험들과 익숙한 삶의 공간을 뒤흔들어 놓았다. 에게 해와 흑해의 격랑이 배를 이리저리 흔들며 씻겨 놓았듯이, 이성과 합리주의에 단련된 그의 로마적 사고 체계도 이 세상 끝의 거친 파도 앞에서는 초라하게 위협을 받게 된다. 마침내 토미에 도착한 코타는 마치 범죄를 추적하는 수사관처럼 죽은 것으로 추정되는 오비디우스를 찾고자 그의 흔적들을 수집하며 증인들에게 탐문하고 나름대로 오비디우스의 운명을 재구성한다. 하지만 그는 이 과정에서 전혀 새로운 경험들과 맞닥뜨린다. 『변신』을 찾겠다고 나섰지만 시간이 흐를수록 점점 더 미로에 빠져 들게 된다. 기존의 사고로는 도저히 이해할 수 없는 일들이 연거푸 일어나면서 그는 극도의 혼란 상태에 빠져들게 되고, 마침내 생존을 위해 문명화된 자신의 행동과 논리적 사고를 포기하고 미개인들의 삶에 적응해 간다.

본래 교양 소설이 주인공을 무지(無知)의 상태에서 계몽으로 옮겨 놓는 데 반해, 본 작품에서 코타가 도달하게 되는 깨달음, 즉 교양의 과정은 오히려 거꾸로 전개되고 있다. 코타는 토미의 주민들에게서 일어나는 불합리한 사건들에 — 간질병을 앓던 아이가 화석(化石)이 되는가 하면, 마을 창녀인 에코가 흔적도 없이 사라지고, 밧줄 꼬는 영감 리카온이 늑대가 되어 버리는 일 등 — 직면하여 이성(理性)과 논리가 황폐한 촌락에 불과한 이곳에서는 전혀 기능을 발휘하지 못한다는 것을 알게 된다. 그는 토미에서 전개되는 불가사의한 변신들과 더불어 토미의 경치와 기후, 바다가 걷잡을 수 없이 변하는 것이 사실은 마을 자체가 바로 〈변신〉의 세계이기 때문이라는 것을 아직은 이해하지 못하고 있다. 오비디우스가 남겨 둔 〈변신 이야기〉의 비밀을 간직하고 있는 몇 개의 천 조각에서 풍겨져 나오는 신비감에 휩싸인 코타는 마침내 이성(理性)을 잃는다. 이제 그는 세상 사람들에게는 미치광이가 되었지만, 그때서야 비로소 불가사의한 자연의 법칙을 깨닫는다. 미쳐 버린 코타가 오비디우스를, 그리고 그의 책 『변신』을 찾기를 단념하는 바로 그 순간이 코타의 교양이 완결되는 시점이다. 이성과 합리성을 내던지고 광기(狂氣)의 세계로 들어서는 게, 다시 말해 계몽의 세계에서 신화의 세계로 들어서는 게 진정한 깨달음이라는 작가의 주장은 통상적인 교양 소설의 형태를 완전히 뒤집어 놓는다.

탈역사주의인가, 역사성의 회복인가?

『최후의 세계』에서는 신화적 배경이 중요하다. 그런데 란스마이어가 신화를 수용하는 방식은 우리가 아는 것과는 많이 다르다. 예컨대 철학자 피타고라스가 마을의 얼간이로 등장하는가 하면, 숲의 요정인 에코는 마을의 창녀로 생계를 유지하고, 소문의 여신 파마는 식료품 가게의 주인이다. 그 밖에도 신화에서는 아르고의 선원들을 이끌고 황금양모를 찾아 나선 영웅 이아손이 『최후의 세계』에서는 낡은 전함에 이주민들을 싣고 다니며 뱃삯을 챙기고, 중개 무역을 일삼는 장사꾼일 뿐이다. 그뿐만이 아니다. 작가는 역사의 충실한 복원에도 매우 소홀한 것 같다. 고대 로마에 버스가 운행되고 권총이 등장하며, 신문이 간행되는가 하면 이탈리아의 시칠리아 섬의 분리주의자들은 바리케이드를 치고 데모를 일으키며 자동차에 불을 지르는 것으로 묘사되어 있다. 이와 같이 작품 도처에 비역사적이고 신화와도 다른 정황들이 펼쳐짐으로써 독자들은 소설이 결함을 지닌 게 아닐까 하고 의문을 품을 수 있다.

란스마이어는 소설 속에 등장하는 인물들과 그들을 둘러싼 이야기 속에서 신화와 현재, 미래를 끊임없이 접근시키고 있다. 작품의 시간적 배경인 1세기 로마 시대의 다양한 갈등 요인들이 사실은 20세기의 지구촌이 해결해야 될 문제들이다. 가령, 독일인 티스가 반복해서 꾼 독가스실에 관한 악몽은 나치의 만행이고, 또 토미 마을에서 진행되는 이상 기후는 대기 오염이나 오존층의 파괴 등으로 인해 야기된 지구의 온난화 현상으로 읽힐 수 있다. 또 이아손이 배로 실어 나르는 이주민들과 시칠리아 섬의 분리주의 운동은 구소련과 유고 연방, 아랍 지역, 인도네시아 동티모르 지역 등지에서 벌어지는 민족 분쟁과 이로 인해 발생하는 정치 경제적 난민 정책을 해결해야 되는 고민들을 암시한 것으로 볼 수 있다.

작가의 논리대로라면 진정한 깨달음은 이성과 합리주의를 포기하고 계몽 대신에 신화를 회복할 때 가능하다. 사실 이는 매우 조심스레 다루어져야 한다. 그것은 〈신화의 복원〉을 꾀하는 시도가 20세기 초에 파시즘 이데올로기와 결부되어 큰 폐해를 가져왔기 때문이다. 신화적 세계의 복원을 노리는 란스마이어의 1차적 관심사는 계몽이 여타의 정치적, 권력적 관심사에 의해 오히려 도구화되어 버리는 부작용을 드러내는 데 있는 듯하다. 즉, 무소불위의 수단인 줄만 알았던 계몽의 한계를 보이는 것이다. 〈계몽이 오늘날에는 신화로 바뀌었다〉(아도르노/호르크하이머)는 지적처럼 계몽은 한편으로는 자연과 정체불명의 원시성, 미몽 등으로부터의 인간을 해방시켰지만, 그 반면에 학문에 대한 지나친 숭배는 학문의 주체를 종속화시켰고 이성의 도구화를 가져왔다.

다음은 이 견해를 뒷받침해 준다. 우선, 그리스 로마의 제신(諸神)들이 정작 로마에서는 한낱 부조물(浮彫物)로 유지되거나 박물관 속으로 사라진 데 반해, 오히려 원시적 자연에 지나지 않은 촌구석 토미에서는 생생하게 태곳적 숨소리를 그대로 간직하고 있다. 그리고 화석이 된 바투스의 이야기 또한 그러하다. 바투스가 문명의 상징인 투영기를 지니면서부터 토미의 주민들은 그를 거의 떠받들다시피 한다. 미개한 지역에서 문명의 도구 하나가 바보 아이에게 난생처음으로 타인들과의 관계에서 우월한 지위를 가져다준 것이다. 그러나 바투스는 그 기계에 너무 홀린 나머지 돌로 변해 버린다. 문명의 도구에 대한 무비판적인 추종의 과정에서 이런 일이 일어났다는 것은 문명이 자연을 정복한 게 아니라, 오히려 자연에 굴복하였음을 의미한다.

포스트식민주의 담론

토미는 굳이 지리적으로 정확히 밝혀져야 할 필요는 없다. 단지 문명의 중심부에서 멀리 떨어진 변두리로서, 아직 때 묻지 않은 자연과 문화가 서로 조화롭게 질서를 유지하고 있다면 그곳 또한 토미가 되어도 무방하다. 권태와 매너리즘, 향락에 빠진 로마 제국에서는 예전의 찬란했던 상상의 세계마저 이제는 고갈되고 소진해 버린 데 반해, 토미는 권태에 빠진 중심부를 새롭게 쇄신할 수 있는 가능성으로 묘사되고 있다. 문명의 변두리, 즉 주변부의 가치가 새롭게 평가받는 셈이다.

문명의 중심이 아닌 변방을 관심의 대상으로 끌어올린 것은 확실히 포스트모더니즘 문학의 긍정적 측면이다. 프루스트가 파리를 무대로 하고, 조이스가 더블린을, 토마스 만이 베니스를, 무질이 빈을, 되블린이 베를린을 배경으로 한 것처럼 1920~1930년대의 고전적 모더니즘 문학의 주인공들은 예외 없이 유럽의 대도시를, 즉 문명의 중앙부를 활보했지만, 1980년대 포스트모더니즘 계열의 소설들은 무대를 중심으로부터 멀리 떨어진 곳으로 이동시키는 탈중심화를 보이고 있다. 스텐 나돌니의 『느림의 발견』(1983)이 북극을 무대로, 란스마이어의 『최후의 세계』가 오늘날 루마니아의 해안 도시를, 에코의 『장미의 이름』이 외딴 수도원을 그 배경으로 삼은 데서 보듯이 이들 〈변방 문학〉은 기존의 중심부가 누려 왔던 지위를 이제 변방의 시각으로 공략해 간다. 기존의 전통과 관습에 의문을 던지고, 권태에 빠진 중심부에 사고의 전환을 요구하는 것이다.

『최후의 세계』에서 나타난 토미와 로마 제국의 대치 상황, 그리고 로마의 굴복은 이 작품을 포스트식민주의 담론으로 읽게 한다. 이는 곧 〈유럽 중심주의에서 탈식민주의 및 탈제국주의〉로의 전환을 뜻한다. 지금까지 정치, 경제, 사회, 문화를 포함한 제반 영역에서 논의의 축에도 끼이지 못했던, 한낱 주변부의 문제점들이 이제는 중심부가 함께 나서 해결하지 않으면 안 될 정도로 큰 비중을 차지하게 되어 버렸다. 이아손이 실어 나르는 이주민들로 — 이들은 경제적 난민들이다 — 인해 생겨나는 원주민들과의 갈등이나, 퇴석(堆石)과 돌사태로 인한 이상 기후 때문에 집과 목초지를 졸지에 잃은 산간 지대의 주민들이 해안가의 토미로 피신을 온 후 야기되는 두 마을 주민들 간의 갈등들은 비록 주변부에서 진행되는 종족들 간의 분쟁 상황을 묘사한 것이지만 이런 갈등은 바로 현재 유럽이 해결해야 할 과제이기도 하다.

이성(理性)과 신비(神秘) 간의 대립

이 소설은 한 쪽에서는 로마 제국으로 대표되는 〈이성〉이, 다른 쪽에서는 트라킬라와 토미로 대표되는 〈태곳적 원시성〉이라는 두 세계가 대립하고 있다. 로마의 이성은 인간이 쌓은 사고(思考)와 성찰(省察)의 소산이고, 신비로 상징되는 트라킬라와 토미의 세계는 자연의 원초적 상태를 의미한다. 코타는 본디 계몽의 세계인 로마 출신이지만 오비디우스의 유배지인, 시골 촌구석에 불과한 토미에서 진행되는 일들 앞에서는 당황하기 시작한다. 여태껏 그를 지배했던 로마의 사고와 논리는 태곳적 자연에서 일체의 기능을 발휘하지 못하는 무용지물이 되고 만다.

코타는 토미 마을에서 벌어지는 신비한 일들을 한사코 〈읽어 내려〉 하지만, 자연은 코타의 시도에 완강하게 버틴다. 달팽이 떼가 오비디우스의 글로 추정되는 내용이 새겨진 돌비석들을 몸으로 감싼 채 코타의 접근을 허락하지 않는 것 역시 같은 맥락에서 이해될 수 있다. 달팽이 떼로부터 돌기둥을 해방시킨 자는 코타가 아니라 얼간이 피타고라스였다. 〈돌을 덮고 있는 것은 [……] 서로를 덮은 채 엎치락뒤치락 기어 다니며 돌들의 군데군데를 덮고 있는 수백 수천 마리의 민달팽이들이었다. [……] 이윽고 달팽이들이 죽어 돌판에서 떨어지기 시작했다. 그것들은 곤두박질치거나 서로 움켜잡은 채 돌 밑으로 떨어져 마침내 돌을 풀어 주었다.〉

토미에서 전개되는 신비한 현상들 때문에 정신 착란 직전까지 이른 코타는 자신의 내부의 갈등을 해소해 줄 수 있는 유일한 해결책으로 다시 한 번 오비디우스를 찾아 산속으로 들어가게 된다. 날이 저물어 돌아갈 시간을 놓쳐 버린 코타는 어쩔 수 없이 산속에서 밤을 지새우게 되는데, 그가 무너진 동굴 앞에서 밤을 보내는 장면은 일종의 은유로서 이 소설에서 중요한 전환점이 된다. 그는 밤새 잠을 자는 동안 무너진 동굴의 흙더미를 뚫고 나오는 산의 공기를 마시게 된다. 산속의 정기를 들이마신 그는 잠에서 깨어났을 때 이제는 산에 대한 두려움도, 로마인으로서의 서투름도 보이지 않았다. 이는 여태껏 서서히 진행되어 왔던 자연과의 화해가 완결되는 순간이다.

이제 인간의 이성으로 사고하기를 포기한 코타는 이성을 떨쳐 버림으로써 여태껏 자신을 괴롭혔던 고통스러운 모순에서 비로소 벗어나게 된다. 오비디우스는 자연과 거기에 묻혀 사는 인간들을 무대로 자신의 『변신』을 써내려 갔고, 지금까지 코타를 괴롭히던 신비한 현상들은 모두 오비디우스의 지휘 아래 진행된 것이었다. 오비디우스에게 있어 자신의 유배지 토미는 그의 이상이, 즉 삶의 무상함을 벗어나 영원불변한 상태로 옮겨 가고자 하는 인간의 꿈이 실현되는 유토피아이기도 했다. 오비디우스가 꿈꾸는 세계는 인간이 돌과 같은 자연의 일부로 변함으로써 썩을 수밖에 없는 유기체의 한계를 벗어나고, 새나 이끼로 변함으로써 자연과 더불어 조화를 이루는 단계이다.

사육제의 정치적·사회적 성격

토미에서 재현되는 사육제는 이미 화석이 되었거나 박물관 속으로 사라져 버린 로마 제국의 신화에 원래의 생동감을 되돌려 주었다. 그것은 과거의 기억 속으로 사라진 것을 다시 끄집어내고 생기를 불어넣는 회생의 힘을 지니고 있다. 평소 잊혀졌던 것, 그리고 제어할 수 없는 태곳적 열정들이 사육제를 계기로 그간 자신들을 억누르고 있던 합리적 문화라는 표면을 뚫고 바깥으로 뛰쳐나온다. 권력의 중심부에서는 잊혀진 것, 아니 굳이 외면당한 것들을 다시 축제의 형태로 재현한다는 점에서 사육제는 절대적 지배력에 대한 변방으로부터의 저항으로 해석될 수 있다. 이 저항의 힘은 억압받는 일체의 것들의 해방을 노리고, 나아가 로마적 이성과 합리를 통해 세련되게 잘 가꾸어진 문화적 표현들을 인간미가 배어 있는 자연의 상태로 대체시킨다.

사육제는 기존의 지위나 신분의 여하를 막론하고 모든 게 함께 뒤섞이고 전도(顚倒)되는 혼란 현상이다. 미하엘 바흐친은 도스토예프스키와 라블레에 대한 연구에서 사육제를 위계질서로 꽉 짜여진 사회적 시스템이 외부적인 계기에 의해 잠시 중단되는 상황으로 묘사했다. 그로써 인간들은 두려움이나 수줍음, 경건성 그리고 체면치레 등에서 잠시나마 해방될 수 있다는 것이다. 사육제에서는 모두가 자신이 원하는 신분으로 변할 수 있다. 농부가 왕이 되고, 남자는 여자로, 고위 관료는 광대로 변장한다. 도구적 이성에 기반을 둔 로마 제국의 힘과 강력한 제국주의는 한 촌구석의 사육제에서 한낱 우스갯거리로 전락하고 만다. 그런데 사육제를 통해 정치, 사회적 위계질서를 해체해 보는 것은 어쩌면 오히려 지배층이 노리는 전략일 수 있다. 피지배층은 제의(祭儀) 행위를 위한 장소와 시간을 허락받고, 한정된 기간에 상상으로나마 현재에서 불만족스럽게 나타나는 현상들을 떨쳐 버리게 된다. 그 결과 그들이 어느 정도 카타르시스를 느낀 채 다시 이전의 질서 속으로 되돌아간다고 할 때, 사육제는 오히려 체제 긍정적 기능을 하는 셈이다.

국가 권력과 예술의 대립

『최후의 세계』는 시인 오비디우스의 삶을 조명함으로 한 전체주의 국가에서 시인과 시문학이 어떤 식으로 정권의 횡포에 희생양이 될 수 있으며, 또 독재 정권의 자의성(恣意性)은 그 정권의 목적을 위해서라면 수단 방법을 가리지 않고 시인과 그의 문학 세계를 조작할 수 있고, 동시에 독재 정권에 의해 하찮게 여겨졌던 문학이 그 정권의 통제를 벗어나 커다란 영향력을 끼칠 수 있음을 보여 준다. 나아가 란스마이어는 권력은 그것이 아무리 막강하다 할지라도 유한할 수밖에 없는 데 반해, 권력에 의해 억압받는 문학과 예술은 시대를 초월하는 영원성을 지니고 있음을 보여 준다.

본 소설에서 오비디우스와 로마 정부의 갈등은 흑해로의 추방이라는 황제의 칙령으로 가시화되는데, 란스마이어는 오비디우스의 추방 사유를 황제에 대한 불경죄로 설정하고 있다. 『최후의 세계』에서 묘사되는 오비디우스는 결코 정치적 성향을 띠는 작가라 할 수 없다. 그는 그저 한 자유인으로서 자신의 느낀 바를 거침없이 토로하는, 자유분방한 시인일 뿐이다. 바로 이런 행동이 정부 측의 시각에서는 불손한 태도였다. 오비디우스는 원형 경기장의 개장을 축하하기 위한 연설에서 제국의 백성이라면 누구든 무조건적으로 치러야 할 〈황제에 대한 경의 표시〉를 생략하는 불경죄를 저지른다. 그리고 아이기나 섬에 만연한 페스트의 폐해를 묘사한 그의 연설은 두 번째의 불경죄가 된다. 페스트로 인해 비참한 죽음을 당한 그곳의 주민들을 묘사한 오비디우스의 연설은 사실은 로마 정부의 무관심과 무능함에 대한 비판이었고, 페스트에 의한 희생자들이 개미 떼를 통해 노예나 노동자들과 같은 새로운 종족으로 거듭난다는 비유는 황제의 전제 정치를 비난하는 것이었다.

이와 더불어 당시 로마의 극장에서 공연되는 그의 희극 「미다스」는 정부의 고위 관료들을 위시한 권력자들에 대한 통렬한 조소로 이해되고, 급기야는 그 작품이 상연되는 것을 막기 위해 경찰 부대가 출동하기까지 한다. 이와 같은 일련의 사건들은 오비디우스를 황제의 권력에 대항하는 반정부 시인으로 갑자기 대두시킨다. 결국 오비디우스는 폭력을 선동하는 위험인물로 분류되어, 재판 절차도 없이 유배를 떠나야 했다. 유배를 떠난 오비디우스는 곧 로마인들의 기억 속에서 사라지고, 오직 그의 작품들만이 정부를 비방하는 격문이나 전단들에 등장하게 된다. 그들에 의해 〈인용〉된 구절들은 대개의 경우 실제 오비디우스의 글이라기보다는 반정부 세력들이 황제의 권력에 대항하는 것으로 간주하고 싶은 한 시인에게서 바라는 내용들을 스스로 적어 넣은 것에 불과했다. 이처럼 오비디우스는 본인의 의도와 관계없이 로마에서 투사로 신비화되고, 이것은 그의 사면을 더욱 불가능하게 만드는 요인이 된다.

『최후의 세계』에서는 두 차례에 걸쳐 인류의 멸망과 그 후 새롭게 탄생하게 될 인간형을 묘사하고 있다. 아이기나 섬에 페스트가 창궐하여 섬 주민 모두가 숨을 거두자 개미 떼들이 인간들의 사체(死體)에 기어 들어가 눈, 코, 팔, 다리 등 부패한 신체 부위를 복제함으로써 〈개미 종족〉이라는 새로운 인간형이 탄생한다는 것이나, 인류의 종말을 가져온 대홍수가 물러간 뒤 웅덩이와 습지에서 돌맹이들이 꿈틀거리며 인간의 군상으로 거듭난다는 것이 그것이다. 이들 신(新)인간형은 종속적이고 기계적이며 맹목적으로 지배자에게 순종하는 전사적(戰士的) 기질을 지닌 자들로서, 한낱 전체주의적 독재의 도구로 쓰일 뿐이다. 여기서 묘사된 신인간형의 특징인 〈개미 종족〉, 〈노동자〉, 〈전사〉, 기꺼이 〈노예〉가 되려는 자세 등은 군중mass의 특성이기도 하다. 이들은 개인이 아닌 오직 〈유형(類型)〉으로만 존재한다. 오로지 집단 속에서 움직이고, 개인적 자유 의식이나 감정이 철저히 배제된 일종의 로봇과 같은 이질적 존재일 뿐이다. 전체주의는 나약하고 타락한 부르주아와는 다른 전적으로 새로운 인종으로서 폭력과 파괴를 겁내지 않는, 맹수와 같은 신인간형을 희망했다. 본 소설에서 란스마이어가 종속적이고 노예적인 신인간형을 묘사한 까닭은 파시즘의 위험성을 경고하기 위함이 아닐까 한다.

*

역자가 원본으로 삼은 책은 피셔 출판사Fischer Verlag의 *Die letzte Welt*(1991)이다.『최후의 세계』는 출간 당시 신화의 인물 및 모티프를 현대의 관심사와 훌륭히 결합한 점 등을 이유로 독일, 스위스 및 오스트리아에서 극찬을 받았다. 책이 출간된 1988년도에 프랑크푸르트 도서전에서 〈올해의 책〉으로 선정되는가 하면, 출간 3주 만에 하드커버본으로 10만 부가 넘게 팔리고 1990년 5월 기준으로 무려 30개국의 언어로 번역되는 등, 이 작품은 유럽 문단의 〈블록버스터〉였다. 유럽에선 작품의 포스트모더니즘적 성격이나 소재, 그리고 상업적 흥행도 면에서 이 작품을 움베르토 에코의『장미의 이름』, 파트리크 쥐스킨트의『향수』의 계보를 잇는 작품으로 평가한다. 한국에서 삼국지, 수호지와 같은 중국의 고전을 늘 곁에 두고 보아야 하는 권장 도서로 추천하듯이, 유럽에선 그리스 로마 신화를 최고의 고전으로 손꼽는다. 시대가 바뀌어도 불변하는 인류의 보고(寶庫)인 그리스 로마 신화가『최후의 세계』를 통해 현대적 색채를 입게 된 탓인지, 독일에선 이 작품을 중고등학교의 국어 과목이나 고전 과목에서 주요 교재로 사용하고 있다.

끝으로 이 책이 번역될 수 있도록 역자에게 기회를 준 〈열린책들〉에게 감사드린다. 문학서 시장에서 소위 가볍고 부담 없다는 작품들이 중후한 고전이나 본격적인 미학 소설들을 밀어낸 지 오래되었다는 지금,『최후의 세계』와 같은 교양서가 한국 독자들을 만날 수 있는 것은 오로지 출판인의 사명감이 아니었다면 어려웠을 것이다.

장희권

크리스토프 란스마이어 연보

1954년 출생   3월 20일 오스트리아 서북부 도시 벨스에서 출생. 로이탐이라는 소도시에서 유년 시절을 보냄.

1972~1978년 18~24세   빈 대학에서 철학과 비교인종학 전공.

1978~1982년 24~28세   월간지 『호외Extrablatt』의 문화란 담당 편집자로 일함. 『대서양 횡단Transatlantik』, 『메리안Merian』, 『지오Geo』를 비롯한 독일어권의 여러 잡지에 르포르타주와 에세이를 쓰는 자유 기고가로도 활동.

1982년 28세   기행집 『찬란한 종말Strahlender Untergang』 출간. 전업 작가가 됨.

1984년 30세   장편소설 『빙하와 암흑 속의 공포Die Schrecken des Eises und der Finsternis』 출간. 엘리아스 카네티 문학상 수상. 카네티 재단에서 3년간 재정 지원을 받으며 『최후의 세계Die letzte Welt』 집필에 전념함.

1985년 31세   중부 유럽 기행문 『어두운 구석Im blinden Winkel』 출간.

1988년 34세   장편소설 『최후의 세계』 출간. 이 작품으로 란스마이어는 단숨에 독일어권 문학의 새로운 혜성으로 떠올랐으며, 전 세계 30여 개국에 번역 소개됨. 그 이후, 아일랜드, 아시아, 아메리카 대륙을 여행함. 안톤 빌트간스 문학상 수상.

1992년 38세   바이에른 주 학술원 대문학상 수상.

1994년 40세 아일랜드의 웨스트 콕으로 거주지를 옮김.

1995년 41세 장편소설『키타하라 눈병 *Morbus Kitahara*』출간. 프란츠 카프카 문학상, 프란츠 나블 문학상, 유럽 문학상 수상.

1997년 43세 『수라바야로 가는 길 *Der Weg nach Surabaya*』출간. 오스트리아 문학상 수상. 오스트리아 잘츠부르크 음악회의 개회식 연설을 함.

1998년 44세 프리드리히 횔덜린 문학상 수상.

2000년 46세 『바빌론 기행 *Unterwegs nach Babylon*』출간.

2001년 47세 희곡「보이지 않는 것들 *Die Unsichtbare*」출간. 네스트로이 문학상 수상.

2003년 49세 중편 소설『거인의 인사 *Die Verbeugung des Riesen: Von Erzählen*』출간.

2004년 50세 에세이『한 여행자의 고백 *Geständnisse eines Touristen*』출간. 베르톨트 브레히트 문학상, 오스트리아 정부의 오스트리아 문학상 수상.

2006년 52세 다시 빈으로 거주지를 옮김.『날아다니는 산 *Der fliegende Berg*』출간.

열린책들 세계문학 045 최후의 세계

옮긴이 장희권 부산대학교 독문과를 졸업하고, 독일 빌레펠트 대학교에서 독문학, 문예학, 교육학으로 석사 학위, 독문학으로 박사 학위를 취득했다. 현재 계명대학교 독일 유럽학과 교수로 재직 중이며 한국 독어 독문학회 부회장을 비롯해 카프카학회, 괴테학회, 한국 독일 현대 문학회의 편집 위원을 맡고 있다. 한국 독어 독문학회 편집 위원장, 한국 독일 언어 문학회 부회장을 역임했다. 지은 책으로 『역사와의 유희-디터 퀸의 전기체 소설 연구』, 『글로컬리즘과 독일문화논쟁』, 『로컬리티, 인문학의 새로운 지평』(공저), 『혁명 이후의 문학』(공저), 『장소성의 형성과 재현』(공저) 등이, 옮긴 책으로는 『안톤 라이저』, 『카프카의 명작 단편선』, 『칼리가리에서 히틀러로』, 『소수에 대한 두려움』이 있다.

지은이 크리스토프 란스마이어 **옮긴이** 장희권 **발행인** 홍예빈·홍유진
발행처 주식회사 열린책들 **주소** 경기도 파주시 문발로 253 파주출판도시
전화 031-955-4000 **팩스** 031-955-4004 **홈페이지** www.openbooks.co.kr
Copyright (C) 장희권, 1999, *Printed in Korea.*
ISBN 978-89-329-0962-2 04850 **ISBN** 978-89-329-1499-2 (세트)
발행일 1999년 3월 30일 초판 1쇄 2006년 2월 25일 보급판 1쇄 2007년 4월 5일 보급판 2쇄 2009년 11월 30일 세계문학판 1쇄 2023년 10월 5일 세계문학판 3쇄

이 도서의 국립중앙도서관 출판예정도서목록(CIP)은 서지정보유통지원시스템 홈페이지(http://seoji.nl.go.kr)와 국가자료공동목록시스템(http://www.nl.go.kr/kolisnet)에서 이용하실 수 있습니다.(CIP제어번호:CIP2009003363)

열린책들 세계문학
Open Books World Literature

001 **죄와 벌** 표도르 도스또예프스끼 장편소설 | 홍대화 옮김 | 전2권 | 각 408, 504면

003 **최초의 인간** 알베르 카뮈 장편소설 | 김화영 옮김 | 392면

004 **소설** 제임스 미치너 장편소설 | 윤희기 옮김 | 전2권 | 각 280, 368면

006 **개를 데리고 다니는 부인** 안똔 체호프 소설선집 | 오종우 옮김 | 368면

007 **우주 만화** 이탈로 칼비노 단편집 | 김운찬 옮김 | 416면

008 **댈러웨이 부인** 버지니아 울프 장편소설 | 최애리 옮김 | 296면

009 **어머니** 막심 고리끼 장편소설 | 최윤락 옮김 | 544면

010 **변신** 프란츠 카프카 중단편집 | 홍성광 옮김 | 464면

011 **전도서에 바치는 장미** 로저 젤라즈니 중단편집 | 김상훈 옮김 | 432면

012 **대위의 딸** 알렉산드르 뿌쉬낀 장편소설 | 석영중 옮김 | 240면

013 **바다의 침묵** 베르코르 소설선집 | 이상해 옮김 | 256면

014 **원수들, 사랑 이야기** 아이작 싱어 장편소설 | 김진준 옮김 | 320면

015 **백치** 표도르 도스또예프스끼 장편소설 | 김근식 옮김 | 전2권 | 각 500, 528면

017 **1984년** 조지 오웰 장편소설 | 박경서 옮김 | 392면

019 **이상한 나라의 앨리스** 루이스 캐럴 환상동화 | 머빈 피크 그림 | 최용준 옮김 | 336면

020 **베네치아에서의 죽음** 토마스 만 중단편집 | 홍성광 옮김 | 432면

021 **그리스인 조르바** 니코스 카잔차키스 장편소설 | 이윤기 옮김 | 488면

022 **벚꽃 동산** 안똔 체호프 희곡선집 | 오종우 옮김 | 336면

023 **연애 소설 읽는 노인** 루이스 세풀베다 장편소설 | 정창 옮김 | 192면

024 **젊은 사자들** 어윈 쇼 장편소설 | 정영문 옮김 | 전2권 | 각 416, 408면

026 **젊은 베르테르의 슬픔** 요한 볼프강 폰 괴테 장편소설 | 김인순 옮김 | 240면

027 **시라노** 에드몽 로스탕 희곡 | 이상해 옮김 | 256면

028 **전망 좋은 방** E. M. 포스터 장편소설 | 고정아 옮김 | 352면

029 **까라마조프 씨네 형제들** 표도르 도스또예프스끼 장편소설 | 이대우 옮김 | 전3권 | 각 496, 496, 460면

032 **프랑스 중위의 여자** 존 파울즈 장편소설 | 김석희 옮김 | 전2권 | 각 344면

034 **소립자** 미셸 우엘벡 장편소설 | 이세욱 옮김 | 448면

035 **영혼의 자서전** 니코스 카잔차키스 자서전 | 안정효 옮김 | 전2권 | 각 352, 408면

037 **우리들** 예브게니 자먀찐 장편소설 | 석영중 옮김 | 320면

038 **뉴욕 3부작** 폴 오스터 장편소설 | 황보석 옮김 | 480면

039 **닥터 지바고** 보리스 파스테르나크 장편소설 | 홍대화 옮김 | 전2권 | 각 480, 592면

041 **고리오 영감** 오노레 드 발자크 장편소설 | 임희근 옮김 | 456면

042 **뿌리** 알렉스 헤일리 장편소설 | 안정효 옮김 | 전2권 | 각 400, 448면

044 **백년보다 긴 하루** 친기즈 아이뜨마또프 장편소설 | 황보석 옮김 | 560면

045 **최후의 세계** 크리스토프 란스마이어 장편소설 | 장희권 옮김 | 264면

046 **추운 나라에서 돌아온 스파이** 존 르카레 장편소설 | 김석희 옮김 | 368면

047 **산도칸 – 몸프라쳄의 호랑이** 에밀리오 살가리 장편소설 | 유향란 옮김 | 428면

048 **기적의 시대** 보리슬라프 페키치 장편소설 | 이윤기 옮김 | 560면

049 **그리고 죽음** 짐 크레이스 장편소설 | 김석희 옮김 | 224면

050 **세설** 다니자키 준이치로 장편소설 | 송태욱 옮김 | 전2권 | 각 480면

052 **세상이 끝날 때까지 아직 10억 년** 스뜨루가츠끼 형제 장편소설 | 석영중 옮김 | 224면

053 **동물 농장** 조지 오웰 장편소설 | 박경서 옮김 | 208면

054 **캉디드 혹은 낙관주의** 볼테르 장편소설 | 이봉지 옮김 | 232면

055 **도적 떼** 프리드리히 폰 실러 희곡 | 김인순 옮김 | 264면

056 **플로베르의 앵무새** 줄리언 반스 장편소설 | 신재실 옮김 | 320면

057 **악령** 표도르 도스또예프스끼 장편소설 | 박혜경 옮김 | 전3권 | 각 328, 408, 528면

060 **의심스러운 싸움** 존 스타인벡 장편소설 | 윤희기 옮김 | 340면

061 **몽유병자들** 헤르만 브로흐 장편소설 | 김경연 옮김 | 전2권 | 각 568, 544면

063 **몰타의 매** 대실 해밋 장편소설 | 고정아 옮김 | 304면

064 **마야꼬프스끼 선집** 블라지미르 마야꼬프스끼 선집 | 석영중 옮김 | 320면

065 **드라큘라** 브램 스토커 장편소설 | 이세욱 옮김 | 전2권 | 각 340, 344면

067 **서부 전선 이상 없다** 에리히 마리아 레마르크 장편소설 | 홍성광 옮김 | 336면

068 **적과 흑** 스탕달 장편소설 | 임미경 옮김 | 전2권 | 각 376, 368면

070 **지상에서 영원으로** 제임스 존스 장편소설 | 이종인 옮김 | 전3권 | 각 396, 380, 388면

073 **파우스트** 요한 볼프강 폰 괴테 희곡 | 김인순 옮김 | 568면

074 **쾌걸 조로** 존스턴 매컬리 장편소설 | 김훈 옮김 | 316면

075 **거장과 마르가리따** 미하일 불가꼬프 장편소설 | 홍대화 옮김 | 전2권 | 각 364, 328면

077 **순수의 시대** 이디스 워튼 장편소설 | 고정아 옮김 | 448면

078 **검의 대가** 아르투로 페레스 레베르테 장편소설 | 김수진 옮김 | 376면

079 **예브게니 오네긴** 알렉산드르 뿌쉬낀 운문소설 | 석영중 옮김 | 328면

080 **장미의 이름** 움베르토 에코 장편소설 | 이윤기 옮김 | 전2권 | 각 440, 448면

082 **향수** 파트리크 쥐스킨트 장편소설 | 강명순 옮김 | 384면

083 **여자를 안다는 것** 아모스 오즈 장편소설 | 최창모 옮김 | 280면

084 **나는 고양이로소이다** 나쓰메 소세키 장편소설 | 김난주 옮김 | 544면

085 **웃는 남자** 빅토르 위고 장편소설 | 이형식 옮김 | 전2권 | 각 472, 496면

087 **아웃 오브 아프리카** 카렌 블릭센 장편소설 | 민승남 옮김 | 480면

088 **무엇을 할 것인가** 니꼴라이 체르니셰프스끼 장편소설 | 서정록 옮김 | 전2권 | 각 360, 404면

090 **도나 플로르와 그녀의 두 남편** 조르지 아마두 장편소설 | 오숙은 옮김 | 전2권 | 각 328, 308면

092 **미사고의 숲** 로버트 홀드스톡 장편소설 | 김상훈 옮김 | 416면

093 **신곡** 단테 알리기에리 장편서사시 | 김운찬 옮김 | 전3권 | 각 292, 296, 328면

096 **교수** 샬럿 브론테 장편소설 | 배미영 옮김 | 368면

097 **노름꾼** 표도르 도스또예프스끼 장편소설 | 이재필 옮김 | 320면

098 **하워즈 엔드** E. M. 포스터 장편소설 | 고정아 옮김 | 508면

099 **최후의 유혹** 니코스 카잔차키스 장편소설 | 안정효 옮김 | 전2권 | 각 408면

101 **키리냐가** 마이크 레스닉 장편소설 | 최용준 옮김 | 464면

102 **바스커빌가의 개** 아서 코넌 도일 장편소설 | 조영학 옮김 | 264면

103 **버마 시절** 조지 오웰 장편소설 | 박경서 옮김 | 400면

104 **10 1/2장으로 쓴 세계 역사** 줄리언 반스 장편소설 | 신재실 옮김 | 464면

105 **죽음의 집의 기록** 표도르 도스또예프스끼 장편소설 | 이덕형 옮김 | 528면

106 **소유** 앤토니어 수전 바이어트 장편소설 | 윤희기 옮김 | 전2권 | 각 440, 480면

108 **미성년** 표도르 도스또예프스끼 장편소설 | 이상룡 옮김 | 전2권 | 각 512, 544면

110 **성 앙투안느의 유혹** 귀스타브 플로베르 희곡소설 | 김용은 옮김 | 584면

111 **밤으로의 긴 여로** 유진 오닐 희곡 | 강유나 옮김 | 240면

112 **마법사** 존 파울즈 장편소설 | 정영문 옮김 | 전2권 | 각 512, 552면

114 **스쩨빤치꼬보 마을 사람들** 표도르 도스또예프스끼 장편소설 | 변현태 옮김 | 416면

115 **플랑드르 거장의 그림** 아르투로 페레스 레베르테 장편소설 | 정창 옮김 | 512면

116 **분신** 표도르 도스또예프스끼 장편소설 | 석영중 옮김 | 288면

117 **가난한 사람들** 표도르 도스또예프스끼 장편소설 | 석영중 옮김 | 256면

118 **인형의 집** 헨리크 입센 희곡 | 김창화 옮김 | 272면

119 **영원한 남편** 표도르 도스또예프스끼 장편소설 | 정명자 외 옮김 | 448면

120 **알코올** 기욤 아폴리네르 시집 | 황현산 옮김 | 352면

121 **지하로부터의 수기** 표도르 도스또예프스끼 장편소설 | 계동준 옮김 | 256면

122 **어느 작가의 오후** 페터 한트케 중편소설 | 홍성광 옮김 | 160면

123 **아저씨의 꿈** 표도르 도스또예프스끼 장편소설 | 박종소 옮김 | 304면
124 **네또츠까 네즈바노바** 표도르 도스또예프스끼 장편소설 | 박재만 옮김 | 316면
125 **곤두박질** 마이클 프레인 장편소설 | 최용준 옮김 | 528면
126 **백야 외** 표도르 도스또예프스끼 소설선집 | 석영중 외 옮김 | 408면
127 **살라미나의 병사들** 하비에르 세르카스 장편소설 | 김창민 옮김 | 296면
128 **뻬쩨르부르그 연대기 외** 표도르 도스또예프스끼 소설선집 | 이항재 옮김 | 296면
129 **상처받은 사람들** 표도르 도스또예프스끼 장편소설 | 윤우섭 옮김 | 전2권, 각 296, 392면
131 **악어 외** 표도르 도스또예프스끼 소설선집 | 박혜경 외 옮김 | 312면
132 **허클베리 핀의 모험** 마크 트웨인 장편소설 | 윤교찬 옮김 | 416면
133 **부활** 레프 똘스또이 장편소설 | 이대우 옮김 | 전2권, 각 308, 416면
135 **보물섬** 로버트 루이스 스티븐슨 장편소설 | 머빈 피크 그림 | 최용준 옮김 | 360면
136 **천일야화** 앙투안 갈랑 엮음 | 임호경 옮김 | 전6권, 각 336, 328, 372, 392, 344, 320면
142 **아버지와 아들** 이반 뚜르게네프 장편소설 | 이상원 옮김 | 328면
143 **오만과 편견** 제인 오스틴 장편소설 | 원유경 옮김 | 480면
144 **천로 역정** 존 버니언 우화소설 | 이동일 옮김 | 432면
145 **대주교에게 죽음이 오다** 윌라 캐더 장편소설 | 윤명옥 옮김 | 352면
146 **권력과 영광** 그레이엄 그린 장편소설 | 김연수 옮김 | 384면
147 **80일간의 세계 일주** 쥘 베른 장편소설 | 고정아 옮김 | 352면
148 **바람과 함께 사라지다** 마거릿 미첼 장편소설 | 안정효 옮김 | 전3권, 각 616, 640, 640면
151 **기탄잘리** 라빈드라나트 타고르 시집 | 장경렬 옮김 | 224면
152 **도리언 그레이의 초상** 오스카 와일드 장편소설 | 윤희기 옮김 | 384면
153 **레우코와의 대화** 체사레 파베세 희곡소설 | 김운찬 옮김 | 280면
154 **햄릿** 윌리엄 셰익스피어 희곡 | 박우수 옮김 | 256면
155 **맥베스** 윌리엄 셰익스피어 희곡 | 권오숙 옮김 | 176면
156 **아들과 연인** 데이비드 허버트 로런스 장편소설 | 최희섭 옮김 | 전2권, 464, 432면
158 **그리고 아무 말도 하지 않았다** 하인리히 뵐 장편소설 | 홍성광 옮김 | 272면
159 **미덕의 불운** 싸드 장편소설 | 이형식 옮김 | 248면
160 **프랑켄슈타인** 메리 W. 셸리 장편소설 | 오숙은 옮김 | 320면
161 **위대한 개츠비** 프랜시스 스콧 피츠제럴드 장편소설 | 한애경 옮김 | 280면
162 **아Q정전** 루쉰 중단편집 | 김태성 옮김 | 320면
163 **로빈슨 크루소** 대니얼 디포 장편소설 | 류경희 옮김 | 456면
164 **타임머신** 허버트 조지 웰스 소설선집 | 김석희 옮김 | 304면

165 **제인 에어** 샬럿 브론테 장편소설 | 이미선 옮김 | 전2권 | 각 392, 384면

167 **풀잎** 월트 휘트먼 시집 | 허현숙 옮김 | 280면

168 **표류자들의 집** 기예르모 로살레스 장편소설 | 최유정 옮김 | 216면

169 **배빗** 싱클레어 루이스 장편소설 | 이종인 옮김 | 520면

170 **이토록 긴 편지** 마리아마 바 장편소설 | 백선희 옮김 | 192면

171 **느릅나무 아래 욕망** 유진 오닐 희곡 | 손동호 옮김 | 168면

172 **이방인** 알베르 카뮈 장편소설 | 김예령 옮김 | 208면

173 **미라마르** 나기브 마푸즈 장편소설 | 허진 옮김 | 288면

174 **지킬 박사와 하이드 씨** 로버트 루이스 스티븐슨 소설선집 | 조영학 옮김 | 320면

175 **루진** 이반 뚜르게네프 장편소설 | 이항재 옮김 | 264면

176 **피그말리온** 조지 버나드 쇼 희곡 | 김소임 옮김 | 256면

177 **목로주점** 에밀 졸라 장편소설 | 유기환 옮김 | 전2권 | 각 336면

179 **엠마** 제인 오스틴 장편소설 | 이미애 옮김 | 전2권 | 각 336, 360면

181 **비숍 살인 사건** S. S. 밴 다인 장편소설 | 최인자 옮김 | 464면

182 **우신예찬** 에라스무스 풍자문 | 김남우 옮김 | 296면

183 **하자르 사전** 밀로라드 파비치 장편소설 | 신현철 옮김 | 488면

184 **테스** 토머스 하디 장편소설 | 김문숙 옮김 | 전2권 | 각 392, 336면

186 **투명 인간** 허버트 조지 웰스 장편소설 | 김석희 옮김 | 288면

187 **93년** 빅토르 위고 장편소설 | 이형식 옮김 | 전2권 | 각 288, 360면

189 **젊은 예술가의 초상** 제임스 조이스 장편소설 | 성은애 옮김 | 384면

190 **소네트집** 윌리엄 셰익스피어 연작시집 | 박우수 옮김 | 200면

191 **메뚜기의 날** 너새니얼 웨스트 장편소설 | 김진준 옮김 | 280면

192 **나사의 회전** 헨리 제임스 중편소설 | 이승은 옮김 | 256면

193 **오셀로** 윌리엄 셰익스피어 희곡 | 권오숙 옮김 | 216면

194 **소송** 프란츠 카프카 장편소설 | 김재혁 옮김 | 376면

195 **나의 안토니아** 윌라 캐더 장편소설 | 전경자 옮김 | 368면

196 **자성록** 마르쿠스 아우렐리우스 명상록 | 박민수 옮김 | 240면

197 **오레스테이아** 아이스킬로스 비극 | 두행숙 옮김 | 336면

198 **노인과 바다** 어니스트 헤밍웨이 소설선집 | 이종인 옮김 | 320면

199 **무기여 잘 있거라** 어니스트 헤밍웨이 장편소설 | 이종인 옮김 | 464면

200 **서푼짜리 오페라** 베르톨트 브레히트 희곡선집 | 이은희 옮김 | 320면

201 **리어 왕** 윌리엄 셰익스피어 희곡 | 박우수 옮김 | 224면

202 **주홍 글자** 너새니얼 호손 장편소설 | 곽영미 옮김 | 360면
203 **모히칸족의 최후** 제임스 페니모어 쿠퍼 장편소설 | 이나경 옮김 | 512면
204 **곤충 극장** 카렐 차페크 희곡선집 | 김선형 옮김 | 360면
205 **누구를 위하여 종은 울리나** 어니스트 헤밍웨이 장편소설 | 이종인 옮김 | 전2권 | 각 416, 400면
207 **타르튀프** 몰리에르 희곡선집 | 신은영 옮김 | 416면
208 **유토피아** 토머스 모어 소설 | 전경자 옮김 | 288면
209 **인간과 초인** 조지 버나드 쇼 희곡 | 이후지 옮김 | 320면
210 **페드르와 이폴리트** 장 라신 희곡 | 신정아 옮김 | 200면
211 **말테의 수기** 라이너 마리아 릴케 장편소설 | 안문영 옮김 | 320면
212 **등대로** 버지니아 울프 장편소설 | 최애리 옮김 | 328면
213 **개의 심장** 미하일 불가꼬프 중편소설집 | 정연호 옮김 | 352면
214 **모비 딕** 허먼 멜빌 장편소설 | 강수정 옮김 | 전2권 | 각 464, 488면
216 **더블린 사람들** 제임스 조이스 단편소설집 | 이강훈 옮김 | 336면
217 **마의 산** 토마스 만 장편소설 | 윤순식 옮김 | 전3권 | 각 496, 488, 512면
220 **비극의 탄생** 프리드리히 니체 | 김남우 옮김 | 304면
221 **위대한 유산** 찰스 디킨스 장편소설 | 류경희 옮김 | 전2권 | 각 432, 448면
223 **사람은 무엇으로 사는가** 레프 똘스또이 소설선집 | 윤새라 옮김 | 464면
224 **자살 클럽** 로버트 루이스 스티븐슨 소설선집 | 임종기 옮김 | 272면
225 **채털리 부인의 연인** 데이비드 허버트 로런스 장편소설 | 이미선 옮김 | 전2권 | 각 336, 328면
227 **데미안** 헤르만 헤세 장편소설 | 김인순 옮김 | 272면
228 **두이노의 비가** 라이너 마리아 릴케 시선집 | 손재준 옮김 | 504면
229 **페스트** 알베르 카뮈 장편소설 | 최윤주 옮김 | 432면
230 **여인의 초상** 헨리 제임스 장편소설 | 정상준 옮김 | 전2권 | 각 520, 544면
232 **성** 프란츠 카프카 장편소설 | 이재황 옮김 | 560면
233 **차라투스트라는 이렇게 말했다** 프리드리히 니체 산문시 | 김인순 옮김 | 464면
234 **노래의 책** 하인리히 하이네 시집 | 이재영 옮김 | 384면
235 **변신 이야기** 오비디우스 서사시 | 이종인 옮김 | 632면
236 **안나 까레니나** 레프 똘스또이 장편소설 | 이명현 옮김 | 전2권 | 각 800, 736면
238 **이반 일리치의 죽음 · 광인의 수기** 레프 똘스또이 중단편집 | 석영중 · 정지원 옮김 | 232면
239 **수레바퀴 아래서** 헤르만 헤세 장편소설 | 강명순 옮김 | 272면
240 **피터 팬** J. M. 배리 장편소설 | 최용준 옮김 | 272면
241 **정글 북** 러디어드 키플링 중단편집 | 오숙은 옮김 | 272면

242 **한여름 밤의 꿈** 윌리엄 셰익스피어 희곡 | 박우수 옮김 | 160면

243 **좁은 문** 앙드레 지드 장편소설 | 김화영 옮김 | 264면

244 **모리스** E. M. 포스터 장편소설 | 고정아 옮김 | 408면

245 **브라운 신부의 순진** 길버트 키스 체스터턴 단편집 | 이상원 옮김 | 336면

246 **각성** 케이트 쇼팽 장편소설 | 한애경 옮김 | 272면

247 **뷔히너 전집** 게오르크 뷔히너 지음 | 박종대 옮김 | 400면

248 **디미트리오스의 가면** 에릭 앰블러 장편소설 | 최용준 옮김 | 424면

249 **베르가모의 페스트 외** 옌스 페테르 야콥센 중단편 전집 | 박종대 옮김 | 208면

250 **폭풍우** 윌리엄 셰익스피어 희곡 | 박우수 옮김 | 176면

251 **어센든, 영국 정보부 요원** 서머싯 몸 연작 소설집 | 이민아 옮김 | 416면

252 **기나긴 이별** 레이먼드 챈들러 장편소설 | 김진준 옮김 | 600면

253 **인도로 가는 길** E. M. 포스터 장편소설 | 민승남 옮김 | 552면

254 **올랜도** 버지니아 울프 장편소설 | 이미애 옮김 | 376면

255 **시지프 신화** 알베르 카뮈 지음 | 박언주 옮김 | 264면

256 **조지 오웰 산문선** 조지 오웰 지음 | 허진 옮김 | 424면

257 **로미오와 줄리엣** 윌리엄 셰익스피어 희곡 | 도해자 옮김 | 200면

258 **수용소군도** 알렉산드르 솔제니찐 기록문학 | 김학수 옮김 | 전6권 | 각 460면 내외

264 **스웨덴 기사** 레오 페루츠 장편소설 | 강명순 옮김 | 336면

265 **유리 열쇠** 대실 해밋 장편소설 | 홍성영 옮김 | 328면

266 **로드 짐** 조지프 콘래드 장편소설 | 최용준 옮김 | 608면

267 **푸코의 진자** 움베르토 에코 장편소설 | 이윤기 옮김 | 전3권 | 각 392, 384, 416면

270 **공포로의 여행** 에릭 앰블러 장편소설 | 최용준 옮김 | 376면

271 **심판의 날의 거장** 레오 페루츠 장편소설 | 신동화 옮김 | 264면

272 **에드거 앨런 포 단편선** 에드거 앨런 포 지음 | 김석희 옮김 | 392면

273 **수전노 외** 몰리에르 희곡선집 | 신정아 옮김 | 424면

274 **모파상 단편선** 기 드 모파상 지음 | 임미경 옮김 | 400면

275 **평범한 인생** 카렐 차페크 장편소설 | 송순섭 옮김 | 280면

276 **마음** 나쓰메 소세키 장편소설 | 양윤옥 옮김 | 344면

277 **인간 실격·사양** 다자이 오사무 소설집 | 김난주 옮김 | 336면

278 **작은 아씨들** 루이자 메이 올컷 장편소설 | 허진 옮김 | 전2권 | 각 408, 464면

280 **고함과 분노** 윌리엄 포크너 장편소설 | 윤교찬 옮김 | 520면

281 **신화의 시대** 토머스 불핀치 신화집 | 박중서 옮김 | 664면

282 **셜록 홈스의 모험** 아서 코넌 도일 단편집 | 오숙은 옮김 | 456면
283 **자기만의 방** 버지니아 울프 지음 | 공경희 옮김 | 216면
284 **지상의 양식·새 양식** 앙드레 지드 지음 | 최애영 옮김 | 360면
285 **전염병 일지** 대니얼 디포 지음 | 서정은 옮김 | 368면
286 **오이디푸스왕 외** 소포클레스 비극 | 장시은 옮김 | 368면